经典70后 实力新长篇

科学岛边的爱情

Love at the side of Science Island

孔阳 著

著名作家 中国作家协会书记处书记

邱华栋 ★ **鼎力推荐** ★

在两个世纪的交界处，他们带着不同的背景，
邂逅于这座岛边的城市……

合肥工业大学出版社

图书在版编目(CIP)数据

科学岛边的爱情/孔阳著. —合肥:合肥工业大学出版社,2022.1
ISBN 978 - 7 - 5650 - 5410 - 5

Ⅰ.①科…　Ⅱ.①孔…　Ⅲ.①长篇小说—中国—当代　Ⅳ.①I247.5

中国版本图书馆 CIP 数据核字(2021)第 174262 号

科学岛边的爱情

孔　阳　著		责任编辑　郭娟娟	
出　版	合肥工业大学出版社	版　次	2022 年 1 月第 1 版
地　址	合肥市屯溪路 193 号	印　次	2022 年 1 月第 1 次印刷
邮　编	230009	开　本	710 毫米×1010 毫米　1/16
电　话	人文社科出版中心:0551 - 62903200	印　张	14.75
	营销与储运管理中心:0551 - 62903198	字　数	249 千字
网　址	www.hfutpress.com.cn	印　刷	安徽昶颉包装印务有限责任公司
E-mail	hfutpress@163.com	发　行	全国新华书店

ISBN 978 - 7 - 5650 - 5410 - 5　　　　　　　　　　定价: 52.00 元

如果有影响阅读的印装质量问题,请与出版社营销与储运管理中心联系调换。

目　　录

第一卷　形而下与形而上

一

多年以前，南方的乡村小学办了一个扫盲班，魏桃是班上年龄最小的学生。她学了五百多个汉字，还会背乘法口诀。就凭这点底子，她后来不再目不识丁了，还嫁给了远赴斯坦福留学的科学家。

当然，她嫁给科学家之前，是先嫁给陈夏的。陈夏是她家邻居，一个长得白净净的男孩，学习非常刻苦。陈夏比她小一岁，她上扫盲班的那一年，陈夏已经上了初一。星期五陈夏放学回来，有个好习惯，就是换下新校服，背起破粪箕，去畈上帮父母干活。这一天趁陈夏还没下畈，魏桃从残塌的院墙缝里钻过来，对陈夏说："我上扫盲班了。"陈夏的脚正搭在猪槽上系鞋带，他十分惊讶："为什么要上扫盲班？你该从一年级开始上。"魏桃说："一年级的孩子都比我小，我坐在他们中间，丑死了。"陈夏懊悔地说："唉，你呀，扫盲班有什么出息？"魏桃不服输地说："我们老师说了，扫盲班两年后毕业，也是现代化合格人才。"

可是后来事情发生变化了，村小学的扫盲班，只开了一个学年。原因是那些大龄姑娘，虎头蛇尾，往学校跑了几个月就不想跑了。有的说，写字写得手痛，晚上纳鞋底痛得不能拿针。有的说，一教室女孩子跟一个男老师念"种子发芽果树开花"丑得要命。她们陆续辍学了。其实扫盲班上课，只是早上两小时，回家吃过早饭，全天都可以在家做农活。村小学为了贯彻国家政策，办了这个班。上扫盲班的标准是十五岁以下未读完小学三年级的孩子。没想到符合标准的男孩都不读，外出打工了。辖区六七个村庄，只来了十几个女孩。到了第二学期，只剩下魏桃等三四个爱学习的姑娘。于是这个政策就这么敷衍了一下，第二年就停办了。感到落寞和哀伤的只有魏桃。

魏桃去找校长跳脚，校长为她的求知精神所感动，送了她扫盲班的下册教材；还跑到天罗村来追问她的家长，这么聪明漂亮的小女孩，当初为什么没有正常上学？

魏桃的母亲正在院中稻场上，她一手捧着饭碗，一手拿竹竿撵鸡。见校长来问这事，她嚼完一嘴饭，然后清楚地说："因为要带弟弟。"乡里干部说她弟弟是超生的，超生得罚款，家里没有钱，背债缴罚款，现在她夫妇俩起早摸黑要去镇上建筑队，做小工挣钱还债。

校长自讨没趣地离开了天罗村。魏桃跟在后面追了很长一截路，她追下村西的山坡，追过那座石拱桥；她站在河坝上，望着校长远去的背影，眼里泪光闪闪。

这时候，陈夏推着一车湿淋淋的肥猪菜正从河坝那头吃力地走来。陈夏停下车冲着魏桃说："算了吧，那家伙是坏蛋，你别指望他了。扫盲班是国家政策，一个孩子上，他们都该开班。"

魏桃说："那我以后怎么办？"陈夏说："你自己在家学呗，我小学的教材全给你。"魏桃说："那你要教我做除法。"

陈夏说："嗯，我教。"他按下车把开始推车，叫魏桃，"帮我拉一把。"

魏桃擦擦红眼睛，跑过来，解下陈夏独轮车上的拉绳。他们一个推一个拉，过了石桥，上了山坡。到了半坡上，陈夏还顶着车，气喘喘歇了一会。他的双臂伸开，还没有车把宽，他将车把横着绑了一个棍子，就这么够着胳膊推车，能不累么？魏桃说："你捞肥猪菜不能挑箩筐吗？"陈夏说："箩筐一次挑得太少。"魏桃说："还是我来推吧。"魏桃丢下车绳，非常体谅地和陈夏互换了位置。目测魏桃比陈夏高出好多，她的胳膊也长，两手将车把握得稳当当。魏桃身材高，皮肤也白，可惜只读了半届扫盲班，否则哪是推独轮车的料，她该去当演员，村里很多人都这么感叹。

十五六岁的时候，她出落的模样，惹得凡是来天罗村做过手艺的男孩都眼馋，瓦匠、木匠、漆匠，包括村庄办丧事请来的道士。那道士班里有个年轻男子，在天罗村唱了几天，发现魏桃不仅长得俊俏而且聪明大胆。法事中，有一场道士撒花的表演，道士的唱词尽是撩女人的，全村老少都看得傻乎乎地笑，唯有魏桃敢时不时地怼一句、顶一句，机灵得要命，让吃百家饭的道士甘拜下风。

道士姓杨，这活计算是祖传，家里叔伯都是做这一行的。杨家的业务包

揽了方圆百里，方圆百里死了人，都请杨家道士去超度。杨家这一代二十三岁的传承人，帅气又风流，穿起八卦袍戴上方巾帽做起法事，那溜滑的舞姿和清润的唱腔迷倒了不少小媳妇和老姑娘。可是他眼光高啊，一般女孩他看不上。他们家楼房盖得像祠堂，钱多得花不完。做了他的媳妇，肯定一辈子享福。杨家托人来提亲，魏桃的母亲怦然心动，可是魏桃不同意。

于是杨家年轻的小道士，得了相思病，他在意志消沉中，天天盼望天罗村死人，这样他就有机会再在魏桃面前好好表现一次了。可是天罗村，此后很长一段时间也没有死人。

到了二十岁，魏桃就成了老姑娘了，她还不想嫁人。外人都莫名其妙，但是母亲知道，她喜欢隔壁的陈夏。陈夏这个时候，已经考上市里的师范大学。魏桃这种不要脸的想法，母亲只能捂在心里，因为她怕羞得丢了十几门亲戚。但她行动上开始不断施舍了，做了糍粑，要送几块给陈夏家；油菜籽榨了新油，要送一大碗来。腊月熬糖打豆腐杀年猪，多少是个心意，要送一些来，说是给陈夏八十岁的奶奶吃。

陈夏家里一直很穷，两个姐姐，父母，还有这位被魏桃母女经常孝顺的奶奶。一家六口人，只有父亲一个劳动力，而且父亲中年开始疾病缠身，家里犁田耙地之类的重活，只得以稻换力，请外人帮忙。陈夏记得，小时候家里过年，都是到镇上去赊年货；两个姐姐从来只做一套新衣，老大穿完老二穿。陈夏从小就把读书考高分当作挣钱一样来报答父母。尽管如此，家里的欠债似乎永远没有清过账。直到后来两个姐姐辍学进城打工，家境才逐渐改善。但农村姑娘出嫁了就没有义务再负担娘家，所以在陈夏读大学的时候，经济的拮据再次降临。贫穷使他的大学生涯一直过得紧紧巴巴，甚至食堂里的荤菜都不敢看。

但这并未影响陈夏的青春发育，暑假回村，人们发现他长得愈发高挑和白净了，他背着时尚的双肩背包，拖着拉杆箱，从弯弯的河坝上走来，脸上带着明朗的微笑，像电视剧里的明星。魏桃在坝下的稻田里疏水沟，烈日把她的脸和胳膊晒得发红，蓝花衫一半被汗黏在背脊上，一半被风吹着鼓在胸前。她埋身挖泥的样子，倒让陈夏好赞叹，漂亮的女孩即使在泥巴田里也不丑。她勤奋、朴素、爱学习，劳作时，田埂上还搁着收音机，她喜欢听小说连播。

魏桃望到陈夏回来了，她手撑锄头在水沟浪浪脚，又害臊地抬手捋捋风吹乱的头发，笑逐颜开地上了河坝。

好久不见，两人都有些拘谨，只是笑笑，不知道说什么好。还是魏桃大方，先开了口："回来一季双抢（南方一年种两季水稻，集中在立秋前收割早稻并插下晚稻秧，称为双抢），你的脸就要晒黑啰。"陈夏说："黑就黑，我不怕，我看你天天晒，也不见黑了啊。"魏桃说："我是日晒白。"陈夏说："还不是自夸你好看。对了，许婆家没有？"魏桃娇憨地拍打了一下陈夏的肩膀，"莫乱扯，再说你就是流氓。"

其实陈夏并不流氓，他和魏桃一起长大，等到他们分得清男女的时候，他连手都不敢碰她一下。他们两家只隔一堵残破的院墙。孩提时代玩游戏，把墙脚的洞摸得越来越大，后来那墙彻底断开成了一条能过身的缝。当魏桃穿墙缝去陈夏家玩的时候，已经不再是做捉迷藏的游戏了，而是讨论一些有意义的问题，比如田螺为什么越来越难拣到？泥鳅为什么越来越少？陈夏说是农药污染。后来陈夏去了市里读师范大学，魏桃就感到自己的层次和他拉开了。魏桃越来越怨恨父母，没让自己念书。父母不仅不愧疚，还没轻没重地挖苦："你来生投胎做男孩吧。"

魏桃觉得其实还是做女孩好，女孩可以不断变化自己的打扮，可以把头发披散下来，也可以扎成长辫子，辫子可以盘在头顶插上蝴蝶结。她在田里干活的时候，她的各种翻新的发型，总会引来坝上骑自行车过路的男人，一会一扭头，斜着眼睛看。除了不识文化，她哪一点不配陈夏？她这样想着，内心的自卑又消散了一些。

陈夏假期回来，魏桃壮着胆子去接近他。她把新衣服都留着暑假穿，她干完畈上的活，中午回家就把自己打扮得漂漂亮亮的，然后摇着折扇去陈夏家玩。她如今比较注意形象，也不钻墙缝了，而是从大院门前拐来。

她会找着话茬与陈夏攀谈。她还向他捕捉城市的信息：你们班女生穿裙子还是长裤？她们都戴眼镜？她们喜欢听什么歌？这类问题，陈夏会嗯嗯叽叽随便说说，魏桃却在心里记下。陈夏躺在堂屋竹床上看书的时候，魏桃也坐在旁边，假装看书；她从陈夏的书堆里翻到他们大学同学的合影照片，她会用心记住那些女生的发型。然后没过几天，她就去镇上理发店，把长辫子剪了，修成照片里女生一样的齐眉刘海。

那年五一假期后返校，陈夏给她留下一个半旧的随身听录音机，她爱惜得不得了；弟弟偷着翻了一下，她就把弟弟打一顿。她一般是躲到外面去听，在田里薅草的时候，她把录音机耳麦塞到耳朵里，一边薅草，一边嘴里也哼哼。那一刻，她飞离了脚下的泥巴田，她穿着雪白的裙子，怀里抱着一摞书，

走在大学的林荫道上，青春妩媚，风采迷人，和她说话的都是教授。乱七八糟的幻想充塞着她的脑海，但她知道，自己的命不好——只有陈夏才是现实中真正的文化人。

陈夏和村里那些行动粗俗又好讲黄色笑话的男人不一样，他做事说话都文绉绉的。双抢季节的黄昏，男人们从畈上收工回到村口河边，就光着身子跳到河里去洗澡。陈夏再脏再累，也要挑水回家洗澡。魏桃晓得陈夏是个从里到外都干净的人，所以他家有挑粪浇尿这样的脏事，魏桃就抢着去给他帮忙。魏桃竹扁担挑起粪桶，在前面一路轻跑，陈夏就扛个长柄粪瓢，跟在她身后。挑担要小跑才能减轻肩上的重力，可是陈夏看着魏桃高高卷起的裤筒，那露出的两条硕壮白净的鱼肚腿，他感觉那白腿像捣在他心里，七上八下的。

也就在这两年，魏桃的母亲突然心疼陈夏家劳动力单薄，没有人抬打稻机，就建议双抢两家搭伙干。熟悉农耕方式的人都知道，一季收成，工序复杂环节烦琐，尤其是双抢这种高密度、高强度、抢季节的农活，有力气的单身汉未必能完成，需要不同工种的协调和配合。所以家庭联产承包制以后，许多小农户就合起伙来耕作。

这个时候，陈夏的两个姐姐出嫁了，父母体质差，双抢就靠陈夏一个主要劳动力。魏桃家情况就不一样，虽然两个姐姐也出嫁了，但父母身体健朗，父亲是呵牛把犁的好手，母亲割稻插秧依然手脚麻利，超生的弟弟魏建也长成了半个壮小伙。魏桃干起活来就像牛发疯。也就是说，她家一个人就是一个劳动力。加上陈夏，就是一个结构均衡的劳动队伍。于是他们两家几十亩田，一起忙。割早稻，打稻谷，晒稻，犁田，耙田，一直忙到插下晚稻秧。那个山区村庄，到了二十世纪末仍然是犁耙车凿，和《诗经》里一样的耕作方式。读了大学的陈夏，每年暑期回到农村双抢，他就感觉回到了"风"的年代，并且他返回城市以后，遥想魏桃的形象，就添了些田园牧歌式的蒹葭苍苍的纯朴美。

纯朴美也有一种韧劲，只要目标既定，魏桃就会坚定不移。

陈夏师范毕业被分配到县二中当了教师。吃上了体制饭，样样都好，就是县二中未婚的女教师太少。男大当婚，读了师范也一样天天被父母催。县城有文化的女人嫌陈夏家里穷，陈夏又嫌她们不漂亮。陈夏似乎也想过，他是不应该娶魏桃的，可是生活的现状，却又让他手足无措、左右为难。

冬天一个雾蒙蒙的清晨，魏桃骑着载重自行车就上了路。她把两大袋山芋拉到县城菜市场卖了，然后买了两个馒头吃了。她假装买衣服，在一家服装店里照照镜子，涂些口红。她再骑上自行车来到县二中。她总能恰到好处地掌握陈夏哪天下午有课，哪天上午后一节没课。她在陈夏的单身宿舍里与陈夏说说笑笑，也没有什么事，就是来玩玩。

那一年冬天，她家的山芋被她卖得连猪吃的都没有了，后来她又卖玉米，一回卖几斤。十来里的县城路，对于村庄老人是很遥远的，对于魏桃则像去了一趟畈上。陈夏的母亲见魏桃经常上县城，有一天，她就托了魏桃给陈夏捎去一床刚浆洗过的被套。

冬日的后午，中学校园内很安静。魏桃把陈夏的被套铺在床上，再铺上棉絮，拿了针线帮他钉被褥。陈夏给她泡来一杯茶，偶尔帮忙牵牵被褥的四角。这过程中，两人絮絮叨叨，聊了许多废话，县城里的事，学校里的事，村庄里的事。被褥钉好了，平平地铺到床上。陈夏摸摸毛糙糙的粗布被套，又抱怨起他妈妈，总要他睡这种土老布；他买了绸缎被套，他妈舍不得让他用。他说这种粗布睡得不舒服，糙身子。魏桃说："这土老布冬天睡着才暖和呢，你又不是赤身睡，怎么糙身子？"陈夏心里怦然跳了一下，他定睛打量魏桃，魏桃眼里闪着迷惑，继而脸颊绯红起来。

陈夏就去把半掩的房门插上了门闩。

宿舍后窗的苦楝树上，几只鸟蹦蹦跳跳，它们啄啄树梢残存的粉末，又飞往别处，趁着晴朗天气寻枝建巢。

到了春季，一些不知名的鸟声，都被杜鹃别致清亮的歌喉给淡化了，杜鹃鸟叫的时候，杜鹃花也开了，满山遍野，红得像女人月事前潮红的脸庞。一些该在春节开花的树，都开了花，然后几场雨水滋润后，叶片肥硕，花谢蒂落，青果挂在枝头摇摇欲坠。

陈夏家院前一树野毛桃，往年要长到七八月份，桃子熟得发红，他母亲才拿竹竿敲些下来，送些给有孩子的亲戚。今年却早早地被人拉断了半边枝丫。他母亲觉得奇怪，谁这么嘴馋，桃子还没有熟呢，哪吃得？可是她很快就失望地发现，做这种偷鸡摸狗的事的人，竟然是魏桃。

魏桃现在也不怎么去畈上干活了。因为这一二年间，国家对农田承包耕种有经济补贴。天罗村那种高低不平的畈，也陆续被人包种了。承包商半机械化的翻土和抛秧，比以前人力劳动效率高多了。以前人们干活多累呀，双腿在水田里都被蚂蟥叮烂了。现在村子里健壮的男女，差不多都进城打工去了。没有文化的女人也成群结队，去浙江桐乡卖百货。魏桃说："我不去卖百货，背着包沿街叫卖，和讨饭的差不多。"可是她该做些什么呢，她自己也

不知道。她去年还往县城里跑，卖卖菜，今年就歇在家里什么也不做了。大概寂寞，就偷毛桃吃。

陈夏的母亲倒不心疼那半树野桃，而是惋惜那么一个好姑娘变得游手好闲了，还手脚不干净。她是个不好事的老奶奶，她家的桃子被人偷了，她也不对外声张。有一个周末的傍晚，陈夏回家，母亲和儿子在厨房做饭，一个在锅台上一个在灶门前，母亲无意中聊起魏桃的行为："唉，把我家桃树的枝丫都扯断了。"坐在灶门前的陈夏神色大变，他"腾"地站起来，把火钳往地下一扔："妈，你就别说了。我要去把树砍了，让她吃个够。"说罢，疯一般地跑出了屋。

这事在陈夏父母心里挣扎了好长时间，他们做梦也没想到，半辈子风雨操劳、省吃俭用培养出来的大学生，竟然爱上了隔壁大字不识几个的魏桃，而且已经生米煮成了熟饭。但是，他们也不敢多言半句不悦，因为隔壁的亲家母很强势，你说一勺话，她要泼出一脸盆话。

不过陈夏父母内心的委屈很快就被喜悦冲散了。到了十月，魏桃就给他们生了一个孙子。

因为村落人烟稀疏，能喝酒的都在城里打工，他们便没有在村庄办婚宴酒，当然也是想省几个钱，打算让魏桃以后进城去做生意。孩子出生前，办了结婚证，在二中发了结婚的喜糖。孩子出生后，又在二中发一回喜糖，还在村庄家家散了长生面，还把孩子抱到村庄祖堂去给祖宗烧了香。一村两姓，各有各的祖宗，这孩子当然拜的是陈姓的祖宗。

到了第二年，孩子断了奶，就把孩子留在村庄给爷爷奶奶照看。魏桃住到县二中来，她要全力以赴谋生存了。她做什么生意呢？门面太贵，她又没文化。陈夏在县城考察了一番，最后还是建议她找单位上班。魏桃不愿意，她知道，她到单位顶多找一份扫地看门的差事，还要看人脸色。魏桃从小就逞能得要命，什么事情都我行我素，果敢大胆，脑子灵活。她就买了辆三轮车，做起了灵活多样的生意：腊月卖烟花礼炮，夏天卖冷饮和西瓜。那个时候，尽管现实很艰辛，但她从不怀疑，嫁给陈夏比嫁给杨道士差。陈夏是国家教师，这个光环，使她卑贱的身躯始终裹着炽热的心，她一身傲骨，辛勤地卖了一年杂货，赚了些小钱。因为丈夫是国家教师，她自信地交上了各界朋友，后来她又攀上了拐弯的表姐。那表姐在县城人民路开了一家规模不大的饭店，生意火爆却人手不够，关键是缺信得过的副手。于是她相中了魏桃，魏桃能吃苦，会说话，人又长得标致，开饭店再合适不过了。

魏桃进了饭店，果然效果不错，前台后厨她很快就摸清楚了。凭她一副活络的身材、一张灵巧的嘴，还拉来了许多新客源，包括马路对面的歌厅老板，那个东亚人，也频繁带朋友来吃饭，都是魏桃一张甜嘴套来的。

表姐对魏桃的工作很满意，她给魏桃的工资也季季涨。二中的教师大部分娶的都是半油篓子，他们都羡慕陈夏娶了个漂亮又实用的老婆。二中集资盖房，别人家要贷款，陈夏家竟有存款。人们终于发现，妻子并不只是一个人，不是任何人都能成为妻子，或者做好妻子，"妻子"是一种实实在在的生活状态。有了妻子、儿子和房子，陈夏在羡慕的眼光里，真的只需看看闲书、散散步了。

在仲春的黄昏里牵着儿子散步，那种感觉让他好充实。这一天也是黄昏，牵着儿子，拐过后幢宿舍楼的时候，陈夏突然看到一个同事家的房子空了。陈夏问："他辞职了？"旁边正给小菜地锄草的老师说："人往高处走，我没本事，你够格。"陈夏浅浅一笑，摇摇头。可是后来的行走中，他却被清鸣的杜鹃撩得浮想联翩。

二

学校东面有几幢红砖青瓦的两层宿舍楼，楼前是一排参天杉木，墙脚种蔷薇，还有顺墙拐弯爬上壁的常春藤。单元楼口，还用竹竿撑起了葡萄架，吊几串紫葡萄，给高深的学府增添了几分肃穆和神秘。这旧楼，一般是安排给暂未分房的单身教师，间或照顾带家属的研究生，租价很低。陈夏一家就决定住在这里二楼的一个单间。

筒子楼，半世纪前的建筑。一条长走廊串联两侧十几个单间，每间约 12 平方米，靠前窗隔出 2～3 平方米的厨房，总计约 15 平方米。每个楼层有公共厕所和公共水房。陈夏租的这间，以前大概也是有家眷的，房间有现成的简陋家具和厨具。麻雀虽小，五脏俱全，毕竟这是省城的高等学府，虽然居住环境简陋一些，但不会影响他们奔向美好未来的心情。

住居的环境为什么突然从县城米箩跳到省城的糠袋？这有社会根源，更有性格根源，必须澄清，这绝不是悲剧根源，而是人生的螺旋上升。那些年，闻悉高校开始大规模扩招研究生，有志向的县城教师几乎都想走上这条路，考研进大城市。一种群体幻觉和从众心理，驱使陈夏也做出了这个抉择。

九月，陈夏携带妻儿来到省会。这是一个象征世界科技前沿的城市，象征标志就是城市东面天然湖泊上的岛屿，那岛屿叫科学岛，汇聚中科院各类

高能科技研究机构和实验中心。他们进入这座城市的那一刻仿佛就望到了科学岛的晨光，那是现代高科技之光，载着人类文明奔向太空之光。能在科学岛边读大学，说明他们离太空又升了一步。

魏桃兴奋得心里怦怦跳。想当年，她坐在扫盲班课堂上幻想过，坐在田埂上幻想过，她无数次想象，城市楼房有多高？大学校园该是什么样子呢？现在终于看到了，东亚宽阔的马路，分对向行走，而且还隔出了汽车、电瓶车和步行的各自道，细数数，东亚一个马路竟有六条道。真不愧是科学岛边的城市。迷死人的更有校园景观，古老的梧桐树遮蔽了天空，林荫道上风轻轻地吹。大片的梧桐叶，在阳光照射下闪闪发亮。大学是在树林里面"种"房子，有红砖青瓦带木窗的小阁楼，有玻璃墙的新楼，楼前延伸好长好宽的台阶，和电视剧里一样的场景。走了一段路，是一个大湖，湖里有鸭子，游来游去。枫香和白杨开始泛红，香樟和塔松越发阴绿，大学校园的树比天罗村的树，长得规范和整齐；比二中的树，长得高大。三五成群的学生走来，他们的脸上青春无邪，笑得像梨树开花。还有白皮蓝眼睛的外国人，也有黑色人种，他们迎面走来，竟然还和魏桃点头微笑，弄得魏桃拘谨又激奋。

话说这夫妇俩安顿好住处之后，又为儿子物色了附近的民办幼儿园。陈夏开始上课。魏桃早晚接送儿子。黄昏她会带儿子逛校园，逛商店，看湖，看情侣，看草坪和石雕像，看外教公寓门前每天出入的洋人教师。每天回来，她还和陈夏探讨一下："那高个头白皮肤的该是英国人，那黑皮人牙齿雪白，是印度人？"陈夏说："我又没有看到我哪晓得，估计是非洲的留学生吧。"魏桃说："外国人也来东亚读大学，说明你和外国人是一个层次。"陈夏比较谦虚，说："有什么了不起！"又说："科大的外国留学生比我们学校的还多。"魏桃说："这个我晓得，科大比这学校更有名，可你又考不上科大呢。"陈夏说："早知道你有这个要求，我当初中学学理科就好了，现在就在科学岛读研究生了。"魏桃说："得赶紧抽时间带我们去科学岛玩玩，来这么长时间，除了接送孩子，还没出过校门呢，别的地方无所谓，科学岛一定得去。"陈夏说："有时间就去。对于你来说，也只是看看湖水草木。"魏桃说："看不到科学家研究飞升太空的东西？"陈夏说："那当然，你看不到也看不懂。"

研究生第一个学期课程很多，陈夏因为新鲜和饥渴，白天上课，晚上回来还要在昏黄的灯下温习功课。多年之后，又来读大学，对他来说，有点刺激。他为自己能考上这高等学府而荣耀，虽然不抵世界闻名的科大，但这所大学也是东亚的重点大学，他要珍惜这来之不易的时光。陈夏读研的这所大

学的确在东亚地位一流，这所大学叫什么名字呢？其实叫什么名字并不重要，它可能是东亚任何一所高校，也可能不是东亚任何一所高校。为了避讳，我们姑且称之为亚洲大学。

亚洲大学哲学系有一位德高望重的教授叫赵越。她专著颇丰，学术造诣在圈子里很有影响，深受同行敬慕和学生爱戴。她为人也谦逊和善，对学生像对自己的孩子，不仅关心学业，还关心学生的家庭。她得知陈夏是带着家眷来读研的，非常感动，觉得他不容易，于是一些高层研讨会来函，她就把参加的名额让给陈夏，好像是给陈夏的求学精神加分。

陈夏在哲学系读研期间，跟赵越老师或代替赵越老师参加过好几次学术研讨会，认识了不少学术界的泰斗，长了见识，还体验了住豪华酒店和游览名胜景区。对于农村长大的陈夏，这些体验如同井蛙入了大海，无限风光。

这一年春季，省级相关部门组织编纂了一本哲学论著，旨在全面贯彻中央文件精神，繁荣哲学社会科学。学术论著专题研讨会议在某名胜风景区召开。

这一次陈夏不是代替赵越老师参会，他是代表自己，因为论著里入选了他的一篇论文《黑格尔国家学说的时代性和民族性》。与会人员有文化宣传部门的、社科院的、教育厅的及多家媒体记者。会上陈夏发言阐述了他那篇论文的写作背景、选题的价值和意义，又对当前国内学术生态和前景发表了个人独到的见解。要知道这种会议上大部分是老同志，除了陈夏和几位媒体记者，长长的会议桌两边，都是一眼望不到头的麻白或秃顶。陈夏那么年轻，观点那么独特，言辞那么犀利，赢得了不少赞叹。有经验的人，坐到这种场所，都戴了面具，表达都是刀切豆腐两面光。陈夏这么"聋子不怕雷"，倒是抢了风头。

会议歇息时，一位省报女记者，在走廊里堵住他，就他刚刚在会上提到"当代中国没有哲学只有哲学史"的问题想请教一下："什么是哲学？"陈夏说："你在问我这个问题的时候，就是哲学。"

女记者笑了，她将一缕发丝夹在耳背，做了个排除羞涩的动作。她说："哲学就是追问？"

陈夏说："是的。"他解释说："哲学起源于闲暇和惊诧。哲学本为无用之用，如果凌驾哲学之上，以达到实用主义、功利主义的目的，其本身就是反哲学的。哲学的基本精神是探究和求新，是独立地思考、自由地思想，如同地球在宇宙，别无傍依。而今天我们不是这样的，你懂的。"

"哎哟"，这位女记者觉得陈夏蛮有性格的样子，就黏着他不放，"我不懂，你再说说，打些比方。"陈夏就滔滔不绝与她唠起来，一直唠到这女记者跟他到了他的房间。她在他房间听他谈论了许多，从米利都学派到奥林匹斯山，从万物本源到唯意志论，博大精深，让这个女记者听得脑洞大开。她对他满是羡慕和崇拜，她问，能不能推荐几本好书？她喜欢读书，什么书都喜欢。陈夏为了显示自己的渊博，把包里一本《纯粹理性批判》和一本《尼采生存哲学》都送给了她。他出来开会，随身都是带这样的书，不愧是哲学家，女记者尤为钦佩他。

可惜这个会议，下午拍完合影，就要散会了。否则他们还有机会交流。会务组晚上安排了文娱活动，但那个女记者不参加，她和陈夏交换了手机号，她说她要回东亚。陈夏本来打算第二天坐会务专车回东亚，他见女记者要走，就问，"你晚上坐什么车回去？"女记者说："我自己开车。怎么？你也想晚上回去？"陈夏说："是的，明天有课。"

然后即将失去的交流机会，又来了。他们一路上讨论了许多，文学、哲学、好莱坞电影和东亚房价。这女记者也是涉猎广泛，什么都有兴趣，懂和不懂的她都想讨论一下。由于讨论得热烈，两个多小时的车程，仿佛一下就到了家。

女记者把陈夏送到亚洲大学南门，然后调转车头，与他挥手作别。陈夏目送她驱车驶上灯火如河流的渤海路，望着那辆红色小车渐行渐远最后隐没在长长辉影中，他的内心好舒畅。夜风拂过他的脸庞，他突然觉得自己像一个即将出海的航员，而那辆红小车就是启航灯。

校园内橘黄的路灯下，往来稀疏的行人，这夜景也是美得销魂。陈夏走得疲乏而兴奋。他到了自家的单元楼下，心情就大不一样了，他听到魏桃在打骂小孩的狂吠声，他心里很焦虑。

他三步并两步，跑上昏暗的楼道，到了二楼发现自家门口站着几个邻居。

原来魏桃外出做小贩生意，也才刚到家。孩子独自在家，吃罢晚饭洗碗，不知怎么弄的，那水龙头就关不上了，水一直放，孩子也知道拿盆接，接了端着倒进门外的公共厕所，可是水却一直接不尽，一个小时后，直到邻居发现才来控制住了水龙头。家里成了泥泞地，鞋子、毛巾、衣物邋遢一堆，床底下的纸箱都浸了水。

几个邻居正帮忙扫水，魏桃边收拾残局边骂孩子，骂了几句，又拿扫帚把狠抽他。

陈夏把出差回来的东西扔在床上，然后卷裤脚，踮着脚，拿拖把拖水，收拾房间。邻居逐渐散去。魏桃开始数落陈夏："就你一个穷鬼，舍不得花钱，叫你找个水电工来接水管，你非要自己弄不可。买个劣质水龙头，现在就是这下场！"

陈夏说："不要吵，不要吵，明天就叫水电工来，你这个声音，几幢楼都能听到。"魏桃说："我就要让几幢楼的人都听到，我家过的什么日子。你整天打扮得油头粉面去坐课堂，我起早摸黑做生意，回来还搞不到一口热水热饭，你以后不要出去游山玩水开什么会了。"陈夏说："好，好，以后不出去。"

这是陈夏读研的第二年，他们从老家带来的那点微薄的积蓄早就花得精光。在省城钱不经花，学杂费加各种生活开销远远超出了当初设计蓝图时的预算。魏桃一年前开始谋职，因为没有文化，她辗转了好些行业，最后还是骑电瓶车卖小百货，只有这样才能避免城管的骚扰。魏桃对新环境有较好的适应能力，凭她一张乖巧的嘴，操着夹生的普通话，三言两语就可以把一个陌生人变成朋友。楼道里的邻居，幼儿园老师，校园商店老板，都是她的熟人。如果在街上碰到夹带相同方言说着普通话的人，那就是老乡，第二天那人就会成为她的生意搭档。她卖计算器、小闹钟、剃须刀、手机套、帽子和纱巾之类，本小利高的劣质小用品。这点卑贱的血汗钱，倒也能维持家中的油、盐、米、水电费和偶尔一顿给孩子补钙的排骨汤。

他们六岁的儿子陈俊驰幼儿园即将毕业，正忧虑下半年去哪上小学。也就在这一二年，他们隐约地听到，一些在东亚打工的同乡，陆续在东亚按揭买房了，孩子可以正常上东亚的小学。这让急性子的魏桃心理落差越来越大。于是夫妻俩为琐碎小事吵架越来越频繁。陈夏拖家带口来读研，带着个没文化的妻子住在校内做生意，惹起左邻右舍不少闲言碎语。说二十世纪八十年代初，有当爸爸的上大学，而今二十一世纪还有带家眷读书的，中国的校园就要成为大观园了，就差刘姥姥没进来。

这个晚上，魏桃为了孩子扭坏水龙头的事，从九点骂到十二点。次日清晨，左邻右舍还没开门，楼下的路上刚见人影，就听魏桃在小厨房叮叮当当摔瓢撂铲，一边骂人一边把餐具弄出刺耳的声响。这是贫穷的声音，它像聒噪的狼群，让人们恐惧和厌恶之后，又生出些许怜悯。这声音很快传到赵越老师的耳边，赵越老师皱着眉头说："唉，这个陈夏，唉。"她仿佛气得无话可说了。

于是赵越老师就把家里的钟点工辞了，让魏桃到她家做活。这样魏桃既能照顾孩子，也不必去街头做流浪生意，而且她给魏桃的工资也很高，比她卖百货强多了。

陈夏那天回家把这事告诉魏桃，魏桃一开始不愿意，"当保姆？服侍人的下贱事，我不干。"陈夏说："在赵老师家做活，也不是校外人家，又没有老乡看到，丢什么人？"魏桃犹豫不决，又恐得罪那赵老太太，怕她说她不识好歹，于是就很不情愿地去了。魏桃在赵越老师家做了两天活，觉得还不错，她家就老两口，家务吧，说多也不多，说少也不少，但人比较自由，还能偶尔看看电视，因为这对老夫妇经常不在家。

三

赵越家环境非常雅静，魏桃进城这么长时间，还是第一次进入这么豪华的居室，当然魏桃以前也没进过城市私人住宅，顶多在做生意时钻到人家楼梯口瞅一眼。赵越夫妻住一百二十平方米新房。家具、地板、壁灯、墙壁装饰到处亮锃锃的，流光溢彩。她先生的书房墙壁上还装饰好几副赤身子光屁股的女人像，据说那是圣经里的女人，那画叫油画。魏桃第一次进这家客厅，眼睛发亮附带眩晕，坐下来镇定了好久才站起来走动。魏桃在赵越华贵的居室里，伸着头，这屋看看，那屋瞧瞧，说："您老住得真舒服。"赵越说："舒服什么，房子大了难管理。"然后赵越就带魏桃看厨房，看阳台，看卧室，看洗衣机，看吸尘器，给她一一交代了工作内容。魏桃虽没文化，但常用文字能识会写，买菜，记账，写留言条，都不成问题。赵越在言谈之间，发现这位乡下女人聪明灵巧，做家政事务比一些涂劣质口红、喜欢偷奸耍滑的保姆强多了。

魏桃分别在不同时间，见到这家两位老主人。男主人周诏然，退休后又在社会企业任职，在一家化学材料公司当副董事长，虽然是副的，但他是公司股东，入的技术股。他上班有专车接送，而且他上班也不必按时，仿佛想去就去，不想去就在家里书房里看书、打打电话什么的。那天，他从书房里走出来，和蔼可亲："你是魏桃吧！来了一个星期了吧。哈，南方女孩，心灵手巧啊，家里收拾得不错，辛苦了，来，吃点果盘。"魏桃见他称她是"女孩"，脸前所未有地羞涩起来，然后浮红。这是一种可以人为制造的效果，表示对对方的尊敬。魏桃也会这些。

周诏然亲自动手，装好了果盘放到客厅茶几上，尽是巧克力、开心果、

核桃仁之类，含蛋白质、油脂、矿物质较高的价格好贵的坚果。他叫她吃，吃了再干活。"吃，别客气。"魏桃嘴里一边嚼着难吃的巧克力，一边看着她的男主人。原以为退休的人都是老虾背，面前这个男人不是，他腰板子硬朗，头发麻白，却梳理得十分精神，宽阔的脸庞，脑门发亮；出门时喜欢戴墨光眼镜，显得风度翩翩；坐在沙发上的时候，喜欢跷二郎腿——这种坐姿的人都是很有钱的人。

魏桃从一开始就知道，一个保姆享受这种待遇当然只能有一两次，是他对她初来乍到的客气，以后的男主人每次到家，除了在卫生间给她扔下一大堆换洗的衣服，似乎没有多少言语。

魏桃刚来的时候，梅雨季刚走，正兜上了洗晒的高峰季，她洗了一堆棉袄、羊毛衫，手都烂了。从床上到鞋柜，都收洗妥当了，再跪在地上擦地板，那破了皮的手就绽出道道小伤口，她必须贴上创可贴，才能进厨房。到了夏季，洗衣服的活少了，厨房做菜却热得大汗淋淋。

两个主人总在不同的时间出现在家中，因为赵越有一个癖好，每到周末，总会捧一本叫《赞美诗》的书，去郊区一个教堂，听教会的人讲圣经课、唱圣经歌；有时在家也自个儿唱"全能慈悲圣天父，我们抬头见恩光。（主啊！）见你荣耀像日月，见你仁慈像海洋"。周诏然回来却是一头钻进书房里。用赵越的话说，"这样好，到老了我们都不孤单，我们都有各自的信仰。"赵越是个孤傲的高知分子，人老了本来就有话多的毛病，赵越因为有知识，她的话就像打蛇，句句落到七寸上。她说贫穷不会凭空存在，它总被攀比的魔鬼主宰；夏虫不知有严冬，不是缺乏先验而是缺乏逻辑；人生最大不幸，是奋斗时总在顾虑，安乐时总在放松，其实人生必须是奋斗时要放松，安乐时要谨慎。魏桃在她家干活的时候，经常听到她这样叨唠，她不是说给魏桃听，她是说给那些登门拜访她的学生听。她说给魏桃听的是：她的家庭观念特别强，她和她的先生和睦相处平安度过四十年，生了两个女儿，都成了凤凰，定居在海外。她们家是最成功的中国家庭，她也是最成功的中国妻子。她语重心长地对魏桃说："上帝为你关上了门，还会为你打开一扇窗，生活充满无限可能性，只要你好好干。"

魏桃回到家里，对陈夏说："原来你跟赵老太，学的都是那些知识？我总算弄明白了。"陈夏说："也不是，我们学的是西方哲学专业，知识远不止那些。"魏桃说："你说说。"陈夏说："我说了你也不懂。"魏桃说："不就是上帝、稀蜡、酸嗝拉底、伯拉头、乌托什么邦、上流社会什么的。我听都听烂

了。我问你，学这些东西将来能找到高薪的工作吗？"陈夏说："当然能，否则吃苦来读研干吗？"魏桃说："哦，那我就放心了。我的要求也不高，能在东亚买一套房，能把儿子送到外国留学就行了。"她又认真地问："你能拿到周老头那么高的工资吗？他当董事长一年拿十几万。"陈夏说："我将来肯定比他强。"

因为在赵越家做保姆，孩子和自家的事务都能兼顾到，而且不必往校外跑，生活较安稳，开销也少些，这半年，他们的日子过得相对和谐，极少发出摔瓢摔碗的吵架声。

暑假，陈夏带孩子回家乡农村待了个把月，魏桃因为怕耽搁赵越家的事务，就没有回去。孩子在农村和爷爷奶奶说话，是说标准的普通话，这可把那两位老人乐坏了。他们乐极又生悲，九月在省城能上个什么小学呢？异地户口，即便能上学也要多交好多钱。爷爷说就留在家乡上小学。陈夏舍不得，认为方言教学影响孩子学外语，又担心父母年迈照顾不了孩子。陈夏说实在不行就推迟一年再上学。爷爷奶奶羞于家底太薄，无能相助，就赞同了陈夏的意见。推迟一年，陈夏就毕业可以找工作了，到那时经济活络一些，就是交借读费也能挺得住的。儿子和孙子在农村，把鸡和鸡蛋都吃得差不多了，把菜园的瓜果和院前一树野桃也吃光了，然后带着晒得黑乎乎的脸，回到东亚。

这时候已是八月底，魏桃经过一个暑期的折腾，把孩子上学校的事搞定了，而且报了名，现在等着带孩子去面试，其实面试也是走形式。陈夏十分惊讶，哪来的钱？魏桃说是向她弟弟魏建借的。陈夏内心有些自卑，但他没有说话，只表示明年自己毕业工作了，一定会把钱及时还给魏建。

那个超生的魏建，因为他来到这个世上，使魏桃变成了文盲。代价如此惨重，魏建长大后自然要把三姐当再生父母敬重。其实当年让魏桃失学，多少有些不公平。当时大姐小学毕了业，二姐读四年级，父母却认为毕了业的要干农活，读四年级的辍学太可惜，反正魏桃还未入学，也就不叫辍学了，就留下魏桃在家照看弟弟。十根手指有长短，哪能扯得齐？再说，后来的扫盲班，也开派老二包下了早上放牛的活，催着魏桃去上了，这说明父母也通情达理没有偏爱。可是魏桃渐渐长大，对父母的耿耿于怀，越积越深。逢年过节，两个姐姐会按乡俗提篓拎肉给娘家送年节礼，但魏桃不送，她总说："父母给她们念书了，她们该多孝顺，我从小烧锅摸灶带弟弟，给弟弟洗屎尿布，洗得我长大看到鸡蛋黄都恶心。"

为了一个儿子，父母耗了老命，倾尽全家之力哺养，长大却十分不争气，高考时，魏建连个职专都没考上，全家悲伤，却落得魏桃暗自嘲笑。

魏建落榜之后，就跟着乡邦去江浙打工，他算有些文化，没有做灰头灰脸的建筑工，而是在江浙做皮鞋生意。魏建出去混了些年数，手头比较活络。这个经常向他诉冤，为他而葬送了美好人生的三姐，现在向他开口借钱，他自然没有一点犹豫，连忙把钱打到了魏桃的银行账户上。

四

九月，儿子陈俊驰如愿上了小学。小学和幼儿园不一样，除了早晚，中午也要接送，还要为他做午饭。夫妇俩就变得比以往任何一个时候都忙碌了。恰在这个学期，陈夏兼任了经开区一家民办学院的一门课。虽然课时费很少，但多少能给家里挣些补贴。他为什么以前没外出做兼职教师？一则头两年自己攻读的专业课程较多；二则那些民办高校外聘教师的课也不是你想带就有，陈夏去年就应聘了，排了队，今年这个学期那家民校正好有一门课合适陈夏的专业，于是就叫陈夏去兼任了。

刚开始的两个月，夫妇俩协调得比较和谐，无论多么忙，总能错开一个去接孩子。几场冷雨下来，天气渐渐转冷，魏桃中午却不怎么回家了，她待在赵越家暖气融融的温室里，用手机遥控陈夏，指挥他中午做什么菜，傍晚买什么菜，下午上学给孩子添件什么棉夹。

有时候，陈夏十一点半在亚大下课，再去接孩子，就来不及，即便匆匆去接了孩子，回家还要烧饭。接下来又得按时送到学校，而自己下午恰好又要去民校授课，一点多就要在亚大门前候那家民校的校车。这就让他心挂两头，惶惶不安。

又穷又忙，越忙越穷，就是诱发夫妇吵架的主要因素。其实魏桃在赵越家做保姆也是包工不限时的，随时可以回家。但魏桃逢到陈夏有课，似乎在怄气，故意要搅和他。

魏桃拗气也是有些道理的，她认为陈夏是懒惰。陈夏读研进入第三年，学校课程很少。民校兼职一周只有三个下午。他大部分时间是躺在家里看书，或者去市区和女人喝茶。偏偏逢到她在赵越家正忙的时候，陈夏就有课。赵越家经常来客，要买菜做饭，这就拖住了魏桃中途不能脱身。这个时候，她就打电话给陈夏，叫他中午接孩子和烧饭。好几次，陈夏接到这种电话的时候，居然在市区，说他中午有饭局或者约了朋友在茶楼谈事。

"去死吧。我一个人这么辛苦，养两个饭桶。"魏桃心里不平衡，她后来有一段时间，中午干脆不回家了。

陈夏知道她是故意的，他憋着一肚子怨气终于在这个晚上发泄出来："你干脆把赵老师家的活辞了。你连孩子都不管，配做母亲吗？"魏桃说："我辞了活，那你只能去喝西北风，我怎么不管孩子？你们父子俩不都是靠我养着吗？"

陈夏说："不稀罕你那点钱，我们现在背点债，不要紧。"

魏桃说："你觉得不要紧，我认为很要命。"然后她开始数落，"孩子刚入学就借债，以后借读费越来越高。我们还要买房子，还要供孩子上大学。你有飞天的本事？你不过是个硕士，现在博士都找不到工作了。"

这后一句揭了陈夏的短，他这半年来正为找工作的事心烦。他频繁地去校外参加社交活动，似乎就是想碰碰运气，为明年就业落实一个好单位。但是在省城，就业的压力远比他当初想象的大。他还没有应聘工作的经验，因为本科读的是师范，包分配的。时间仿佛一眨眼，他就要毕业了。

应届生开始忧心忡忡，大家聚到一起，讨论的是如何找到高薪工作，没一个讨论亚里士多德。他们的功利心很强，写论文是完成产值，花钱读研是为了混张文凭，没几个人想在这个领域有所造诣。陈夏很后悔读哲学这个冷门专业，这意味着去社会求职的路也是很窄的。他当初为什么报考了哲学专业呢？并不是他热爱哲学，而是因为哲学专业竞争小，录取分数相对较低，那一届，英语分数线只57分。换个其他热门专业，他不一定考得上。梦想跟不上时代的步伐，三年研究生读出来，硕士文凭就落伍了。据说以前优秀的学生可以留校，现在留校要博士学位。至于读博，贫穷遏止了陈夏的念头，他想都不敢想。

所幸陈夏嗅觉灵敏，他利用几次学术会上认识的朋友，探到了一些风声。省社科院哲学所所长对陈夏印象不错。他在学术会上与陈夏深入交流过，觉得这位年轻人很有思想，而陈夏的条件及论文成果，也符合社科院当前人才引进的要求。只是这位所长没有人事权，暂时没有答应陈夏。

但无论如何，这也暗示了陈夏，希望就在前方。陈夏非常高兴地把这件事告诉一位朋友，可是这位朋友却说："社科院有什么好的？做学问没有自由的思想，走仕途没有晋级的机会。暮霭沉沉，毫无意义。"

说这话的是陈夏春天结识的那位女记者。她的名字叫李嫱，在省报社负责文化特刊版。

　　李嫱与陈夏相识后常常在QQ上向他请教一些哲学问题。这么一位有修养有学识的女孩崇拜他，他有些膨胀的感觉。他未必样样都能回答，但他可以搜索百度或专业网站文库。他们因为好学和爱思考很快成了朋友。

　　李嫱经常参加省城的一些文化活动，主办方邀她去，在合适的时候，她也约上陈夏。陈夏跟着李嫱参加过达·芬奇艺术馆的一个画展、省广电局的电影拍摄开机仪式。名流汇聚，让陈夏体会到了文人圈的活跃气氛。陈夏有亚大哲学系研究生这个头衔，在活动上也很炫目，主办方也会给他桌前立个名字牌，按专家对待。这一次参加一个作家的新书研讨会，他还收到个夹着二百元现钞的信封。这天研讨会饭局结束，陈夏主动邀李嫱去了广岛路新华书店，他购了几本书送给她，然后二人又进了旁边的栖巢咖啡。

　　他们坐在咖啡厅灯光朦胧的卡座里谈论尼采和康德，也谈论科学和文学。从谈吐中可以看出，李嫱是读过很多书的，文学、历史和当前流行的量子力学书籍，她都读过。陈夏虽然比她学历高，但没有读过她那么多书。这一点陈夏心里有数。但陈夏会运用逻辑表达，陈夏说，阅读丰富思想，但不等于有思想。这话说得很到位，让李嫱略有自卑。于是整个讨论过程，变成了单方请教的形式，比如李嫱问：文学和哲学区别在哪？感情和理性对于人类发展，哪个更重要？陈夏说，如果把人文艺术视作一个妖娆而富于狂想的女人，哲学就是一个诚实智慧的设计师。哲学从来不敢对未曾验证的东西做出承诺，而人文艺术却有近乎妄想症的臆断。从远古的诸神，到现代西欧珍藏的各类绘画，都是精神狂躁与妄想的产物。近二百年随着科技的发展，人文艺术对诸神的妄想又转变为对科技的幻想，产生了星球大战、人工智能、时光穿越这类文艺作品，一个时代有一个时代的妄想症。有妄想症其实是好事，妄想症包含了感情和幻觉，而人类文明发展，理性成分极少，主要靠感情和幻觉来推动，包括战争的爆发，一个王朝的建立，都是感情因素起主导作用。感情和幻觉也带动了科技，就连牛顿、伏尔泰这些高智且富于理性的伟人，都从未怀疑过燔祭以撒的事有多么荒谬。

　　陈夏外表恬静，观点却有些张牙舞爪，"人文艺术是一个妖娆而富于狂想的女人"，李嫱觉得他的比喻非常有创造性。李嫱兴奋之余，决定把他说的话，整理一下作为访谈发到报纸上。

　　过了几天，报纸出来了，半个版，而且还配了一张陈夏系领带的健康而富于书卷味的生活照。

　　陈夏把这份报纸买了好几份，散给同学和导师看，也带回家给魏桃看。

魏桃看到陈夏的彩照印在报纸上，非常高兴，问："他们给你多少稿费？"陈夏说："是那个女记者采访我的，不算我写的，没有稿费。"魏桃说："女记者？她结婚了吗？"

陈夏正高兴，就说了真话："不知道。"话音一落，夫妇俩都用了心，魏桃怀疑陈夏在撒谎，陈夏后悔自己没撒谎。

陈夏真的不知道李嫱的个人情况，他们短促的见面，聊的都是纯粹形而上的话题，没有涉及双方个人生活及家庭，仿佛那些俗气的话题会破坏他们沙龙式的高雅气氛。

慢慢地，因为关系越来越近，他们开始在 QQ 里聊一些形而下的话题。

于是陈夏知道了，李嫱三十岁竟然是未婚。李嫱也知道了，这个白面文静的硕士居然是六岁孩子的父亲。俗世的烟火气渗透进来，彼此多少都有些心理障碍，生怕对方用了心，又生怕失了自己的体面。但是谈到陈夏就业问题，李嫱还是出于朋友的诚实与关心，表达了自己真实的看法，她认为去社科院做学术，在今天这个时代意义不大，建议他到高校或媒体上班。可是高校他的学历不够，中小学他又不想去。李嫱说，那就去报社，媒体有朝气、有活力，在媒体工作，人的精神质量不一样。李嫱还说，她认识一些报社领导，到时候可以引荐。"像你这么有才华的人，到哪都会受欢迎。"

陈夏心里有了底，他是一个有才华的人，不愁找不到工作。他采纳了李嫱的建议，在合适的时候，去面见李嫱引荐的《时报》社的总编。

现在陈夏回到亚大校园内这个昏暗拥挤的家里，内心却像包裹了一颗原子弹，贫穷和糟粕压不垮他，黑暗可以瞬间变成光明。他原子弹释放的万丈光芒足足可以覆盖一座城市。

他再一次对妻子说："你歇了赵老师家工作吧，在家安心带孩子。"

魏桃轻蔑又嘲讽地打量着他，"照片上了一回报纸，脸就那么虚肿了？"接着她说，她即便辞了赵越家的工作，也不能闲在家里。她打算和魏建合伙在城隍庙开皮鞋店，利润按出资比例分成。"我们的穷日子，不知何时才能到头，我要去挣大钱才行。"

据说魏建在江浙混了一些本钱，现在听朋友唆使，有意来东亚发展。陈夏对那位小舅子不感兴趣。他在江浙一带做生意，尽是倒卖那种"水货"，用仿真皮鞋冒充名牌而牟取暴利。同时他也知道，合伙投资，那个数目对他目前来说，比接近柏拉图更遥远，他说："你不要和他合伙，他是骗子。"

魏桃说："没有骗子，你儿子能在东亚上小学？"她一触即发地抱怨起来：

"魏建不偷不抢，凭本事挣钱，你凭什么看他不顺眼？你越来越穷酸了，死要面子活要脸。还经常嫌我这，嫌我那，若不是我做那些贱活计，你能当硕士？你能人模狗样的穿这身西装？你还拿我挣的钱去外面请女人喝咖啡，你真不要脸。"

陈夏羞得脸上火辣辣的，"我在外应酬，都是我挣的课时费，你不要那么粗俗好不好？孩子在这里。"魏桃底气很足，"我就要让孩子看看，我没文化，我粗俗，可我不吃软饭，我自食其力。"

陈夏僵坐在方桌边好久没说话。儿子趴在桌上写作业，惊愕的眼光却不时地扫视父母。魏桃依然在唠叨，她在卧室与厨房之间来回做着零散的活计，唠叨声就这样带进带去。这样的夜晚，不隔音的老房子，足以使魏桃的声音传进每一家玻璃窗。陈夏生怕又惊扰了邻居，他猛地起身拉开门出去了。昏暗的走廊留下他矫健而凌乱的脚步声。他用沉默做出反抗，这架势明显告诉魏桃，他不跟她一般见识，他很厌恶她。

魏桃倒是越发厌恶他了。一个大男人，耍嘴不动力，还经常目空一切，瞧不起生意人，瞧不起打工人，瞧不起低层人。她认为若不是陈夏读硕士花去那么多钱，他们家完全可以在东亚按揭买房了。买了房就有本市户口，儿子上学，不必交那笔冤枉的借读费，自己也会变成真正的城市人。魏桃一踏进东亚这座城市，就对买房动了心，可惜梦想太遥远，她奋斗的步伐永远赶不上省城的房价。她卖货时路过一些新式住宅区，看到喷泉、假山、白色鹅卵石铺的路，心里想，一辈子很短，把命卖了恐怕也不够买这高档房子的半边墙。

令魏桃万分懊丧和抑郁的是，前几天，她从老乡那里意外获得一个不幸的消息，当年那个杨道士，他家孩子还没长大，去年就在东亚新开发区买了一套房子空搁在那里。家乡县城有钱人，都在省城买房了。他们不在省城上班，只是春节来省城住住换新鲜。而她和陈夏在省城三年了，却依然住在租居的黑屋里。

这种心理落差在她进入赵越家做保姆之后，愈发明显。赵越家光辉灿烂，对比家中租的那个十来平方米的黑屋，简直是天堂和猪圈的区别。赵越家客厅吊顶上二十多个灯泡，还有光带。魏桃经常帮她家省电，主人不在家，她就把灯全部关了。可是赵越一到家就啪啪啪全部按亮，还批评魏桃，"省灯干吗？客厅阴森森的让人害怕，再说你关了灯，地板你能擦得干净吗？"

魏桃暗想，你这客厅亮一天灯，要抵我家两三个月的用电，真是有钱就

任性啊。她自家那不采光的黑屋，一个20瓦的灯泡只在晚上亮，而且亮久了她还心疼。她还经常把儿子和陈夏赶到学校自习室去写作业。她家那黑屋似乎也越来越拥挤，住久了，杂物越堆越多。没有壁柜，换季的衣服只能叠着装进纸箱，纸箱靠墙码了一人高。床底下、桌子底下各种东西塞得严严实实、水气不通。逢到楼下垃圾桶旁有人家扔旧家具，她总要偷偷审视一下，看看那旧椅、鞋架之类，自家是不是用得着。她家的家具，许多是从外面捡回来的。有一个坏了门角链的大衣橱，是她和陈夏在夜深时，偷偷去抬上来的。因为怕丑，所以只能选择夜深人静的时候。老建筑不通风，二楼的房子潮气重，衣橱可解决了大问题，衣物归类放进橱里，隔潮又清爽，屋内的空间也变大了些。

她家唯一的置物是一台二手电视机。而且在买这台电视机之前，她还和陈夏讨价还价了一番。魏桃要看电视剧，她在赵越家看习惯了，晚上回家还想看。她要买电视机，陈夏说临时的家，不要置物，而且电视影响孩子学习。魏桃就不高兴，嘟囔着他是穷鬼、小气鬼。陈夏无奈，就到十里远的二手市场买了这台21英寸长屁股的电视机。连续剧使魏桃变得安静，她大部分时候不骂人，她非常省电，但她自己迷电视剧，却不省电。电视一般要放到夜间十二点才关掉，那是因为没有好看的电视节目了。

然而在赵越家就不一样，赵越家的电视可以暂停、循环和倒退着放。主人不在家的时候，她的活仿佛也做完了，她半躺在宽大豪华的真皮沙发上，舒适地看着电视剧。富丽堂皇的客厅，让她有许多遐想，又让她生出许多悲凉，她憎恨上帝不公平，这么老的一对老夫妻，竟然这么宽绰富裕，他们花钱像魏桃用公共厕所的水龙头一样。

五

比较陈夏那类年轻的穷书生，这家男主人真让她羡慕嫉妒恨，他笑笑就能挣钱啊。

周诏然的高分子新材料产品，常年在电视台播广告。周诏然灿烂昂扬的笑脸，会在电视上循环出现。赵越说："你真是越老越俏，年轻那会子连照相的机会都难得一回，到这把年纪还天天上电视露脸。"周诏然谦虚地笑笑，"这是策划时代，形象就是效益。"

男主人是个爱干净的人，还有一个癖好，冷天爱洗热水澡，而且早晨洗一次，晚上还要洗一次。平时有洗不完的衣服。如果是出差回来，司机会把几个大商务旅行包送上楼来，除了手机充电器、公文包，以及治高血压、心脏病的各种随身药，还有一堆脏衣服。

魏桃把周诏然带回来的衣裳按质料分别放在几个塑料盆里，然后该用羊毛液的用羊毛液浸泡，可用洗衣粉的加洗衣粉浸泡。魏桃一般是用手揉洗周诏然的高档衬衫、领带和高档内衣，边搓她会边思索一些问题。魏桃知道手里这些品牌内衣比陈夏身上穿的西服价钱要贵几倍。这些内衣包括内裤，总不由得让魏桃泛想联翩，想象周诏然出入的高档场所，坐的华丽沙发，吃饭的华丽餐厅，想象周诏然结交的人，和他握手的人也一定都是上层人，也穿着这样的名牌内衣。与此同时魏桃发现了一个关于城里人的秘密，越是有钱的人冬天越喜欢洗澡，冬天洗澡有益身体健康，而且喜欢去那些有桑拿的地方洗。陈夏冬天就很少洗澡，因为消受不起。

周诏然对家里这个年轻朴素的保姆，十分满意，十分客气。她虽然没文化但不拙笨，头脑灵活，做事细心。她比以前任何一个保姆都让人顺心。她自学成才，知识丰富，她说菜市的水果蔬菜并不是价越高货越好，恰恰相反，价高的蔬菜是运输阻碍或反季种植等人为因素造成的。买那类水果蔬菜不仅白花钱，而且没有营养，吃着还有毒。她说洗衣粉和肥皂同时使用没效果；有一些衣服永远只能用手搓不能用洗衣机。乍一听以为她在抢生意，实际上她说得非常有道理，毕竟人就是人，人要比机器高明一百倍。

周诏然因为对魏桃做事满意，渐渐对魏桃的生活也关心起来。比如她的孩子问题，收入情况，将来的打算。魏桃总会感恩式地有一说一。周诏然就说："慢慢来，你们都还年轻。"周诏然说着话就偷眼扫扫魏桃的脸，"你多大，三十？四十？"看来，魏桃年龄很不好估计，一下就能拉出十年距离，魏桃自己说了，"三十二了。"周诏然说："年龄是个宝，我要比你大一倍。"魏桃说："您看不出那么老。""老"字一出口，魏桃就觉得用错字了，急忙改口说："您看不出那么大。"周诏然笑了，"别尽说好听的，年龄这东西是锁不住的。"周诏然抬手把麻花的头发向后匀抚摸几下，说："年龄不年龄我倒不在意，我这人很重视心境，懂得调节生活情趣。"魏桃从周诏然这话里窥测出一些东西，她心想，你这叫人老心不老。

魏桃洗完衣服再来擦地板，书房的清洁工作总是男主人帮忙，魏桃擦着抹着，那冻得发红而麻痹的手，总让善解人意的男主人看到。周诏然打开书桌上一台小型电暖器，让她把手放上来烘一会。她恭敬从命，把双手放到电暖器前，立即就感到暖烘烘的。与此同时男主人的双手也靠上来，他的手在

火光前摇晃，火光映衬出他手指的血色，他的手鲜红壮实充满力量。他手腕上戴的那块高贵的表，在光的映照下越发金光闪闪。他的手一点不像老年人的手，找不到皱褶和斑点，比他的脸光润多了。他的手和她粗糙的手放在一起，上流社会人的手和农民的手明显就能区别开来。魏桃偷偷瞅着那块表。男主人似乎猜测出她的心事，说："这是一个企业老板送的，为了搞研发项目。"魏桃说："企业老板送的表，一定很贵吧！"周诏然说："一般般吧，也就十来万。"魏桃的心"咯噔"了一下，十来万的手表还一般般？像她自己这种阶层的人，莫说身上穿戴，就是连把人卖了也值不了十来万。但魏桃脸上却装得很平静，她说："哦，真不错，肯定防水，而且也不需要换电池吧？"

周诏然笑笑，说："不需要。"魏桃从周诏然的笑里，感觉到对她无知的鄙视，那笑也明显包含富人的霸气。

魏桃借口说，烘好了，要去干活。周诏然却拉着她的手，要她再烘烘，说："你看你的手，都生冻疮了。"他在拉她的时候，顺势就摸起她的手；摸了又捏，两只手都抚摸过。魏桃脸红红的，表面上像含羞的少女，实际上她的内心很复杂。魏桃早看出老男人的色相，她早就知道周诏然对自己居心叵测，她还知道只要她在这家干活，有些事迟早要发生的。她不害怕，后来反倒多了急切和好奇。现在是以这样的方式开始，比她想象的要平常得多，但她还是感到反胃，她不喜欢自己的手被这样的老男人摸。因为他是男主人，是公司股东，是上流社会有钱人，她心里有利益驱使的想法，她自然不会反抗，反倒故意装出害羞的样子，她半推半就拉扯了一会，最终还是惶惶不安地挣脱开来，拿起抹布出了书房的门。

欲望是先天的，形势是逼迫的。仿佛要跨越荆棘丛生的沟壑去攀登前方的山顶，这沟壑的深浅也超出了魏桃的智慧判断范围，她在迷惘中反复掂量，她突然有一种征服的冲动。她看过很多情感泡沫剧，获得了一些心理经验，这会子都能派上用场了。她还记得当时在县城开饭店的时候，一个东亚在那里开歌厅的老板，在她饭店吃饭时，经常说一句话：男人征服世界才能征服女人，女人征服男人才能征服世界。像周诏然这种见过大世面的有钱人，都拜倒在自己的直筒裤下，她应该为此感到荣耀啊。

这个周诏然，是风月场上混过的老手，更是经验老到的猎人，他懂得做这种事要速战速决，他比年轻人更加敏锐和果敢。他懂得感情的事，是一闪而过的，当时抓住了，就算抓住了。像他这种年纪的男人，不可能存在回头率。于是，在摸手之后的第二天傍晚，他就带魏桃去了一家宾馆开房。

魏桃是头一回进这么高档的房间，华丽的卫生间，蓝色的墙壁，洁净而安宁。床上是白色的床单，盖被也是白色的，轻薄而温暖，不知是什么高级绒毛；最上面是米黄色的羊毛毯子，柔软的，滑滑的。但是周诏然和她私会时表现的情形，却是非常的程式化，严谨而平静。毕竟是六十多岁的人，也不像年轻人那样缠绵悱恻。周诏然比魏桃事先想象的要低能好几倍。魏桃自然不能满足，内心还有些气愤和懊丧，认为辜负了这昂贵的客房。

周诏然毕竟是营养丰富，胳膊是胳膊，腿是腿，就是腰部和颈脖子能感觉到一点年老的赘肉和松弛。周诏然说他坚持吃补钙的药，所以身子骨到七八十岁都不会变形。魏桃心想原来是吃药的，要在我们农村，六十岁的人早就勾肩驼背走路双腿打颤。周诏然事前事后也分别吃了两种药。前一种是盒装的丸药，盒壳上密密麻麻的外国文字。他从西服内袋摸出的，躲在卫生间饮一杯水吞服。事后的那一粒药，是小瓶装的。他叫魏桃从公文包里拿出的，魏桃也不认识说明文，也就不多问。总之有钱的人吃药是保健，没钱的人吃药是治病。

后来的时间，两人聊些闲话，周诏然说："喜欢这地方吗？"

魏桃说："喜欢，这壁灯很好看，床也很大。"

魏桃在这种华贵温馨的房间，觉得自己也华贵，她脸颊上被暖气熏出几分潮红，很是娇艳。只可惜那老男人却没有很好地看着她美丽的脸，他一直闭目养神自顾自地说话。他说："喜欢以后我就经常带你来。"魏桃说："这一晚要花多少钱？"周诏然挪挪身子说："八百。"魏桃说："你能报销吗？"周诏然说："这个你就别管，只要你开心。"魏桃说谎："我不开心，你一晚就花八百，我想在城隍庙开个店，借都借不到八百。"周诏然在女人屁股上很响地拍了一巴掌，"放心，有我在。"

魏桃一听这话心里踏实了，似乎还有一种狡黠的笑，她想是这个世界太简单，还是自己身体太昂贵？就这么来一趟宾馆，就占领了这个男人的全部世界，相比较对陈夏的付出，她真是投错了胎。

魏桃自从和周诏然发生了关系，手头上就活络多了，不再缺零花钱，她和儿子的生活也得到了改善。周诏然三百五百的小钱，有时在他换洗外套翻衣口袋时扔给她，有时是带她外出吃饭买单时顺手抽几张给她。周诏然给钱很讲究场合，不专门掏包给她钱，也不会等她开口。仿佛她花的永远是他的零钱，也仿佛他永远只给零钱打发她。魏桃尽管年龄小他一倍，可她毕竟是没有文化的底层人。传说城市像她这种年纪的下岗女工，竟有落魄到晚上到

私营饭店去接客。相比之下，魏桃的档次要高得多，周诏然是高层次人，上流社会的，而且魏桃可以断定他只有她一个，她和周诏然是城市流行的那种情人关系。

但是人又好奇怪，魏桃每和周诏然去一次宾馆，回到家里就心情不好一回。

她又新奇，又屈辱，又生气，她的情绪开始变得不稳定，喜欢神经质地骂孩子，骂陈夏。她仿佛是签订一份亏本的合同，有些覆水难收了。

六

星期天的上午，陈夏带儿子逛街回来，买了爆米花、汉堡，还有几条小红鱼和一个养鱼的玻璃缸。父子俩有说有笑，忙着装水把鱼缸放到方桌上。魏桃躺在床上，睡眼惺忪。她的眼睛透过蓬松的头发，懒散地看陈夏教儿子养鱼。她讥讽道："装什么蒜，小时候泥巴田里打滚，还没受够，还不嫌它腥？"陈夏解释说，他昨天领到民校的课时费，所以就给儿子犒劳一次。他还告诉她，今天在市内买了一个新手机。魏桃听了这话一滑溜从床上爬起来，她抢过陈夏的手机，看了看，问多少钱？陈夏说两千。魏桃气得把手机往床上一扔，陈夏匆忙捡过来，宝贝似的藏进口袋。魏桃的口水沫早已劈头盖脸朝他飞来："你烧包啊，用两千块钱的手机。你只不过打工挣了点外快，你就这么花，你也不想想，你老婆跪在赵越家擦地板有多辛苦、多下贱？你还打肿脸充胖子用两千的手机，三百五百的手机不能打电话吗？"陈夏说："三百五百的手机，我怎么拿得出门，再省也不能在形象上节省。"

魏桃说："你还有形象？你就一个酸溜溜的人渣。"

陈夏坐在门边的矮凳上闷着头不说话。这可助长了魏桃撒泼的风头，她毫无禁忌和收敛，蓬头垢面，只穿条花衬裤，在室内和外廊走来走去，嘴里骂咧咧的，提塑料桶去公用厕所的龙头接水，骂声就带到厕所，水提回来，一边烧水，一边骂。她的这种骂其实是说理和翻老账，说她跟他吃尽了苦，这么多年没过上一天好日子，她省吃俭用供他上学，她心里清楚只是有苦不能言，她甚至沦落到卑贱地去卖身。而他却心比天高，学会了赶时髦、高消费。她又说："如果不是供养你，我们家真可以在东亚买房子了。我认识的几个老乡都买了，我弟弟也打算明后年买。"

陈夏也不示弱，他闷了很久，突然抬起头来对她说："这样好吧，从现在起把我上学的开销分开，好吧，学费，每月生活费，罗列出来，我读研一共

花去多少钱，我以后一起还给家里好吧，也就是还给你。"

魏桃眼睛一亮，手拍大腿，"这还真是个办法，我怎么没想到呢。"据说上海北京那些大城市的年轻人，都搞婚前财产公证，我们搞家庭经济独立核算，难道不是个理财的好办法？魏桃虽然没文化，账路却清楚得很。她说："光记你的开销不行，还要记你收入欠下的那份。你在县里当老师，岗位加薪级一年至少三万，现在我们还是按那个数记，这样一来，里外不差账。不管你什么时候还，欠条每月写，就是每个月结一次账。"

夫妻俩列了一个账单，从陈夏进校的那天起，学费记上了，每学年四千元（实际上不止这些，还有书杂费）。魏桃慷慨地说："只记四千。"另外每月生活费，粗粗统计，算八百。再一个账面，就是陈夏应该为家庭带来的收入，按当初中学的工资标准，每月欠家里两千五百元。

好几天以后，陈夏想到账路上的一个环节，就是他作为家庭成员本应享受的那份开销。魏桃说："记了，你不懂账？"陈夏脸红了，摇摇手说："算了。"将来挣钱的机会多着呢，他不想揩她的油水。

亲是亲，邻是邻，钱财要分明，古训总是有来历的。魏桃是个精明的女人，这仿佛是一个定律，没文化的女人往往都是数字计算的高手，所以魏桃很适合做生意。

糟糕的女人就是人类进化过程中的瑕疵，陈夏对魏桃家庭分账的做法，感到莫大的耻辱。在他看来，魏桃已经变成了个被物质异化的怪物。这种变化并非自己目前的处境所致，而是她的本性，她本来就是贪图势利的，她当初嫁给他，也是利欲熏心，她并不懂得什么是爱，或者她并不爱他。生存的艰难和事业的渺茫，使陈夏感到内心彻底地虚脱了，深切的孤独又让他在这个家里变得越来越无语。

他依然每天做着分内的事，上课，接送孩子，为孩子做午饭。每周三次，下午去民校授课。一门兼职课终于熬到头了，那个专业在第十六周就考试了。他的时间相对宽松起来，他想下个学期再也不去校外兼职了，为了一点课时费，把人扯得不能分身。

他开始约李嫱见面了。需要补充的是，他买这个智能手机，就不必去网吧，手机上网查资料看视频发语音很方便，也是为了和李嫱交流方便。信息时代，通信工具就是社会生活运转器，没有它你就停滞在上世纪。但是魏桃那种无知的女人，永远不理解社交的投入对一个现代人有多么重要。

陈夏觉得只有在李嫱面前，他才像个男人，他很喜欢李嫱敬慕的眼光停

留在他脸上。这一天下午，陈夏说："好久不见，一起出去吃吃饭吧。"李嬬果然没拒绝。历来约见地点都是李嬬定，她有车，他也随她带，可是这次陈夏却提议，"今天不去栖巢了，去科学岛，好吧？"李嬬说："去'太阳岛'。"

傍晚李嬬开车来接了陈夏。可是他们到达的地方，却是一条餐饮街。陈夏懵懵的过了一会才明白，这是有名的渤海路1912街区。这里全是酒吧和餐馆，灯火暧昧的步行街，情侣接二连三从他们身边走过。那些男女互相戏闹，拉拉扯扯，旁若无人地拥抱和亲吻，倒让李嬬有些不自在，她的眼睛总在躲闪。他们进了一家酒吧，服务员把他们当作情侣，安排在一个情侣卡座。在这家以法国红酒扬名的酒吧，他们都没有点红酒，陈夏要了绿茶，李嬬要了咖啡。主食都是西式的，他们也不讲究，随便服务员推荐。

李嬬问："南方人是不是都喜欢喝绿茶？"陈夏说："在中学当教师，喝习惯了。"

陈夏清楚，李嬬是本地人，她问的话明显带着对外地人的好奇。陈夏就反问："东亚人喜欢喝咖啡？"李嬬说："没有特别的讲究，什么都喝。"不过，她说，"今天东亚本土人，已经被异化了，作为省会，又有冲二线的房价，东亚近几十年吸引了大批外地人才。比如你。"陈夏笑笑，"过奖了，我算什么人才。"但他也不谦虚，说，"我虽然来东亚时间很短，但我还是比较了解东亚人的。我觉得东亚人都比较朴素，他们对外来人始终有敬畏和谦卑。"

李嬬说："谦卑是因为虚弱，毕竟半个世纪前这还是个普通小城，不像上海有百年外滩，广州有弹钢琴的曾祖母，东亚这座城往上算三代，是农民。虽然近几十年突然地蓬勃发展，但内蕴还是跟不上。"

陈夏说："我不同意你的观点。内蕴这个东西怎么界定？什么区域都有内蕴，只是资源不同，资源也有厚积薄发，不能以时间为标尺。东亚在短短几十年间，就冲进了全国城市排名榜首，说明东亚有独特的资源优势，丘陵散布，梅雨气候，西依楚荆、东临江南，古代是兵家必争之地，现代又吸引了大批沿海工业内迁，新中国最高的科技学府建在这里，这是东亚科技之根，给后来的科技造城带来了一系列的契机。改革开放后，在'科学技术是第一生产力'号角下，中国第一台微型电子计算机诞生在这座城市，随之引来国家科学中心驻地的注目，随之就有一座荒岛变成科学岛的神话。所有这些，除了得天独厚的地理环境，更有东亚人的胸襟和求新求变的智慧。"

李嬬欣慰地看着他这么说，说："你算是很了解东亚，把它的来路数得这

么细,你说的也很对。但是,求新求变,更多的是外来人的驱动力。"

陈夏说:"这更加证明了东亚魅力,把周边城市的灵气都吸引来了。"

李嫱说:"不,不,你还没有看到一种深层次的现象,东亚似乎永远是个历练人的城市,却不是个成就人的城市,许多高校毕业生在这里待不到几年就迁徙。产业结构不均衡,使得很多人找不到自己的定位。"陈夏说:"这不该成为否定一个城市的理由,是当代社会价值系统被破坏了,人生的定位,并不来自客观环境,而取决于个体对现实的期望值。"

李嫱笑着借机问陈夏:"你的期望值?"陈夏说:"自己喜爱的工作能给父母带来晚年的安详,让朋友变成亲人,让婚姻变成爱情。"

多么实在而温暖,李嫱初听感觉很充实,可是她看了他一眼,她又笑了,"哲学家的鸡汤不限售。"

陈夏一如既往地买李嫱供职的那家报纸。近一段时间,几乎每天都买。他从亚大邮电所买了报纸,然后一路翻阅着走回家,到了家里,他只留李嫱编的那个对开两版,把剩余的一叠报纸放在小凳上给儿子折飞机,或者让魏桃点蜂窝煤引火。他们家的日子过得很考究,夏天烧液化气,冬天烧煤球。小厨房里的水龙头,自从上次被儿子扭坏了,一直没有换,因为饮用水和洗洗刷刷,都可以去公用厕所的水龙头解决,那是免费的水,用起来不心慌。

这个昏暗的房间,即使大白天也要亮灯才看得清报纸。而看报纸时陈夏习惯横躺在床上,把棉被当枕头,然后跷着双脚,把李嫱编的文化特刊,认真地重看一遍。头条文章大部分是李嫱自己撰写的,关于城市文化现象,影视评论,也有居住需求与商品房价之类的探讨,尽是与文化扯得上又是大众关心的热点话题。

陈夏看完报纸,总要折好,和自己的书叠在一起。几个月下来,床头堆的报纸,比枕头还高。然后他会把那一堆报纸用绳绑好收进书柜,床头又会慢慢积压新报纸。

魏桃并不知道,陈夏的精神生活发生了巨大变化,不知道他的心里还藏着一个女人。而且她的名字,她的气息,就在自家的房子里,就在陈夏的床头。魏桃说:"买那么多报纸,点蜂窝煤,就像买菜油洗夜壶,你真烧包!虽然财政分了家,但我还是为你的浪费而心疼。你就不能少买几张?"陈夏说一买就是一份,少买不了。

魏桃开始注意了。有一天陈夏不在家,她神经兮兮地搜罗他的东西。她发现陈夏买的报纸就是发过他照片的那家报纸,断定是有"女记者"的那家

报纸了。她虽没文化，但报名和一些常见字，她认识，那报上有"李嬬"两个字，而这个名字，她隐约听陈夏提到过，就是采访他的那个女记者。她还翻出一张集体合影照，这张合影照肯定有名堂，因为它与其他乱七八糟的合影照不一样，其他照片都被儿子玩或随便压在桌子玻璃板下。这张照片却被精心地夹在笔记本里，笔记本又藏在书柜的一个文件袋里，文件袋里还有陈夏的各种证件。魏桃知道，那摞证件是陈夏的宝贝，这照片和宝贝放在一起，说明也是宝贝。可是，照片上有许多人，她尽量找女人，女人也有好几个，在陈夏周围站着的却全是男人。

魏桃心里犯嘀咕了，但无论如何，以她的精明完全可以推断陈夏得了单相思，合影照上有李嬬。她开始回想这半年来陈夏的种种反常，去市区会朋友，总要翻箱倒柜试衣服、打领带，把皮鞋擦得雪亮，内裤都破旧得不能穿了，还买了新手机。

魏桃突然觉得自己上了强盗的船，错在当初。她开始在迷惑不解中乱猜，这几天里她仔细揣摩陈夏的行动和神态，又没有发现什么异样。她又怀疑是自己多心，她太了解他了，他是个吝啬又顾家的男人，他从不评价女人漂亮啊丑啊，他一心只想着将来干大事业，出人头地。再说，他那么穷，又那么吝啬，有哪个女人喜欢他？这么一想，魏桃从牛角尖的另一头出来了，她想出了一个方法试探陈夏。

她明明知道陈夏没有收入，却开始疯狂地向他催债："你这两个月欠家里的钱，该还给我了。我要凑钱去投资开鞋店。你总是欠欠欠，我又不是银行。"

陈夏说："明年还，明年我要去《时报》上班，薪水很高。"魏桃听说这话更来劲了："工作单位就定了？谁帮你找的，是那个女记者吧？你马上就要从糠箩跳到米箩了，你攀上那么多上流社会的人，你现在就去帮我凑一些，我急着要钱投资。你若不好意思，我去找那个女记者，反正我不要脸。"

陈夏吓得脸都白了，吼道："你敢？你不要乱来哟。"一看这情形，魏桃果然窥探出了陈夏的不正常，她就有了行动的胆量。

魏桃似乎不再嫉妒了，她发现陈夏的女记者朋友，可能是棵摇钱树。在此后的某一个清晨，趁陈夏还在睡觉，她假装很冷，把陈夏的棉被披在自己身上，然后去上厕所。她从手机里翻出了李嬬这个人的手机号，为了保险起见，她同时也抄下了看上去像女人名字的另外几个号码。

魏桃在那个飘雪的街口，夹在花伞涌动的人流中，果然打了电话给李嬬。

其实魏桃也是抱着试试看的心情，没有想到，李嫱却客气地答应了借钱给她。

本来李嫱和陈夏的关系还很微妙，这会子一个自称陈夏老婆的女人来向她借钱，李嫱突然做贼心虚地感到自己中了圈套，她懊丧得想哭，她报复似的说："可以，你要多少？"接下来，她越听越不对，他老婆不是捉奸式的要挟，好像的确有苦衷，需要资金周转，甚至那口气里也听不出自己和陈夏有关系，她的确把她当朋友。

女人不会为难女人，而且对于这种弱势女人，李嫱还起了怜悯之心，李嫱怎么知道陈夏妻子是"弱势女人"？这个不需要调查，有了和陈夏几次交往的少量信息，就能获取第六感。因为借一万，数目也不少，并且这天是周末，冰雪铺路，李嫱也不想启动车子出门，就叫魏桃到她家来拿。

没文化的女人做事倒是简单利索，想到就行动。魏桃来到李嫱的家，她规矩地坐在客厅喝茶，说了一堆夸赞李嫱的话："你真能干，一个人住这么一大套房！"

李嫱在市区南方花园独居，复式楼的新房，室内装潢相对奢华和时尚。她说这房子是父母帮忙买的，父母住在保利公馆。对于大部分城市平民来说，一套房子意味一生的事业，要耗尽一生的时间和血汗。而有一套房子或者好几套房子的人，就可以去进行另一种事业，等于他一生，活了别人好几生。

魏桃环视李嫱流光溢彩的新居，内心蛮佩服陈夏，比自己有心机，攀上这么个年轻漂亮又有钱的女人。她又换个角度夸赞她，说："陈夏经常在家夸你聪明漂亮、心地善良。读那么多书，却不愿结婚。老妹你想的对啊，婚姻就是个涵洞。涵洞里女人是什么样子？就是我这个邋遢样子。油盐柴米，烧锅摸灶，孩子老公，日子熬不到头。我真羡慕你，一个人清爽爽地过。我要是有来生，我也不想结婚。"

李嫱听着这些话有些不知所措，她搞不清这是夸她还是讽刺她。虽然她通识古今，饱读诗书，却难以揣摩这个乡下女人的声情并茂。她在这过程中，只是在不断地走动，一会翻翻手机，一会给她杯里添水，一会去帮她削个苹果。她需要用动作排解尴尬，更重要的是躲避她看她的眼神。

她拿到了一万块钱还不走。李嫱手拎长大衣的一角，踩着碎步，沿墙壁小木梯，上了复式的小阁楼。李嫱在楼上混了一会，在玻璃封顶的露台上，牵牵晾晒的衣服。混过了十来分钟，再下楼来。魏桃果然是混世的女人，她明白李嫱在催客。她见李嫱从楼梯下来，就站起来，说："茶杯我已洗过了，这两袋垃圾我顺手带下去。你平时怎么吃饭？"李嫱说："有时候自己烧，有

时候去父母家吃。"魏桃说："嗯，这就好，吃饭一定要有规律。"然后她客气地和李嬙辞别，临出门拎走了两袋垃圾。

李嬙做梦也没有想到，她和陈夏在1912步行街表露"感觉"之后，带来的是这种突变。她长久地嘘了一口气，觉得这个乡下女人太聪明，她来借一万块钱，是给她残虐而不动声色的警告。她甚至后悔这钱不该借，这无形中承认了她与陈夏有关系，跳到黄河也洗不清，以后还不知要来惹多少麻烦，她觉得再也不能和陈夏往来了。她在羞耻和气愤中，立即在手机上把陈夏的号码设置为黑名单，并且也拉他的QQ入了黑名单。

七

魏桃借了一万块钱回来后，最初探奸情的目的，好像忘了，或者变得不重要。她现在只后悔钱借得太少了。像李嬙那种条件优越的女人，杀个几万估计她也不受伤。虽然她已耗尽全部智慧，但她还是不能明确断定陈夏和这个女人是否上过床。因为判断男女是否上过床，需要男女同时在场，看他们的表情和眼睛。魏桃也有心理底线，她想就算他俩上过床吧，那陈夏又能怎样？凭李嬙的条件，她也就是玩玩他。这样一想，魏桃更瞧不起陈夏了。

每个人的内心都有一块隐蔽之地，仿佛是蛰居的狭窄空间挤压的，先是本能，后是习惯，再后来就像刺猬一样，蜷伏是为了更安全地活着。

魏桃在这一天，突然向赵越老师提出年终要辞职。赵越有些迷惑，但又不好问，只说："找到好工作啦？"魏桃说，她弟弟在城隍庙开了个鞋店，他一个人忙不过来。又说陈夏明年要找工作，小孩上学接送也得拖个人手。所以她还是想辞了，她这样说了，是想让赵老师有个准备，提前物色个人。赵越平静地点点头："嗯，我知道了。"魏桃心里松了一口气，转身拿着抹布去了厨房。

魏桃在这一两个月的时间里，已经把周诏然征服得如虎落平阳，她认为时候差不多了，得赶快离开周家。

在这段时间里，魏桃跟周诏然去住了三次宾馆，还去了好几次那种灯光幽暗的私房菜馆，他们躲在里面搂搂抱抱，吃饭调情。周诏然为她想投资开店，分两次借了三万元。这个"借"字是魏桃说的，周诏然也是个聪明人，魏桃战战兢兢说出的数字，他吭都不吭一声，直接说"好"。

魏桃感到，结婚七八年，到今天在周诏然面前才真正做了女人。她发现自己特别温柔而且通情达理。在陈夏那个馊不拉叽的懦夫面前自己也变得好

丑陋，她不喜欢那个自己。女为悦己者容。女人温柔需要氛围，这并不奇怪，魏桃在周诏然身边就像换了个人似的。她脸颊红了，头贴在周诏然的胸部上，像电视剧里的女人那样，缠绵而温柔。周诏然在这温情里十分陶醉。魏桃现在认为，她与周诏然的关系是有品位的，充满浪漫情调，他们约会，都是去高档场所，不是民工那种钻桥洞的勾搭。

他们躲到外面幽会，话也特别多，都是平时憋的。很难想象周诏然和魏桃这种层次的女人在一起，能说些什么，他在家里和满腹学问的老妻都无话可说。但是要知道，男人爱不爱说话，与思想或世界观什么东西相同与否都无关，魏桃的野性、无知和自负，倒是让周诏然体会了别样的新鲜。

他们在一起也谈很多正经事，魏桃的生意，周诏然公司的情况，都是两人嘀咕的范畴。周诏然的那个股份公司正在搞集资建房，是公司与开发商联合建成的，在三环路外，区位优越。周诏然要了一套三室二厅。集资款早就交了，只等房产证下来。周诏然说那套房子要转移到魏桃名下，这样她就是名副其实的东亚人了。魏桃胆怯地试问："我住进去，赵越老师知道了，会怎么想？"

周诏然说："那不要紧，到时候，我们到公证处搞一个公证。有法律保障，你就不怕有人和你抢。"周诏然还说："有了稳固的家，你和孩子就无后顾之忧。生活上，和你弟弟做点生意就行了。"

现在一套房子就呈现在魏桃眼前。她承认那不是天上掉下的，那是她的青春、是她血一样浓郁的感情。魏桃内心感动，"你是一个好人，你真是一个好人。"魏桃扑在周诏然怀里，她想起孩子，想起这些年走过的艰难，终究控制不住溢出泪水来。

魏桃和周诏然头天晚上在宾馆厮混，次日早晨，她又去他的家，正大光明地做着自己分内的活计。

赵越老师如果在家，说话尽量站得远远的，魏桃的眼睛一般不敢直接看她。周诏然在书房里，模样庄严地坐在书桌前写材料。魏桃的眼睛自然也不敢直接看周诏然。她到他书房，潦草地擦完地板，就尽快出来。

赵越可能是老了，也可能是哲学的学问积蓄得太深，也可能她没把魏桃这样女人放在眼里。总之，她似乎缺乏女人必要的感觉。她戴着老花镜在客厅和阳台之间逛来逛去，悠闲却又莫名地烦躁，她可能有些耐不住寂寞，她还是习惯去课堂给陈夏他们讲课，或者去教堂读圣经。她对她的老伴好像毫无兴趣，他们做了四十多年的夫妻，相濡以沫，说话和不说话，都在情理之

中，与感情无关。

魏桃依然每天洗周诏然换下的衣裳，那件内裤，那件衬衫，那些气味都让她熟悉得要命。她现在对这种气味有些排斥，或者又像同一个牌子的蚊香，熏得太久，让蚊虫有些麻木。

现在魏桃提出辞职，周诏然也觉得意外，但他不管家里的事，不好出面挽留或者阻止。他失落的情形表现在餐桌上，他用筷子抄抄菜，似乎没胃口；然后随便吃吃就扔下碗筷，一头钻书房里。魏桃知道，不是她做的菜不好，是他的胃不好，他胸闷气短的毛病又犯了。这老男人失恋起来，不像年轻人那样爽快地发泄，他会顾及他高贵的身份，会把一切闷在心里。

既然是这样，魏桃就可以从这户人家安然无恙地撤退了。

八

飘了好几天的雨夹雪，现在停了，冰块结在稀疏的树枝上，不时"啪嗒"滴落几滴下来，让人们愈发感到深冬的寒冷。

学校开始放寒假了，大部分的学生离开了学校，但还有少数学生在进行期末考试。个体商店都关了门，校园仿佛在几天之内一下变得很寂静。只有生活区这边，偶尔能看到稀疏的街景。

一个星期六的下午，陈夏在校园北门的邮电所正好遇到赵越老师。

赵越老师穿着肥大的羽绒袄，头上戴毛线帽，帽顶向后垂下个小圆球；大围巾裹到了脸部，鼻子和嘴巴都遮住了；远远看上去像个圣诞老人，或者说像个华侨——有时候华侨和西方人推崇的圣诞老人很相似，他们都有异域文化的某些特征。邮电所是赵越老师的"海岸线"。她经常到这里来接收海外女儿们寄来的洋货。赵越老师辛辛苦苦，把两个女儿送到地球那边去，现在女儿们开始细水长流地孝顺她和她先生了。赵越家的钱多得像语言，任由嘴巴做主。赵越开始把爱心从小家转向大家，关心起社会和人类，像关心魏桃的工作一样，现在赵越老师在竭力关注灾荒，捐了旱灾，捐震灾，捐了震灾，又捐海啸。对新闻报道的那些孤儿寡母、那些饥馑之荒她始终有一种人道情怀。每当她在央视新闻里看到一些新灾情，她就又去邮电所捐一笔。

由于嘴巴被围巾包住了，她说话哄哄的发着含糊的闷音，像从很遥远的地方传来。她问陈夏："寒假回老家吗？"陈夏说："暂时不回家，让魏桃帮您忙到年关。"

赵越老师嘴巴在围巾内鼓动着，陈夏摇头听不清楚。赵越老师一把扒下围巾，露出嘴巴："魏桃辞职了。"

陈夏十分惊讶，"我怎么不知道？"

赵越老师说："她要去创业开皮鞋店。"

陈夏摇摇头，她那个文化水平，对城市里好多东西都不懂，连路面交通标志都不理解，怎么能创业呢，而且没有本钱。陈夏又抱歉地说："那您现在找到合适的人没有？"

赵越老师说："这年终哪去找，只得又把原来的保姆喊回来了。"

陈夏说："真是不好意思，她就是那种人，不安分。"

赵越老师说："势变则动，无恒产而有恒心，她不安分未必不是好事。"

陈夏浅浅一笑，又摇头，可他看到赵越老师的围巾又提紧了，被包裹着的脸部看不到任何表情。

陈夏觉得魏桃的胆子越来越大了，开店这么大的事，居然不和他商量。他又想，或许她没有和魏建合伙，只是以身赎债，给魏建打工，还儿子借读的那笔钱。

这天晚上，陈夏好不容易等到魏桃回来，她刚进门，陈夏就问："你现在是在城隍庙开店？"魏桃没好气地说："亏你还是男人，老婆背着包早出晚归，你都不晓得我做什么？我若是拿着棍子和碗，上街讨饭，你也不晓得？我去城隍庙一个星期了。"

陈夏问："你是和魏建合伙，还是给魏建打工？"

魏桃有些炫耀似的说："当然是合伙啦，靠打工挣钱，我没那个耐心。"陈夏问她："投了多少？哪来的钱？"魏桃没有正面回答，只说："这个你别管，我们财政分家了，你别害怕，亏也亏不到你头上。"魏桃一直纳闷，她向李嫱借了钱，陈夏怎么没反应？她还想好了几套方案对付他。如果陈夏说丢了他的脸，她会说："不涉及钱的感情，都是耍流氓。"如果陈夏说他和李嫱关系很干净，她会说："你能傍上她算你有本事。我高兴还来不及，至少多一个人为我儿子付借读费。"

可是陈夏什么都没说，这让魏桃莫名其妙，然后她又想，这是陈夏的自尊心作祟，他不追究，她就不必主动说了。

第二天下午，陈夏带着儿子坐公交车到了城隍庙，他是想看看魏建的店，看看门面和规模，也想探探鞋店利润如何，姐弟俩怎么个合伙法。作为丈夫，这些他都该关心一下。

陈夏牵着儿子，沿街逛。逛了很久，才在城隍庙老街找到魏建的店。魏

桃恰好不在，说是跟着车去大市场进货了。这魏建，如今二十七八岁了，变得成熟稳重，虽然少年不爱读书，可是出来混江湖，却如鱼得水，到哪都溜滑。他在江浙一带混了些年数，赚了些钱，摸清了行情，现在到东亚开实体店，有个门面，能站稳根基，而他的货源依然在浙江义乌。魏建很客气地坐在店堂与姐夫攀谈起来。从义乌的货源呱到东亚的市场，从销售毛利呱到投资分成。魏建说目前投入了十一万现款，门面租金是死的，进货可以有多种形式，由于资金周转困难，大部分货源是代销，但代销利润少，这也没办法。魏建说三姐出资四万，剩下都是他的钱。利润目前不好估计，盈亏都按出资的比例承担。但魏建强调，无论如何，不会亏到连门租金都抵不销，甚至他还有野心将来做大。

魏建嘴里叼着细长的香烟，黑皮鞋搭配白色浅底袜，跷着二郎腿，一会站起来掖着外甥玩转圈，一会依着玻璃货架弹弹脚。做这些动作的时候，他一直兴致勃勃对陈夏说话，他在勾画店面发展蓝图。陈夏只是"嗯、呵"，却一句也没听进去，他想魏桃哪来那么多钱？

"借的。"魏建说，"三姐也是向朋友借的钱。"

她有什么朋友，她的朋友都和她一样，卖百货或者做保姆。于是这个傍晚，魏桃回家，陈夏开始盘问："你向谁借的钱？"

魏桃十分恼火，"我说过一百遍，这事你别管。"

她越来越厌恶陈夏了，放了寒假，他整天就躺在床上看报纸和玩手机，把孩子关在屋里看电视，屋里乱得一塌糊涂，吃过的碗筷扔在桌上，脏衣服也不洗。而魏桃每天五点多起床，顶着冰霜和寒风去马路边等公交车。晚上回来冻得鼻涕淋淋，进了家门却是冷锅冷灶。陈夏对家庭琐事从不弯腰，偶尔给孩子糊口饭，还把厨房弄得一塌糊涂，够她回来收拾半小时。陈夏不但没有愧疚，还经常狗眼看人低，忘恩负义，去攀李嫱那种住洋房的高级女人。

人都很现实，一个男人只要在吃软饭，哪怕你说你明天就要成富翁，都不会让人有兴趣。何况陈夏永远也不会成为富翁。他只喝了几瓶"墨水"，看了几本外国小说，学了些古希腊什么的书。他整天把"上帝""上流社会""底层人"挂在嘴边，连儿子陈俊驰都知道，爸爸是哲学家，妈妈是保姆，保姆是底层人。魏桃听到这话就气得咬牙切齿："你们这些没良心的东西，全吃我的，还给我气受。"在魏桃看来，一个人在做儿女的时候读书，那才叫读书；在做父亲的时候读书，那就是讨生活。她甚至搞不清，当初来东亚，为什么不是让陈夏工作，而是让陈夏读书。如果陈夏当初来东亚是为找工作，

他也许现在就老老实实地挣钱持家，而不是整天游手好闲，穷酸酸地谈哲学。

这天傍晚回家，魏桃在黑走廊被堆积如山的杂物绊了一脚，进门又见地上一盆衣服，水都要结冰了，他还没有洗。那是她早上出门前加洗衣粉浸泡的，她叮嘱他上午洗了晾出去。陈夏却说，他今天一天都在外面，带孩子逛街。

魏桃气得咬他不动，就拿话刺激他，"好吧，你要盘问我哪借的钱，我实话告诉你，是你卖身的钱。"

陈夏幡然醒悟，他十分紧张又恐怖，上来一把揪住魏桃的衣领，"你不要脸，你肯定是向李嫱借了钱。"

魏桃推开陈夏，"滚你的吧，向李嫱借了钱，又怎样？是她愿意借的。她体谅我娘俩跟着你这个穷光蛋，永无出头之日。"

陈夏气得浑身发颤，"借了多少？你简直把我的脸丢尽了。"

魏桃说："借了一万。丢你什么脸？你想娶她？你别做白日梦吧，像她那么有钱的女人，一个人住一套房，还不知和多少男的睡过，她能看上你？"

"啪"一声炸响，陈夏朝魏桃猛力扇了一个耳光，打得魏桃眼冒金星，晕头转向。

魏桃捂着脸，愣了一下，然后歇斯底里哭嚷起来，开始与他撕扯。"你个没良心的东西。我丢脸，我卖身，我下贱，我还不是为了孩子和你，为了这个家。"魏桃情绪一激动，把原先想好的对付陈夏的话全忘了，而且她越嚷越亢奋，把心里憋的苦怨全嚷出来了。陈夏听得丈二和尚摸不着头脑，但他还是呵斥她，"你不要装疯卖傻，不要以这个家为借口，你本来就下贱。"

魏桃泪如雨下，号啕说："我下贱，难道你不下贱？是你要我去赵越家干活的。你要有骨气你当初就别让我去丢那个脸。"说罢又和陈夏厮打起来。

孩子在旁边早就吓得哇哇大哭。

遇到这种鬼哭狼嚎不可收拾的局面，陈夏总是抽身出门躲一会，他怕闹到左邻右舍都探窗看笑话。

冬夜的校园，好冷静。那边屋顶上留着残雪，映在黑树林的背景下，像招魂的白帆。风像一把尖刀划过脸颊。通往南门那个校园湖的路上，竟然没有一个人。半边昏黄的路灯，把陈夏僵硬的身影打落在地面零散树枝的影子上，分辨不出他完整的体形，像一片鸡零狗碎的生活。陈夏走到冰冷而漆黑的湖岸边，眼睛适应了一会黑暗，才拣了个圆石凳坐下来。

千万别以为他气得要跳湖自杀，他也不会因为妻子借钱而向李嫱道歉，

他现在明白了李嫱拉黑他 QQ 的原因。他觉得李嫱貌似慷慨的举动，才是真正对他尊严的践踏。即便他无知的妻子去找了她，她也不该接纳她。陈夏想，我和你又没什么关系，要你借钱干吗？陈夏莫名其妙地气愤，他觉得李嫱那一万块钱，其实也是在挑拨离间。

寒风重一下轻一下拂过脸颊，湖面的涟漪在暗淡的夜景里，闪过不规则的光，忽隐忽现，寂寥很快化解了他的懊恼，眺过宽阔的湖面，校外那条渤海路，灯火像一道雨后的彩虹，他的思绪也被带得很遥远。

第二天早上，魏桃和往常一样依然起得很早，她嘴里没有唠叨，也没有摔厨房里的锅铲和水瓢，因为她根本没有去厨房。她在开水瓶里倒了隔夜的剩水洗了脸，又按亮房间的灯，开始对着墙壁上一块镶贴的镜子化妆。陈夏说："你今天不要去城隍庙了。"与此同时陈夏也穿上棉袄下了床，他说："我今天把你娘俩送回老家，你以后就在家乡陪孩子上学，不要来东亚。"

魏桃说："你放屁，你想当陈世美？我一辈子也不会回农村。"

陈夏说："等我有了工作，买了房，你们再来东亚。"

魏桃一声冷笑："只怕我没那么长的寿命。"然后拿起单肩挎包出门。

陈夏很生气地拉过魏桃的包，坚决不让魏桃去城隍庙，说："魏建那边的事我回来处理，你今天跟我回老家。"陈夏开始收拣行李，翻拉杆箱装东西。

魏桃拿不了出门的包，她索性今天就不去城隍庙了，但她也不会回农村，她说："要回，你俩回去。"她脱了身上的外套，挂在壁勾上。然后卷起袖子，到厨房做饭。

陈夏又哄孩子起了床，磨磨蹭蹭给孩子穿了新衣裳。那小男孩听说今天要坐火车回老家，跟爷爷奶奶一起过年，简直开心极了，他的厌食症仿佛在这一天突然痊愈，他麻利地把一碗饭扒光。

可是吃过饭，到了上午十点了，魏桃依然戗着不动，孩子等得好可怜。她说"要走你俩走"，她是坚决不回去。她怕回去了，就不能回来了。

陈夏耷拉着脑袋坐在行李箱旁，自言自语道，"我很后悔，当初为什么没把你俩留在家乡。"魏桃将抹布往厨房一扔，"你该应后悔当初为什么和我结婚。"

陈夏说："是的。我要不是和你结婚，我现在不会这么糟糕。"

魏桃说："那还来得及，反正有你没你等于一个样，离婚。"她凑到他面前，再说一遍，"离婚吧。"

这么多年，魏桃第一次说离婚。原来连开玩笑都不说这个词。陈夏惊诧地看着魏桃，她的神情很严肃，她的眼睛出奇地冷漠。

陈夏突然站了起来，心怦怦跳，说不清是激奋，还是恐惧，面对熟悉的女人急剧的变化他猝不及防，又像受到某种神秘的启示，让他蒙昧的心顿时开窍了，"离婚——你愿意？"

魏桃盯着陈夏，十分有力地说："上帝也是这么想的，我们不合适在一起了。"

生活比戏剧更富有戏剧性。有时候一些东西被我们想象得好高贵，仿佛神圣不可侵犯。一些观念，被我们因敬畏而顽固，仿佛坚如巨石，天雷不可劈。其实它的崩塌只在一瞬间。崩塌当然是需要机缘的，就是缝隙碰到刀刃上。

魏桃的激将法"谁不离谁是狗。有种，今天就去离"，严重地刺激了陈夏的自尊心和逆反心理。于是这一天，他们果然去亚大辖区机关办了离婚手续。

第二天，陈夏带着儿子和行李，颓丧地登上了回乡的列车。他望着窗外残雪消融的丘陵、干涸的河流和衰败的野草，光秃的树枝上几只野鸟在视线里一闪而过，陈夏有种解脱后释放压抑的快感，也有良心的自责和不安。他突然觉得自己好阴险，因为她的一个过错，就借机把她抛开。他把她带出来，是希望一家三口永远在一起，他们所有的赌注押在一纸硕士文凭上，以为有了这一纸文凭就能过上更幸福的生活。没有想到现实却被撕裂得残屑乱飞。他担心的或许不是面对那村庄四个老人如何交代，而是怀里的儿子。若干年后，他如何向懂事的儿子解释，为什么从这一趟归乡的列车开始，他此后的成长人生就是残缺？陈夏在复杂的纠结中，禁不住滴下泪来。

九

恰恰相反，离婚后魏桃一滴眼泪没流，她的心很硬，她认为陈夏不值得她留念，他的禀性阴诈到极点，恶毒到极点。他在外面有女人，反而回家找她的碴。那一记耳光，让她看透了一个人，没有比这个痛更值得的了。她毫不后悔自己主动要离婚，甚至她为自己先下手为强而自豪。不过，她心里明白，她离开陈夏，并不是为了那个老流氓。她也在想办法脱离他。她知道周诏然比陈夏更狡猾和虚伪。她在周家做活的时候，只要赵越在家，周诏然对她的态度，严肃冷漠，装得与她毫无瓜葛似的。背了赵越的面，周诏然就生龙活虎，话多，手脚也不干净，对她拉拉扯扯。由此，魏桃清楚，周诏然是演技高手，最会装正经。他那么怕老婆，还敢把一套房子过户给她吗？她揣摩着这个希望不大。

她认为女人还是要靠自己。陈夏和她协议离婚，孩子和老家县城的一套房子都归了她。她估摸着，再过一二年，待她挣了些钱，就把县城的房子卖了，到东亚来买一套房。她这样想着，感到浑身是劲，生活有了奔头。恰在这年终，城隍庙人头攒动，生意特别火爆，鞋店的顾客像爆米花，热烘烘的，把门外的寒冷统统驱散。有的试鞋，有的问价，有的付款，有的换码，忙得魏桃不可开交。

可是偏偏在这个时候，周诏然打来电话，叫她跟他去浴场洗澡。魏桃十分恼怒，声音却抑制得特别温柔，"下次好吗，我现在正忙呢。"周诏然深谙"下次"的含义，而且魏桃已经说了好几回"下次"。想和周诏然这种老手较量，魏桃还是没长毛的鸡。周诏然开始在电话里耍流氓，说："你挣那点小钱有什么用？还不够一场病的医院门槛费，你要做股东才能发大财。你不来是吧？"听那口气，是要切断手机通话了，是要绝交的。魏桃又有些紧张，有些莫名的顾虑和恐怖，她就说："我来呀，我把店里事交代一下，一会就来。"

腊月黄天，街上人流和车辆比平时更拥堵，各种噪声嘈杂刺耳。农民工还没有离去，正赶着上街购置风光返乡的衣物。天气晴朗起来，太阳下刮着冷风，吹得忙着过年的人们皮肤憔悴而干涩。魏桃迎着干风一路小跑赶公交，她转了两路公交车，又走了一大段路，才气喘吁吁赶到周诏然指定的浴场。

这是一个华丽的双人浴室，热雾弥漫，还有轻柔的音乐。周诏然躺在水池里，闭目养神。魏桃先在圆凳上坐了一会。进来就脱，太直接了，她需要有个心理缓和。周诏然却在催，"快点吧，我泡得都浑身发软了。"魏桃来到水池边，动作慢腾腾的，准备下水。

隔壁偶尔传来男人的嗓音和很重的脚步声，魏桃说："隔壁怎么有那么大的噪音？"周诏然说："那边是公共浴室。"诚然，那是穷人的声音，男人们赤身裸体在同一间屋里洗澡，因为贫穷，只得承受那种难堪。而他们这个是情侣包鸳鸯浴，专供有钱人享受的地方。周诏然还说，这浴场也像社会的结构，上中下各阶层兼顾才能发展。隔离了穷人的噪音，上层人怎么知道他在上层？任何阶层都不能脱空，除非去了天堂。

原来是这样啊。魏桃想，去了天堂，其实都一样，没有阶层。

周诏然聊着穷人的声音，洋溢着富人的笑。他摸摸魏桃因发热而红润的脸，说："几天不见，你愈发迷人了。"他叮嘱她："冬天要多泡澡，促进血液循环，你脸上的气色就更好看了。"魏桃说："要是在家有这么大的浴缸就好了。"

周诏然说："新房装修时，我会设计一个大浴缸。"魏桃说："那房子什么

时候装修?"周诏然说:"着急了是吧? 放心, 只要我不死, 房子迟早是你的。"

魏桃矫情地责备道:"不许说'死'字。"

浴室温暖的雾气弥漫开来, 在音乐的撩拨中魏桃的身体充溢起来。可是魏桃刚下到水里, 周诏然却拉过浴布, 裹身走出水池。他叫她泡泡, 他在水里待的时间太长了, 需要上去歇一会。雾水和汗珠布满了他的脸, 看上去, 他的确很疲乏。

魏桃在水池里泡起来。热雾缭绕, 她肥硕光滑的屁股像周诏然书房里那幅油画女人的屁股。可是这个时候她的风骚并未得到满足, 周诏然自顾自地, 泡完澡就去睡觉了。大老远地把她喊来, 又不陪她, 不欣赏她的身体, 她有些委屈了。

魏桃只得无趣躺在水池里, 昏昏沉沉。

不知过了多久, 魏桃晕晕的从水池里起来。走近一看, 她发现床上的周诏然脸色发青, 姿态僵硬, 有些不对劲。

魏桃恐慌起来, 她上来使劲推搡床上的周诏然, 他没有反应。魏桃瞬间反应过来, "药", 她开始手忙脚乱, 在他的西服口袋、公文包、床头, 四处翻。她找到一个小药瓶, 扭开盖, 抓了一把小白粒, 塞进周诏然嘴里, 可是没有用, 他不能吞。她使劲拍打他的脸, 使劲按他的胸脯, 药总算下去了几粒。人依然没意识, 她认为可能药性不对, 又倒翻公文包, 找到另一种药, 也是西洋文字, 她根本不认识。她用同样的方法灌了他一嘴。然后拼命拍打他胸口, 往他嘴里灌水。弄了十几分钟。

魏桃明白了, 他死了。

他的瞳孔散大, 嘴角往外流着药未消解的黄水。

魏桃吓得躲到老远, "嘤嘤"颤泣起来。

后来她还能在恐怖和慌乱中, 给自己穿上了衣服, 把头发梳弄得很顺畅。然后, 装着没事装着很平静的样子, 走出了这家浴场的大门。

冬日傍晚的干风, 吹落几片法梧树的碎黄叶。法梧树枝隐蔽下的浴场的门口, 依然有人正常地出入。突然间, 一阵"120"车急促的鸣叫声, 由远而近。不一会, 警车也来了。然后这家浴场门口聚集了好多路人围观, 浴场里面也有人穿着裤衩披着浴巾凑到门边来看, 人们都不知道发生了什么事。

第二卷 折皱的夏天

一

流年又走，百鸟飞来。节气轮回的某个上午，阳光眩目，印着名牌酒的广告灯笼映红了马路，街边的门面都贴着红红的巨幅门联，城市还残留着春节的气氛。陈夏来到亚洲大学专家楼，他怀着羞辱又忐忑不安的心情，按响了赵越老师家的门铃。

在这个春节期间，陈夏耗尽他所有的力量，扒遍了他在省城那点可怜的社会关系网，仍然没能阻止魏桃的材料移交到检察院。这件事作为刑事案定了性，毕竟对方死了人，而且死的是一位企业高层。陈夏只能默默抹泪水，长吁短叹，真没有想到魏桃那么精明的女人怎么会落到这个下场？也怪自己无能，没有照顾好她。回想两小无猜到夫妻一场，陈夏内心万分愧疚。所幸魏桃的弟弟魏建没有为难陈夏，魏建只是反复唠叨："三姐，太傻了，太傻了，怎么玩得过那老流氓？有钱人的钱是最难骗的，从来只有他骗别人，别人骗不了他，否则他们怎么有钱？"

陈夏说："难道你三姐仅仅是为了骗钱吗？"魏建说，听三姐提及过，那老流氓许了她一套房子。陈夏摇摇头。他看到魏建始终抱着头在那哭，陈夏又自语道，"要是那老流氓不死，这也不是不可能的，毕竟魏桃那么死心塌地地付出。"他说这话是在安慰魏建，又仿佛是在为魏桃辩驳，没有人比他更了解她，他相信魏桃对那老流氓是认真的，他更相信魏桃俗世的精明不会玩没有盼头的把戏。没想到，算计敌不过随机。魏桃最终还是败了，败得如此下流，以至于陈夏无脸见乡亲。

漫长的春节，万家灯火照耀着这个城市，而他却把儿子留在家乡，自己

041

躲在亚大的老楼里，又哭又笑，他说："上帝啊，有没有搞错，我的生活不该是这样。"如今妻离子散，多少个夜晚，他辗转反侧，良心和感情驱使他，必须忍辱负重抓紧最后一根救命稻草，那就是去找赵越老师。

他屈膝卑躬，疲于奔命，在同学和老乡那里凑齐了三万元。他以为还了这三万元就能赎魏桃的牢狱之灾。

可事实却是这样的：赵越老师开门把陈夏让进屋后，她坐在阳台一把藤椅上，外面是稀疏的树枝，树枝上有只鸟，不时在惊恐的张望中啄食。屋外的明快和屋里的沉寂鲜明对比，这屋里仿佛又多了一重阴气。她家一点没有春节的气象，也没有死人的迹象，门外没贴门联，室内也没有设周诏然的遗像。陈夏也不敢说话，只把拎的礼品放到餐桌上，那装着钱的信封搁到茶几上。陈夏在沙发上坐了一会，心里有些急，他就起身去拎开水瓶给赵越老师茶杯添点水，他希望赵越老师能转过脸来和他说话。

赵越老师果然开口了："工作定了吗？"陈夏说："定了，就是《时报》，三月份正式上班。"

赵越老师"嗯"了一声，依然神情凝重地望着阳台外。陈夏小心翼翼地开口了，他说："魏桃现在在看守所，我知道，我知道这事很对不起您，我真没脸来见您，可是，毕竟我和魏桃是从小一起长大的，而且还有孩子，我以后的日子不知怎么过。"说着这些陈夏捧着脸"嘤嘤"抽泣起来了。

赵越老师起身拿着保温杯，她经过客厅，去厨房转了一会，又进卧室转了一会，只听得她苍音悠长地叹气，不断地自语，作孽啊，作孽哦。陈夏偷眼望赵越的神情，她面色阴郁，人也似消瘦了许多，下巴愈发松垮，却抿着嘴不说话。陈夏抽一把茶几上的纸巾，擦拭着泪说："赵老师，如果以你的名义撤诉，这事能否以调解处理？"赵越一听这话，情绪有些紧张，她站在客厅中央，声音澈亮地说："我怎么可以撤诉？又不是我起诉的，你怎么这么无知？公诉机关立了案，谁还能干扰司法程序？"

陈夏绝望的眼里充满祈求，可他竟是泪水在眼眶里打转，却说不出一句合适的话。

赵越老师坐到了沙发上，她无可奈何又十分鄙弃地看着陈夏。她很明确地告诉他，这桩事，全是两个女儿和周诏然所在的公司操纵，她不参与也不知道案件的进展。听赵越的话音，那家公司拒不担责，而且请了最有名的律师来处理这事。说着说着，赵越老师自己都有些不耐烦了，说："不要再提这事了，你本来就不该来找我。"陈夏失望地看着赵越老师，她那样的神情坚定

以致无懈可击。

陈夏说："这是不公平的，老师——"

赵越老师镜片后的眼睛有些游离和躲闪。她起身走到阳台，她讨厌看到他吗？不，她依然对学生有充满训导式的关怀，她仰望天空哀叹一声，说："没有比人生更艰难的学问了，因为其他的学问，都能找到老师。"

凝视她冷漠的背影，陈夏恭敬地点点头，又牵强地笑了笑。最终他从赵越家退了出来。

他心里彻底垮了，他知道，自己再也看不到任何希望。他的胸腔很痛，屈辱、悲伤和懊恼，化作泪水和痰液布满了他的脸颊。

很快，魏桃的案子结了。公诉机关指控，魏桃蓄谋已久，以性谋利，使受害人长期服用助兴药，导致身体每况愈下。尤其是受害人在浴场发病时，魏桃未尽到救助责任，不仅没有及时拨打120抢救，还逃离现场，逃避责任，致使受害人错失了抢救的黄金时间。综上所述，法院认定被告人魏桃犯"过失致人死亡罪"，依法判处有期徒刑两年。

魏桃去了南部一个叫白云洲的农场劳教。

魏桃离开这个城市的时候，亚洲大学校园里的樱花已经谢了。魏桃叮嘱他带儿子去看她，他没有答应她。因为他不想让儿子知道，妈妈别离两年是去了什么地方。

亚洲大学老红楼里的那个家，在阳光灿烂的上午，厨房的窗口会射些光亮进来，把屋内凌乱不堪的残局，映得愈发萧瑟和凄凉。陈夏偶尔回到这屋里来，心情怅然若失。他是害怕寂寞，还是害怕名声，他甚至不想见到任何一个亚大的人。他在这个学期，已经把儿子转学到了城隍庙附近的学校，让孩子和魏建同住。因为魏建做生意，接送孩子，时间相对自由些。于是那个他曾蔑视的小舅子就成为他在这个城市相依为命的人。他自己开始去报社上班，亚大基本没有课了，现在只等着论文答辩。

星期六他打算搬家，他在报社附近租了间小房，他想尽快逃离这个鬼地方。可是他拣东西的时候，处处碰到的都是伤心的记忆。他看到儿子折叠的纸飞机，看到魏桃用过的一把桃木梳子，看到走廊箩筐里还有半筐煤球，他的泪水禁不住在眼眶打转，那煤球魏桃平日烧一个数一个，节省得要命。他想他是不能浪费的，他必须把这煤球也搬走。他把棉被衣服塑料盆木箱鞋子甚至晾衣架都一一分类扎了捆。然后这屋里就像当年他们来时一样，只有几件污渍斑驳的破损家具在空旷里沉默不语。

　　这之后，陈夏偶尔回到亚大，送论文听讲座什么的。离去时，他恍惚有时空错觉，仿佛家还在那幢老楼里。他站在丁字路口梧桐树下，斜望那老楼，他的心像那红墙伸出的木框玻璃窗，布满炊烟熏黑的苍凉。这个时候他会转身往前走，他要走到南门去乘公交车。他知道在亚大的三年即将结束，他张望着校园熟悉的景物，却感觉自己经历一场伤痕累累的蜕变。有谁记得他，而他所记得的绝不仅仅是一生。那一刻，陈夏的思绪突然离奇地飞越了家乡的山峦，他想到儿子出生的那年秋天，两台收割机开进了他少年耕作的田野，他看到收割机"嗤嗤隆隆"卷割稻穗的场景，那种爽快沁人肺腑。他想到那个夏天太阳烤焦了路边的树叶，他骑着自行车回村庄接父亲去县城看病，路过二中校门口的时候，传达室的人却喊他，说有他的快递。他跑到传达室看快递，是亚洲大学的研究生录取通知书。他高兴地跑到宿舍告诉魏桃和儿子，竟然把父亲和自行车扔在马路边，一直到吃过午饭后的下午才想起来。那些苦难又快乐的往事，总是毫无理由、毫无逻辑地从大脑的缝隙里钻出来。

　　回忆就像梦境一样意味深长。可是所有的回忆都与现实无关。现实仿佛是一个偶然诞生的东西，你无法用记忆或经验来操控它；偶然是一个转折榫卯，它构造出人生的弯弯曲曲，人生的努力都是偶然的俘虏，因为一个偶然，我们要付诸漫长的未来。

　　陈夏在《时报》上班，领到了工资，他想做的第一件事就是去还李嫣的钱。他渐渐明白一些事，他找到这份工作与李嫣和李嫣的家庭背景密切相关。他的内心矛盾又懊丧，一方面他对李嫣心存感激，另一方面他又觉得尊严和才华受到贬低。他来这家报社应聘，总编看上的不是他的硕士文凭，而是李嫣她爸。

　　总编姓宁，年近六旬的一个清爽老头，眼睛始终是笑眯眯的，言谈举止能看出他的八面玲珑。

　　陈夏初次来见宁总，精心准备了应聘资料，可是宁总接过档案袋，并没看，抽出资料直接放到办公桌上。他笑眯眯地做了个请陈夏坐下的手势，然后隔着茶几与陈夏并身坐下来，他在和蔼可亲中与陈夏气氛融洽地聊些报社里的事，他说："报社不缺人，就是缺人才。像你这样的人才，我们求之不得。"听了这话，陈夏好高兴。可是聊着聊着话题就拐了弯，宁总的眼睛间或在陈夏身上扫荡，他说："李局和我也是老朋友了，你遇到他代我说声好。"这话初听有些迷糊和陌生，但是陈夏回来后对宁总表露的信息进行综合分析，他知道了，宁总误把陈夏当作李嫣的男朋友了。而李嫣的父亲，应该是市里

一个有权力的人，还是市委常委。后来陈夏进了《时报》新闻部上班，上述消息很快从同事的言谈中得到了确认。

星期二的下午，陈夏从魏建那里又凑了一些钱，加上自己的工资，他把一万元现钞理得整整齐齐装进一个信封，然后拨通了李嫱报社的办公电话。

好几个月不见，也没有在QQ上谈康德。现在说话，他们彼此都有些生疏和拘谨。李嫱没有拒绝见面，也没有拒绝他还钱。她说："好的，你在栖巢咖啡等我。"陈夏一听栖巢咖啡，用了心。他觉得他们的关系，不再适合去栖巢咖啡。他又觉得不能对她不礼貌，于是他说："我在广岛路的快餐店等你。"快餐大厅，好亮堂，人来人往，不是那种男女幽会的气氛，陈夏仿佛需要这种场所增添他的光明磊落。

他们找了个桌子面对面坐下来，说了一些零散的话打发久日不见的尴尬。陈夏说了些《时报》的工作情况，他知道是沾了李嫱的光，但他不能表现在脸上，他几乎不提宁总。后来他将一万元钱从包里取出来，推到李嫱面前。李嫱也接过了。

陈夏说："你当时为什么要借钱给她？"李嫱有些惊讶，诚然，他妻子去向她借钱，他事前还不知道。李嫱难堪地笑笑，"我也不知道。"然后她问："这事很严重吗？"陈夏说："当然严重，为这事，我和她离婚了。"

李嫱怔了半晌，不知道说什么好。她摊开两手，又捋捋头发，做了一些排解紧张的动作。她似乎明白，她的多此一举闯下了弥天大祸。"对不起，真的很抱歉。"她说，"我不知道你的情况，我当时只是觉得，我应该帮助。"陈夏"啪"一拍桌子，气愤地质问："你凭什么应该帮助？你跟我又有什么关系？你借这一万块钱想说明什么？"李嫱一脸的惊愕和无辜，她耸耸肩，又摇摇头，她终于鼓起勇气问："你们的婚姻那么脆弱？"

陈夏摇摇手，"好了，不说了。反正事情都已经结束了，反正一切都没了。"他很沮丧地看着桌面，又抬头用失落的眼神，漫无目的地环视大厅的各色人群，傻傻地望着玻璃墙外的大街。

不知过了多久，李嫱走了。她提着优雅的小包，懊丧地离开了餐厅。她或许和他客气地说了再见，或许什么也没说，带着气愤离去。

陈夏回过神来，又为自己刚才的鲁莽而惶惶不安。

现在陈夏成了一个体面的报社记者，他开始接触各类有头有脸的人物，出入各种高档酒店。他把采访时接到的高档香烟、小礼品，一包包一盒盒地保存好，然后在星期五的傍晚带到城隍庙。他把香烟送给魏建，把小礼品拆

开给儿子，总有些糕点坚果之类，儿子吃着，还要玩玩那些精致的盒子。然后陈夏会问问店里的生意，翻翻儿子的作业，对儿子难解的题目会坐下来辅导。他的生活开始过得井井有条。只是一些悲伤的往事，常常在不经意的时候，冒出来，让他的心感到一股苍凉。那是他带儿子去市府广场逛夜市的时候，或者是他坐在宽敞明亮的报社办公大厅整理稿件的时候。突然间，他会分神——他想到魏桃在看守所双手戴着手铐的样子，她红肿的眼袋，苍白憔悴的脸，她的忏悔和求诉。陈夏的心口闷痛，他痛恨自己没有能力去上诉，他又痛恨魏桃没有耐性。如果魏桃能看到他今天坐在辉煌的办公大厅当记者，也许魏桃不会嫌他穷，她也不会和他离婚，她更不会去做那种傻事。

那段时间，陈夏的身心犹如一座废弃的城堡，他在空旷的精神荒原游荡。冰冷的黑夜，他突然想到城堡之外不远的地方，有一堆曾经令自己熊熊燃烧的篝火，篝火被风雨打湿过，他试图再拣些树枝重新烘干它，它的光焰会使他温暖如春，会重新焕发生命的生机。于是他对自己说，上帝的旨意可能使你不能心甘情愿，但不会让你良心不安。他在现实与过往中纠结了很长时间，终于有了这样的自我解脱。

因为这个时候，生命中的另一个女人，挥之不去地占据了他的脑海。她就是他生命荒原上的篝火。她越是那么通情达理、温良忍受，越让他感到愧疚。他一想到她的样子，心里就感到温暖。他后来也不去想，他到底是欠了她的，还是爱上了她，反正他经常想给李嫱打电话。

他们很快又恢复了谈康德的热情，李嫱也把他的手机号解除了黑名单，QQ上他们几乎每晚都有联系。一个夏日黄昏，他们仿佛跨越了漫长的地平线，追上了即落的太阳，他们在1912街，在暧昧灯光映衬的雨景里，在窗外情侣的招摇诱惑下，他们不负美景，相拥着在轿车里接了吻。他们的吻像晚霞一样绵长，对方的嘴唇就是太阳。而此时1912的街景正淅淅沥沥笼罩在雨中。

立秋以后，陈夏正式住进了李嫱的南方花园。

有一天晚上，李嫱从外面回来，竟然捧着一大束康乃馨。陈夏笑着问，"今天什么日子？"李嫱说："不是什么日子，只因和几个闺密在长崎路逛街，碰到一家花店，打折销售康乃馨，所以她们几个就都买了。一定是因为天气太热，花是不保鲜的，所以商家才卖那么低的价。"陈夏说："原来打折可以刺激女人消费冲动。"李嫱把花插到了装水的瓶里，一边摆弄花枝，一边说："那要看什么东西，我不喜欢的白送给我也不要。"陈夏说："那楼台上几个盆

景都风干了，下周待我有时间，去花市买些肥土来，再配几株耐旱的植物，那就可以打造一个空中植物园了。"李嫱看看陈夏，十分惊喜地说："那太好了，我要看看哲学家的审美如何。"

陆陆续续七八天，陈夏把那楼上玻璃封顶的露台打造成了一个绿植光鲜的小植物园。农村出身的陈夏，干这种活，很在行。何况他又是那么的热情高涨，因为李嫱喜欢，他似乎觉得越累越脏，越能表达自己的爱意。榕树、常春藤、茉莉花、仙人掌、紫色的矮牵牛以及锦紫苏，名花与杂草，都为露台增添了欢快的色调。现在他们回家有活干了，也有惬意和消遣。他们早晚都要在露台转转，李嫱偶尔躺在藤椅上说话，偶尔给陈夏帮忙，浇水，引藤，样样都弄得好精心。陈夏还从郊外砍了树枝回来，用铁丝绑了引藤架。他还买了家庭绿化方面的指南书，对着书计算某一株植物的浇水时间、修枝时间。

他们各自去了单位上班，中途互相通电话，有时是讨论中午吃饭问题，买菜回家做，还是去餐馆吃？有时候，李嫱却是为了一株植物，早上出门忘了浇水，而专门打电话叮嘱陈夏："你中午下班最好回家一趟，露台绿藤今天该洒水了，不要多浇，只要在叶片上洒一点点就可以了，然后把玻璃窗全打开，纱窗也不要关，让露台通风，那绿藤见风就长得飞快。"

陈夏现在做什么都勤快，在家里和在报社一样，始终精神饱满。如同一只逢春的布谷鸟，盘旋在葱绿的田园，俯瞰自己辛勤鸣唱催生的庄稼，感到五谷丰登的日子遥遥在望。

他供职的这家报社，是市委直属报业传媒集团的下辖单位，20世纪创刊的综合性报纸，在本市有一定的影响和地位。薪金远远高于网络谣言，因为这不是一般的行业纸媒，这是政府做后盾的报社。陈夏深切地认识到，只要自己足够努力，事业的发展前景广袤无垠。哪一条路都通往金字塔，何况自己的起点已经在尼罗河岸边。所以，陈夏做起事来，非常卖力。那位宁总也非常欢喜他，有什么重要采访任务，都交付给陈夏，陈夏不负使命。即便加班开会，熬夜写稿，他也会把分内的工作第一时间完成。于是宁总越来越信任这个年轻人了。虽然当初是沾了李嫱家的势力进来的，但现在这些背景都不重要，重要的是陈夏做事积极、踏实、稳妥，而且性格好，随和谦逊，与领导同事相处融洽。尽管他是从农村打拼上来的，遭受过许多挫折，但他却表现得没有钻营、妒忌之心，看上去俨然是一个受过高等教育的男子，熟悉李嫱的人也暗自敬佩李嫱的眼光不错。

所以他们回到家中，也就有较好的心情罗曼蒂克。他置身南方花园的空

中楼阁，附庸风雅，城隍庙仿佛是另一个宇宙系统。但他偶尔必须穿越虫洞，跨越时空维度，回到烟火人间。因为他的儿子还得靠魏建照料。

魏建知道陈夏有了新欢，陈夏自然也不隐瞒，他甚至偶尔还把儿子带到南方花园玩。魏建心里非常不平衡，脾气也越来越差。事实上，他们经济上没有瓜葛，魏桃和陈夏离了婚，按当初协议约定，他每月支付儿子抚养费，现在陈夏是把抚养费如数交给魏建。除了给抚养费，他还会零零碎碎地在舅甥两人身上花不少钱，他也知道魏建很辛苦，魏建的付出是钱买不到的，所以他会尽量讨好魏建。

可是陈夏越是讨好，魏建越不喜欢他。他心里极度的别扭，当然不仅仅是为了照顾孩子有多么劳累。他看到陈夏每次来店里，皮鞋擦得锃亮，品牌腰带，品牌衬衫，大热的天，还总喜欢把袖口扣得紧紧的。他斜看他一眼，就烦得想抽烟。陈夏站着和坐着的样子，都让魏建看不顺眼，陈夏如果一开口说话，魏建会带着莫名的火气驳斥他。有一天，陈夏对儿子每天中午可以往返两站路独自上学校表示赞扬，他叮嘱他要注意安全，说："这是好事，证明你是小男子汉可以照顾自己了。"

魏建说："驰伢都长大了，你还返老还童，还像年轻人那样谈情说爱。"陈夏心里哭笑不得，他比魏建也大不了几岁，他觉得魏建这个词用得新鲜。但他只能低调地说："成个家也是为了亲人好，要考虑孩子和老人。像你这样晃了一年又一年，父母也焦心。"魏建认为陈夏这话是挖苦他，他气不打一处来，"你找女人是为了孩子？若没有我，驰伢就只能送孤儿院了。最看不惯你这假惺惺的样子，虚伪无耻。你不要在我面前耍流氓了，我可不像我三姐那么较真。我听不懂，我就要你滚。滚——"

陈夏和魏建从小在一块长大，他了解魏建的脾气。魏建总把三姐遭受的不幸，归结到陈夏头上。魏建沉默的外表包着火热的心，他心里有抱怨，尤其在他生意不好的时候，陈夏稍一刺激他，他就把新仇旧恨一股脑地发泄出来。魏建破口把陈夏骂得不像话，弄得陈夏灰头灰脸地离去。

魏建喜欢抽香烟，陈夏下次来，又会带些烟来哄哄他，二人怄气的状态又得缓和下来。陈夏经常在外面跑活动，到企业采访，做记者的会收到些小恩小惠，酒、烟、茶叶，陈夏一般都往魏建店里带；有一回还送了一个金利来皮包。魏建翻弄着皮包，高兴的同时还谦虚地说，上回那条软"中华"香烟，他要按批发价给钱给陈夏。陈夏说："算什么钱，我也不是做买卖的。"

魏建说："你不要现金，我就记在账上，下月结驰伢的生活费，一起算。"

陈夏讨厌他这一套，他说："总是记账、记账，你怎么和你三姐一个德行？"

这句话，刺疼了魏建的心，他眼睛瞪得很凶，"请你把嘴巴放干净一点，我三姐怎么啦？我三姐记账也是为了帮你持家呀，你怎么这么没良心？"

陈夏索性就笑着调侃一句："我怎么没良心？只是我这块跳板没做好，让她摔了跤。"

魏建说："你是流氓，高级流氓。不是看着驰伢还小，我真要打死你。"说着话，魏建扔下金利来皮包，手就握紧了拳头。

陈夏正坐在玻璃桌边辅导儿子写作业，见状他立即站了起来，准备迎战。不过魏建又松了拳头。他可能觉得动武有些不妥。他开始骂起来，依然是重复的牢骚，说三姐嫁他倒了八辈子霉，说他要给外甥改姓魏，说他是流氓不配做父亲。陈夏也不饶舌，说魏桃四万元投入到店里，魏建才接管孩子，说四万都是自己还了债；说魏建是势利小人，鼠目寸光。他们一个柜台里，一个柜台外，叮当叮当，斗起嘴来。魏建说到情急处放炮似的骂他"流氓流氓流氓"。陈夏说："你是'垃圾'"。魏建猛地一扭身，跑出来揪起陈夏的衣领，"老子打死你！"

陈夏也不赖，"你敢，你个笨猪，我到底欠你什么？你姐是自作自受，自己作贱。你恨我干吗？我都被她害惨了。你要恨，回去恨你父母，是他们没有教养好，教出你们这些蛮不讲理的东西。"陈夏似破堤的洪水一股脑发泄着怨气。

魏建上来，猛力一拳砸到陈夏的脑门上，陈夏被打得眼前发黑，但他没有与他纠缠，而是捂着脑袋躲闪，两个男人纠葛时，只听轰然一阵碎响，玻璃桌倒下，砸出满地碎片。水杯，饭碗，孩子的作业本，乱糟糟散落一地。小孩惊恐地目睹父亲和舅舅雷霆爆发的过程，捂着嘴蹲到店堂后"哇哇"哭起来。

从这以后，陈夏不打算再去城隍庙了。他觉得热脸贴冷脸的感觉，让他耻辱颓废极了。他在社会上见到任何人，人家都对他敬仰和尊重，何况他的职业就是"无冕之王"。那个无知的井底之蛙，竟然把他当下饭菜一样，如果不是为了儿子，他一辈子不需要和那种低劣的农民说话。陈夏带着眼角的淤青回到南方花园，李嫱一看吓坏了。于是在这个夜晚，陈夏安静地对李嫱叙说了实情，他离婚的前妻在白云洲服刑。李嫱听了这些话，半天没有回过神来。她不知道陈夏与她相处半年了，还包裹着那么多难言之隐。李嫱气得一晚上不说话。此后的好几天，她都很沉默。

她抱怨陈夏："魏桃发生的事，你为什么不早对我说？"陈夏说："我对你说有什么用？你能为她翻案，还是能替她去坐牢？"陈夏又很诚恳地说："对不起，我不希望我阴郁的过去影响我们现在的生活。"李嫱说："我的天呐……"她有一种后怕，并且突然觉得浑身不舒服，说不出什么滋味，她不恨陈夏，却又觉得自己这角色滑稽又尴尬，让人觉得窘迫。陈夏离异，她接受了，而且她的父母也接受了。现在又发现他的前妻和别人有那种不能言说的关系，而且还去服刑了。李嫱简直感到自己耻辱得不能见人。像她这种媒体的人，社交圈那么大，父母也是极重名望的人……她越想越觉得自己该哭一场。

陈夏知道自己犯了错误，可他又认为这不是错误，他说："我当时没有说，因为我爱你，我怕失去你。再说，在她出事之前，我已经和她离婚。你为什么不能想开些，她完全可以忽略，与我们的生活没有关系。"

李嫱说："可能我觉得我们不该在这个时候走到一起。"陈夏说："那恐怕我们以后未必能走到一起，感情不是进度表。"李嫱低眼沉思着，说不出一句话。

这事出乎陈夏的意料，李嫱不嫌他有儿子，也不嫌他没房子，却对魏桃服刑那么在意。于是陈夏只得开导她、安慰她。他还在这段时间，开始带李嫱玩一些新鲜的、有情趣的户外活动。比如，带她去郊区摘野菜、钓鱼，带她去博物馆看画展。他关注各高校的人文讲座，那些国内外名人或诺贝尔奖得主来到科技大学，他会把信息即时告诉李嫱。李嫱对有的讲座没有兴趣，有的讲座她会去听。她开始跨领域喜欢物理学，她对科大的科普类或量子力学学科的讲座非常有兴趣。因为这个时候，她已经看了许多理论物理方面的书，比如伽莫夫的《从一到无穷大》、里德雷的《时间空间和万物》、霍金的《时间简史》等等。她看不懂康德的书，但她认为她能看懂霍金的书。她看了这些书，还经常和陈夏讨论"波粒二象性"和"双生子佯谬"，他们有时候在洗衣做饭时讨论，有时候是晚饭后坐在楼台的小花园里讨论。那时候李嫱总会仰头望望星空，她说："地球只是我们的驿站，那远古的星体，有一颗是我们来时的故乡。所以生命的意义就是快乐地流浪。"

陈夏心里很高兴，因为李嫱很快走出了魏桃"杀人"的阴影，她的思绪已经飞离了银河系。

到了九月中旬，他们开始奔忙于婚礼的筹办，这是三个月前就商定的，十月六日举行他们的婚礼。他们兴奋地拍结婚照，采购，布置房间，罗列亲

朋好友的名单发请柬。

应该说是李家开明的父母因为尊重女儿的感情，才接纳了这个农村女婿。毕竟陈夏一无所有，还拖着个儿子。李家是公务员家庭，父母一辈子在国家机关工作。三个儿女，长女夫妇在英国，儿子媳妇在省直单位，李嫱是小女儿，自然被父母宠爱得不得了，但她三十多岁还不结婚，父母头发都急白了。忽然有一天，李嫱把陈夏带回家，父母知道情况后纵然内心有一万个不愉快，但他们的脸上同时都笑开了花。于是急性子的父母就定了婚期。李嫱认为婚礼不必张扬，他们最好是旅游结婚。父母说旅游归旅游，婚礼还是要办得隆重些。父母的心情，李嫱是理解的，他们家是土生土长的东亚人，亲戚中凡是活着的代系一概要通知，他们又是社会上有头面的人，老同事老朋友必须宣告。他们把三女的婚礼办完，才算真正完成了人生最后的大事。于是可想而知，李家办这个婚礼如同在香榭丽舍大街建一座凯旋门。

李家提前预订了最好的婚庆公司，最好的星级酒店。婚宴的那个晚上，新郎新娘身着色泽明朗的婚服，黑与白的搭配，庄重而典雅。他们头顶的彩屑和灯光，映射着他们幸福的微笑。主持人精彩而不失煽动的解说，和着音乐和掌声，潮起潮落。那场面，那气氛，让在场的每个人都心潮澎湃，甚至有些人由衷地闪现了幸福的泪花。

这一年陈夏已过而立之年，这桩婚姻是他人生的另一个开始。许多梦寐以求，许多欲望，在这一刻是真正的兑现了。但是，这场景陈夏却高兴不起来，他心中深藏着叹息。这一刻他的儿子正跟着魏建在鞋店后面的暗道里，吃着挂面拌榨菜。他的父母正在遥远的乡村地埂上赶着回家的畜群。他还有许多俗世的牵绊，在另一个宇宙系统。他的这种阶层越位，注定会给他未来的生活带来许多不幸。自卑和虚荣，让他拒绝了亲人，这天的婚宴，除了他的同学、同事，他的农民家族没有人参加。如果说谁能代表男方亲属在婚宴上压阵，那就只有一个人，他是陈夏在东亚职教城上大学的外甥。他叫刘浩，受了舅舅的嘱咐，他带了会喝酒的同学来捧场，上百人的婚宴上，这桌上几个年轻人特别惹眼，他们互相说笑碰杯，也礼节性地依酒桌顺序来向李家人敬酒。他们又会说话又会喝酒，四个男生，还有一个漂亮的女生。

二

听说儿子娶了新媳妇，而且婚礼办得好隆重，远在乡村的父母吃着咸菜也高兴。

051

他们在日复一日的枯燥而欣慰的劳作中，数着遥远城市的日子。他们觉得儿子结婚一年多了，该带着新媳妇回来看看他们。他们把家里房子也粉刷了，把门侧的破院墙也修补好了，把糯米、山芋粉、绿豆、芝麻之类的好东西晒了又晒，把鸡孵了好几窝，鸭养了一大群，可是一年三节手搭凉棚的期盼，最后还是落了空。

这一年春季，陈夏父亲的哮喘病又犯了，而且和以往不同，咳嗽还吐血。八里外刘姓村庄的大女儿闻讯赶了回来，她建议父亲去省城治病，不能再拖了。一辈子舍不得花钱吃药的父亲同意了，他其实不止是想治病，更想去省城看看儿子的新生活。

于是大姐陈莲花给陈夏打来电话，说父亲吐血了，必须去大医院治疗才放心。陈夏立即和大姐约了日期，并叮嘱大姐，把父亲送上开往省城的列车。

陈夏这一年来被新婚的幸福滋润得油光水滑，但他也时常惦记着父母。他为什么不带李嫱回老家？一则魏桃还在牢房里，他就带着新娘回家，他怕村庄人说他闲话。二则李嫱是城里长大的，去了夏季多蚊虫冬季多泥泞的乡下村庄，怕她不适应。仿佛时间拖延就会历练李嫱的心，待她有了一定的心理承受力，也就是说夫妻感情变得坚实些，再慢慢暴露他鄙贱的出身。他认为，老媳妇肯定要比新婚时更有宽容心。

其实李嫱并不在意他的农村出身，相比之下，李嫱要比魏桃单纯得多，她爱他，事事由着他，家里的油盐柴米她从不操心，财政大权都在陈夏。至于他的农村老家是什么样子，在李嫱想象中，可能比实际情况更差。李嫱自幼由三个保姆陆续带大，保姆都是农村人，她小时候去过一个保姆家，印象中是土坑茅厕，饭桌底下堆山芋，堂屋里扎围做稻仓，厨房后面隔一截土墙是睡觉的床。水缸里游老鼠，锅台上空横梁架柴草，烟渣缠着稻草凝结的黑灰串，像蛇一样晃荡。这是几十年前的农村景象，但李嫱却难以排斥脑中的印象，她认为现在的陈夏家，就是那样。她反而心里有了底，她说："我很喜欢农村，很多人捧碗到屋外一起吃饭。我们若去你家，你要买些老鼠药，把水缸换一缸水。"陈夏说："现在农村都有自来水龙头，而且也没有人捧饭碗一起吃饭，因为农村人都进城打工了。"

现在父亲要来了，夫妇俩有些自责，后悔春节没有回家看看，但是他们还是非常孝顺地把父亲治病当作一件大事，做了精心安排，头一天就预约挂了医科大附属医院的专家号。李嫱还把老人的房间床被也铺好了。她做这些的时候，心里有一种异样的滋味，是暖意和荣耀。从小到大，她还没帮人铺

过床呢。第一次有了做媳妇的感觉。

第二天，夫妇俩开车到火车站接父亲。在拥挤喧哗的车站出口，陈夏张望了好长时间，才看到夹在人堆里的父亲，他慢慢走往检票口。他佝着背，眼窝深陷，一脸腊斑，惊慌而茫然地朝前张望。

陈夏心里一阵酸楚，朝父亲招了招手，嘴里欣喜地喊他。老人对儿子的声音十分敏感，马上就听见了。他憔悴蜡黄的脸上露出纯朴的笑，颠簸着似乎想努力挤出来，但最终仍被人流控制在次序中。父亲肩膀挎着两个大包，装的都是农村土产品，就是每次企盼他们回家预备的那些东西，还拎了两只活母鸡。

有生之年第一次坐火车，第一次进大城市，看到又高又大的亮锃锃的楼群，他分外激动。他一路上神色有些腼腆，有些惊喜和胆怯。他感觉生疏的幸福来得措手不及。听新媳妇叫他一声"爸"，他简直激动得嘴唇发颤。新媳妇长得比魏桃洋气，也比魏桃年轻，她不戴眼镜也好看，就像电视里的主持人。

这天晚上，南方花园气氛好温馨。陈夏去城隍庙接来了儿子。自从前年夏天挨了魏建一拳，陈夏心里很记恨，对魏建不再像原先那么好了，无奈儿子还依仗他照顾，他又不能得罪他。他尽量回避与他见面，抚养费每月转到他账上，看儿子有时候他是去学校门口看。况且陈夏现在生活和社会地位都扶摇直上，他觉得和魏建那种底层垃圾说话，简直跌了自己的身价。今天父亲来了，想见孙子，陈夏万不得已，硬着头皮去了一趟他店里。他冷冷地和魏建招呼了一下，说明了原因，就带走了儿子。

老人见到孙子甭提多开心了，像看到一夜之间突然拔节长高的竹笋。爷孙俩坐在华丽的客厅，又吃瓜果又说话。爷爷摸摸孙子的头，捏捏孙子的手，问这问那，问他读书的情况，问舅舅做的饭菜怎样？孩子也知道样样回答，老人的眼睛就湿润了。

李嬙面对这个小男孩似乎并未意识到自己是后妈，或者她潜意识在回避这个角色。况且这孩子也不是叫她"妈"而是喊"阿姨"，这是陈夏教的。

她谈不上特别喜欢他，但也不讨厌他。总的来说这孩子坏毛病比优点多，他一来到南方花园总会犯多动症，因为这个家的一切都让他感到新鲜，和亚大的黑屋以及城隍庙店堂的后弄都不一样。各个房间的柜桌，博古架上的摆件，他都要翻翻。露台上他们夫妇精心呵护的盆栽，他说里面有蚯蚓，这个盆里挖挖，那个盆里操操，把露台弄得满地沙土，把植物糟蹋得不成样。于

是总要挨父亲的打，用衣架打屁股。他也非常有趣，比如他看到电视里唱《女人是老虎》，他说"那男人就是动物园"。诸如此类令人玩味的话，总会把李嫱和陈夏弄得啼笑皆非。

次日上午，夫妇俩带着老人来到医科大附属医院门诊。医生看了病，开了单子要做各种检查，其中两样还得预约三天后才能排上。医生问陈夏有什么想法？陈夏说，想让父亲住院。儿子想让父亲住院治疗，证明他有一定的经济条件。医生就给他开了个住院单。可是病房又没床位，也得等两三天才能排上。

于是只得又把老人带回南方花园，边吃药边等医院的床位。这几天老人的新鲜感消失，孙子也不在了，他一个人关在这明亮的居室，越发心急和无聊，还有拘谨和不安。他抱膝端正地坐在精致的红木小椅上，土灰色的脸上堆满木讷。他几十年捧着不离手的黄烟筒此时压在包底，他咳嗽吐痰都得懂规矩，按儿子的指示去明晃晃的卫生间。他环视着这房子里的一切，眼睛始终流溢着和善和惊奇。他坐着不敢轻举妄动，似乎在收敛一生恣肆于田埂上的野性。终于在第三天，媳妇回来说，医院里有床位了。于是他心里一阵欢喜，他以为去了医院就可以放松些，听说医院有专门抽烟的地方。儿子媳妇又把他送到医院，这次带上了他所有的行李。

他住的是一间两人间的病房，他还没来得及找地方抽烟，就被护士指示戴上了口罩。老人这才明白，自己是有潜在传染病的人。难怪在儿子家，儿子总要给他单独的碗筷。另一张床位也是一个年长的人，像城里退休的老干部，听说他是享受公费医疗的。老人惊喜而迷惘地抚摸着洁白的床被，问儿子："我这要多少钱啊？"陈夏说："大，你安心养病吧，我每天都来看你。钱的事，你莫操心。"

父亲开始正式治疗了。做了全面检查，从食道到肺到心脏，几乎每一部分都有不适之症，而且他的支气管炎，已经是老毛病了，老年人这种咳嗽恐怕是一下难治好的。可是，现在，他的床头一下摆满了各种药。他吃了这些药，果然在此后的几天就不咳嗽了。

父亲住院期间，安排大外甥刘浩侍候。因为刘浩刚毕业，现在也没找到合适的工作，反正他也没事，陈夏叮嘱刘浩在医院驻守。刘浩也没什么耐心，在病房踪影不定。所幸那时老人自己还能照顾自己。老人住院的第三天，李嫱来探望过一次，高贵的媳妇嘘寒问暖，让老人精神爽快了一天。魏建也来看过，拎些水果、牛奶之类的礼物。魏建打算来伺候他，老人说不用了，怕

耽误店里的生意。

一个星期以后，这老人的病情不但没好转，反倒越来越严重，进食困难，不能吃饭只能喝稀粥，吃了就吐，连喉咙里痰和血丝都吐出来了，药物不服。于是，医院决定再给他做检查。这一次检查结果让医生和陈夏都很吃惊。老人的病被确诊为食道癌。食道癌，必须开刀做手术。手术有风险和体质损耗，年逾七旬的老人不一定吃得消。陈夏感到惊恐而茫然，他只能听医生的。医院决定，先给病人进行术前化疗。这事，他没有告诉任何亲人，更没有对父亲说，他只是连忙打电话叫家乡的大姐速来东亚。

就此，父亲化疗的消息很快在亲戚那儿传开了，化疗就是癌症，现代农民没哪个不清楚。于是成群结队的亲戚赶往东亚来探视这位老人。

病人在医院治病，亲朋好友要去探望，这是农村人一贯盛行的风气。不论这病严重与否，只要住院，就得去看看。所以，许多农村的亲戚，不惜昂贵的车票价和长途之苦，坐火车来看陈夏的父亲。来看父亲的这些亲戚，并不是一道来的，今天来了两个堂叔，第二天又来了一个舅舅，隔一天又来了两个表嫂，这两个表嫂是从浙江桐乡赶来的，她们在桐乡打工，从QQ群里得知陈夏父亲得了癌症，特意歇了工，买了营养液、人参片之类的时尚礼品，大盒小盒的十分好看，风风火火地来到东亚。

亲戚们来看病人，首先是拖拖拉拉来到南方花园，吃了午饭，下午再去医院探视。而且晚上还在李嫱这新宅里住上一夜。没有进过大城市的亲戚，一般是提前打电话，叫陈夏去火车站接他们。陈夏去接了两回，后来他就叫魏建去接。魏建骑摩托车也方便。

父亲的病，弄得有些声势浩大了。亲戚们来到病房，一边问问病情，一边说说闲话，脸上都挂着病痛的表情，仿佛表示他们也在为病人分担疼痛。毕竟，是住在病房，哪还有什么喜悦呢。但是，从浙江赶来的两个表嫂却不是这样。她们的言行举止大方老练，带着夹生的普通话，有说有笑，毫不禁忌。她们对老人的病情和生活十分详细地进行了盘问。她们来探视的这天，正好是老人要做食道开刀手术的头一天。

下午，病房的窗口有一缕阳光进来，节气实际上已经到了小满，天很热了。父亲躺在洁白的床铺上，身上仍然盖得很厚。亲戚们来看他，列队站在床两边，整个房子显得更热，父亲在喜悦和自豪中额头冒汗星。下午的探视时间是三点钟开始。两个表嫂和另外两个老乡，刚才在医院门口候了一个多小时，也闲唠了一个多小时，现在到病房来，依然有说不完的话。隔壁床位

的病人见这么一堆人，就出门散步去了。人家烦了，大表嫂却浑然不觉，说："老姑爷呀，你要借此机会，彻底治疗一回，你一生吃尽苦头，把陈夏送上大学，容易吗？"陈夏在旁边站着没吱声。可是父亲却抢先接腔了，"麻烦了不少，我这把老骨头留着也没多大用，我是想做完手术，就回家。带些药回去吃，我的喉咙管，是个老毛病，是治不好的。省得在这耗钱。"

老人知道，这里每天流出的都是钱，就连上厕所用的便纸都要花钱买。他知道他进来时，儿子一手交付的押金就是一万元。听说，省城的大医院现在都是这个规矩，所谓出院时多退少补是虚的，实则是交付的押金必须全部花完。这就意味着，一万元钱，将全部用在这次住院中。他是真的心疼啊。大表嫂急忙用责备的口气道，"你都病到什么地步了，还去考虑省钱，钱有什么用，老子没了，让你的儿子儿媳孝顺钱去？"

陈夏脸色沉下来，他站在那里的情形有些尴尬。这时，小表嫂说话了，她靠在陈夏肩膀边，压低声音："陈夏啊，这回大概要花多少钱？"陈夏说："不知道，现在大概两万多吧。"

大表嫂接着就说："两万块钱算什么，儿子媳妇都是记者，指头缝里夹一下钱就来了。"这一天病房里还有一个老乡和魏桃的一个熟人，他们也在东亚做生意，也特意来看看。本来是病的问题，而不是钱的问题，可是，看病的人，话题却不知怎么拉扯到钱上去了。

陈夏有些莫名其妙，"我大来治病，我根本就没考虑省钱，而且我现在有足够的经济实力。"

小表嫂连忙帮着打破僵局，说："是呀，儿子那么有钱，天塌下来有钱撑着，这点小手术算什么。"

陈夏在走廊里徘徊着，突然感觉到自家的亲戚特别多，小时候都不常见的亲戚，父亲生病这回都见到了。而且，亲戚们对他家的事关注的程度非常热烈，表现出巨大的正义感。在这种正义和亲情的考核之下，他陈夏竟一时成了不孝之子，有了些不轻不重的罪名。

父亲的病，把陈夏和李嫱的生活全打乱了。一连七八天，家里都有亲戚来。隔壁的客房里总是叽叽喳喳，夜里十一点多都有说话声。隐约听到他们在说陈夏换了这个女人赚大了，如果没和魏桃离婚估计他们来东亚只能睡马路，现在他们住的和五星级大酒店差不多。那些亲戚的确像是来东亚住酒店旅游的，去医院探望两个小时的病人，然后就花了一两天的时间把东亚的大商场和景点逛了个遍。嘻嘻哈哈的，晚上很晚才回到陈夏的家，每个人手里

都拎着沉甸甸的新购的衣物和鞋子，并且还在房里"大了，小了"比试个半天。

李嫱似乎觉得一下子进了篱笆墙隔搭的鸡圈，扑面而来、挥之不去的是一股恼人的腥味。陈夏说："等父亲做完手术，估计就不会有人来了。我打电话对大姐说了，老家的亲戚，要探望的，等父亲回家以后，到家里去探望。"李嫱说："说明你父亲为人好，来了一批又一批。"陈夏说："他们不是来看父亲，是为了来看我们。"

父亲手术后，由大姐陈莲花和刘浩轮班照料。陈夏在医院附近的私人旅社给他娘俩订了房间。父亲的手术也很成功，精神状态渐渐恢复。在照顾外公的这些日子里，刘浩名义上是替换母亲值班，实际上还要别人照顾他。病房里端盆倒水，看护床头的输液，这些事情他都不会做，催医生也是外公自己按床头的电铃。刘浩值班的时候，除了在病房玩手机，就是趴在外公床脚头打瞌睡。

刘浩为什么会在大白天打瞌睡呢？因为晚上他在旅社待不住，躲到附近网吧上网，通宵达旦上网。那次，外公在输液，昏迷迷的状态。医生叮嘱刘浩等药瓶里的水吊完了，按铃喊医生来换，床下尿袋满了也要即时调换。刘浩答应得很响，结果他趴在外公脚头瞌睡，睡死了。架子上两个药瓶的水抽空了，病人的胳膊脉管倒抽血，血流了许久，把一米来长的塑料皮管都抽满了，最终还是外公从胳膊的胀疼中惊醒过来，才避免了意外发生。

后来大家对刘浩不放心，连外公也不想留他了，说看到他天天在床前转来转去，转得他头都晕了。刘浩呢，自己也有一种自责，说："好吧，我就每天负责买饭吧。好吧。"

于是，刘浩每天中午到医科大附近小餐馆，订饭菜，打好盒饭提到住院部病房。因为医院内包餐的菜饭吃腻了，娘俩都不习惯，就去外面买饭。需要跑腿的事，他很勤快，他妈妈打个电话，他就把东西买上来了。其他的时间，他在网吧，或者跟同学在附近打台球。

有一天，刘浩竟然把一个女同学带到了医院病房来。这城里长大的女孩，礼貌又乖巧，又不怯场。她问这问那，还主动帮忙洗碗和打开水。这让陈莲花有点拘束和不好意思。她简直不敢相信她是刘浩的同学，她那么漂亮，又那么懂事，热情大方体贴，说话的声音好好听。这女孩站在她面前和她说话，条件反射地令她不时做出自卑的动作，她一会捋捋自己的头发，一会牵牵衣服，似乎想尽量把自己也弄得好看些，生怕自己邋遢模样在对方美丽的眼睛里留下坏印象。

有女同学在，刘浩倏忽成熟起来，他知道妈妈昨晚值班没睡好，这会子，他叫妈妈回旅社睡个补觉，他们在这照顾外公。陈莲花谦让了一下，说怕麻烦这姑娘。可是那女孩却甜美地笑笑："阿姨，您去歇歇吧，睡眠不足会影响身体。你放心，有我和刘浩在这，能照料好外公的。"陈莲花似乎没有理由不去睡觉，她高兴地点头，"好好好"。

第二天下午，这女同学又跟刘浩一道来医院了。又来调换陈莲花的班，刘浩似乎喜欢上了照顾外公的差事。儿子竟然交往了这么好看懂事的女孩，陈莲花对儿子也放心了。她叮嘱一番，自己又回旅社休息去了。

陈莲花出门，恰好在电梯口遇到陈夏。她说刘浩和一个同学在病房。陈夏"嗯"了一声，示意姐姐去休息，他来值班。他其实根本不指望刘浩。

陈夏进了父亲病房，见一个女孩坐在床前，他以为走错了，下意识退了两步，再看看门口的房号字牌，确定没有错。

这女孩见陈夏，立即站起身来，她笑笑说："陈老师，您好。"陈夏立即明白了她是刘浩的同学，他问："刘浩呢?"女孩说，刘浩打开水去了。陈夏"呵"了一声，示意她坐下。陈夏到床头，整整父亲的枕头，掖掖被子，问问他的病情，老人懵懵地反应，大致在说："还好，这几天身上不痛了，而且也能喝些稀粥。"陈夏心里却很沉重，他看到父亲的气色很差，并未像他自己说的那么好。

陈夏看看床边坐着的女孩，心里非常不高兴，他是对刘浩不高兴，他把一个陌生人留在病房，自己打个水却半天不见人回来。他客气地问："你叫什么名字?"她说："我叫梁扣扣。我见过你，陈老师。"陈夏有些惊诧，她接着说，她跟刘浩去参加了他的婚礼，她还说，"你和你妻子，那一天好漂亮。"陈夏"呵呵"两声，假装想起来似的，其实他还是没有印象，因为那天婚宴上百人，自己当新郎忙得够累的，哪顾及那么多，他记得刘浩带了一些同学，但记不清模样了。

现在在病房这种单调的背景里，这女孩的清纯和艳丽就凸显出来，她一头长发，高高扎起清爽又精神的马尾状，穿圆领白碎花 T 恤，蓝色牛仔短裙，整个人，看上去纯净而优雅，令人十分舒适。

陈夏笑笑说："辛苦你了。"梁扣扣说："没事的，反正我也是来玩，就帮阿姨换换班，她才辛苦呢，每天晚上都睡不好。"

这时候，刘浩拎着开水瓶进来了，他见到陈夏，也毫不忌讳地说，自己

下楼抽了一支烟，然后上楼时电梯人太多，候了两趟才挤上来，所以搞晚了些。

因为有外人在，陈夏也不好发火，何况这个时候，梁扣扣已为他捧上一个纸杯来，"叔叔，喝水。"其实也没错啊，刘浩的舅舅，她自然该叫叔叔。

陈夏接过水，说"谢谢"。他喝了几口水，看到父亲仍在"嗯嗯"，他想陪父亲安静地坐一会。看看天色也不早了，然后他掏出两张百元钞票，安排刘浩带梁扣扣出去吃晚饭，今晚上半夜他在这里值班。他们都答应了，梁扣扣临走时，还把床边的东西收叠了一下，把床头柜里的香蕉皮和纸屑都装进了垃圾桶。

待刘浩他们走了，父亲突然吃力地对陈夏说："我想回家，我的病治不好了，刘浩说了，我是食道癌晚期了。我晓得，我其实前两年就晓得，我有病，我一直当支气管炎诊，误了时间。反正是治不好，银钱等于打水漂。你刚成个新家也不容易，我不能拖累你的前程。"老人嗯嗯叽叽欲言又止的语气中，明显表现出他对新媳妇的生疏，她毕竟不像魏桃是一个村子看着长大的，魏桃粗劣泼辣却不长心眼，公公婆婆在她面前不拘束。而对新媳妇老人却要小心谨慎，情感的隔阂，让他甚至意识到自己生病是一种罪过，因而极度不安。陈夏知道父亲是怕花多了钱，让李嫱不高兴，自然也影响他的婚姻。不能说这担忧完全没道理，饱经沧桑的老人懂得世道的规则。

陈夏心里难受，"你现在不要想这么多，安心养病，你这个样子怎么会好得了？用不着你操心的事，也要去操心。"

夏天越来越深，黄昏变得特别长，仿佛那枚太阳永远挂在西天。陈夏站在病房的窗口，看着楼下涌动的车流，突然觉得内心很孤独很空洞。他突然想到这些日子魏桃该刑满出狱了，如果魏桃在，重病的父亲心理也许要放松些。

这天晚上陈夏回到家里，把父亲病情告诉了李嫱，似乎越来越重，他说，不过现在还没有和主治大夫碰上头，但根据他自己推测，情况已经非常明显了。

李嫱也表示出惊讶和惋惜，说："实在治不好，也怨不得你。"陈夏坐在客厅的灯光里，脸色煞白，他呆滞，沉浸在长久的沉思中。他想也是自己读研误了几年，事业上经济上成就太晚了。什么事等有了钱再去弥补，就来不及了，父亲的病错过了治疗时期。

第二天上午，陈夏和主治医生取得了联系。主治医生说，其实病人现在完全是靠氧气和药物在支撑，如果失去了这些辅助，估计就只有一两周的时间了。

陈夏不忍心就这样放弃治疗，他心里还抱着希望。或者，只要有一丝希望，他都要留父亲住下去。他记得父亲是活跳跳的一个人背着包裹来东亚的，现在怎么会抬着让他回家？陈夏心里像刀绞一样，怎么向母亲和姐姐们交代？陈夏给主治医生的回答是希望医院再观察几天，只要有一丝希望，在经济方面，他都将在所不惜。家属要求留院，主治医生当然会点头，并表示他会尽最大努力。

<h2 style="text-align:center">三</h2>

三天以后，陈夏还是向报社请了假，他包一辆车，和姐姐外甥一起，把父亲送回了家，这是最明智的选择。父亲一生没离开过家乡这块土地，不能把一把老骨头丢在外头，无论如何要让他活着回来。

这是农历的五月上旬，乡间的田野里一片绿油油的景象，阳光在早稻的叶尖上闪闪跳动，像节奏明快的音符。陈夏两三年没有回到村庄了。现在他眼前一切遥远而又亲切，河流，小桥，村头的棠梨子树上拴着的黄牛，一种久违的芳香萦绕于怀。端午节刚刚过去，村庄的炊烟里依然飘散着粽子芳香。是的，端午节的粽子一般要吃到五月下旬。

村里大部分人都明白父亲的病没得救了，只能是回家等死。包括母亲，心里也清楚了。父亲被抬到家后，就平平整整地安睡在一张单式木床上，木床安置在堂屋的东墙边，床板上铺垫的也是些旧棉席、旧床单，挂了一幅被油烟熏得发黄的蚊帐。一切的安排，就准备了他的死。父亲也是知道的，说："这床放在堂屋，是准备我死了后，好烧纸，好换寿衣入棺。"

母亲听着父亲的唠叨，也不吱声，只是默默地拭泪。母亲苍白的脸颊似乎有些干燥，或者像起了岁月斑痕的残墙墙面。母亲看到三年没回过家的儿子，心里又是喜，又是悲。村里人都说母亲是有福之人，儿女都成家成业。儿子又在省城当了记者，又换了新媳妇。这还不是福吗？老人总是要去的，留也留不住，想开点。可是母亲不甘心，她坐在灶门口，一边烧柴，一边和锅台前的陈夏唠叨："那大医院里的医生为么事会把人的病越治越差呢？你老子去的时候，还把两块地的棉花匦都培了，后山的柴火也捆着拉下来了。什么都做得妥当，像是去城里度假。莲花要陪他到县城，他不要，他只接了她送来的火车票。他第二天鸡叫二遍就起了床，天麻麻亮，他一个人背着包，

拎着袋，劲霸霸地上路了。一个人走到镇上坐汽车，又到县上坐火车。从来没出过门，却走得那么顺畅，一天就到了省城。他的病为么事，越治越严重呢？"

陈夏苦巴巴的，说不出话，无从解释，只能说："大大的病治晚了。"

父亲果然在半个月后的一个清晨去世了。这期间陈夏因工作不得不力倦神疲地回了趟东亚，也就是说父亲去世他没有送到终。他在半个月后，再次请假，带着李嫱和儿子，回家奔丧。

远在外地打工的女婿、外孙、外孙女等都回来戴孝了，打工的族人也都回来帮忙办丧。三代以内的亲戚都一一报了丧，那些曾经去省城医院探望的亲戚，也都来了，这回是扛着花圈来的。

城里高贵的媳妇第一次来到这偏僻的村庄，这丧事又掺了一些喜气。族下办丧的人，又腾出几个来，帮忙打扫房间，安床铺被，又从村庄条件好的人家借来沙发茶几，仿着城里房间的样子，为新媳安排一个静逸良好的居住环境，还有人专门伺服她茶水。村庄人早晚都穿一样的鞋，这新媳进房间却要换拖鞋，于是派人去镇上买了新棉拖。样样周到。厨房里每餐有人提前来问，早餐吃什么？中午吃什么？陈夏替李嫱回答了：在家早餐一般是奶酪和面包，中午荤素都行。荤素材料村庄都能配齐，可按她的胃口单独做。这奶酪和面包还得去县城才能办到，于是又派人骑摩托车去县城购置。李嫱其实也没那么多讲究，也就几天时间，不习惯可以忍受一下吧。但是邻里主事的叔伯生怕怠慢了她，李嫱也理解叔伯们的热心肠，诸事也就由着他们办。

在李嫱看来，这偏远农村的生活条件和东亚郊区区别不大，村村通公路，路边立着太阳能路灯，随处可见标志着时代气息的广告牌。村庄土砖房里夹着一幢幢两三层的小洋楼，不少人家屋顶上还架了太阳能。可能算陈夏家条件最差，反而不比那些在外打工的人家房屋建得奢华。令她更稀奇的是村庄的祖堂，三重连体，中堂上六柱支顶，大横脊梁上刻着龙凤，油漆涂得色彩艳丽。据说祖堂是近年重新修葺的，农村富裕了，也就越发尊重古老习俗了。村里红喜、白喜都是在祖堂上操办，祖堂是一种族氏文化的象征，说明这个地方还是很讲究家族观念的。

祖堂上都人来人往，忙碌不堪。按照乡村的风俗，老人去世，要在祖堂入棺。祖堂设灵堂，超度三日三夜。

现在陈夏父亲的灵堂装饰得庄重又神秘。那大门外足有篮球场那么大的空地，除了围观的人群，还有道士即将开场的法事。

道士依然是杨姓的人，当年追求魏桃的那个道士如今是领班，他不再穿袍登场了，只嘴叼香烟，呵斥着指挥班子。看到陈夏和陈夏新媳妇，他眼里是不屑一顾。他在整个丧礼中都是被人前呼后拥的，高大上的样子。似乎没有人记得他当年追求过魏桃，包括他自己。除了那副大老板式的傲慢神态，人们从他脸上看不到任何别的内容。

李嫣自然也不知道这小村庄过往那些有趣的故事。

族人都要忙着办丧，李嫣又不会帮忙，也不需要她插手，她只站在旁边看看，法事超度中，该跪拜的时候，有妇人教她戴上白孝布，跟着跪拜。

出殡的时候，膝下儿女们哭得死去活来，那大姐陈莲花扒在棺材上悲凉地叫"大大"，她浓重的方言哭诉，隐在锣鼓、喇叭和爆竹声中，似乎听不清。但那生离死别的场景，让在场的每个人都感到哽咽和悲痛。

几百年来的村庄人，最后都是在这个隆重的仪式中去往黄泉，父亲也是。祖堂大门外，烧起了笼堆。陈夏夫妇身着长长的白孝服，双双跪在笼堆旁。看着父亲生前的衣物和纸扎的灵神一起熊熊燃烧，他感到心里也一层层落满灰烬。他拣起笼边父亲那杆黄烟筒，挑挑黄表纸，然后扔进了烈火中。悲痛和感慨让他在那一刻醒悟了人生没有意义，又忏悔自己没有能力。于是他哭得更凶，号啕大哭。而李嫣不是，她是对乡俗的肃然，被伤感的哀乐渲染得惆怅，对死亡思虑，对一个质朴老人即将化为原子的深深痛惜和遗憾，这一切足以使她泪流满面。

父亲的墓地，选在村前一里外的一个松树坳。事先请了风水先生看的，坐东南朝西北的墓向，墓穴头两天就挖了毛坯。按习俗棺材入土要看时辰。现在棺材停在了墓地旁边，时辰未到。陈夏和房族的几个堂兄，只拿锄头铁锹把墓沿再修修。

就在修墓穴的时候，一件意想不到的事情发生了。完全是冲着陈夏来的。魏桃的两个堂兄，一个叫魏成德，一个叫魏成福，突然在这天上午带了几个人来到山坳找陈夏，说陈夏父亲墓地，侵占了村里的耕地。"哪里黄土不埋人？非要非法占用耕地？你这个记者，还真能霸，竟然霸到我们眼皮底下来了。"

陈夏一时有些茫然，不知这由头因何而起。

坟墓处在山脚与耕地接壤的地方，前面一片荒疏的耕地。由于耕地主人进城打工，在城里买了房子，天长日久，地里杂草丛生，就变成了荒地。无

论如何，这是国家的土地，随意占用，是违法的。这兄弟俩，一个是村委会主任，一个在镇上做建筑包工头。两人在地方上都很有势力。魏陈两族同住一村，又做了几年的婚亲，按理说都是有情分的。从魏桃判刑的丑事传到村庄，魏家混迹一方的堂兄弟咬牙切齿觉得魏桃丢尽了他们的脸。现在陈夏却娶了新媳妇，魏家兄弟莫名的有怨气，陈夏这一次的违法乱纪，正好让那哥俩虎视眈眈，抓了把柄。他们莫名的有一种快感，哥几个心照不宣，要让陈夏丢脸。揪出陈夏，他们还可以向乡人证明，过错在这孬种，否则魏桃不会走上绝路的。

魏成德是村委会主任，他以命令的口气，要陈夏把墓穴填平。

陈夏说："我真的不知道啊？葬棺也不是开玩笑的事，怎么能随意挪位置？是地仙（风水先生）看的地方。况且，我父亲的坟址并没有占到耕地。"

魏成福说："别人家埋人，都很规矩，偏偏你家埋人，这样横行霸道，不就因为你读了几年硕士，回村来摆个臭架子。怎么没占到？你睁大眼睛再看看。"

陈夏说："你家没埋过祖人，你家祖人的坟是随便挪的吗？"这样的争吵就开始了，谁也不让谁，话越说越难听，陈姓十八代祖宗无辜地被"问候"了，陈姓的几个小伙子憋不住气，就要上来打架，场面就变得混乱起来。

陈夏骂他们是"地痞流氓"。魏成福上来推倒陈夏，一阵拳打脚踢。

一里外的村庄，听放牛孩子传来的话，松树坳在打架。于是陆续围拢许多人上来看热闹。头一回的新鲜事，棺木停在旁边，一伙人却在打架。

李嬬闻讯也往山坳跑，她深一脚浅一脚，踩着泥泞路，来到墓地时，她一眼望到陈夏被一个高大男人抓小猴似的，往左一扭转，往右一扭转。难以接招的陈夏满身满脸是泥巴。李嬬惊恐万状，简直吓晕了，她急切地带着哭音高喊："为什么打人？你们干什么？放下他，快放下他。"

高大的魏成福碍于这女人的面子，歇了拳头，他一松手扔掉了陈夏。魏家兄弟似乎就想在这女人面前丢陈夏的脸，这女人果然来了，他们又觉得自己过了分，不好意思。

陈夏却不罢休，他一边擦拭身上的泥土，一边骂魏家兄弟："愚蠢、粗俗，简直是无法无天的村霸！"他扬言要打电话叫派出所来人，把他们抓走。魏成福听这话，又撸起袖子要上来打他。李嬬拉过陈夏吼道："算了吧，你少说两句不行吗？"

也有族人出来劝解，李嬬听不懂方言，却也大致明白了事情的原委。她

在这待了几天，觉得农村人善良好客，甚至被他们的热情弄得不自由。貌似礼仪之邦，却也有这么深仇积恨的打斗？她走到魏成德面前说："有话好好说啊，他有什么不对，你们可以批评他，别动手好吗。"魏成德见这女人文雅地上来劝阻，他拍打着手掌似在掉落泥沙，他就留了她情面。他礼貌地操起夹生的普通话，向李嬙表示，他是行政村的负责人，他十二分地坚持国家耕地保护原则，陈家的坟址必须迁移。李嬙也不明白，为什么墓地是风水先生说了算？但这迁坟址李嬙也不能做主，何况此时陈姓人还在嚷嚷："休想，不可能。"

歇了拳脚，却口舌不断，两方的人操着浓重的方言，仍在手指点头，怒发冲冠，唇枪舌剑，又闹得不可开交。突然陈夏的两个姐姐跑到山坳来，大姐陈莲花向魏主任跪下了，说："我家的坟址既然定了，是不能改了。我做主愿让出家中三倍的田地来调换这一块地。"一个女人在磕头下跪，都是自小一起放牛长大的，魏家兄弟也慌乱了，受不起这一跪，急忙搀起陈莲花。魏主任却对着围观的人群大声说："下不为例，以后凡村庄有殡葬，不允许请地仙，必按国家殡葬改革条例行事。"

陈夏带着一身伤痛回到城市，大姐的那一跪，像一条耻辱的锁链牢牢地拴着他的脖子，让他近乎窒息。他在羞辱和懊丧中，闷头睡觉，大热天他缩在床上却盖着被子，他终于把脸上的肿措消了，但腿还在酸痛。李嬙担心陈夏得了什么不治之症，要他去医院看医生，陈夏却赖着不去。后来李嬙找了个中医大夫上门来看了一下。那位经验丰富的老中医，按着陈夏的手脉，看看舌头的颜色，听听心脏跳动的节律，未发现什么异常。最后只能归结为情绪上的原因，开了些滋补的中成药，便了事了。

好长时间，这对夫妻的思绪和情绪，仍然停留在村庄。不是悲伤父亲的去世，而是那墓地的尴尬，让他俩都莫名地失语。

有一天，李嬙看着消瘦的陈夏，终于控制不住说了："本来就是你家不对，你为什么相信风水？占用耕地是违法的。"陈夏懊恼地质问："你懂什么？那村庄千百年来如此，偏偏到我家就要殡葬改革，再说，我父亲占用耕地了吗？"

李嬙终于知道一些事，因为魏桃，那哥俩对陈夏记恨和报复？陈夏说："你听不懂方言，难道你看不清世道？他们在乡村野蛮惯了。"李嬙点点头："我理解。不是所有农民都是那样，农民的本性是善良。是因为魏桃坐了牢，他们才拿你出气的，说明他们爱护魏桃。"

陈夏说："他们并不爱护魏桃，他们是为了维护自己乡村霸匪的威严。"

四

其实这个时候，魏桃已经出了狱。她知道陈夏父亲去世，也知道陈夏在家乡挨了打，但她一概不问。她悄无声息地回到东亚，仿佛要将她以前所认识的人全部清零。除了向魏建筹资，谋划她卷土重来的宏伟的创业计划，她连陈夏都不联系。其实陈夏在去年冬天还专程去白云洲探望了她。当然那唯一一次的探监，是在救赎他自己，也是为了兑现向儿子的承诺。

他记得铁窗里的魏桃，完全变了一个人。那一刻他甚至有些感谢牢狱，怎么可以把一个固执、虚荣、贪婪的女人改造得那么朴素和诚实。

那一天，他穿越八百里冰雪消融的山川，在一个阳光明媚的上午来到了她的劳改农场。她穿着清爽的囚服坐在铁窗前，身段和脸上都长了肉，气色也不错，人也很精神，不是他想象的那种劳改犯的憔悴模样。两年不见面，离别仿佛就在昨天，他们平静而默契地看着对方，说些家长里短，神态都很自然。她问他："报社工作压力大吗？李嫱对驰伢怎么样？这是我最放心不下的事。不过，无论如何，我还是相信李嫱，她是文化人，心地善良。你要好好珍惜她。我晓得，落得今天这地步，都是我自己的错，我文化少，看不清世道。我不怨你，只怨我俩缘分浅，做不成夫妻。可我从来没有恨过你，我是喜欢你的，从小到大都喜欢你。"她的眼泪开始滚过脸颊。陈夏叹息说："你现在不要想那么多，安心受训，再过几个月就出狱了。"

魏桃说："我在这里不是受训，是学习，各类职业培训让我学了许多新技能。"陈夏说："那就好，你又很能干，出去后，选择面更广。你打算去哪做工？回家乡县城，还是去东亚？"魏桃说："我当然要回东亚，我喜欢东亚，那是科技城，是文明城。我打算回东亚重新大干一场，要在东亚为儿子买房，供儿子读大学。"陈夏说："你很坚强，这些想法实现是必然的。"魏桃眼里盛满兴奋。不过，她在远离东亚的日子，却始终怀揣一个遗憾，她说："自己在东亚待了那么多年，不知怎么搞的，竟然一直没去科学岛玩过。"陈夏说："住在东亚的人，都不看东亚的风景。"魏桃说："你是说我不是东亚人？"陈夏说："恰恰说你是东亚人，既然你都拥有了东亚，说明科学岛已经是你的，搁在身边的东西，不看也是你的。"说着这话两个人都笑了。

临别的时候，陈夏又将手机里儿子的照片和视频，再给魏桃看，魏桃一边看，一边说："宝宝，我的乖呀，妈妈好想你，妈妈马上就回来，妈妈回来

了……"她的泪水又哗哗流淌。陈夏也是鼻子酸酸的，不觉拭了一抹泪。

时间是一个很奇怪的东西，人处在不同的心境，对时间感觉也是不一样的。白云洲的魏桃并不觉得时间慢似黑夜，相反，它仿佛随风拂过田埂的尖叶草，划一下就过去了，把她的恐怖、耻辱、悲伤一下子就划没了。过了严冬就要翻春，花期过后，她就要出狱了。谁不盼着早一天出去，然而魏桃像瓜藤习惯了沿地爬行，现在却要上架，她心里一时歪歪扭扭的有些不适应。

她突然间怀念这些房舍、河流、圩坝以及秋天一眼望不到边的像白云一样白的棉花。初春，田野吹来的风，透着清新的泥土气味。白云洲是一片广袤的田园，植物一年四季色泽分明地生长，如果魏桃生长在城市狭窄的石板巷，她会觉得眼前的天地是颠覆式的人间苦难。可是她习惯了泥土与耕作，她甚至有时空错觉，感觉自己回到了天罗村的田畈，熟悉的泥土让她心里亲切和安全。她便没有像别的女囚那样，来到这里整夜鬼哭狼嚎。她初来乍到时，看到一群陌生的女囚表情怪异，有些人抱着枕头嘤嘤哭一通宵，有些人用刻薄凶悍的眼光盯着她，她也不害怕。她望到栅栏和铁网，还有尖塔上背枪放哨的人，她结合那些传言，脑海会想象逃亡的场景，她摇摇头，心想，那又何必呢。

她来到白云洲最初的半年，并不畏惧环境，而是抛也抛不掉的心头残留的阴霾。她在每一个夜晚入睡前，都会想到周诏然死时的样子，那斑驳青绿的老脸，仿佛晃荡在房间的墙壁上，或者贴在窗外的玻璃上。她翻个侧，对着同伴睡，周诏然的脸，仿佛又在对面同伴的床上。她把同伴床架上的黑衣服拿掉，因为那黑，就像周诏然变小的阴魂。她的睡姿甚至不敢平躺，因为周诏然死的时候，姿势就是平躺着的。她想想也觉得害怕，她每一次洗澡都狠命地擦着自己的身子，希望把晦气和肮脏洗干净。所幸宿舍里有十二个女人同室，每夜熄了灯，还是此伏彼起的说话。她花了好长时间去想，她到底有没有爱过周诏然？她对周诏然说的话，在他面前流的泪，算不算她对他的爱？他们到底谁欠了谁，谁愧对谁，谁害了谁？她又想周诏然有没有爱过她？哎哟，她永无休止地在黑夜里去揣摩一个死人，她脑子都要炸了，头痛得要命，又恐怖又懊悔，翻江倒海的复杂心直折腾到她委顿地睡去。

她畏惧黑夜，却不担心白天。在太阳烧烤的河滩上，她干起农活来，依然在行又卖力，她以较好的适应能力很快与狱友们融为一体。他们把大片的良田春翻夏种。白云洲四面环水的独特位置，一望无际的湖泊和田畈，如果没有太阳，他们真辨不清方向。当然，他们也不需要方向，只要面朝黄土背

朝天，只要劳作就能活着。魏桃觉得劳改农场的日子，比她事先想象的要好得多，与外面人传说的也完全不一样。她以前听人说，坐牢进去就要挨狱友几顿打，她刚来的时候，小心翼翼，生怕狱友和狱警打她，后来她发现根本没那回事，没有人无缘无故打人。她从小到大，没有过过集体生活，没有上过寄宿制学校，在这个十二人的大房间，她觉得新奇也快乐。她甚至觉得如果不是劳改犯的名声在外，这样的日子也不比进城做建筑睡工棚吃盒饭差。

但是并不是每个人都是魏桃这样的感受。在这屋，好几个女人，经常收工回来，就捂在被子里哭，她们吃不了苦，饭菜吃不惯，体力劳动累，还得按部就班参加集训，她们受不了这紧张的节奏和束缚的生活，有一大堆理由，足够她们屈辱的泪痕常常挂在脸上。于是时间久了，基本摸清楚了各自的来路。每一个女人背后都有一段心酸的传奇，她们的身份和地位、年龄和姿色，是那样的千差万别，差不多又是相同的欲望和不同的形式，最后汇集到这个地方。

有人的地方就有江湖。这宿舍里前不久来了小姑娘，因为肤白人又生得秀气，大家都叫她白妹。可她性格却和模样恰恰相反，傲慢的小白人，脾气坏得很，她进进出出，都和姐妹们不入流，谁若是碰了她的衣服鞋子，把毛巾搭在了她的床架上，她会大发雷霆。房里人互相闲聊，她嫌吵了，就把搪瓷杯磕得砰砰响，似在压制别人的声音。她甚至插嘴鄙弃她们所说的内容极其无知。有人气愤地瞥她一眼："你能，你不也进了这号子？"她就感叹自己一个学富五车的硕士，却沦落到这号里，是命运作祟。她这话真好笑，仿佛别人就不是命运作祟。于是有人开始诋毁她，叫她老实点，别整天翻白眼。这白妹会说双关语，她的挖苦和嘲讽，都让人没法接腔，只让听得懂的人气得咬牙切齿。

有一次，一个狱友拿错了毛巾，竟然用白妹的毛巾洗了一回脸。白妹就把那狱友的东西抄得鸡飞蛋打，衣服、枕头全部撒到了地下，然后还用脚捣几下。她指责狱友把她的毛巾弄脏了，甚至会有传染病，甚至是对她人格的侮辱。她是多么高尚纯洁，怎么能被这帮粗俗女人沾染。那个狱友说："你不该来这里，你该去精神病院。"于是两个人就打了起来，旁边几个上来拉架，也不是真想拉架，她们拉来劝去，纠缠了一会，也借机把白妹按在地上拳打脚踢一顿。闹到狱警来吼叫，群殴才收场。

从这以后，这屋里叮叮当当的吵嘴就没有歇过。白妹挨了她们的打，脾气变得更暴躁，磕搪瓷杯的声音也变得特别响。女人们骂架都是从骂生殖器

开始，骂得特别难听。有中间人说："别骂了，撕开了裤子都是一样的货。"这话让魏桃心里很不快活。魏桃说："你别一盆污水泼一屋人，我可从来不惹事嘀。"于是有人想起她是犯卖淫罪进来的，据说卖淫还把嫖客弄死了。她们没有当场揭发她，没有反驳她。她们知道魏桃精明，干活有热情，混得连狱警都夸奖她，但她们却无形中把魏桃和白妹划进了一个帮派。白妹也想壮大自己的阵营，她悄悄对魏桃说："大姐，你是好人，你怎么不帮我说句实话，我被那些鸡欺负得不知何时有出头之日。"

魏桃说："你别理睬她们，把她们当狗叫。"魏桃还慎重提醒她："你以后别再提你是硕士了，那张证在这里当便纸都没用。我前夫就是硕士，他连自己肚子都填不饱。硕士有什么了不起？城市里比蚂蚁都多。在这里，只有听狱警的话，认真学习，努力干活，没有人敢欺负你。"魏桃还吓唬她，"如果你再说你是硕士，可能会被她们打死。"白妹分析魏桃说的话，觉得有道理，物以类聚，人以群分，如果你要活得另类，肯定过不好。她渐渐想通了一些事，她也变得比较沉默了。她们一起去参加学习班，她觉得魏桃像打了鸡血似的，到哪都有精神。监狱老师讲的那些内容，在白妹看来都是废话，毫无意义，但魏桃却拿着纸笔认真地记，虽然大部分是错别字，甚至还有许多是划〇，可魏桃每次都写几张纸。白妹觉得魏桃这人好新奇。白妹有时候会帮魏桃把错字和〇改正过来，魏桃十分感激她。

有一天，白妹对魏桃说："大姐，你这么勤奋，又这么爱学习，思想改造表现好，你可以申请提前出狱。"魏桃说："我一共就两年，刑期也快满了，费那个事干吗？再说，出去以后，我就没时间参加这样的学习班了，我要趁机多学些东西。"白妹听了简直啼笑皆非。白妹说："你真豁达，我在这每一天都是熬日子，像拉磨的驴子转不动啊，何时才能出头。"魏桃感慨说，"你的心情我理解，牢房最不合适你这种娇生惯养的人坐。"魏桃知道白妹好像与人合伙诈骗，才进来的，同伙都判了，时间长短不一。这姑娘也该是涉世不深，被人洗脑，上了骗子的船。一看白妹餐食素菜，生活艰苦，外面大概也没得力的亲人，只有个哥哥从深圳来探视过一回，狱中的生活费也是哥哥接济。据说还有一个男朋友，千里迢迢赶来探视她，她拗气没有见他，她说一辈子都不会见他。

相比白妹，魏桃似乎要好一些，她的两个姐姐和魏建都来探视过她，每次都给她充钱。她二姐来时还带了土特产打发狱警，魏桃知道这事后，很生气，一则不必打发狱警，她在这又不犯错误；二则二姐拿东西打发的狱警，

竟然与她的劳动组不沾边。肉包子打狗，有去无回；白水扔银钱，响都不响一声。

这年腊月，陈夏来看她，她就说："你们以后不必再来了，更不要给狱警送东西，我翻过春就要出去，我的生活费也够了。"魏桃也和白妹一样，并不希望有人来看她，可是亲人来看了她，她又觉得内心温暖。尤其这一次是陈夏来看她，她觉得很荣耀。她把陈夏带来的零食拿到宿舍分给狱友们吃，说自己前夫是硕士又当了记者。大家都好羡慕她，这比白妹卖弄自己是硕士效果好，她不需要吹自己，无形中抬高了自己的身价。

不知不觉，天气越来越燥热，青蛙开始在黄昏响彻四野。西落的太阳又红又大。田园上，收工的囚犯，列队回营，太阳把他们的影子长长的投射到寂静的芦苇荡。这样的景象让魏桃刻骨铭心，这一天她最后一次回头望望暮色四笼的田园，有一种前所未有的轻松和感慨，她就要出狱了。

魏桃出狱的时候，魏建提前一天来到这个长江边的白云洲小镇，他住在一家私人旅社。姐弟俩在那个晴朗的上午见面，他们的表情都很平常。魏桃问魏建："坐什么车？"魏建说，这里一天一班去东亚的车，早上走了，只能等明天。魏桃等不及，人一出来，归心就急迫起来。还有她很害怕在这镇外遇到熟悉的人，当然这只是心理作用，这地方几乎没有人认识她。她说："我们先乘车去安庆，到安庆转车。"魏建同意了她的想法。于是等车的时候，魏桃仔细地看了一下这个小镇的面貌。建筑错乱而破旧的集镇，路面坑坑洼洼，两侧商店灰尘蒙蒙。超市和旅社几乎做的都是来探监人的生意。街道没有什么人气，停靠在路边的，是三三两两的警车，警车显示这个集镇与其他集镇概貌的特别不同。

离开那个小镇，魏桃就彻底换了个人。

这一年夏天，魏桃马不停蹄地在城北的农贸市场开起一个小皮鞋店。她不再与魏建合伙，城隍庙那个门面把两人捆在一起，她认为划不来。魏建把当初四万元资金还给了她，她却认为陈夏多此一举把三万还给赵越，是对她蒙受冤屈的胸口上又挖了一把。

她和魏建分开做，客源肯定要好些。城北这块地方，还是老城区的商业繁华地段。城市就是这样的，不断拓展的新区，反而人烟稀少，只看到一幢幢亮得擦眼的高楼，却少见到赶集似的热闹的人流。而这个老城区，到处是人，可以用潮水般形容，如果说，你从天上掉下来，身体都不会着地的，这一点不夸张。

在城里开店，不像乡下，杂七杂八都可一起卖。城里的店，讲究专业化，就是卖单一商品。这样顾客才没有偏见。魏桃的专卖店，主要是卖普通廉价的旅游鞋，人造革的低质皮鞋，也偶尔进几双真皮鞋。在农贸市场这样的地方，真皮鞋反而难卖，甚至被人误认为是假冒的品牌。因为资金周转不足，后来，魏桃索性全部卖人造革的皮鞋。

魏桃的店处在闹市口，进这条街的人，第一个要逛的，就是她的店，这么好的地理位置，月租就要比街里头的高出三分之一。做这种坐家店的生意，不靠商品质量，就是靠店面的位置和装饰。哪里抢眼，人们自然会往哪里跑。所以，宁愿一个月多付些租金，也不能失去这块宝地。她这门面是和房东多抬半个月的价，从别人手里夺来的。市场里面也有几家鞋店，一则位置不好，二则可能是鞋子品种不对，也可能是没有商业头脑。总之，轻易地就让这个新来的倒腾皮鞋的女人，抢了风头。

五

奔丧回来，陈夏一直郁郁寡欢，好些日子不愿意出门。报社里请的长假是回家奔丧，可现在假期到过了，他还不想去上班。正午强烈的阳光，把客厅映射得通明透亮。陈夏在独处的日子，精神是纷乱的，他偶尔沉浸在对父亲的回忆里，偶尔又担心起孩子没人照顾，原以为魏桃出狱，孩子就能每餐吃到热饭热菜，现在魏桃和魏建各撑一个门面，都在忙着挣钱，孩子仍是三不靠、吊着养。陈夏感到内心老了许多，那是一种复杂的失落，无语的孤独，他被庸碌的现实击垮，他浑身瘫软得没有一丝力气。

这个下午，陈夏浑浑噩噩，突然被客厅座机电话铃拯救了。谁会打住宅电话？他希望是李嫱的朋友，而不是自己农村的亲戚。

但电话是梁扣扣打来的。一听她甜美的声音，陈夏的精神莫名地振作起来。梁扣扣说她要参加东亚卫视"超级新人秀"比赛。经刘浩指点，得知陈老师在文化圈熟人多，她想请他帮忙找电视台老师辅导，打他手机一直关机，所以就把电话打到他家里来了。

陈夏与这女孩只在父亲病房有过一面之缘，但陈夏听到她的声音，突然感到亲切。那是因为对方对他好亲切，似乎像对兄长一样，交心交肺，把要参加比赛的焦虑、彷徨，都向他倾诉。她说："陈老师，我该怎么办呐？"那么美丽而真实的忧郁，一时让陈夏迷惑了自己的身份，他觉得为她分忧是自己不可推卸的责任，他觉得奇怪，他的潜意识里似乎早已留下了她。

梁扣扣问陈老师："什么时候方便？在哪见面合适？"陈夏信口就说："今天傍晚吧，科学岛。""科学岛？"梁扣扣似乎打了个顿，连忙说"好好好"。

没想到科学岛居然交通这么不方便，西北十来里，还是那种人车混合的窄马路，陈夏路不熟，倒了几路公交。路上他不断问人，人们知道他是外地人，很耐心地叮嘱他，乘几路，坐几站，在某站再换乘某路。也是为了省钱没打车，结果一想不划算，去久闻的浪漫地赴约，心里却搞得风尘仆仆。

终于到了目的地，下站一片空，全是荫林遮蔽的马路。行人稀少，楼房不高，传说中神秘的科学岛，感觉像南方空旷的县城，不过环境比县城干净，房舍比县城稀疏。

科学岛就是天然湖面上凸起的方圆几里的山地，岛上本来是农户，后来国家的科学研究基地驻进来，在这里建了许多楼房，许多科学实验室搞科学研究，就叫科学岛。岛上有花有树，有田有地，有农户、集市、学校、研究单位和高高的实验大楼。外人都觉得这里好神秘，其实也没有什么，就是实验室啊，设备仪器啊什么的。那边有个现代科技馆，展览些仪器和影像。不过那馆在傍晚这个点，该关门了。若说好玩，该在四周的湖边游玩，可以赏景踏青，看一望无际的湖光水色。

后来的梁扣扣告诉了陈夏这些，陈夏说："我知道，这岛屿不仅是中国科技的象征，更是个天然的赏景地。"

梁扣扣笑笑："既然你喜欢，我今天就陪你逛逛。"二人边聊边走，来了到西北的湖畔。水色湖蓝，风从水面吹过来，拂在他们斜阳涂染的脸上。不管他们是什么关系和来历，这风光已毫不商量地给他们营造了一种暧昧的气氛。

梁扣扣说："优胜劣汰，竞争太激烈了。我好紧张。"陈夏只是点头，那话并未往他心里去，他的目光在她身上扫雷式地搜索。

她的皮肤不算白，但清爽光滑，是比白更好看的那种质感肤色；鼻梁直挺衬托清澈的眉目，五官精致协调，看上去蛮有个性和气质；身材细挑，着一身简洁的韩版休闲牛仔衣，突显不加修饰的自然美。她如同这岛屿上吐蕾的广玉兰。

梁扣扣再次说："离开赛只剩十几天了，我现在心头一团乱麻，不知怎么练习。"陈夏说："这样吧，我在电视台认识一些熟人，我明天和他们联系，争取给你找一个有经验的主持人，帮你辅导几次。有老师辅导，你进入比赛就顺畅了。"

梁扣扣好高兴："谢谢你，太好了！有你的支持我一定能成功。"陈夏说："不客气。"

说说这个梁扣扣的来历：她很小的时候，父母离婚，但她并不缺少人间温情，恰恰相反，父母及双方两代亲人，给予她的宠爱，堆积如山。从小到大，她不愿向外人说父母离婚，是因为她讨厌社会人的偏见。梁扣扣不喜欢读书，她自幼的苗头是想演电影，或者成为一名歌星，小学中学，成绩一直不太好，可是在校园各类演艺比赛中却拿了一沓获奖证书；很遗憾，那年高考却因为统考分掉得太多，而没能进入一所像样的艺术类高校，最后读了个高职专科。梁母心疼女儿的天赋，一直想让她朝演艺圈发展。梁母是做服装生意的，但是她对女儿的关心并不耽搁，只要在新闻上看哪个明星要来东亚演出，再昂贵的票也要抢订两张，陪女儿去看。"星光大道"那么多一夜成名的故事，梁母甚至梦想也会在女儿身上发生。最近，这对母女都看到东亚卫视联合省外几家单位举办的超级新人秀，觉得是个机会。据说进入前三名的女生会被华谊传媒签约，成为华谊旗下的艺人。于是母女开始分头行动，积极做参赛准备。见了陈夏后，梁扣扣仿佛看到了希望的曙光。

但是在陈夏看来，自己不仅仅是曙光，还是科学岛那托起太阳的湖水，而她就是湖上迷航的一只三角白帆的小船。他要为她平息风浪，让她安全地驶向梦想的远方。

第二天，陈夏就给梁扣扣找来许多资料，各省电视台近年选秀或综艺节目的U盘，经典的演讲、声形练习、朗诵诗的配曲等等都拷了满满一个U盘。东亚卫视漂亮的主持人颜敏，是陈夏认识的新朋友。他邀她吃了一次饭，说了来帮梁扣扣的事。颜敏没有推脱，帮助后起之秀，是一件很有意义的事，颜敏就这样义务地给梁扣扣做起辅导来。头两回是陈夏带梁扣扣去电视台。她放了几段主持人原版录像，同时给梁扣扣做现场讲解。声音、音调、表情、微笑、手势等，每个细节都值得细究。梁扣扣聪明伶俐，悟性好，对颜敏老师讲解的内容，即刻就能领会。后来因为颜敏工作忙，她就让陈夏晚上带梁扣扣去她的家里。颜敏老师真是一个好人，她这样的手把手地传授经验，大概有六七次，梁扣扣终于可以独自练习了。

再后来，梁扣扣就在自家的客厅里，夜以继日地进行模仿和练习。

这两天，气温高达三十六七摄氏度，梁扣扣仍然坚持不懈，反复地听录音，反复地练声音。

这个下午，梁母得知那陈夏老师又要来陪女儿练习，就放心地抽身去了

店里。这会子，梁扣扣要练诗朗诵，她叫陈夏给她看时间，一分钟能读多少字。那首普希金的爱情诗《我曾爱过你》，她重复了二三十次，一定要时间、字数都恰到好处控制在抑扬顿挫的情态之内。发音、声调、高低她是那样的分寸把握，动情而投入，那样的执迷。她的声音质感而富有磁性，她的额头上冒着汗珠，随着她一次次的重复，她的汗珠好像越来越大，脸也变得通红通红的。但她仍然停不下来，不达到满意效果，仿佛就不善罢甘休。

终于可以有一个间歇。陈夏从冰箱里取瓶矿泉水，伺候在她的身旁。对了，陈夏的另一只手还托着一条叠好的湿毛巾。梁扣扣举起瓶，昂起头，咕嘟咕嘟一口气喝半瓶子水。这样一歇下来，她感到更热，汗水浸透了背心。她的上衣，那件米黄色的低圆领紧身 T 恤衫，仿佛在一分钟之内，就完全地粘在了肉体上。此刻，她那娇小圆润结实的乳房，惟妙惟肖。这个微微的鼓动，仿佛挠过了陈夏的心，让他感到一阵热颤。他在余颤中手托毛巾帮她擦着额头，擦着脸，一直擦到她的白嫩的颈脖子，一直到她的圆衣领之上，陈夏的手终于止了，又开始重复到上面的部位来，他似乎只能帮她擦拭这些地方，再也不敢往下去了。

梁扣扣突然一下抢过他手里的毛巾，说真是热得受不了了，然后跑到卫生间，扭开水龙头，把脸凑上去，任凉水冲到脸上。

陈夏站在她的身边。她透过前面的镜子看到他，他正看着她微笑。她的脸通红，当然不是因为太热，而是有别的原因。她冲着镜子里的他说："笑什么，要不是你在这，我真想痛快地冲个凉水澡。"

陈夏冲着镜子里那双眼睛，他挑衅地笑了一下，然后歪下头来，看着梁扣扣。女孩子的眼睛迎上去，他们这样对视着，无限深情。突然，陈夏一弯胳膊，从背后，搂住了她，毛巾"扑通"掉落在地下。他吻着她的小红唇，一只手握住了她的一只乳房……

八月中旬，梁扣扣在电视台的"超级新人秀"比赛，顺利地通过了初赛和复赛的比拼，接下来将进入最后一轮决赛。进入决赛的一共有二十名选手，前五名将成为本次大赛幸运获奖者，前三名签约华谊公司。决赛的形式和前两轮不一样，梁扣扣抽到的项目是朗诵和演唱。

大场面的竞争，自然是紧张的。参与者都青春靓丽、风姿招展、声色出众，且具有良好的文化素质。选手来自省内外，有大专院校学生，也有地方电视台主持人。总之，梁扣扣能进入这一拨，也是不容易的。参加这类抢眼的赛事，根本没什么歪门邪道可钻，全是硬打硬地拼。况且有电视现场直播，几百万双眼睛同时在盯着看。评分老师们自然也是公平、庄重、严肃的。他们谦和的笑容夹着冷峻和心狠手辣。每个女孩子内心都在祈祷，但谁是幸运儿，那真是一个运气的问题。因为赛事拼到这一步，选手们的水平也就不差上下了。很难断定那零点几的差分就是准确无误的。所以说呢，大凡碰到这样的赛事，是要人命的。几家欢乐几家悲，有人欢笑，有人落泪。嘴上说"贵在参与"，实际上是刀子捅血一般残酷，那些年轻的女孩子为此不知要付出多少代价。

持续高温，阳光炙热，马路上一辆辆汽车拼命吐尾气，愈发使城市遍地滚烫。小区里一些浓荫下，那蝉声愈发地让人感到燥热。这一阵子陈夏一下班，就打车往东门跑，到梁扣扣家来，给予她精神上鼓舞。现在最后一关了，他们在松懈一口气的同时，又有些紧张不安。

这两天梁扣扣吃不好，睡不安，夜里做怪梦。梁扣扣说她梦到自己败下来了，她哭了好久，她还梦到天空飘雪，是黑色的，一瓣一瓣，落在她手掌。她醒来后好害怕，好紧张。而实际上梁扣扣在赛场上的表现是相当出色的。颜敏老师就说梁扣扣的表演素质达到了一定水准。她对梁扣扣决赛拿奖充满了信心。

这天下午陈夏过来时，正好遇到梁母在家。她是一个微胖的中年妇人，年轻时应该很漂亮，只是现在脸上全是憔悴和倦意。陈夏一时不知怎么称呼，情急中叫了一声"阿姨"，叫得含糊而迅速，似乎害怕被对方听见，但又必须让对方听见。梁母早被自己的新奇和感激模糊了听觉，她看到女儿的老师竟这么年轻帅气，她一时欢喜得手忙脚乱。她说："陈老师啊，你今天无论如何得在这吃饭，我一直忙着店里那点小本生意，反倒误了扣扣的大事，这次比赛，多亏了你帮助。来来，吃水果。"她托来果盘，又把各种吃食从冰箱翻出来，把茶几都摆满了。

陈夏恭敬地和她聊起来。听梁母那口气，仿佛女儿已经拿下了冠军。她提前操心，扣扣进了华谊，工作那么远，在北京，演艺圈很乱，她一个女孩子能否照顾好自己？又担心电视台会不会是骗局，拿华谊的牌子骗参赛者。梁扣扣责备妈妈："你瞎操什么心啊，你能被华谊骗就是运气。再说能拿到决赛奖，就上了一个层次，不愁将来找不到栖身的演艺平台。"陈夏只得在她母女俩的话题间，谦虚地附和。这一天，陈夏真正做了一回客人，在梁扣扣家吃了一顿丰盛的晚餐。但陈夏内心并不愉快，看那母女的情形，就像投注的人，还没中到奖，就在忧虑如何消费巨款。他倒是愈发有些后怕了。

六

自从陈夏父亲去世，这个家里的气氛好像变了许多。夫妇去楼台罗曼蒂克的次数少了，而且陈夏回家，也不爱说话。他有时快乐，有时忧郁。李嬙也不好多问他的心事。这天晚上，十点多钟，陈夏也回来了。陈夏在卫生间洗完澡，在客厅里喝了一杯凉水，回卧室睡觉，发现李嬙已经坐到床上。陈夏笑说："今天怎么这么早休息，不上网了啦？是不是陪我？"

李嬙轻轻地说："我可能出事了。"陈夏说："什么事？"李嬙说："我怀疑我怀孕了。"陈夏一惊，"怎么会？"李嬙说："是真的。我这个月不一样。"

陈夏说："我一点思想准备都没有。你怎么不和我商量一下？"李嬙说："还要什么思想准备？我都不怕你怕什么，怀上了，更好呀。"陈夏看了看李嬙，"你去医院检查一下，如果真怀上了。我建议暂时放弃这个孩子，因为我还有好多事要做。对了，你还喝了三九感冒灵。"李嬙在灯光下静静地僵了，眼睛愣愣的。陈夏不看她，在床边转了一圈，又去衣帽间找睡衣。他在打混场，不想和她再说了。李嬙说："那点中药不要紧。你怎么能说放弃？我们现在缺什么？不就缺孩子吗？你还有什么事要做？"陈夏无言以对，换了睡衣上床倒头就睡。

于是李嬙只能这样理解，陈夏是过来人，他已经有一个儿子，他不会像没当过爸爸的人那样惊喜。可是陈夏心里却不是这么想，他也是复杂的感受。他总觉得猝不及防，并且，有了孩子，生活又将进入一个新阶段，这个孩子可不像魏桃给他生的孩子那么好打发。李嬙给他生孩子，意味着将来一切都围绕孩子转。甚至他莫名其妙的还沉浸在梁扣扣参赛的焦虑与不安之中。参赛是关系梁扣扣前途命运的大事。

夫妻俩背对背地睡着，没关灯，仿佛是陈夏不给答复，李嬙就不会熄灭床头的灯。陈夏说："好吧，过两天去医院看了再说吧。关灯睡觉。"李嬙说"还过两天？这事拖不得，明天就去。"明天正是梁扣扣参加决赛的日子，陈夏心悬着不知道如何是好，"明天，不行，我有事。"李嬙立即坐起来，气愤道："你有什么事？有什么事比这事更重要？"

第二天上午，陈夏陪李嬙去医院做检查。李嬙开着车，陈夏懒洋洋地坐在副驾驶位上。大街上正值行车高峰期，太阳的光芒照在车窗玻璃上，亮得刺眼，让人无端地没有好情绪。夫妻俩一路上没有谁主动说一句话。

医院里，来看妇科的人还真不少，大多是男人陪着来的。走廊的椅子上，

尽是双双对对的，有的竟然是临产状态，挺着大肚子。当然也有单身的女人，搞不清她的背景，或者就是一个人来看妇科，没有什么不正常。

陈夏虽然早为人父，但还是第一次陪女人到这种场所来。他坐在那低着头，一直装作打瞌睡。这一次的检查结果，出乎意料，李嫱并没有怀孕。李嫱有些失望，陈夏倒是暗自松了口气。医生叮嘱他们，虽然没有明确结果，但现在也要当作怀孕了来照顾。（如果想要这个孩子）一不能同房，二不能乱吃药。要确定确实没有怀孕，才可解除防备。医生叮嘱李嫱回家每天清晨做体温测试，一周后再来医院复查。

这还是一个巨大的悬念。这让陈夏和李嫱同时怀着不一样的心情回到家里。

梁扣扣参加的决赛，就是这天晚上在电视台一千平方米的演播大厅举行，现场直播。

按照大赛组的规定，每个参赛人员的亲属都将得到两张免费入场券。梁扣扣名下的两张准备给颜敏和陈夏。由于上午陈夏陪李嫱去医院了，没有去电视台提前领入场券，陈夏本应该摊到一张入场券，就阴错阳差地被别人拿走了。

下午，陈夏打电话到电视台找颜敏。台里一个编务说，她临时有一个采访任务去了外地。陈夏感到很意外，问及今晚演出入场券的事。那人很负责任，说我帮你问问，你傍晚直接来就行了，来了打我手机。

这天一整天，陈夏都没有见到梁扣扣，给梁扣扣发了几条短信。梁扣扣回信说："你忙，我的准备工作做得很好。请放心。"

下午，梁扣扣早早地进了演播厅后面的化妆室。刘浩和梁扣扣的另外两个女同学也来给梁扣扣捧场。偌大的化妆室，有些乱糟糟的，各个参赛者都有亲人或好友陪着。

傍晚的时候，陈夏才收到颜敏从外地打来的电话。她说了抱歉，说她凌晨匆忙启程，到了目的地，才打电话来。她说其实她到不到场没关系，梁扣扣的演出一定会成功。陈夏心里担忧又不好明说，前两轮比赛场中都有颜敏在场。并且，颜敏还做过复赛的评委。今夜决赛，颜敏不是评委，也不出席，她是真有采访任务，还是另有原因？陈夏也不好问，只得说了谢谢。

梁扣扣得知颜敏今晚不能到场，十分惊讶："什么？颜敏老师来不了啦？"现在她仿佛悬空了，她的声音明显是失望和悲切。陈夏在电话这头安慰说：

"你照例做好你的准备。没事的。我六点半准时进去。"

梁扣扣并不知道，陈夏此时仍没拿到入场券。

晚上六点半，首届"超级新人秀"电视主持人选秀大奖赛的决赛开始。陈夏打车到电视台，在演播厅门口，打电话给下午承诺他门票的编务。编务在电话里说："抱歉啊，票没有了，你可以跟门卫商量一下，说你是参赛者的亲属。"陈夏气得心里骂了一句。也没辙了。

为了规范演播厅的秩序，来者没有入场券，坚决不允入内。门卫解释说即使像陈夏这种特殊情况，也得等到演出进行一半之后方可进场。

结果这天，陈夏硬是站在门外等了一个多小时，傻傻的，心里一直不踏实。很闷热，绿化带边，各种野虫子围着荧光灯打转，乱飞乱舞。陈夏衬衫贴在背上，汗黏黏的。他徘徊着，心烦意乱。刘浩和那两个女孩没有门票却早早地钻进了演播厅的后台。刘浩在里面不断和门外的陈夏发手机短信。梁扣扣的参赛号是十五号。大概二十几分钟就要到了。刘浩建议舅舅回家看电视直播。

陈夏看了看手表，觉得这个方法是可取的。在电视里，能直接看到梁扣扣的演出过程。陈夏就一口气跑到马路边拦了车。一会就到了家。等他到家打开电视机，梁扣扣的表演还没有到。陈夏松了一口气。

此时他的妻子李嫱正在书房上网。她听到客厅里的动静，感到新奇。她假装倒水，捧着茶杯出来转了一圈。陈夏看电视，一般只有看球赛才这么疯癫。这会儿，却是本地电视台搞什么选秀大赛。李嫱斜眼瞟了一下，没说话，就又回了书房。陈夏也不解释，自顾自地看，一边喝水，一边抽香烟，头上还冒着汗。他坐在沙发上，眼睛一刻不离电视屏幕。那里面的场面，十分壮观。特写的镜头一次次拉近参赛者娇艳的身姿和青春妩媚的面孔；观众热烈与激奋的表情；现场紧张而激昂。旋转灯明暗交替，把舞台气氛营造得扑朔迷离。

终于，轮到梁扣扣上场了。她步态轻盈，风姿绰约，她的装饰是刻意雕琢过的，但看不出雕琢的痕迹。洁净的一身白，时新的白色无袖衫，衬托她修长的腿，十分好看。梁扣扣第一环节的才艺表演，诗朗诵。她在台上十分动情地完成了她排练过无数次的《我曾爱过你》。她的朗诵获得了一阵热烈的掌声，非常成功。梁扣扣激动得要掉泪了。陈夏在电视机前，也是心酸酸的，十分激动。

接着就是现场评委点评。说了一些好话，也说了一些不好的话。那会儿

仍然有梁扣扣的镜头，她在咬着嘴唇看电子屏幕上的分数。那只是观众人气评分，分数不太理想，中等偏上。可能是年轻观众不喜欢诗歌朗诵，这是观众文化素养不高，不是她表演不好。而梁扣扣的笑立即变得不自然。但是她还有机会，接下来还有第二环节歌唱表演。

画外音介绍梁扣扣的演唱参赛曲目，歌曲《隐形的翅膀》，这是梁扣扣最拿手的，她的性格气质声色都很适合这首歌。即刻，演播厅内彩虹飞转，音乐响起。清亮亮的女孩，清亮亮的歌声：

我知道
我一直有双隐形的翅膀
带我飞
给我希望
我终于看到所有梦想都开花
……

一曲温暖、柔韧又略带伤感的《隐形的翅膀》把现场的气氛推上了又一个高潮。

梁扣扣在音乐的节奏中完成了她设计好的一些过场姿势。演唱配动作的表演，一切都是熟练的。但是后来的两次特写镜头，却让陈夏窥测出她表情的紧张。这或许是每一个参赛者都不可避免的，是眼角浮现的那一丝焦虑。

歌声在继续，进入一个音乐伴奏的过场。梁扣扣脸上绽放的笑容，很难看，眉头紧锁，她好像身体有障碍，拿麦克风的手哆嗦了一下，梁扣扣的歌声突然变小。她的表情有些恐慌，她好像做了一些努力，想使自己镇定。这首歌在尾部时音调节奏没跟上，肯定是梁扣扣心里急，但她的表演应该不影响整体效果。

音乐旋律停下来，一曲《隐形的翅膀》演唱结束。又是一阵潮水般的掌声。之后七八个评委又开始对梁扣扣品头论足。评委们，或是专家或是名人，发表意见各抒己见，褒贬不一。自然也包含很大的主观因素、感情倾向。可是梁扣扣整体表现不及前几位。有一位专家直截了当指出梁扣扣演唱时，尾部跑调，表情失态了。梁扣扣恭敬站在台上，接受点评。她的额头在冒汗，她有一丝笑，是强作的笑，好像又有泪水在眼眶里。

陈夏脑子里嗡嗡的，一时乱了主张。他对镜头里那一排男女评委十分藐视并且深怀敌意。他可能很担心，梁扣扣被他们"刷"。理智使他清醒，他必

须马上赶到电视台，赶到梁扣扣身边。他怕梁扣扣出事。

陈夏来不及拿遥控器，直接关了电视电源。

陈夏冲出家门，又想起来因为刚才换了粘汗的衬衫，身上没带钱。他转身跑回来，气喘喘地摸钥匙开门。进门直接冲到自己的书房，翻开自己的公文包把皮夹摸出来，然后拉开抽屉，每个抽屉都拉开搜索一遍，抓了把零碎的钞票塞进口袋。

李嫱惊讶地看着他做这一切，不知发生了什么事："怎么啦，发生什么事啦?"陈夏来不及说话，或者就根本不想让她知道。他急速冲出门，甩下一句，"出了点事，你休息，不要等我。"

陈夏的预感简直神了，梁扣扣果然被"刷"，是第二批倒数第九个被提前淘汰出局。倒数第九，梁扣扣离成功还差多远? 陈夏虽然没亲眼看见梁扣扣被"刷"的情景，但他完全能体会梁扣扣当时的绝望，也正因为这样陈夏才不想看后面的电视直播。

现在不要狗屁入场券了，可以在演播厅内窜来窜去。陈夏一口气闯进后台化妆室。

同学们还没明白过来，梁扣扣上前抱着陈夏一阵撕心地号啕大哭。

后台好几个被"刷"下的女孩也在哭。陈夏安慰梁扣扣"没那么重要"。梁扣扣的两个女同学赶紧来劝梁扣扣不要哭了，梁扣扣抹抹泪，终于止住了，但还是在抽泣。悲伤啊。这是女孩最初饱尝到人生的无情和不易。

这天晚上十二点多的时候，陈夏和刘浩把梁扣扣送回了东门的家。梁母有说有笑的，同时向陈夏使了个眼色，示意他不要再说参赛的细节。其实梁母在电视前一刻没离。一切都结束了，她在家里正哭着，门铃响了，她就跑到卫生间，擦尽泪痕，笑着来迎女儿。她看到女儿脸色苍白嘴角依然挂着微笑，像一朵盛开的冰花，刺痛着她的心。

一切都貌似平静地过去了。颜敏老师后来说，梁扣扣的演技实力不错，还有希望。主要是怯场，心理素质不过关，她没有舞台经验。

残存的夏日，梁扣扣一个人待在家里。她害怕出门，她需要安静。

七天以后，李嫱确定没有怀孕。引起例假延迟的原因，可能是夏季的气温与不规律的生活，当然也有不稳定的情绪。这件事，让陈夏虚惊一场。也是通过这件事，让李嫱看清了陈夏——他为什么不想要小孩? 李嫱从此平添一段新愁，一种潜在的预感总是提醒她，他们夫妇似乎有一层谁也不愿挑破的隔阂。

七

许多人，亲戚、邻居、同学都知道梁扣扣忙乎一两个月的主持人梦想，破灭了。甚至走在大街上、走在商场里都有人认识她，是一度炒得火红的"超级新人秀"选秀被刷者。有一次她和同学在一家商场试衣服，居然被那楼层一个女营业员认出。梁扣扣给人留下的印象很深，她身材高，长得靓丽出众，站在人堆里，很显眼。那女营业员惊喜地说："我最喜欢你了，我用手机发短信支持了你的人气票。没想到你最终还是落选了。"说罢，女营业员脸上挂着遗憾，为梁扣扣惋惜。梁扣扣报以一个浅浅的微笑，心里不愉快。回家后，她一筹莫展。她真是不想出门了，她甚至有离开这个城市的念头。

这期间，陈夏先后给她找了两家单位，主张让她去上班。这样她的心情肯定要好一些。可是梁扣扣不愿意。她还是想等机会参加类似的选秀，想一夜成名。她不甘心失败。选秀并非说来就来，好多比赛都在外省。各地分赛区，规模大，淘汰率更高。陈夏不赞成她急于参赛。留得青山在不怕没柴烧。他想让梁扣扣暂时解决工作问题。毕竟，选秀不是人生的唯一途径，要实际一点。

梁扣扣讨厌陈夏用"柴烧"的词来形容她："亏你还是个哲学硕士，怎么用这个低俗的词形容我？"陈夏只得抱歉改个词，"天生我材必有用"，也不对；他又说"姿色就是资本，不经历风雨哪会见彩虹"，还是不好；于是他引用雪莱的诗"光线是我的箭/我用它射杀/那爱好黑夜、畏惧白日的诈骗"。可是不管怎么劝，梁扣扣还是不开心。是要陈夏和她一起说梦，她才满意？陈夏说："梦在黑夜，你必须理性地走过白天。"他劝她去上班，她自相矛盾又自暴自弃。

她情愿这样自由散漫地待在家里。她每天要和陈夏通三五次电话。隔两天就要陈夏来看她。陈夏没时间，或者手机关机了，梁扣扣就坐立不安，在家里转来转去，她怀疑陈夏不喜欢她了。也有一些时候，梁扣扣郁郁寡欢坐在阳台上，一直坐到天黑。她看到阳台下有人走路，侧面或背面看到的身影像陈夏，她就激动得声嘶力竭："陈夏，陈夏。"待那人仰头望她，她才知认错了。她羞涩、沮丧、气愤、恼怒，各种情绪都盘上她。待妈妈晚上回家来，她就把这些憋着的气，发泄到妈妈头上。梁母理解女儿，生活不如意，心情烦躁。无论女儿怎么撒泼她，她都能包容，都不吱声。这种心理处境下，梁母竟然感激那个已婚男人陈夏，她觉得只要陈夏对女儿是真的，并且能带女

儿走出这段沼泽地，她也想得开，睁一只眼闭一只眼。她甚至在梁扣扣发脾气的时候，悄悄给陈夏打电话，希望他来安慰安慰她。

该发生的，终究要发生。立秋以后陈夏夫妻之间终于掀起一次小波澜。起因是李嫱接到一个陌生电话。天气依然燥热的这个中午，梁母乱找个号码把电话打到了南方花园，陈夏不在家，恰好李嫱接到这个电话。"请问是《时报》吗？陈夏记者在吗？""是的，他不在，你是谁？你找他有事吗？"对方也没问接电话的人是谁，直接就说："我是梁扣扣的妈妈，我想请他来看看扣扣，扣扣现在情绪很不好。"李嫱连忙说："好的，他回来我跟他说，他知道扣扣家在哪吗？""知道。"对方道谢几声就心满意足地挂了电话。

李嫱第一次听到"扣扣"这个名字，听上去好亲切。陈夏生活中什么时候有个"扣扣"？李嫱也是沉得住气，她没有疯狂嚷叫和盘查。这天傍晚陈夏下班回来，李嫱就这样直接说了，"有女的打电话来，叫你去看看她女儿，叫什么，对了，叫扣扣。"陈夏眼里急速闪过惊慌。陈夏故作镇定说："我知道了。"之后就在家里楼上楼下，厨房书房乱乱转悠了一会。转了好久，是不紧不慢的，又好像在找什么东西，又像在整理什么东西。这一切李嫱都敏感地看在眼里。

陈夏转了一会，果然夹着公文包出门去了。走的时候什么也没说。他的情形自然也在宣告他是去看那个叫扣扣的女孩了！

"扣扣"何许人也，李嫱没问。是陈夏当晚回来主动告诉李嫱的。晚上十一点多了，陈夏回来了，脸是那种土灰色，憔悴而疲倦，身上散发着浓浓的汗味。

李嫱一直在看电视。当陈夏洗完澡出来的时候，她看他的眼睛。陈夏说话了："那个叫扣扣的女孩子是我采访的一个对象，她大学毕业一直没找到理想工作，长期待在家里，她很郁闷。她需要帮助。"

李嫱说："哦，好像你们认识很久了吧。"

陈夏坐那里一颗一颗扣着衬衫扣，头发湿湿的，他说："帮助一个人与认识长短有关系吗？我就是不认识她，帮助她也是理所当然。"李嫱定睛看了看陈夏："你误解了我的意思。"陈夏突然放大了声音，"我没有误解，你们这些女人就知道疑心重重。"

李嫱感到很委屈："你这是什么态度，你紧张什么，我倒是觉得你有点此地无银三百两。"

陈夏说："是的，我紧张，因为我担心你会不分青红皂白。"

李嫱淡笑一声："奇怪，我什么时候对你不分青红皂白过？"

陈夏脸色阴沉，一言不发。穿衣，喝水，吹头发，做什么都把东西磕得砰砰响。这下，犯错误的人好像是李嫱，她默默地收拾着洗澡间的残局，把他的衣服放进洗衣机，做了很多零散的活，她不希望夜深人静，夫妇俩还在吵嚷。

不知道是谁，可能就是刘浩吧，从网上下载了电视台那天晚上主持人决赛的视频。梁扣扣台上表演的全部过程都在视频中。梁扣扣自家客厅里，由刘浩陪着，把这视频全部看过一遍，梁扣扣第一回看视频，也没什么反应，只是静静地看，不说话。

刘浩是出于好心，怕她郁闷、寂寞，就来陪她玩，无微不至的关心，网上找到的视频，是值得纪念的，他建议梁扣扣把视频保存好。

可是这个 U 盘却极大的刺伤了梁扣扣的心。刘浩根本没想到他的好心却惹了大祸。

此后梁扣扣在家间歇性地不正常，她捏着 U 盘，嘴唇颤抖，泪水汹涌，控制不住地悲伤。她的形象变得狼狈，很丑。有一天刘浩和几个同学又来到她家，看到她这样子吓坏了。刘浩说："你把 U 盘还给我。"梁扣扣突然冲着刘浩叫道："关你屁事，你走，我需要安静。你们以后不要再来了，我讨厌你们，假惺惺的。"几个同学压压性子，很无奈地摇摇头都走了。

梁扣扣真是变了，变得烦躁不安、衣衫不整、蓬头垢面，也懒得梳洗。她唯一能做的事就是睡觉，或者在阳台、客厅、书房、自己的卧室之间，来回走动，甚至是卫生间，家里的每一间屋子，都被她转遍，坐立不安。

有几次，她竟然一个人出去逛街，逛到下半夜两三点都不见回来。梁母急得满头大汗，手脚发抖。她知道女儿这种不归与以往不一样，现在她是一个情绪不好的人、精神崩溃的人。梁母打手机，她不接。梁母只得找刘浩，刘浩就打的满街去找她，弄得刘浩心力交瘁。奇怪，哪怕是到凌晨，梁扣扣总归知道自己打车回家。梁扣扣在外面做什么呢，她学会了时尚消愁的方法，不知道什么时候交了这帮朋友，经常去歌厅唱歌喝酒，她还学会了抽烟。她能坚持两天两夜不合眼而一直泡在啤酒气与烟雾制造的疯狂中。

听小区门卫说，梁扣扣打车到小区门前，总要违规，要出租车直接开进去，开到自家的单元楼下。门卫拦着，出租车禁止入内。梁扣扣就和门卫大吵起来，像泼妇骂街："你有病啊，你敢拦我的路。"弄得门卫惊讶又恼火，

只得把电话打到梁扣扣家里，请她的家长劝告，梁扣扣这种做法罚款不能解决问题，要送派出所。梁母只得向门卫一个劲地赔礼道歉。门卫问："你女儿最近是不是失恋啦，闹起来好吓人。"梁母也不知道啊，无言以答。后来，她只得每次出门，都把钥匙带走，把家里的门反锁上。回来，虽然要挨梁扣扣一顿吼叫，但是，总归没让她出去，关在家里，即使满屋乱转，也比跑到街上去乱逛安全。

梁母万般无奈之下，心惶惶地给陈夏打电话，这次没打错，确定是陈夏的手机。她知道，他是梁扣扣最喜欢的人，做母亲的哪能窥视不出女儿的心事。可是，梁扣扣早就申明了，她连陈夏也不见。

陈夏来看梁扣扣的时候，是由她母亲把家里的防盗门悄悄打开的。无论来了什么人，她会冲出来破口大骂，即便是来看她的爷爷奶奶外公外婆，她一样脸色阴沉，她不认识亲人。陈夏来到梁家，梁扣扣正在睡觉，他没敢打扰她，只从门缝望了几眼，他心里很沉重。

隔了一天，陈夏再次来看她，他第一眼看到时，她盘腿坐在阳台的圆凳上。按照梁母的安排，他进门后先躲进厨房待了一会，然后，等梁扣扣出卧室，在阳台上坐着的时候，陈夏才悄悄来到她身边。陈夏此时像侦探，又像小偷，他不知道梁扣扣会对他怎样。

几周没见，梁扣扣漂亮的脸蛋瘦削了许多，精神萎靡不振。肤色是那种贫血的白，夏末的阳光透视玻璃窗映得她的白脸发黄。两个月来，她一直活动在这百来平方米的屋子里，她是怎么度过的？陈夏心里难过，他微笑着轻唤一声"扣扣"。梁扣扣转过脸来，她的眼神有些迷乱，又有一些惊喜。这样的表情游离了一会，她突然说："你怎么来了，谁叫你来的？我就知道是她，我说了我不想见任何人。"

陈夏说："你不要封闭自己，我带你去看电影，长江国际影城，今天晚上有好莱坞大片。"

梁扣扣好像极不耐烦："我需要安静。我讨厌你们阿谀奉承。"这个词用得很新鲜。她起身别开陈夏径直走进自己的卧室，随着房门"砰"一声关上，陈夏心里一阵落空，他没想到事情会这么严重。

梁母已经歇了生意，把服装店临时托给了娘家的弟妹打理，她想方设法找来梁扣扣曾经交往甚密的好同学、好朋友，甚至还有多年没来往的幼儿园同学，拐弯抹角的同龄女孩都找来了。和梁扣扣童年一起玩得开心的孩子，他们已是二十出头，有的工作有的读书，看到梁扣扣长得这么漂亮又这么不

快乐，他们都很震惊。然而，梁母的这番苦心，终究没得到好报，梁扣扣看到那些人，更加烦躁，童年的伙伴让她惧怕，让她怀疑和不安。

节气到了白露，走在中午的大街上，热气依然熏得人两眼迷蒙。太阳强烈地照射在高高的建筑群上，反射的光芒，模糊了狭窄的天空。出门的行人喜欢撑着一把遮阳伞，或者选街边有树荫的地方走，这样似乎会使头脑清醒一些。也有一些人，顶在强烈的日光里，蹲成一堆下围棋、摆地摊生意，他们习惯了噪音和太阳。济州路一家快餐店前，在这样的中午，人流涌动，吃快餐已经成为工薪阶层省时又经济的最好选择。李嫣和陈夏，每天的午餐，基本上也是来这家餐店打发。这里离他俩的单位都比较近，是他们吃中餐的老地方。

午餐高峰期，排着长队点单。李嫣和陈夏经过漫长的等待，终于填饱了肚子，他们迫不及待地离开了嘈杂的餐厅。两人出来走了一段路，突然陈夏停下了脚步。李嫣问："怎么了?"陈夏说："我好像忘了一本杂志在餐馆。"李嫣说："我不等你了，太热了。"陈夏说："你先回报社吧。"

陈夏转身一路小跑，回到了那家餐馆，他站在玻璃墙边，侧身偷望了一会，望到李嫣背影走远了，他急忙又转身出来。陈夏这样偷偷摸摸，是因为他刚才在马边路发现了梁扣扣，千真万确，她的身影他太熟悉了。陈夏望到梁扣扣撑着一把红花太阳伞，正从餐馆侧面的一条小巷往大街上来，她在一棵梧桐树下站了一会，继而向陈夏的反方向走去。

陈夏向梁扣扣的方向匆忙追去。他很快就追上她了。此时她恰好停在一家饮料店前。伞下的梁扣扣看上去悠闲而淡雅，没有任何焦虑或与这闷热天气相关的坏表情。

陈夏在靠近她时，突然停下来，他多了个心眼，他想看看梁扣扣在做什么，准备做什么，买了冷饮往哪走。也就在三分钟左右，梁扣扣突然扭过脸来，她发觉了陈夏。她撑着花伞，歪着头看他。他也看着她，他心里有些害怕、慌乱。慢慢地，她的目光从平静亲切突然变得凶狠："你在跟踪我?"

"没有，我在餐馆吃饭，刚才正好看到你从小巷出来。你吃饭了吗? 这么热干吗还往外跑?"陈夏说。

梁扣扣拿着一袋零食开始往前走："我吃不下，我冷饮吃得太多了。"陈夏追上去说："扣扣，你要去哪，我陪你去。如果没事，我还是送你回家，好吗?"陈夏走上来帮她握住花伞。梁扣扣抬眼望着他。他们共同站在一把花伞下，阳光在花伞上闪耀，路人从他们身边熟视无睹地走过。他们像一对情侣，

当然，是说他们此时的情形，更像一对正常相爱的情侣。

梁扣扣这样和他站了一会，陈夏关切地要带她去吃饭，梁扣扣也同意了。于是他领着她回到了刚才的餐馆。梁扣扣一走进门，突然就打了个寒战。陈夏以为她不适应突如其来的冷气。他搂着她，好不容易找了一个空位。他只得让梁扣扣先坐下，自己去吧台排队点单。他心里很急。餐厅里人实在太多了，拥挤嘈杂。

坐在这边的梁扣扣脸色煞白，浑身不断地在哆嗦，偶尔两手捂着耳朵："走，走，走。"不知道她是说自己要走，还是叫身边的那些人走开。总之她在这人多的场所突然惊恐起来，仿佛惧怕瘟病一样，惧怕这个地方。

旁边开始有人看稀奇，还有乱七八糟的声音："她怕，她好像是怕人。"突然梁扣扣抓起桌子的盘子朝对面的一个女孩子磕去，桌上的碗、筷子，她乱抓着就往前面磕，拼命往一个女孩子头上磕。那个女孩子和她一般年龄，正坐在她对面吃饭，身边还有同伴。梁扣扣几下磕得她额上当时出血，她先是惊慌后愤怒，她边躲，一边大骂："神经病，神经病！"她对众人说："我根本就没招惹她，我根本就不认识她，莫名其妙，她是神经病。"

陈夏急忙跑过来猛地搂住了梁扣扣，把她往门外拖，众目睽睽，谁也不知事件起因是什么，陈夏也不知道。后面的一个男的上来猛力抓住陈夏肩膀，衬衫随即发出吱吱撕裂的响声，"想走，打了人想走？"陈夏无可奈何，说："误会，误会，对不起，等我回来再说。"

那人自然不会放过陈夏，刚才被磕的女孩可能是他女朋友或者亲人，总之不明不白挨打了，好恼火。那男的揪着陈夏说要报警，嘴里在怒吼，"想跑，跑得了吗？"

就在一片混乱之时，李嫱从后拉住了那个男人，她说："先让他们走吧。一会我来说。"旁边也有人在劝解，估计看出梁扣扣是不正常的人。那男人松下手来。陈夏很难堪，不知道李嫱怎么突然出现在身后。

到此时，陈夏也顾不得许多。他抱着梁扣扣往外走，边对李嫱说："把她送回家，快，快去拦辆车。"

李嫱跑出来，在马路边帮忙拦了出租车，让陈夏搂着梁扣扣上了车。餐馆里的事，李嫱又回来道歉。那女孩子脑门磕的是外伤。知道是个疯子磕的，自认倒霉，也没有过多刁难李嫱。一场喧哗和惊恐总算平息了。李嫱心里却烙下了阴影，不知道那个"扣扣"是出了什么问题？李嫱为什么返回餐馆，遇到了这戏剧性一幕？她刚才在马路边，觉察到陈夏说"忘记杂志"是撒谎，

她就多了个心眼，看看他的动静，没想到意外地收获到饱和，把她也撑得快要成神经病了。

八

秋天，梁扣扣终于住进了西山精神病医院。

西山是东亚西郊一个地名，距离东亚市区大约十多公里。西山精神病医院坐落在风景秀丽环境优美的西山脚下，建筑面积只占院落的五分之一，医院拥有大块大块的绿地、树林、草坪、人工湖和娱乐健身场所。来到这样的地方，人的精神的确爽快多了。

那天陈夏对梁母说，带梁扣扣去西山看病。梁母很吃惊："为什么要去西山看？"她不愿意接受这个现实，去西山意味着女儿是精神病。陈夏说："你要有心理准备。"梁母流着眼泪，无奈地点点头。

其实陈夏自己并没有准备好，他带着梁扣扣到了医院，结果却没能把她带回来。大夫对梁扣扣的状态做了评估，她敏感、焦躁、心烦、头痛、多疑、惧怕、长时间的自言自语。而且，梁扣扣还有一个习惯，就是自己抠自己，她的手掌里，血迹斑斑，全是她自己心烦的时候抠的。大夫开了一张住院单，要求病人住院治疗。陈夏焦虑地问："要住多久？"大夫说："说不好，每个人情况不一样。有的人两个月就可以出院，回家仍然可以工作、上学。有的人，会反复无常，经常复发。而有的人则一生都需要住在精神病医院里。"

陈夏问："这种病什么原因引发的？"大夫说："任何原因都可以引发，或者根本不需要原因。家族史隔代也可遗传，癫痫病、精神刺激都可能诱发，病源不同，但发病时间大致相同，青春期。"

在梁扣扣的住院诊疗卡上，陈夏以亲属的名义惶惶签下了自己名字。

他们来到住院部，陈夏把住院单递进窗口，一会就有人引他们上了楼。病房在四层。整幢楼内很杂乱，弥漫着难闻的气味，走廊充满了刺耳的声音，那就是精神病患者喜怒哀乐的叫喊声。陈夏第一次来到这里，他不禁心悸。病房区的患者都在走廊自由走动，她们目光呆滞，神色木讷。来回巡视的医护人员，一会像哄小孩，一会又是吼叫。走廊里不断传来护士吼斥病人的声音。那些杂声让梁扣扣惊惶失措。她紧紧贴在陈夏胸前。

梁扣扣刚带到病房，两个女护工就上来给梁扣扣换了衣裳，穿上医院特制的病人服装。然后将一条长长的蓝布带绑在梁扣扣的两只手腕上，中间紧紧捆扎在她的腰部。她在几分钟内就成了需要防范的异类人群。

女护工一边帮她整衣服一边用体贴的声音哄她："在这里要乖，听话。不许叫，不许骂人。听话，你的病就会好。"梁扣扣来到这陌生的地方，突然变得温顺。她坐在床沿边，新奇地挥动两只手，看着手腕上绑着的布带。她的手与手之间留有很长的带子，使她的一双手，仍然有很大的活动空间。

这里不需要亲属陪护，安顿好病人，亲属必须马上离开。

陈夏摸摸梁扣扣的头："你就住在这，我过两天来看你。听医生的话，吃了药你的头就不疼了。"

梁扣扣略微思索地问："吃的什么药？"陈夏说："听医生的。"

梁扣扣点点头，她突然问："有香烟吗？"陈夏赶忙拿出口袋里的半包香烟，给梁扣扣点了一支。她已经染上烟瘾了。

梁扣扣深吸了几口烟，说："你什么时候来？你来时给我带 MP3 来，拷些好听的，李宇春专辑。"陈夏说"好"，他又催她快把烟灭了，说这里不能抽烟。梁扣扣非常正常，她吸了几口就知道把烟灭了。

陈夏走出四层的走廊大门，身后的铁网门"哐啷啷"一阵响，急速地被一位女护工从里面反锁上。陈夏回头看看女护工，"什么时间可以来探视？"女护工回说："每周三、周五下午三点半至五点半。"陈夏点点头，转身走往楼梯口。

梁扣扣住进西山的这天，深秋的阳光照射在山野，成群的白色的野鸟盘旋在林梢之上，西山是一个让人记忆深刻的地方。

第三卷　蓝色情人节

一

　　每一次微笑之后都有一个疲倦的哈欠。陈夏只觉得他和李嫱的婚姻仿佛进入了疲倦的哈欠状态。他们的生活中出现一个梁扣扣之后，并不是读者想象的那么糟糕。相反，李嫱对陈夏变得很客气，有点像古代大宅院里温文尔雅的夫人，端庄而有度。餐馆事发之后，陈夏回家主动向她说明原因，那是一个单亲孩子，一个病人，他在采访中认识的。他觉得她怪可怜的。他看到她在大街上乱跑，他不能袖手旁观。李嫱很愿意相信，但她脑海里总抹不掉，陈夏搂着那个女孩出餐馆的一幕，那么亲昵，那么默契，那个镜头足以让她浮想联翩，串联起一个悲壮的爱情故事。可是她又觉得面前的陈夏和她想象的男主角不协调。陈夏从那天以后，再也没有提过那女孩，而且他工作生活社交应酬相当正常，窥视不出任何"外面有女人"的蛛丝马迹。这事就算过去了，但夫妇俩变得话少了，每天各自按部就班地工作，晚上回来，也没有什么话说。天气渐渐转冷，也不再上楼台谈哲学了。到了年终，两个人工作都忙。春节前后，李嫱的社交聚会也多了起来，好几次，她竟然彻夜不归。陈夏并不怀疑李嫱的感情生活，她和梁扣扣不是一个代际，也不是一个层次，她是一个有内涵的女人，这样的女人，丈夫不需要担心她会被浮华诱惑。李嫱彻夜不归是去了父母那边，父母家热汤热水，吃现成的，温馨自在，所以她没有理由不恋父母啊。

　　他们夫妻就这样彼此猜测，又彼此站在对方的立场进行解释。但陈夏内心还是有莫名的担忧，他在一个醉醺醺的晚上，回到家里，发现房子空荡荡的，他突然从恐怖中清醒过来。他像一个月色下镇守城楼的官兵，因为四野

过于寂静而预感偷袭的队伍正在嗖嗖行动。他恐怖是因为他心虚，他仿佛害怕失去什么，他突然觉得他的婚姻平常得像早上起床洗脸刷牙一样。

恰好情人节临近，陈夏想借这个理由约李嫱换个环境重温一下爱情的甜蜜。

他订了皇冠假日酒店豪华套房。他打电话对李嫱说："我俩这么多年，还没正儿八经过过情人节呢，我订了渤海路皇冠假日酒店，我把房间号发你，明晚我俩去那住。"李嫱在手机那头"嘻嘻"笑了，说："都是小年轻人专属的日子，我俩凑什么热闹。"又说，"五星酒店挺脏的，没看到前段时间记者的暗访？"陈夏说："我们每天吸的空气和水不也很脏吗？毕竟环境不一样啊。再说我俩工作都忙，去外地旅游也不现实。"李嫱似乎理解陈夏的良苦用心，就说："那好吧。"又问了陈夏这几天吃些什么，冰箱里冻荤的赶紧吃，否则就坏了，而且冰箱堆不下。羊腿会不会弄？父母这边又有人送了羊腿要她拿回家。陈夏说："每天都有酒，推都推不掉的同事同学聚餐，哪有时间在家吃羊腿？"李嫱就叮嘱他，把家里冰箱里吃不掉的火腿啊鱼翅啊什么的全部送到魏建那里去，叫他帮忙吃。对了，还有两箱土鸡蛋要尽快送给魏建，否则都要坏。陈夏"嗯嗯"应着，一通啰唆，陈夏其他内容都没记住。他只知道，李嫱答应明天晚上去皇冠假日。

情人节这天傍晚，陈夏一下班就提前来到皇冠假日酒店。为了增加气氛他想订一束玫瑰花叫人送到酒店房间，但是由于这天是订花高峰，价贵都不要紧，居然找了许多网上商家都订不上。家家都说三小时或五小时以后才有货。陈夏心里焦急，后悔订晚了。

陈夏来到酒店客房，把华贵的房间转了一圈，他做记者这样的地方也住过，但自己花钱住还是第一次，虽不像《陈奂生上城》那样惊心，他也得转一下心里有数啊，他看清了冰箱里哪些是收费的，哪些是不收费的，然后打开一瓶不收费的水，喝几口，就躺在沙发里扒手机。他一边找网上花店，一边等李嫱。从五点四十等到七点二十，李嫱才匆匆赶到。她一进房间，就神情焦躁甩掉身上大衣，一歪身子躺到沙发里，然后跷起双腿，把脚高高架到沙发靠上，嘴里直打啧啧："堵车，严重堵车，早知道今晚这么堵，我步行过来或许早到了。"陈夏笑说："说明你情人节没有出过门，不知道现在的年轻人对洋节有多疯狂。"李嫱说："所以我说呢，哪天来不行，非要今晚凑这个热闹。"陈夏说："旅游就是去看人，情人节就是看堵车，这不也是生活体验么。"

两个人聊着这些话，也不像初恋那样去拥抱和接吻，毕竟是夫妻，即使换了场景，也还是和家里一样，各自脱衣、洗漱。李嫱想冲浴，陈夏说，得赶紧去餐厅，否则吃饭时间就过了。李嫱只得又套上衣服，穿上鞋子，嘴里说，还是家里好，不必赶时间。二人出了门，从走廊到电梯一直在说堵车的事。然后到了餐厅楼层，吃自助餐。选了临窗的餐桌，边吃边看楼下马路上密密麻麻的车，像蚁族一样缓缓爬行，还在堵车。不过这个时候，他们开始讨论一些思想话题，但不是当初那种纯粹形而上的哲学，而是比较贴近现实的社会问题，比如交通拥堵与市政改造问题，城市与人口问题，房地产与就业问题，农村人口单向迁移与农村土地缺乏制度规范问题。这些话现在两人说到一起比较激烈，甚至观点分歧还会争论起来，引来旁边就餐人的斜目，有人很喜欢他们讨论的话题，倾听的同时，似乎好奇地猜测他们的关系，他们看上去不像情人，也不像朋友，更不像夫妻。

饭罢，一路继续话题，回到房间。李嫱忙着整理衣服去洗澡，嘴里还在说话，陈夏好像没心思再争论问题了，他心不在焉应答李嫱的话，手里却扒起手机来，他仍想找花店。他想现在过了高峰，该能订到花了，但是网店又一波高峰来了，都在订午夜玫瑰，而且有些店铺红玫瑰断货，只有蓝玫瑰。

二人洗了澡开始大大方方坐到内室的床上来，豪华套间，房间设施精致又阔气，洁白的床被有可能很脏，但毕竟这华丽的空间还是与家里有区别的，所以他们没有理由不兴奋，上了床反而没有疲顿和睡意。他们开始平靠在床头说一些夫妻之间床上必说的话题，说起什么时候要孩子。这话题是陈夏挑起的，他说："你不是一直想要孩子吗？我们现在该考虑了。"李嫱说："是该考虑，但是这几个月不行，我姐一家预计初夏回国。"李嫱姐姐一家四口在英国，七八年了，一直找不到合适的机会携子回国，今年终于有机会了，探亲假签证时长一个月。计划东亚住一段时间，然后去广东姐夫老家看看。姐姐回国对李嫱来说，是大事，甚至连怀孕的周期都要延迟。

陈夏非常理解地说："这不要紧，我是说我们该考虑了，并没有说现在就要怀孕。"李嫱突然问："你以前不是讨厌要孩子嘛，怕孩子会改变我们的生活。"陈夏说："孩子是会改变我们的生活，但时机成熟了，我们就该改变了，有了孩子，生活就充满了新的生机，我们总不能老是这样过下去，过久了，我们就成了同居的单身了。"然后他笑了，李嫱也笑说："我们现在是有些像单身，各自生活又各自沉迷，沉迷于自己的精神生活。"陈夏用心了，忙说："其实我的心一直都在这个家和你身上。这个你难道看不出来？"

李嫱笑道："我是说我自己呀，我每天业余时间都在上网。"陈夏说："你的网瘾是太大了，要改一改。"李嫱突然问："梁扣扣现在情况怎么样？"陈夏一听这话心里很乱，但他装得很平静，他挪挪枕头往李嫱身边靠靠，张开双臂，假装伸懒腰的样子，然后胳膊一伸挽过李嫱，顺势另一只手搭在她胸前，说："不管了，能力有限，我又不是志愿者。"李嫱说："她现在找到工作了吗？"陈夏说："没有。那种女孩子永远不会工作，因为饭来张口习惯了。"

李嫱说："单亲孩子多少都有些性格瑕疵。"陈夏说："我讨厌提及她。"他加强语气道，"不说她好么？"李嫱内心有股犟劲，她似乎感觉到陈夏想掩饰什么，"她现在到底怎么样，还待在家里？怪可怜的。"

陈夏说："她进了西山精神病医院。"

李嫱十分惊诧，她侧脸看陈夏，"这么严重，什么时候去的？"陈夏说："好几个月了。是的，很严重的一个精神病，你老是要提她干吗？"

李嫱将被子往陈夏身上一甩，一骨碌爬起来，"肯定与你有关！"

陈夏瞪着眼看她，他见李嫱如此激动，他内心也乱了，说："怎么跟我有关？她是狂想症，明星梦破灭了。"又说："我不是说过吗，我跟她是很干净的关系，我已经仁至义尽了。"李嫱说："问题是你靠近她了，这个责任你也推卸不掉！你把人家女孩子弄成这样你还装作没事似的，往坏里想，你会涉及法律的。"陈夏笑了："没那么夸张吧，你真是胆小怕事。"李嫱焦虑，"这不是怕事，这是责任。"她捋捋头发，在房里转来转去，犹疑了一会，又坐到椅子上，"她现在病情怎么样？"陈夏说："不知道。我没有能力去关心一个与我们家毫不相关的人。"李嫱轻蔑地打量着陈夏，一时语塞。陈夏有点害怕她的眼光，她在检测他，她脑子里还在思虑很多过往的事和未来的事。为了打破僵局，陈夏掀被子起床，他去了趟洗手间，又回到外厅倒了半杯水，捧着杯子再回到卧室，见李嫱还在愣神。

陈夏说："上床休息吧。你不累呀。"李嫱说："我睡不着。"陈夏问，"要不要喝点什么？"李嫱没有接他的话，直接说："怪不得你这一两月来变化很大，我还以为是那女孩子拒绝了你呢。原来你想'回头是岸'，但你这么做，也太绝情了吧。再说你外面还留着一个巨大的隐患，叫我怎么安心。"陈夏说："我怎么绝情？这话是你说的吗？我还不是为了这个家好，为了我们的感情。你说我没有责任，有你这么说话的吗，你真无知。"

李嫱说："你是为了你自己。虚伪自私。"

"虚伪自私。"陈夏冷笑一下，把水杯搁到床头柜，倒身躺到床上，"我倒

觉得你虚伪，明明说了，我跟她没关系。你还要假惺惺的猫哭耗子，还不罢休。要担责任，你去担啊，她一个精神病，还有一个老娘，一对底层母女，遥遥无期，你去供养她们？她们本来就找不到希望，偏偏我倒霉，被她们缠上了。"

李嫱看陈夏说话的样子，慵懒无情，嘴脸刁钻，她突然感到他丑陋到恶心，"你真卑鄙。是她们缠上了你的？你说这话不怕报应？"陈夏"腾"一下坐起来，"有你这么恶毒的媳妇吗？"越说越刺激，李嫱气得急忙去衣橱取衣服穿。陈夏见情况不对，问："干吗？"李嫱说："我要回家。"陈夏上来阻拦她："你不要较真。今天是情人节，我花了这么多钱，这不是浪费吗？"

李嫱猛力推开他，骂道："浪费你个头。"陈夏胡乱套上睡衣，赤着脚站在她身后，左右不是："你这怎么叫妻子，我已经做到这份上了，你还要把我往水里推？"李嫱说："我不是推你下水，我是觉得我跟水鬼在一起，非常危险。"

看李嫱的劲头是真的要走，她跑到门口，穿上了皮鞋。陈夏急着上去扒她的衣服，却被李嫱一次次用力别开。他骂："发什么疯？"李嫱认真了，厉声着道："别碰我。"陈夏死揪着她不放，李嫱用力挣扎，纠缠中，门铃突然响了。

谁按门铃？李嫱一把拉开门，见门口站着一个年轻人，手捧一大束蓝色玫瑰花，"8214客房，你们订的花？"李嫱似乎明白了，嘴里说："我不知道。"陈夏却在身后补一句，"这是我为你订的玫瑰。"李嫱没有理睬他，也没作停顿，她别开送花人，径直出门。陈夏跟她出门，赤脚站在门口，望着李嫱决然而去的背影，失望的脸色映在煞白的灯光下。送花人似乎揣测几分，谨慎试问："先生你订的花？"陈夏一把抢过鲜花，"走吧走吧。"那人鞠躬然后离去。

陈夏进屋背手关门，气呼呼的，把蓝色玫瑰花朝卫生间马桶盖上一扔，花散落一地，从卫生间的斜镜看去，地上、镜台上、洁白的马桶盖上，散落一枝枝蓝玫瑰，倒是一种富有创意的破碎美。

精心策划的情人节，不但没有巩固他们夫妻的感情，反而出现了更大的裂隙。陈夏灰心丧气，他莫名地恨那个梁扣扣。自从把梁扣扣送进西山精神病医院，陈夏左思右想，有些惋惜有些怜悯，正当他难以释怀时，梁母突然又约他见面。

与梁母一番细谈后，陈夏隐约感到一种恐怖。他毅然决然，收手不干了，他要彻底离开她们。梁母和他说了些什么话？

那时梁扣扣差不多进院一个月了，梁母突然打电话给陈夏说她自己心情糟透了，想约陈夏见面聊聊。其实这期间，陈夏也去过两次西山，看过梁扣扣，她的精神状态进院后反而更严重。陈夏在电话里也和梁母说过，梁扣扣可能需要长住，没有彻底好转，不能出院。梁母对陈夏千恩万谢，自己也隔三岔五去看女儿。她不得不面对事实，唯一的女儿得了精神病。她心里很苦，陈夏能体谅。她要约陈夏见面，陈夏也就去了。

不是她家，她订了一个茶楼。那一天，她打扮得格外精致，像是刚刚刻意做过头发，烫了早过时的细细卷发，脸上涂脂抹粉，口红红得夸张，红嘴唇镶嵌在苍白憔悴的皮肤打皱的脸上，让人看着不舒服。前几回见梁母好像不怎么打扮，可能因为在她家，中年女人不打扮反倒朴素自然，让人感到亲切。这一扮装，就生疏了。陈夏搞不清她的用意，女儿进了精神病院，她还有心思打扮成这样，而且非要约他来茶楼说话。陈夏来到茶楼，见她坐在拐角的暗座里。陈夏就示意她出来，他拣了个比较亮堂的卡座，他们对面而坐。梁母见到陈夏就把问题摊给他："现在怎么办？"

陈夏只能说："她需要继续住院。"

梁母悲伤地说："可这以后的日子怎么过。你又是个有家有口的人，扣扣总不能这样不明不白地拖累你一辈子吧。"梁母这样一说，仿佛在催促陈夏尽快做出什么抉择，至少陈夏是这样理解的。陈夏没有说话。他看看这个中年妇人，她的眼神里充满乞求和惊恐，她看着陈夏的时候，还有一丝期盼；一丝不太明朗的期盼。她啰哩啰嗦抱怨了一番命不好。她果然说了："我撑不下去了。我知道你是好心人，扣扣以后只能托付给你了，要不要名分无所谓，只要你对她好，我死了也闭眼。"

妇人这么直截了当，陈夏还真猝不及防，一时不知所措，他内心的恐怖难以掩饰地呈现到脸上，紧张和不安使他不住地抿着嘴唇，不住地用手揉搓腮帮和嘴巴。作为一个母亲，不管自己的女儿，却把她托给一个刚认识不久的已婚男人，只有这种生意经才会这么无耻和大胆，而且她一点不觉得自己的言行过分。她还说，其实她一开始是反对扣扣与他往来的，只因看他俩那么相爱，她也就没有多干涉了，没想到扣扣越陷越深。"你又鼓励她参赛，又在电视台找了人，结果比赛又失败，这孩子感情太脆弱，就到了这种地步。"

越说越不像话，越说越要累加陈夏的责任。那语气那势头，仿佛现在就摊上陈夏了。

陈夏能说什么呢，陈夏愣愣地看着她，觉得她好丑陋，她果然把骨子里

市侩的蛮横都暴露出来了。陈夏做了好长时间的自我调节，他终于鼓起勇气，动手从身边包里摸出钞票，放到桌上顺势推到梁母面前，"这是一千块，我身上只有这么多现金。您先拿着。以后如果有经济困难，我可以尽力帮助。扣扣的病因很复杂，但医学发达她会治好的。您也不必过于绝望。我是有家室的人，您的那些想法都是不切实际的。而且对我也不公平。"说这些的同时，他早已起身站起来，他说得这么长是不想给她说话的机会，他紧接着说："我还有事，我先走了。"

此状给梁母带来的惊讶和失望可想而知，但陈夏没有回头。陈夏脚步很慢心里很急，却步步稳妥地走出了茶楼的大厅。那个女人没有来追他，他长长嘘了一口气。

春节前，陈夏去了一趟西山精神病医院，为梁扣扣充了三千块钱的医疗费。他也没有去病房看她。他怕见到她，自己已经决定的心理会摇动。他只能充完钱又默默离开医院。在经过住院大楼时，陈夏依稀感到楼上有几个精神病正脸贴玻璃朝窗下望，他也抬头望望，但没有望到梁扣扣。他想象着梁扣扣现在的样子，这个时间段她应该在东侧那间集体活动室里。许多精神病都在那间大厅里走来走去，他们呆头呆脑或者傻笑乱叫，他们的双手都被布带缠着，没有攻击能力，他们像犯人一样，走得摇摇晃晃，但他又和犯人不一样，他们没有意识，只是自顾自地笑或哭。

梁扣扣是搁置人间的一块石头，陈夏知道石头永无破茧成蝶之日。他没有能力去做无谓的挽救，更不希望他刚刚起步的人生被这块石头绊住。他不需要良心发现，她变成石头，实际上真与他无关，这是上帝的捉弄，他恰在她回光返照的彩虹中走近了她。想到他初遇她的时候，她那么聪慧可爱，那么阳光灿烂，所谓不幸，总是带着美好的记忆，这不幸的感慨才变得如此苦楚而回味悠长，才让他心里酸楚，禁不住流下泪水来。

二

初夏的一天，李嫱的姐姐李施从英国回来，一家四口，在北京转机再到东亚。姐姐和姐夫在北京读大学时相爱，他们学的是外语和化学专业。结婚生子后，二人在专业上彼此鼓励，做得很出色。后来姐夫出国了，过了两年，又拖家带口把姐姐和外甥也接出去了。他们到英国又生了一个女儿，工作和家庭融洽而幸福。屈指一算，姐姐有七年多没回过东亚了。李嫱结婚，姐姐只看到李嫱发去了一组电子照片，也就是说姐姐还没见过妹夫。所以这次家

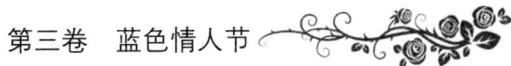

庭聚会中，陈夏得扮演一个很重要的角色。

自从情人节闹了别扭，李嫱基本上住父母那边，可能是住久了，父母发现了不对劲的地方。李嫱又每晚回到南方花园住。但是很崩溃，她居然一个人在阁楼上铺了床。这样早晚进进出出，陈夏与她仿佛是合租的单身狗，陌生而客气，没有废话。没有废话就没有感情，陈夏一直被危机缭绕的薄雾笼罩。

现在李家外国的女儿要回来，李家人像过节一样开心。李嫱为了迎接姐姐，也开始对陈夏态度缓和了许多。这是一次融洽夫妻关系给感情充电的机会，陈夏自然要好好表现，他把工作和孩子的事都处理妥当，全力以赴对待这次家庭聚会。顺便说一下，梁扣扣的母亲此时仍在打他手机，他把她视为骚扰电话拉黑了。但魏建吵着要给他姐姐融资做生意的事，也搅得他内心不安。陈夏心里包裹着各种纷扰，但毫不影响他光滑镇定的外表，他每天算着飞机到东亚的日子。

去机场的那天，陈夏西装革履一副绅士模样，眼睛却有点茫然地东张西望。他不熟悉哪是出口，他长这么大，还是第一次来飞机场，自然也没坐过飞机。而这个机场已经老了，东亚即将启用新机场。陈夏作为一个没坐过飞机的现代媒体的记者，总算在东亚机场快要关闭的时候来过一趟，这多少算一种城市人的资历。

那些过往行人，拉包推箱的，挎精致皮包的，背手风琴的，容颜疲倦却白净，气度和架势都不凡俗。陈夏心想，坐飞机的人和坐绿皮火车的人，面相的确不一样哦。坐绿皮火车的多是拎化肥袋装鸡的乡巴佬，看着都能闻到鸡粪气味。

这时候，语音播报北京那个航班到了。亲人见面，神采飞扬，情绪高涨。姐姐一家操作洋腔，Hello，Hello，Hello。李家姐妹见面那个亲切和狂热，自不必说了。李嫱向姐姐姐夫介绍"这是陈夏"的时候，李嫱介绍的神情也是喜悦和自然的。其实介绍是个程式，姐姐老远就望到她身边的男人就是照片上的妹夫。妹夫欣喜而腼腆的表情，是发自内心的，那一刻他似乎忘了自己是陈夏，而觉得自己就是李施的弟弟。陈夏对李施说："姐，累了吧，我们先去喝点什么，休息一会再回市内不迟。"李施说："好，好。"然后陈夏抱起五岁的小外甥女，一家人，嘻嘻哈哈来到机场一楼的咖啡厅。点了一桌子茶水和果食。大家那个亲热交谈的气氛，简直让旁坐人看了都不由发出微微的笑意。

姐姐李施，微胖个儿的妇人，像观音菩萨一样仪态雍容，讲一口流利的英语，当然也能讲一口流利的东亚方言。她说话的声音，比她的长相清秀得多，细腻圆润，像南方水乡春笋拔节的样子。她的外表看上去敦厚而朴实，架一副高度近视眼镜，镜架空间正好露出眉间的两条浅浅的竖纹。她好像没有李嫱那种甜美灵动的气质。也许是成了家，做了人妻儿母，她的话题也很实际，一见面就谈家居生活、工作和孩子。

大孩子格伦十五岁了，脸庞俊朗，身段粗壮，一米七的个头，和陈夏差不多高了。他叫陈夏"姨父"，左一声右一声，叫得那么响亮和贴切，倒是陈夏一时感到拘谨，一下子冒出这么个洋晚辈，和外甥刘浩不一样，他说话偶尔夹杂着英语，陈夏需要连猜带蒙地对答。读了硕士的姨父外语并不好，所以那孩子也知道，时不时又用汉语补充一下。姐夫姓柯，现在用的都是英文名，小柯或老柯，几乎听不到了，他们夫妇之间，都习惯了叫对方英文名。

格伦对中国的城市是熟悉的，虽然东亚和伦敦风格相差甚远，但城市和城市都一样，高大的现代型建筑、树木、立交桥和各式各样的车辆。格伦倒是很有兴趣和姨父说话，格伦还知道姨父是学西方哲学的，格伦讨厌哲学，但不讨厌姨父，回市内的车上，他和他坐在后排滔滔不绝。说他去年参加阿森纳足球夏令营活动的事。说他们的教练都是职业足球联队的，训练期间，他们如何接受技能演练，如何带球、传球；如何射门、进攻和防守。陈夏也喜欢看足球，但面对这个专业球迷，他的足球知识显得力不从心。格伦说个没完没了，还把贝克汉姆与他的合影照片从手机相册里翻出来给姨父看，还有贝克汉姆给他的签名，送给他的衣服。十五岁的大男孩依然做着足球梦，他的父母笑着感慨，早知道这么迷，该把他送进曼联俱乐部。格伦反驳说，都怪父母中国传统教育观太重，要他读书，不赞成他踢足球。他其实是非常非常喜欢踢足球的。陈夏在车上就承诺了，在东亚度假期间，安排他的外甥刘浩带格伦去体育馆，陪格伦踢足球。格伦听这话，就愈加喜欢姨夫了。

李家父母早把大女儿一家的房间安排好了，在本市工作的哥嫂也回来恭候。一家人见面，又把气氛推到高潮，外公外婆把没见过面的小外孙女，抱在怀里又亲又抚，真是开心得不得了。

久离家乡，难得办个签证回来探亲，现在是该把这个城市好好逛逛。东亚的变化仿佛就在李施离开的这几年，立交桥、高架路，叠叠重重，环环相扣，高架路两侧，现代化楼群耸立，密麻麻的楼房一片连一片，仿佛全国人都在建房子，全国人都集中到了城市，城市突然间就膨胀起来。不是膨胀，

应该是变得庞大和阔气起来。人工湖和绿化林丛也多了，浓荫树郁间，凸起形状各异的亮堂堂的西式建筑，这个城市又像一个读了大学的乡村姑娘，气质从里到外都透射激奋和勇敢，还有雄心勃勃的韧劲。姐姐感慨万千，小时候玩的那些地方，早就面目全非了。那些古镇、名人故居和氏族宗祠现在都变成了卖门票的景区了。年少时骑自行车跑的长崎路、黄海路，现在大变样了，两侧的老树也没了，幢幢新建筑堵塞了往日的记忆。住宅区都修了绿油油的草坪，还有几尊白石塑像，美观醒目，有点罗马艺术气息。这城市的风情也变了，到处都是英文书写的标语，英文取的店名。大街上擦肩而过的，高贵的妇人和清纯的少女，一律把乌黑的头发染成金黄色，也有绿色和白色。乍一看，这个城市里，奔跑着各地人种，错觉上像进了境外的华人区。传统的地方戏，当然也是能听到一些的，在收音机里。公园里，老环城河坝的树林子里，中午或早晨散步的一些老人，腋下挟着小型的收音机。他们把频道调到地方戏电台。地方戏，一般的人不会注意，只有久离故乡的人才会对这些细微的声音，生发兴趣和思考，才会从这些细微的声音里去看一个城市还存留多少内心的印迹。还有东亚风味小吃，也是留着旧日的躁动，市中心公园后门、济州路上，仍然能看到家挨家的特色小吃店，烤鸭、卷烧饼、臭豆腐、卤味猪蹄、龙虾，目不暇接。一些店门前排着长龙队，消费者大多是年轻人，场面好热闹。一到夜晚，从大排档到大酒店，无处不热闹，各种阶层都以吃为生活的最大享乐。吃不再是吃本身，而是一种社交方式，一种群集文化和时尚观念。李施还发现，在一些酒店门前或住宅区内，都设有拦车杆。马路边不能乱停车，两侧画了停车线，必须在规定的线内泊车，还要收取停车费。在英国工作的中国人，回到中国城市，看到这些变化，觉得非常新鲜。

三

　　回国探亲，活动安排得好紧凑，除了要去广东姐夫的家乡待一段时间，姐夫因公务还得往返北京几趟，然后再返回英国。在东亚休假期间，本打算旅游东部沿海景点，但因天气渐热，又加之一些亲戚和老同学盛情邀请的饭局必须应酬，他们就放弃了旅游计划。但他们认为必须去一趟九华山，不是看风景，是上香拜佛。身为广东人的姐夫最信这个，姐姐也信。夫妇商定，这季节去九华山有点热，两个孩子就不带了，只邀了李嫱夫妇陪同。

　　避开周末景区人流高峰，他们选择星期二清晨出发，当天返程。李嫱驾车，四人一路心情舒畅，有说有笑，到了九华山。把车停在山下，再坐景区

交通专线峰回路转到了九华街。目的是来拜佛，第一站必去天台禅寺。姐夫说要走台阶上天台，李施胖乎乎的身体怕是吃不消，然后李嫱陪李施坐索道上天台，陈夏和姐夫徒步登上天台。到了天台四人汇合，直接去寺院上香。

李施夫妇隔了十来年没有上过九华山，现在发现这寺院上香的规矩也变了。他们自己在山下买的香，寺院和尚说，不环保，要指定他们购买寺院里特制的环保香。于是他们就把自己买的香，扔到绿色垃圾桶边，再回到寺院内请香。寺院的香价格是绑定消费，即为自己一代人请香，一炷三百元；为自己和父母两代人请香，六百元；为父母、自己及孩子三代人请香，九百元；断代请香，不给请，必须为三代人同时请香，这是体现菩萨的仁爱之心。李施自然不计较钱，付了九百元，夫妇俩高举三炷香，到院中大香鼎里烧了，然后恭敬虔诚无比，来到殿堂佛像前双双跪拜磕头。姐夫点香烧香插香，至殿堂跪拜，步步规矩，一点不马虎。他神情肃穆，嘴里还喃喃祷告，趴在佛前拜三拜，心悦诚服。姐姐也是一样，到了佛前不苟言笑，面色沉静，她胖胖的个儿，倒身拜地，有些动天地泣鬼神的悲壮。夫妇俩极默契地拜完了菩萨，还要去百岁宫。

这时候，李施发现李嫱夫妇俩一直空手跟在后面。李施问李嫱："你俩的香上过了没有？"李嫱说："没有。"李施说赶紧去上香啊，还有几个地方要逛呢，还要去送莲花灯。

李嫱说："我就在这边给父母和自己请两炷香吧。"因为她已经发现寺院外私人香纸摊，可以买到三十元五十元一炷的香，可以随意买，没有绑定三代人一起敬香。李嫱转身去院外买了两炷香，又匆匆忙忙跑到院前广场的大香鼎里烧了。烧了香，又跑到殿堂来给菩萨神像跪拜磕头。李施以为李嫱是省钱，就说再省见到菩萨也不能省，再说上香的钱要自己付才灵验啊，她不能为李嫱代付钱，她只能心里抱怨她吝啬。

后来，四个人聚到寺院广场一角的树荫下，李施责备李嫱上香时心气太急躁："哪像你这样急抓抓的样子。"李嫱支支吾吾的，大意是说，她不好意思为三代人上香，她还没有生孩子。李施说："孩子没有出生，也可以为他祈福啊。这有什么不好意思的，该求菩萨保佑你，保佑你明年生个大胖小子。"

李嫱没有说话，陈夏更不能接这话茬，他们拿别的话打了个混场，引开了李施的话题。四个人又去了另外几个寺庙，一路见到菩萨就磕头，见到功德箱就塞钱。李施夫妇，到九华山还蛮有经验的，他们口袋里装的全是散钱，十元五元的票面，凡是遇到的功德箱，他们没有空过手，多少都要塞几张。

不像李嬙，小面值钞票塞了两处就用完了，只能塞百元的。李施："说你以后来九华山得先换些小钞票，你又不是不知道寺庙的规矩，菩萨面前不能要求和尚找钱的。"陈夏干脆不塞钱了，见到菩萨就磕头，李施说："这也行啊，心诚则灵。"

一路烧烧香，看看青峰耸翠的风景，看看人，虽说是周二，导游带的人，自驾游的人，也不少。外国佬，农民工，城市小资，信仰不分种族，从着装和气质能猜测他们的身份，各种阶层都有。窄长的石阶，上上下下的人从未间断过。李施带头，沿着台阶往山下走，胖胖的她却不觉得累，因为走得慢，走走坐坐，说些杂七杂八的话，不觉回到了半山腰的九华街。

沿街逛逛，买些特色小货品，给两个孩子买些带佛珠的玉啊手环挂符什么的，又给父母买些吉祥饰品。然后想到了，该去放生。他们就来到那个九华街有名的月牙池边，李施买了几只乌龟，嘴里念叨着，默默为乌龟祈祷，然后十分疼爱地放到池水中。

放了乌龟，去吃饭，找个饭店坐下来。等上菜的时候，李嬙笑笑说："我一会想去看看，我们刚才放的乌龟会不会被那些小贩又捞起来。"李施说："捞不捞起来，与你什么关系？反正我们花钱买的放了，尽了我们的心意。""原来你只为尽心？"李嬙话里有些嘲讽的意味。李施质问："那你说我该怎么？难道我需要在这守着那几只乌龟？"大家都笑了起来，笑笑又说些近年九华山的变化，好像不太像佛教圣地了，走到哪都要钱，刚才那个寺庙，坐在捐款桌前招呼香客捐款的那个小和尚，还被一个貌似师父的老和尚训斥了一顿，说："你一上午坐在这都干什么事的？才收到这么几笔。"李施说，她没注意到，李嬙说："我确实听到那小和尚挨训。"陈夏说："我也看到了。"李施说："你俩好像对佛教信仰不是很诚实，嘻嘻哈哈不严肃的样子。"李嬙说没有什么诚实不诚实。李施说："我们夫妻都信佛，佛心即修心。"诚然英格兰的现代文化并没有浸透到这对夫妇的骨子里，他们的信仰和追求根深蒂固。陈夏说："这是好事，信仰的力量，象征着一个人的理想。信仰还会使苦难的人得到救赎。"

李施说："只有不安分的灵魂才渴望被救赎，佛心自圆，佛是内心修炼不是外在的被救赎。你说的是上帝。"一语中伤，陈夏这个马屁拍得打了自己的脸。他一时脸红了，他说一喝酒就脸红，啤酒不能再喝了。

李施觉得和李嬙陈夏说话观点完全不能产生共鸣，她就自顾自地吃着饭，然后筷子一搁，不说话。她其实是结婚后，跟着丈夫爱上佛教，还有女人到

了一定的年纪，生活状态稳定富足了，人生观也会发生变化。李嫱是这么认为的，姑娘时代，姐姐好像不是这样。

现在开始去酒店开房间午休。他们选了一家大酒店，开了两个房间。李施以为一家一间，李嫱却说："我跟你一间。"李施讨厌跟李嫱睡一个房间，姐妹俩说话不对路子，她们一个相信物理科学，一个执迷佛教，交流变得困难。"我得休息，不想说话了。"李施有点烦。李嫱说："我也不想说话了。"李施没有多想，姐妹俩进了一个房间。陈夏和姐夫老柯进了一个房间。这两个男人真没话可说，一个学哲学，一个学化学，隔行如隔山，再加上老柯是一个缄默型的男人，自然这屋里，磨蹭一会，谦让着，先后进卫生间冲了一把澡，就各自倒头睡了。

一觉醒来，下午三点多了。那边李施来敲房门，催两个男人快起来，赶紧下山了。陈夏以为那姐妹俩也是睡死了，毕竟上午折腾了十几里台阶，太累了。谁知到了大厅才意识到，她俩的状态是中午没有睡的样子。是的，李施说没有睡，一直在说话。有什么好说的，姐妹俩待在一起，久了，又回到小时候那种好斗嘴的情形，见面三天好，这回待了十来天，各自的性格又暴露出来。陈夏笑说："你俩精力真好，什么话题可以说几个小时。"李施只是笑笑，但李施打量陈夏时的眼神明显夹杂着些与原来不一样的东西。

四

接下来的几天里，陈夏发现李施对他的态度完全变了，不是冷淡和厌恶，是那种生硬的客气。做贼心虚的陈夏想了很多很多，他认为是自己在九华山没有表现好，比如遇到功德箱不扔钱，进寺院又不买香纸烧，还把佛和上帝混淆了，既不诚实又很无知。人家李施是什么人？别看她憨态爽直，她见多识广、学贯中西，像陈夏这种井底之蛙，她是一眼就能看穿的。对了，她是知道了他与李嫱不正常的夫妻关系？她是怎么知道的呢？仅凭洞察？她的眼力真的那么好？是李嫱在九华山午休时告诉她的？但这个可以排除，李嫱最怕亲人知道。陈夏正因为抓住了李嫱的这个弱点才使他现在仍然大摇大摆出入李家。

陈夏揣测李施，又怀疑自己是主观作用，这种颠覆不安，终于在这个晚上吃饭时落到实处。

今天的晚餐李嫱又说要加班，而格伦呢，却还堵在回来的公交车上。格伦的玩瘾太大了，在东亚这段日子，天天往外跑，几乎没有歇过脚。一家人边吃边等，菜都凉了，格伦才进门。外婆说："今天怎么回来这么晚？跑哪去

啦?"格伦冲了凉水脸,擦着头发说:"西山,还好赶上了往市区的最后一班公交车。"陈夏心里颤动了一下,手里的碗筷有些抖。他看一眼李施,恰遇李施也正看他,两人目光相触又及时躲闪开。陈夏心想,完了。陈夏脸上却处之泰然,说:"西山有什么好玩的。"格伦看着姨父,又看看母亲,格伦说:"还好啊,几个人一道沿山涧,爬到山顶上去了。"

纸包不住火,时间长了事情总会暴露。不需要猜测李施了,事情的原委陈夏像侦探一样梳理了脉络:是刘浩带格伦去了西山看过梁扣扣,然后格伦回来告诉了母亲,李施就在九华山向李嬷求证。李嬷肯定是自招了,李施开始用异样眼光审视陈夏。在李家,唯一不能得罪的人是李施。陈夏想,现在用什么办法挽救?李施后天就要飞离东亚,这种事不当面解释怎么说得清?

李施出国前肯定要暗示父母和妹妹,怎样处理这桩婚姻。是的,难道李家宽恕一个在精神病院藏着第三者的女婿?李家人肯定会采取措施的,至于采取什么样的措施怎么实施,陈夏目前还推测不了。

陈夏越想越怕。他现在要做的第一件事,是去把外甥刘浩揍一顿。陈夏吃罢饭磨磨叽叽,转悠一会借故说回去改材料,然后就出了门。他脚步颠绊跑下楼,掏出手机给刘浩打电话,他歇斯底里叫:"刘浩你小子今晚死定了,赶快过来让我亲手打死你!"

因为是舅舅,舅舅发了疯,要打他,只要舅舅不疯,刘浩愿意送给他打。刘浩知道事情出了意外,他也没有更好的办法,只能来见陈夏。

格伦在东亚期间,由刘浩陪他玩,因为是舅舅的重要亲戚,而且舅舅也给了钱给他。刘浩一直没找到合适工作,只在租的房子里做做网上活计,赚些小钱,他的时间相当自由。他先是把各体育馆开馆时间和各高校的足球场,都摸清楚了。刘浩多次陪格伦去踢足球,但体育馆和各高校踢球的人,并不是随时去都能凑到一个队。学校主要集中在下午,体育馆是晚上。其他时间段,要想凑齐人,需要等一两小时,有时甚至缺数也踢起来,踢不到一会就有人要退场。格伦迷惑东亚人为什么不喜欢足球?刘浩说娱乐场所,人们只当健身,想加入体育部门的专业队伍,临时性的不收。于是他们只能偶尔换些别的玩法。

刘浩没想到,这个洋孩子这么喜欢玩,他不踢球时,对别的什么也都感兴趣。刘浩带他去了东亚的地质博物馆、科技馆、战役纪念馆等等地方。又把自己在东亚工作的同学圈,介绍给他了。他们比格伦年龄大,又沉迷网游,格伦和他们也玩不上路,只因没有地方混,偶尔也跟他们进网吧坐坐。有一

101

次几个同学从网吧出来，吃排档的时候说起梁扣扣。于是他们决定第二天去西山精神病院。当时格伦也在场，隐约听到一个女孩怎样变成精神病的故事，格伦也想跟着去看。刘浩找了许多借口推辞，仍挡不住格伦的好奇心。第二天刘浩只得把格伦带到了西山。他本来想把格伦送进旁边的西山动物园。格伦却对逛动物园没兴趣，执意要跟着进精神病院。刘浩想他看了梁扣扣也没有关系，包括在场的同学，没有人知道，梁扣扣与他的舅舅陈夏有关系。

西山的秘密，对于李家一点气息都嗅不到，仿佛有一堵严实的墙，只要李嫱不透风，一切就会在安然无恙中消亡。

西山精神病医院的墙壁上写着"人道，博爱，求真，务实"一类的标语，几个年轻的孩子从大标语下沿墙往后一幢楼走。他们上了这幢楼，开始有点儿紧张。他们屏住了呼吸。二楼的走廊推拉铁网门的门环，用锁链锁着。里面是穿白褂的医护人员走来走去。刘浩站在铁门外抓着铁环摇晃，喊了声："探访的，梁扣扣。"里面负责开门的人，对刘浩很熟，有人传话进去，不一会就有人来开门了。开门的说，一次只能进两个人。于是那两个同学先进去了。那两个同学在里面待了约莫十来分钟，出来时一个苦巴着脸，一个眼睛红红的。毕竟是同学，都舍不得梁扣扣啊。

现在刘浩带格伦进来。一进来就听到里面各种杂声，乱哄哄的。走廊西头一间大厅，是供病情恢复较好的病人自由活动的场所。大厅墙两角安放了大屏幕彩色电视，厅中有桌椅板凳，供他们闲坐、聊天，或者自娱自乐。因为人多，大厅也显得杂乱拥挤。这样一个不足一百平方米的空间，仍然是奢侈的。即使正常人在这里待着，也会闷出精神病来。走廊中的一间屋子是吸烟室，有吸烟习性的病人每隔一会，就会被组织到这屋里集体性地过一回烟瘾。吸完了烟，这间空屋，又做会客室，供病人亲友来探访。吸烟室里弥漫着浓重的烟味，屋角残存的烟雾久久不会散去。医护人员安顿梁扣扣说还有人要见你，别走。然后她一抬头，就看见了刘浩和格伦。

已经住了半年多了，梁扣扣的病情仍反复无常，她变得越来越孤陋寡闻，喜欢发脾气。她惧怕陌生的人，又拒绝见熟人，她刚才骂走了那两个同学，现在见到刘浩，好像又亲切些："你们来啦。"刘浩说："嗯，好些了吧。"扶着她的肩膀，让她坐在长条椅上。可喜的是，由于没有提供她香烟，她的烟瘾已经戒了，她现在只是无聊地咬手指。由于长期的大量服用催眠药物，使她变得面部臃肿，目光越发呆滞。想到当初那个活泼灵敏的梁扣扣完完全全换了个人，刘浩感到心酸。

格伦是第一次来到这种地方。他开始进走廊的时候，听到那些奇形怪状的说笑，他感到害怕。当他看到沉静的梁扣扣，心里又平静了些。这个比自己大几岁的女孩，双手腕上牢牢地系上一条布带，像一只系了绳的宠物。她嘴唇干白，眼睛空洞地看着他。

刘浩介绍说："扣扣，今天给你带来一位新朋友。"梁扣扣的眼睛闪现一道惊奇，然后她就一直痴痴地看着面前这个高个男孩。她双手揉着衣角，一直不说话。她的眼睛流溢出不可捉摸的奇异东西。

格伦张开一只手，在梁扣扣的眼前晃了晃。他仿佛想逗她开心，他说："我的手比你的大。"她的苍白的脸上终于绽放了笑容。然后他又拉过她刚才和他握过的那只白嫩的手，他们双手合十，手掌贴着手掌，他感觉到她的温度，她的手心有一种热，柔柔地浸到他的心里。那一刻，他眼眶里就有泪花在闪动。格伦也是一个很情感化的男孩。

男孩第一次在这样的地方见到一个花季女孩。她的不幸，让他爱怜。就在这烟气浓重的吸烟室，他们友好地相识。有那么几分钟的静默。背景虽然黯淡，而情节却很动人。只可惜那情景是昙花一现。

他的泪仿佛惊醒了她。她马上伸回手来，脸色一暗，一声尖叫："我不想看到你们，你滚，叫陈夏来，陈夏死了吗？"说着她转身要朝走廊走去。刘浩连忙按住她，哄着她。刘浩没想到她居然说出陈夏的名字，这事麻烦了。格伦也一时愕然，但他没有深想，他还想安抚她。刘浩说她是有点闹情绪，一下就会好的。梁扣扣继续在说："陈夏呢？"她还用严厉的的口气质问格伦："来看我出丑吗？你们明明晓得我没有病。我不就是头痛吗？为什么要把我送到这地方来？都怪陈夏那个大流氓……"

刘浩急捂住梁扣扣的嘴巴，催着格伦出去，格伦正起身走，却被梁扣扣揪住了："带我出去，我要回家，我要当演员。"格伦的眼睛都红了，他似乎感到真的是自己冒犯了她。他连连说对不起对不起。刘浩的心里在拍鼓，他不知道梁扣扣的脑子里竟然还存留这些想法。她的意识完全是清醒的。她仍然顽固不化保持她进院前那些理念、那些逻辑。正如她自己所说："吃了那么多的药，我也不会忘记流氓陈夏。"

格伦回来，并没有告诉家里人。但西山的事，仿佛在这个小男孩心里种下了成熟的种子。他觉得事情有些蹊跷，一定还有深层次的原因。他居然开始观察姨父和小姨相处时的表情。他居然还试探母亲："你觉得姨夫和小姨的感情如何？"一句话点破李施，李施吸了一口凉气。

103

格伦继续说，南方花园的房子，楼下有两间客房，都是光床板，屋里堆着杂物。楼上一间小阁里，却安置着单架小床的被褥铺就，且满屋子堆着小姨的衣服、书、电脑，一看就是小姨常住的窝。

李施说："你一个孩子，怎么喜欢去窥探成人的隐私？现在年轻夫妻都有各自的精神生活，你小姨又特别喜爱玩手机、电脑打游戏什么的，当然躲着玩自在。分床睡觉，两个人有自己独立的空间，这需要怀疑吗？"格伦说："你不觉得姨夫和小姨在一起吃饭的时候，互相之间说话都很别扭？"李施说："我没觉得别扭。"见儿子越说越多，李施反而装得镇定，她竭力打断儿子的话，不允许乱七八糟评说大人。这次的事，就过去了。聪明的男孩默认了母亲的话是正确的。但李施在九华山果然发现，李嫱和陈夏的一些不寻常，尤其在敬香的时候。

那天在酒店房间午休，李施本来也打不起精神，却是李嫱话特别多，嗤之以鼻，情绪抵触地评议九华山满山充满铜臭的气味，说和尚以佛的名义骗钱。李施质问道："骗了你多少？"李嫱说："没有骗到我的钱，但我感觉他们都是骗子。"李施批评妹妹，在佛地说这种话，本身就是俗世偏欠阴德。李施认为李嫱对佛不诚反而俗语污染了佛界。"早知道你不诚，不该邀你来。"李施还认为，越是家庭和睦、事业顺心、身体健康的时候，越要常来敬香。这是福利的自身内化。李嫱说："你家庭和睦并不代表所有人家庭都和睦，不幸的婚姻各有各的不幸。"

李施听了这话，从床上一折身，坐起来。原来李嫱有隐情，姐妹俩信仰不同、观点不同，免不了唇齿相碰，但谈及家庭婚姻，还是手足情深。李嫱欲言又止，似有难言的苦衷，却慢慢地都说了出来。李施终于知道了陈夏除了离异，和李嫱结婚后还有一个婚外女孩，李施也知道，陈夏已改邪归正，急着要和李嫱生孩子了。综上所述，李施得到的结论和李嫱的想法一样，越是这种时候，越不能急着生孩子。感情的事谁也说不准，开弓没有回头箭，哪能匆忙拿孩子来填充？

九华山回来，又拜访几位老师，又和同学吃了两次饭。这几天里，他们也开始收拾行李了，离开东亚已进入倒计时。李施心里掂量着，要不要与妹夫陈夏单独谈谈？谈和不谈究竟会有什么区别？恰好这天午休时，儿子格伦来到她卧室，向妈妈要两千块钱，说他下午想去一趟西山。"西山那么远，你要去西山干什么？玩了小半个月了，难道你还没玩好？"格伦说，有一个女孩怪可怜的，住西山精神医院。父母离异，她又被所爱的人抛弃。她是刘浩的同学，上次是

刘浩带他去的。他想再去看一次，想买些食物和玩具，还想给她捐些钱。

需要说明的是，格伦闭口没提姨父陈夏与那女孩有关系。在儿子的神情和语言中，李施却已捕捉到了异常信息，这些信息正好填补了李嫱说话时留下的空白，原来彼女孩和此女孩，是一个女孩。

本以为这次回国，是一场温馨的家庭聚会。没想到就在要离开的时候，发现她温柔敦厚的家，还潜伏着一条浸凉水的缝隙。这缝隙如何缝补？凉水是否越浸越深，最后淹没她的家？如果父母知道，该有多痛苦。李施了解父亲的脾气。怎么会是这样的呢？这个妹夫来路真复杂。李施越想越觉得放心不下。当然她在儿子面前装得若无其事，儿子有仁慈之心，他提出这个要求并不过分，李施找不到理由拒绝。她拿出两千块，打发儿子去了，自己却一下午在房里坐立不安。

这天晚上，格伦从西山回来，李施在餐桌上验证了陈夏慌乱的眼神。她想找陈夏说话，但还没等她的饭吃完，陈夏却搁了碗筷，擦擦嘴就找理由溜了。

李施主意拿定，跑不掉的，一定要当面与他谈谈。

却说陈夏，那天晚上丢下碗筷，从李家出来，把外甥约到一条灯影暗淡的路上。一见面就揪着刘浩，扇了他几个耳光，扇得刘浩脸火辣辣的，当时就现了淤青。但刘浩始终没还手。刘浩承认是自己粗心大意，不知道梁扣扣会当着格伦的面说出陈夏的名字，还说陈夏是流氓。这些难听的词汇和细节陈夏当然不知道，但被李家知道了，这就麻烦了。刘浩说："如果打死我可以解决问题，你就打死我吧。"陈夏上去又踢一脚，说："谁叫你还往那里跑？你也有精神病了？"刘浩捂着牙龈出血的脸腮，反驳道："看梁扣扣是我的权利，她是我的同学，我们同学都去看，我为什么不能去？你甩掉她不管，我们不能不管啊。"陈夏破口吼道："谁甩掉她？你说谁？"刘浩也不赖："你，就是你呀，伪君子，敢做不敢当。"陈夏要疯了，臭小子，还敢教训老子。又要上去打。刘浩却比他敏捷，一闪身躲开了，刘浩一边退一边叫嚷："我真不相信世界上为什么还有舅妈那么好的女人。你去死吧，陈夏。"嚷罢，撒腿就跑。

后来，刘浩去了深圳，外甥和舅舅不再往来。

五

离开东亚的最后的晚餐，李施打电话给陈夏，以命令的口气说："今晚，你和李嫱都要回保利公馆吃饭。"陈夏在电话那头貌似兴奋，仿佛也代表李嫱："姐，你放心，这是必须的，今晚我们肯定都会回去为您饯行。"

　　以后再回东亚也不知是什么时候了，李施有这个资格以亲人的名义对陈夏，就陈夏与李嫱的婚姻问题做一次长谈。他们的谈话是在保利别墅群旁边的河岸。家庭聚餐结束，李施要求陈夏陪她出去走走。陈夏心里早有了准备。他恭敬地陪着李施，先在超市逛了一会，买了些水果和零食。陈夏心不在焉，付钱他主动抢着付，结果他也记不清是谁付的钱。

　　然后，他们沿着河岸慢慢走。那边一大波白影，正跳着激越的广场舞，远处是钢琴咖啡会所的灯光，河两岸，流光溢彩地演绎着城市的喧哗与浮华。这情境里，他们先是一路说些闲话，欧洲的意识形态，东方的传统文化；又说到国内的经济，气候与环境，又说到东亚的综合性国家科学中心，说到东亚乘上科技翅膀的前景……又说到这座城市，处在南北分水岭上，春天一闪就过了，今年好像特别短，雨水少，野虫叫，闷热说来就来了。看那些年轻人，三四月天就迫不及待穿上了露胳膊露腿的夏衣，这是东部城市少有的反常现象。陈夏说："是的，闷热来得早，长夏很难熬。"

　　李施看到灯光里陈夏一脸的诚挚，自始至终，没有任何伪饰的成分。李施对妹夫说，这次回国，看到家人都有变化她心里高兴，但她也看到李嫱生活中一些不如意的情绪。"作为姐姐，我最放心不下的就是李嫱，她是永远长不大的孩子，率性又要强，做什么事都缺个心眼。"李施轻风细雨，说着这些话匣就打开了。她说了她内心的担忧。但是她知道，清官难断家务事。她希望陈夏能努力，珍惜眼前这些来之不易的东西。陈夏始终是和蔼的，他没有说话，只是"嗯"，只是点头，这让李施说得有些不起劲，有些多此一举和索然无味。他们夫妻间到底发生什么了？她该从哪里开口呢？李施终于鼓足勇气："有件事不知当讲不当讲，有些冒昧。"陈夏连忙："姐，你有话直说，我哪里做错了你尽管挑明，你也得给我指个方向啊。"果然是李施先开口了："听说有一个女孩叫扣扣，和你很要好，现在在西山住院？"说着这话李施起身走动，仿佛在淡化语言的分量。

　　"是的，是精神病医院。"陈夏跟过来，在灯柱下站定了，面对李施，毫不掩饰，诚实坦言，"这会成为我们婚姻的问题吗？我只是出于人道帮助过她。我跟她根本没有关系，我可以拿我那个儿子发誓。"

　　哎哟，阿弥陀佛，这话吓得李施双手合十，"别说了，别说了，千万别这么说。"她连忙拍拍陈夏的肩膀，"你千万别介意，别往心里去，我只是问问，李嫱那脾气你又不是不知道。"陈夏感到十分委屈，不公平，于是就气愤，这气愤他是压抑很久了，"为了那个女孩子，我已经向李嫱解释过无数次，我不知道她

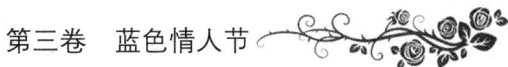

究竟怎样才满意。我远离那个女孩，李嫱又责怪我不负责任。这是做妻子说的话吗？她是精神病，医学鉴定是遗传的，这个大家都知道啊。与我有什么关系？"陈夏很紧张，一时语无伦次，又说了情人节李嫱如何羞辱他，开了酒店订了花陪她过节，她反而对他的一片诚意嗤之以鼻，践踏他的尊严。作为一个男子，他感到莫大的哀伤。说着说着，陈夏的眼眶竟在灯影下闪着泪光。

李施腿都软了，她一边抽纸巾给妹夫拭眼泪，一边说："我知道，我理解，你也不容易。"李施突然觉得自己很阴险，她今晚的动机，有些小题大做，有些捕风捉影，有些强肉弱食，仗着李家的强势来讹诈一个孤独无助的男人，弄得他又拿儿子发誓，又流眼泪。李施内心不安，她说："我们今晚是平等的交流，我没有别的意思，希望你能理解。"她是安慰陈夏也是提醒自己，她不能拿那种做娘家人的架势和陈夏说话。

陈夏抿抿嘴唇，抹抹眼睛，振作起来："姐，我理解，你是好心，都希望我们这个家好。"然后他又说，遇到李嫱是他莫大的幸福，他从来没有像爱李嫱这样爱过任何一个女人。他会用毕生的爱使她幸福，他盼着早点生儿育女，他们的婚姻也会充实新内容。李施说："有孩子当然好些，但这个还是随缘的好，急不得。"说明李施内心还是有底线的，她没有被廉价的感情所迷惑。陈夏看了看李施，李施马上改口说："目前你要做的是融洽两人的关系，李嫱那边我也还要说说她。李嫱的性格你是了解的，她就是一根脑筋转不过弯来。但她禀性不坏，也识书知理，小时候都是我们哥姐谦让，父母哄，宠惯了，现在你只要多哄哄她，她会想得开的，凡事想开了，两颗心就融通了，你说呢。"陈夏嘴里说，"嗯嗯，姐你放心，我会处理好的。"心里却在想菩萨也有偏爱，毕竟都是李家人，这话怎么听着让人好笑。她有脾气有骨气，难道我是泥巴？凡事围着她贴？

综观整体形势，李施还是被陈夏给折服了，一次谈话的结果，比陈夏事先预想的要好得多。

李施一家飞离东亚之后，陈夏和李嫱的生活又恢复到之前那种不冷不热的状态，很难融合。但此后的陈夏却不像之前那样对李嫱弓腰屈背、满面谄媚。他俩都住在南方花园，依然各睡各的房。早晚碰面，该说话的时候说话，也不回避也不亲热。陈夏的变化让李嫱推测不了，他是心冷了，还是心硬了？他显得那么从容淡定，倒有点宠辱不惊的沉稳绅士的气度。

也许一切只有等待时间，任何人为的努力都无济于事。时间会使一些迷惑和隐秘的东西慢慢清晰凸现。

第四卷　科学岛

一

魏桃在城北农贸市场的皮鞋店，经营两年多，人气越来越旺，生意做得风生水起了。魏桃是觉得这门面小了一点，若是再大一点，生意规模就可壮大。但是农贸市场的门面房是统一设计布局的，除非你租两间。魏桃想到隔壁那家去探情况，之前隐约听到他家说要搬走。

隔壁那家开的是粮油店。女店主也是个爱招惹人的小市民。丈夫好像在什么单位上班，是的，在粮站。很远的路，在西区。女的长期坐在店里，打发生意。小孩上幼儿园了。男人很勤劳，每天骑摩托车上下班，准时附带接送孩子。那女主人，虽然做的是粮油生意，穿着却像个上公家班的人，特别喜欢赶时髦，焗了一头黄发，上衣经常是那种吊带的快要看到胸的小红衫。大热天，经她店前过，就看到她坐在椅子上，白腿跷得高高的，在嗑瓜子。她比魏桃年轻，至少要年轻十来岁。她那个年龄穿得怎么露都不过分，这一点魏桃必须承认。魏桃到她店里来聊天，她俩夸张地说像娘俩，实打实地说也像姨俩。

魏桃在牢房待了两年，出来发现这世界变化太快了，女人也老得越来越慢，只有魏桃老得这么快。魏桃是经历了两个世界的人。想到当初与周诏然的那段孽缘，想起自己的长相也曾打动过大学教授，魏桃心里有一股暖意，也有一股凄凉。如今被生存折腾，她自己的模样她都不敢照镜子看。

但是，现在的魏桃，没有心思想容貌和打扮了，她想来打隔壁女人的主意。那个小女人也没有心机，有什么说什么，不含糊。魏桃说："你男人在粮站上班，月月有工资，你这店是开着打发闲日子的吧。"小女人笑了，红唇一

扬，说："管自己花费呗，要不，总被他怨。前两年，我生孩子，家里全靠他的一张工资卡，买个卫生巾都得找他要钱，我感到丢了娘家人的脸。"魏桃说："像你这么年轻漂亮，被老公养，天经地义。对了，你上次好像说你家要挪店面？"小女人似乎明白魏桃的意思，"大姐，你想要我家这门面？"魏桃笑了，"当然想，偏偏你这门面在我隔壁，这抢眼的宝地，我自然有想法。"小女人慢条斯理地说，"我无所谓，但是要我家老公说了算。"

魏桃说："你和老公说说，能让，月底就定下来。这对你家也是机会，我给的转租租金不会少于市价。"

要隔壁门面房的想法一经产生，心里就做了主张，也不管那家人什么时候回音，这天夜里，魏桃一个电话，就把弟弟魏建喊来了商量。

魏建这几年一直守着城隍庙的门面，皮鞋生意渐渐难做了，不远处一条大商业街扩建之后，老街就冷落了。加之魏建资金周转难，多是代销品，除去房租、工商税务乱七八糟的支出，一年下来，也就赚不了多少钱。

魏建自然也把外甥陈俊驰带来了。现在这孩子还是跟魏建。魏桃识字少，无法辅导孩子，而陈夏整日周旋于他的上流社会，哪有心思管教儿子。

陈俊驰又长高了，坐火车要买全票了。孩子非常懂事，知道妈妈的艰苦奋斗是为了他们一家的幸福生活，为了自己将来读书考大学，像爸爸陈夏那样读硕士。当然不能像爸爸那样做忘恩负义的坏男人，他爸爸动不动就拿他发誓，他爸这个嗜好，舅舅和妈妈了解，他也知道些，妈妈说："你命真大，被你爸发誓发得有了抵抗力。你是死不掉的，要死肯定你爸自己先死。"妈妈灌输的道理是："口德积福德，口德不好的人命也不好。"

陈俊驰多少也有些思想，觉得妈妈和爸爸说的话都有些过分。他喜欢舅舅，不从背后咒人。他习惯和舅舅一起生活。他住在城隍庙，上学可以一个人骑单车了。魏建为了这个外甥也牺牲了不少，婚事至今仍没有眉目。那年谈了个同乡女孩，差点要谈婚期了，不知为什么，春节间期莫名其妙断了来往，两万多的定亲礼也没有退。魏桃出狱后知道这事，十分难过。同时也奚落魏建，烂泥巴，怎么就不能出息点？

同龄人有不少早发迹了，魏建三十多岁的一条汉子，在这个城市还连个落脚的地方都没有。去年也有个女孩和他来往了几回，但是人家嫌他拖个外甥，怕传出去引起误解，很快也散了。时光不饶人，转眼魏建就成老寡汉了，魏桃心里有一种愧疚感。

这天夜里，魏桃在自己店后的小隔间里做了两道烧菜：一盘红烧鸡，一

盘烧大肠。她在白云洲学了几手烹饪技术。

魏建抱来一箱啤酒，举着酒瓶独自喝着。俊驰好几天没见到妈妈，也有好一阵子没吃过这么丰盛的菜，自然是乐开了怀，嘴巴滔滔不绝地说话。孩子说："妈妈你干脆去开饭店吧，我们同学说，他们家买鞋现在都是网上买。我看饭店就不一样，大饭店小饭店都有生意。"舅舅和妈妈都认为俊驰说的有道理，但开饭店，谈何容易，那要很多资金的。孩子说："听爸爸说，那赵奶奶好几次电话催爸爸去领回那三万块钱，说那是魏桃的钱，她不能收。妈妈，你若缺资金，可叫爸爸去赵奶奶那把钱拿回来。"

魏桃把筷子往桌上一搁，脸色乌下来说："这孩子今天怎么这么多话？"

魏建急忙腾出手，在小孩头上做了磕他的姿势，吼道："谁叫你提周家，早叮嘱过，不许提。再多嘴，揍扁你脑袋。"

这孩子似乎意识到了自己的出言不逊，伤了妈妈的心。他很有自知之明，大眼睛转了两下，马上捧着饭碗，跑到一边去吃了。

魏桃没想到这孩子超出了他们的想象，居然还生发了去找赵越要钱的念头。"我栽了自认倒霉，我还能爬起来，我永生永世不去缠那个老奸巨猾的赵越。"她又想，孩子这么一点大，就知道那么多，将来长大成人，不晓得要怎么数落她这段丑陋的罪行。

魏桃手在发抖，她一转身跑到门外去了。

魏建跑到门外来找姐姐，见她蹲在街边抹泪。魏建压低声音："回去，旁人看了还以为你怎么了。"魏桃说，"我现在就怕有人提那件事。"魏建说："没事的，没什么大不了，事情都过去好几年了，再说，周又算了老几？在我们这行当里，有谁认识他吗？"

魏桃说："别人不认识他们，可我心里记得，我现在就怕去西门怕碰到亚大人。"魏建说："那是你的心理作用。再说我们平头百姓，又不想入党又不想当官，怕什么。怕别人不来买你的皮鞋？"

这样的悲伤和羞愧，在魏桃以后的生活里也会经常出现。魏桃时常觉得，这可能就是自己贪图富贵得到的报应。多少女人，凭借巧力穿金戴银，做上了人上人。偏偏她不行。这，也许就是命。

这夜里本来是一次快乐的晚餐，却因孩子提到周家，气氛就沉闷下来。魏建匆匆吃罢要带孩子离去，到门口发动了摩托车，魏桃突然跟出来，说："忘了说正事，隔壁这个店面，我想租下来，把墙打通，扩大店面。"

魏建喷着酒气训斥道："你就晓得天天打小算盘，不关心国家政策。"魏

桃问："什么政策？发生了什么事？"魏建说："这个农贸市场马上要拆除，要打通一条从天上飞往市外的高架公路。"魏桃说："你确定，不是谣言？"魏建说："姐夫亲口说的。"（他一直称陈夏"姐夫"）

魏桃突然明白，自己的文化浅，花尽心思去对付隔壁那个小女人，结果，盘旋在心头的宏伟蓝图，被魏建的一个信息给戳破了。魏桃一直是个爱学习的人，她怎么突然变得愚蠢了呢。哎哟，她感到好羞愧。

第二天，魏桃人倚在柜台上，脑子一直在发呆。隔壁那个小女人过来，伸头朝她店里望了望。魏桃笑着，搬了一把凳子送她坐。

"那事情怎么样？问你老公没有。"魏桃故意平静。小女人说："说了，他不同意。"魏桃心里一块石头落了地。小女人接着说："农贸市场马上要拆除了，门面损失费东家可能赔我们一笔，如果转租，就没有了。"

仿佛自己的一个密谋，被别人揭穿了。他们怎么也知道这个消息？魏桃假装不信，"谁说的，小道消息吧？报纸上又没登。"

小女人说："你还看报纸？你不上网，不加QQ群？群里都在说呀。"

农贸市场要拆除。这个消息几天内就传遍了城北，每个店主都知道。报纸没发消息，但不是所有的事情都以报纸上说了算数啊。而且报纸上都是说昨天发生的事，不说明天将要发生的事，报纸说昨天哪些领导开会呀视察啊什么的，过了时又无关痛痒，老百姓都感到报纸很古老，网上说的才更可靠。魏桃还是被动的，尽管她的前夫当记者，他送出的情报，等于雨后洗粪桶，毫无意义。

这天下午，魏桃开始清点店里的皮鞋。她把货架的鞋全部下架，一堆堆按码装进大纸箱。这店就要搬了，搬到哪里去，城隍庙吗，那里的生意不好做。哪都没有这块小地方热闹繁华。魏桃心里凉凉的，又一次觉得自己命不好。生活刚开始有点起色，又碰上时局的变化。魏桃手里摸着皮鞋，心里难过。

就在这个时候，"咚咚咚"，有人敲门。这顾客怎么这么有礼貌，"进来。"魏桃大声道。那人果然进来了，走到柜台边，停下来，优雅地用手指磕了两下柜台。魏桃客气地说："喜欢哪款，自己挑。"说着话，扭头过来看，魏桃心里"咯噔"了一下。柜台外站的人，是自己前夫陈夏。

"忙吗？"陈夏笑盈盈的。

魏桃羞涩地笑了，说："还好。"她手脚有些慌乱，他们有好长时间没见了。虽然出了狱，但各有各的生活，大家都忙，即使偶尔碰到也是在魏建店

111

里，陈夏去看小孩，那场景也说不了几句话的，现在两人单独碰面，多了些复杂的不自然的感受，毕竟他俩曾经同床共枕，总有一些密不可言的情感。

若不是魏建传来农贸市场即将拆除的消息，她还整天活在抢门面的幻想里。陈夏也不来关照一下，魏桃在城北两年了，陈夏还不知她的店门朝哪边开。

可是现在，陈夏突然来了，魏桃十分意外和惊喜，心里对他的抱怨瞬间消散。一对农村来的贫贱夫妻，到了城市却分道扬镳。多年后两个人的生活上发生了变化，但见了面，依然表现得亲切。

"午饭吃了吗？怎么也不提前打个电话？过来赶午饭，这里也方便。"魏桃很随意地说着，抽身去里面小隔间，给陈夏泡了茶。

陈夏在小店堂转悠着，打量着满屋散乱的皮鞋。陈夏好像比以前胖了些，或者说发福了。那小白脸上长了点肉，啤酒肚也挺起来了。他穿着白色短袖衬衫，没有打领带，白净的脖子露出来，显得清爽健壮。现在他反而不打领带，观念发生了变化，不像当年刚进城那会子，大热的天，出去见人，脖子上总要绑着十块钱一条的那种劣质领带。魏桃敏感地发现，陈夏穿的一身名牌，衬衫口袋装了新款的苹果手机。陈夏白净的修长的手搭在玻璃柜上，情形像干部视察。他天生就是好命，读书的命。他和魏桃在一个村庄长大的，从小他就是白净净的。不像魏桃，粗枝大叶，天生是劳作的命。魏桃暗自感慨，少女时代付出多少心机与期盼，这样的男人果然是留不住的。

魏桃把茶捧到柜台上，问陈夏最近过得怎么样。她出狱后也没来得及去看李嫱（其实她是怕李嫱嫌弃她）。在牢里的那两年，多亏他们夫妻在经济上的支助，开这个店陈夏也慷慨解囊，借了些钱，这还不包括他替她还了周家的三万元。她要陈夏代她向李嫱问个好。陈夏淡淡地应了，没有细说李嫱的事。陈夏和李嫱结婚三四年了，还没要小孩。魏桃感到吃惊，"怎么还不要小孩？你们的经济条件那么好！"魏桃虽然也是关心的客套话，但陈夏还是有些不愉快。他只能应付说，他们工作太忙，现在不合适要孩子。陈夏虽有托词，但并没表露他和李嫱的感情有问题。其实陈夏的世界与魏桃的生活是两条分岔的轨道，魏桃不懂。

今天陈夏抽时间来一趟城北，就是关心魏桃的生意，农贸市场的确要拆，就在本月下旬。"你是搬到城隍庙，还是想另找其他地方？要有困难，跟我说一下。"

魏桃第一次在陈夏面前变得好没主张，她说："我文化浅，拿不准哪一片适合做这种生意。"又说："魏建来过，我们也在想法子。"

　　陈夏说："一个女人家，独自做这种小本生意很吃苦。你还是回城隍庙给魏建做帮手吧，这样对孩子、对你自己都有好处。"

　　要是当年，陈夏说这种站着不嫌腰痛的话，魏桃就要发火了，就会泼妇骂街一阵吼。可是现在，魏桃性格也变得温顺了许多。魏桃说："分开做，就能占领两块市场，东方不亮西方亮，要比枯在一起强。"魏桃看了看陈夏，心里也感动，他确实在为她的劳累担忧。当初离婚时陈夏说过："我们还有手足情，我会像对待亲姐妹一样对待你。"

　　最困难的时候出现在身边，这样的感情不需要怀疑。陈夏的能力也有限，魏桃心满意足了。她说："也不急，还有十来天，总能想到法子。我明天出去转转。找找熟人，看看行情。这一行你不懂，我懂。你放心做你的事，不要担心我，有困难我会跟你说的。"

　　陈夏说："缺钱就说一声。我现在收入还可以，不像前些年，那会子没工作，拖累你不少。现在——"陈夏顿了顿说："现在我一个月连奖金加在一起能拿到七八千。"

　　这个数字让魏桃很吃惊："你们报纸订一份还要赠送两桶菜油，这么亏本的买卖，怎么能发那么高的工资？"陈夏笑笑："这是两码事。"七八千是什么概念，相当于魏桃忙日忙夜，两个多月的皮鞋盈利。还是知识值钱。当初陈夏读硕士，自己那么瞧不起他。现在果然有了硕士见效的日子。魏桃又一次觉得自己的命不好。要是不离婚，要是陈夏现在仍是她的丈夫，他们家在省城买房的梦想，就触手可及了。并且，魏桃从这一天开始明白，不久的将来，陈夏就会变成当初她所羡慕的周诏然一样，高贵而富有，挂个头衔就能拿钱。

　　魏桃和陈夏坐在柜台里面的小木桌边，心平气和地说话。偶尔，魏桃还有些情绪波动。说到他的月工资后，魏桃突然表情镇定下来。陈夏似乎意识到了这一点。过了一会，魏桃就补充道："你有钱是你的，人都留不住，我指望钱又有什么意义。再说，你还要做大事，那些钱，你最好还是捏紧点。"

　　陈夏笑道："要做什么大事？除非再结一次婚。"

　　魏桃觉得他这玩笑开过了分，批评道："别说傻话，李嫱听了要你跪搓衣板的。"魏桃居然脸一红，她以为陈夏是撩她的，再和她复婚？不可能，陈夏不是这个意思，魏桃对自己脸红又有些懊恼。陈夏走了以后，她心里还在思虑陈夏那句话，最后魏桃断定，陈夏绝对不是说她的，他在外面又遇到了女孩？一定是比李嫱年轻的女孩。我的天呐，本来她不关心陈夏这句话的，因为推敲他是否在对自己说，她想出了个究竟，竟然为李嫱担忧起来。

二

仿佛一夜之间，农贸市场的各处墙壁上突然用白石浆涂上了"拆"字。

现在很多店家都在搬货。据说，农贸市场拆除后还要重建，可能向郊区扩散，重建后的农贸市场租金将上调。有的店主愿意在新农贸市场继续租门面，有的则想另换地段。

魏桃不想留在城北，她很懂行，农贸市场重建并不能保持原来的繁荣局势。看上去很气派的地方，做生意并不一定赚钱。租金的增加是影响生意盈利的最大因素。魏桃想在闹市区，找一个门面。

这天吃过早中饭，魏桃关了店门，她打算去坐公交车，去市内几处繁华的商业街逛逛行情。

隔壁的小女人看到魏桃第一次在大白天锁店门，就知道她要出去找门面，小女人说："大姐你打算往哪迁？"魏桃说："没定呢。我现在是去城南看亲戚，被拆迁搞得人心惶惶的，没心思坐店。"

小女人笑了，"我也没心思，只想尽快处理完这一堆货。我老公说得没错，一个地方只适应做一种生意，搬迁就没多大意义。"

魏桃说："你不开店，有男人养你，我可没你那么好的福气。"魏桃出门办事，很迷信，不想和小女人多说话，怕惹她说了不吉利的话。

就这样，魏桃利用三个下午的时间，把东亚市区人气旺的商业街溜达个遍。初来东亚那几年，骑电瓶车卖小杂货的时候，来过这些地方，现在却大变样了，愈发繁荣和嘈杂。

长崎路步行街，在这样的周末的下午，正是摩肩接踵，人头攒动，情侣和大学生，双双对对，三五成群，都像不吃饭的画里人，好漂亮。步行街的景象风铺麦浪般繁盛。两边一家挨一家的都是大型品牌鞋店，耐克呀奥康呀阿迪达斯呀，门面阔气，里面富丽堂皇，仿佛搞鞋展览，同样的鞋，摆到这些店里，价都翻了好几倍。魏桃知道，搞这样的大鞋店，她没有能力，租金付不起还要雇员工。她拐进步行街的支巷，发现这支巷也是挤挤挨挨，人涌得不能透气。这里的鞋店，和服装、五金之类的门面夹在一起，规模不大，但店里的货品堆得人不能挪身。

魏桃逛了几家，假装买鞋，讨价还价的同时，获得了一些信息，同类产品，价格比城北翻了六七倍。最后魏桃在一家男子站柜的鞋店，了解到门面租金的情况。男人对女人不那么忌讳，即便你是同行来探行情的，他也无所

谓，他说："步行街这一片门面，有价无市。正街你接不起，支巷的门面租金一年十几万，价格是明着的，但是店面很难找，寸土寸金。这种黄金地段，找门面比中彩票的概率还低。"

魏桃失望地离开了步行街，但她心里又拗气地想，来日方长，只要她一天在卖鞋，她就一天不放弃对步行街的期待，她会隔段时间来探一趟的。她还要回去叫儿子帮她每天看报纸广告，一有步行街支巷里的门面转让信息她就会拼了命地要挤进这块宝地来。

一连几天，魏桃又逛了西城区、南城区，几片比较上规模的小商品贸易区。她一方面为了找店面，另一方面仿佛是对这个城市进行一次全景式的旅游考察。高楼大厦像树桩一样，密密的遮蔽了天空；各式各样好看的新型的别致的汽车；来来往往的人流；漂亮时髦的男女；一切都好新鲜。有钱人和没钱的人，从街边走过，不知为什么，那么容易地就能分辨出来，也许不是根据衣着，而是根据他们脸上不同的气色与表情。城市太不公平了，为什么有赵越那种安逸享受、不劳而获的人？至少魏桃认为赵越是不劳而获的，她整天操心的是山珍海味都吃腻了，如何能吃到天然的蔬菜。而魏桃这样的农村人，孩子想吃一次肯德基都不容易。望望繁华的街景，魏桃又想到，她在这个城市遭遇了许多不幸。她的家庭，她的命运，都被这个城市重新改写了，而她却一直没有很好地思考过城市改变一个人的魔力，究竟在哪？也许就是这浮躁与繁华，冷漠与拥挤，还有游离于我们大脑里那些不甘落后的跟风与攀比。既然跻身于这座城市，脚步就不能停留，否则会被时代洪流所淘汰，或者被奔跑的人流踩死，最后你只能化成一堆填补马路裂隙的泥浆。

在这个不公平的城市里，你要想为自己找到一份公平，就要奋斗，没有谁会来帮你，连夫妻都是这样的，何况萍水相逢的人。

魏桃逛了几天街，有了一些感慨，对做生意也有一些打算，虽没有找到合适的门面，心里却有了超前的想法。蓬柴火焰高，想把生意做大，单干总是困难的。弟弟魏建，又是让她做不得主张的。魏桃也很势利，她考虑到：一，魏建没有资金。二，魏建目光浅，不是干大事的人。魏建只适合稳把稳地守着城隍庙那个老店。三，魏建是自己的亲弟弟，经济利润反而不好分成。要是能找一个陌生又懂行的人合作，那就再好不过了。可是这样的机会很难碰。

魏桃带着这些疑虑回到城北鞋店，夜里辗转难眠。考虑到拆迁迫在眉睫，魏桃只能骑驴找马，把自己的货搬到城隍庙，暂时与魏建一起做。

115

农贸市场沸腾一片，家家把货物摊在门口，打折处理，举着喇叭叫卖："衣服一律五十元两件，皮革包十元，十元。"这些叫卖声每天从早叫到晚，搞得就像寒冬腊月一样，让人不能安心。

魏桃舍不得低价甩货，她把货箱打点整齐，天天往魏建的店里搬。

这一天，魏桃火急火燎地骑着电瓶车往城隍庙一趟趟运货的时候，却在街边碰到一个熟人，能在这个城市杂乱的街边碰到熟人，也算奇事。而且她是魏桃曾经要好的姐妹，两人见面，大呼小叫，高兴得不得了。她叫常满琴，以前在亚大校园内开过理发店。校内理发店，忙的时候少，闲的时候多。魏桃在她店里染过头发，平时进进出出，又经她店门前过，而且两个女人都好说话，所以她们很快从纯洁的友谊发展为互相的利用，魏桃把小饰品挂在常满琴店里卖，尽是女生喜欢的那些纱巾、帽子、装化妆品的小包包。当然，卖出的货也会适当给常满琴回扣的。常满琴非常愿意，反正门面是她租的，她卖什么校园也没人管。那时候魏桃虽然生存窘迫，但常买劣质衣服打扮自己，时不时地翻弄发型，毫不逊色于一个假富婆。尤其是被周诏然看上以后，她三天两头跑到常满琴店里来咨询，问常满琴，这上衣搭配哪条裤子好？穿这长裙该配什么颜色的皮鞋？并且每隔一段时间就换一种发型，到了她犯案的时候，恰好染得一头金黄的长发。她披着一头金黄，上法庭，接受审判，那样子果然像电视里的卖淫女。

那年冬天魏桃突然不见了踪影，常满琴觉得好奇怪，她还有小货在自己理发店里。常满琴还以为她跟着硕士丈夫飞黄腾达去了。但不久有拐弯渠道传来消息，说魏桃坐牢去了。大家都是姐妹，虽有些吃惊，但还是能理解和包容。

现在两人在街上认出来了，欣喜若狂。三四年不见，对于成年人来说基本没变化。常满琴喜出望外说："魏桃姐，你回来啦（她不是说，你出来啦）。"这个用字让魏桃非常感动。"嗯，回来两年多了，满琴，我姐俩真有缘，你还好吗，你生孩子了吗？"

常满琴兴奋而激动："生了，都生两个了。"魏桃说："两个？你家不是城镇户口吗，要罚款吧？"满琴说："不罚。"魏桃问她为什么。满琴说："我老公说了，国家盖那么多房子，以后肯定会给超生孩子无条件上户口的，否则房子卖不掉。"哈哈，魏桃说："你老公有天眼啊。"又问："你还在开理发店吗？"满琴说："不开了，两个孩子拖累，哪能脱身。你呢，你又在做皮鞋生意吗？我经常逛城隍庙，怎么没见到过你？"魏桃说："我店面在城北，这边

一直由魏建在管。"

常满琴这几年在家带孩子，没有朋友，无比怀念当初结交的那些姐妹。而且她知道，魏桃是和大学教授发生情感，才闹出问题的，这说明，魏桃不是一般性的犯罪，她是卷入了上层人的旋涡，她是有良心有头脑的女人，她出来后，还会有一番作为的，常满琴很敬仰魏桃。

常满琴特别亲切，要请魏桃到路边饮料店喝点什么。魏桃说："改天吧，我这几天正忙挪店，城北要拆迁，我又要回城隍庙了。"常满琴说："重操旧业？"魏桃说："重整旗鼓。"常满琴说对对对，还是有文化的人会说话。凭魏桃的词汇量，看不出她只读了农村扫盲班的，就这一点足以证明她是个奇人。常满琴读了初中，却没有魏桃发挥得好，魏桃的潜质就是那些有文化的男人激发出来的，要混就要和有文化的男人混，常满琴也是这么想的。这一次偶然邂逅，两个女人互换了手机号和QQ号，并约定了改天联系去吃饭唱歌。

在城隍庙这个老店，魏桃居然一连几天都碰到了熟客。他们看到魏桃十分惊喜，有说有笑，都喜欢和魏桃聊天。他们知道一点点魏桃的传闻，正是这一点点传闻，使他们对魏桃生发浓厚兴趣，他们想从这个神秘和不幸的女人身上找到某种快感来满足猎奇心理。有上述心理冲动，于是，差不多的鞋子，他们当然愿意在魏桃的店里买。

他们在选鞋子，魏桃不厌其烦帮他们挑。后来有顾客说款式少了，魏桃就把自己货箱打开，拿出几双款式不一样的供他们试。渐渐地，魏桃的皮鞋比魏建卖得多，各人收各人的货款，也都记了账。就为了这件事，魏建开始和魏桃闹别扭，七天时间，姐弟俩居然发生了三次冲突，公开地在店堂里吵嘴。后来几乎每卖出一双魏桃的鞋，魏建的脸色就要乌一回。

魏桃气得抹眼泪。"想想当初我吃那么多苦，凑钱帮你接下这个门面，前人栽树，后人乘凉，你却不记得，你真是没良心。"魏建说："到底是谁栽的树？这店面是我抓住机会接下的。"魏桃说："你当时几个钱不腥不臭，拉不开店门，是我凑的钱，没有我，你只能摆地摊。"魏建就说，"当初只因可怜你找不着活干，才给机会让你入伙的，否则我和朋友联营，早就不是现在这个规模。"

姐弟俩七扯八拉，说不完。每次斗嘴，魏桃还要翻几十年前的老账，说她为了带他而没有上学，这不是几双鞋的问题，是终身无法弥补的遗憾。父母偏爱，为了一个弱智儿子，硬把一个聪明的女儿沦为文盲，致使一个本该成为凤凰的人沦为鸡。魏桃说："我就是一只鸡，吃野虫长大的，几根毛，经

117

不起你拔。"

魏建说："笑话，到底是我拔你的毛，还是你在吸我的血？店面不说，供养你儿子这么多年，我都被你们吸干了。"

这个星期五的傍晚，魏桃正眼睛红红的和魏建翻老账。陈夏来了。陈夏每个周末都来看儿子。陈夏看到这种局势，心里叹了口气。姐弟之间做生意，最不可避免的依然是利益的冲突。他更担心魏桃将来的生活，连亲弟弟都是这样，更没有个亲人做依靠了。他突然觉得自己的罪过太重了，魏桃落到今天这种地步，也有自己的责任。

陈夏也不敢当面指责魏建，这些年，孩子一直是他在拉扯着。再说，他和魏桃离了婚，他没有资格干涉魏家姐弟的事。

陈夏和儿子一直坐柜台内看电视。魏桃和魏建一直在店堂中间争吵，店门早关了，关起门来吵。把当年姐弟俩在家时的一些陈麻子烂谷子的事都翻出来了。"没良心的东西，见钱眼开，忘恩负义！"魏建也不示弱，说："除了跟你走霉运，我还得到了什么？"气头上的话，都说得很难听。陈夏实在听不进去的，他想牵着儿子走。儿子在这样粗俗的环境中成长，真是危险。

临出门陈夏说了魏桃："你少说两句不行吗。你也不注意自己的形象，孩子会怎么想？"

魏桃气不打一处来，若在当年，陈夏说这种话，魏桃会喷他一身脏，现在魏桃对他收敛了许多。她说："听不下去，你可以走啊。"

陈夏一生气，拎着小孩的书包，就把孩子带走了。

三

就在姐弟俩闹腾的这几天，常满琴兴冲冲打来电话，约魏桃吃饭去。魏桃也正想出去散散心，就答应了。

常满琴把饭局订在渤海路与北部湾路交口的"学府酒店"。魏桃骑电瓶车来到这个地点，突然觉得酒店很熟悉，虽然没有进去吃过饭，但这就是亚大东门的斜对面，当年一天不知要往来此地多少回。魏桃其实最怕来这一片，怕碰到亚大的熟人，她匆匆锁了电瓶车，头上捂盖着防晒头巾，故意到进了酒店才扒下。酒店上下两层，装修约半成新，但人气不错，一层大厅有十来套餐桌，这时候已经有不少餐桌坐了人。二层走廊串联一排包厢，伸头望望大概有七八间。

常满琴在学府酒店楼上订了包厢。魏桃上来的时候，常满琴不是一个人

在等，是在和一个中年男人叽叽咕咕小声说话。魏桃一出现，两人连忙站起来，热情打招呼。常满琴介绍说这是酒店黄老板。魏桃礼节性地点头微笑，笑过之后魏桃心惊了，黄老板居然是熟的人。

黄老板一拍脑门，对上号了，他指点她，"小魏——"这一声好亲切，瞬间就成了老朋友聚会。

黄老板当年在魏桃家乡县城，开量贩式 KTV 歌厅。他叫黄东俊。那时候魏桃在县城表姐饭店做工，歌厅在饭店斜对面，黄老板常到饭店吃饭，他吃过魏桃做的菜，他们是熟门熟路的主客关系，也是男女调侃的经典对手。半年以后，歌厅大概盈利不理想，就转让给了一个当地人。黄东俊再也没有去魏桃的饭店吃过饭，没想到他回到东亚又干起了餐饮。

曾经的熟人，多年以后突然在另一个环境中见面，彼此都觉得珍贵。于是一些以前不涉及的话题，这会子都亲热地聊起来，黄东俊问魏桃，老公在东亚做什么，孩子多大了，买房没有，等等。"我记得你老公好像是做教师的。"魏桃也很坦然，说"早散了"。又说了自己来东亚之后的变化（当然要略去坐牢的历史），目前在城隍庙开鞋店。

黄东俊对魏桃陪丈夫来东亚求学又离婚的故事，并不觉得大惊小怪，也没有什么特别的感动，走江湖的人，阅尽世象万千呢。他与魏桃这么琐碎地闲聊，也是把她当老朋友一样尊重。

常满琴似乎到这会儿才知道黄老板在县城开过歌厅，她说："原来你们早认识？我就晓得魏桃姐是个人物嘛！"黄老板说："不知道你请的是小魏，否则哪给你这包厢。"黄老板要给她们重新安排，说隔壁有带沙发棋牌桌的大包厢，两个女人说不必了不必了，就在这小包，说说话最好。黄东俊吩咐她俩点菜，吃好为止，他要下楼忙去了。

常满琴拿菜谱点了五六道好菜，尽是价贵的烧菜，还要了法国干红。魏桃说少点些，就两人哪能吃那么多。满琴说："今晚你只吃，其他别管。"这期间黄老板又上楼一回，和她们叙了几句，又出去应酬别的包厢了。"开饭店真辛苦，每个包厢都要去招呼。"满琴说："也不是，只是我们这包厢，黄老板特别对待。"说到这常满琴就拐题了，"魏桃姐，说说你的理想吧，回到东亚是不是准备大干一番？"魏桃说理想谈不上，生意难做，门面租金贵，还找不到门面。魏桃说了目前的处境，又突然问，"你现在只满足做全职太太？不想出来做点什么？"常满琴听出魏桃的意思，和弟弟魏建闹别扭，想拉她合伙开皮鞋店。满琴说现在自己生活发生了变化，一连生两胎，孩子拖着，身子

也懒了，不习惯出来打拼了。能看出，常满琴也和农贸市场卖米的小女人一样，钱在丈夫手里，做不得主张。有男人撑舵的女人，一般没什么宏大的创业计划。不像魏桃，得自己去拼搏。魏桃竖起拇指说："还是有老公幸福。"常满琴却也感慨，各有各的苦，大家都不容易。生存之难啊，尤其难在女人，难在她们这种没有文化的底层女人。两个女人一碰杯，各自"咕噜"喝了，不知不觉一瓶干红见了底。

大概一个星期后，魏桃为找店面的事正烦着，那个常满琴又打来电话约她去学府酒店吃饭。魏桃想拒绝，一则她稀奇地发现常满琴与黄老板有那种关系，她不想充当电灯泡；二则老吃别人的不好意思，如果自己买单她又舍不得。可是常满琴说："你必须来，今晚是黄老板买单，黄老板专门请你的。"魏桃还是不愿。她想常满琴和黄老板穿一条裤裆，谁跟谁呀？常满琴说："你真不来，那好我跟黄老板说了。"

结束通话，魏桃又有些后悔，黄老板那么有钱的人，和他聊聊也不是什么坏事，说不定还能借到周转资金。魏桃思忖着，又给常满琴回拨了电话，说："晚上几点？我如果去，也得晚一点，我店里还有好多事。"常满琴明白她不想放弃机会，就说："随你，反正我们等你。"

晚上的学府酒店，其实魏桃到得还比常满琴早，魏桃坐在一层大厅，等了好久，才见常满琴来到酒店。常满琴领着魏桃熟门熟路上了二层上次那个小包厢。也是她主动点了酒菜，她说黄老板还在市区，一会就回来。魏桃心想，黄来不来，无所谓，反正是你招呼我来的，我不必掏钱买单。两个女人又在喝酒瞎聊，谈些女人之间的话题，但未必是共鸣的，常满琴居然一直在谈近期热播的电视剧《因为爱情有多美》，魏桃提不起兴趣，她只得应付着听。自从离开赵越家，她再也没有机会和兴趣看电视剧了。她想电视剧有时间还是该看看，否则一个人就和社会脱了轨，看电视剧能学到好多东西，时装打扮，城市的流行语，赶潮流的生活方式。尤其是她没文化，又不会上网又不会看书，只得从电视剧里学东西。

这时候黄老板来了。他进来就张牙舞爪，要求服务员再上酒上菜，并且自罚了三杯，说来晚了，刚在市内结束一个酒局，和几个客商在谈生意，忙得不得了。两个女人说："菜都够了，我们吃得差不多了。"黄老板说："我还没上桌，你俩就吃得差不多了？"黄老板自然不饶，继续加菜继续喝酒。男人来了女人话又多了。

三人有笑有说，一时这小包的气氛热烘烘的，又加上黄老板抽烟，开了

空调还不行，得把窗户全打开。斜对面能望到亚洲大学高楼的灯火，魏桃一时又思绪万千。黄老板觉察到魏桃情绪低落，说："人生苦短，该放下的就放下。你们俩还小，到了我这个年龄，才能悟出道理，人生就是一盘麻将。有输有赢，输了赢了都是散，钱财也带不进天堂。"

两个女人说："道理是这个道理，可是投胎来走一遭，总想过得比别人好啊。你黄老板身上肉比骨头多，当然，站着说话不嫌腰痛。"黄说："慢慢来，长肉的机会有的是。你们女人家嘛，要长那么多肉干吗？"然后黄老板自己笑起来，两个女人也笑起来。男女混合，酒不嫌多。魏桃虽也哈哈，心里却笑不起，还惦着皮鞋生意。"黄老板见多识广，请帮忙拿拿主意。"黄老板突然问魏桃："你厨艺不错，干吗要让手艺撂荒？"魏桃谦虚地说："那也不叫手艺。"黄老板说："实体店根本没前景，你为什么不发挥你的特长，你又这么能干，又有开饭店的经验。你应该来开饭店。"常满琴也说："是呀，开饭店才是你的特长。"魏桃说："马马虎虎的厨艺，哪能开饭店？"

黄老板很认真地看着魏桃，"你要是愿意，到我店里来，我给你开年薪十万。我正愁找不到合适的人，你就帮我打理这店。"黄老板酒喝多了，魏桃知道，男人这种场所说的话都不算数的，做别的事更不算数。魏桃也精明，随口就说："我本来就是开饭店呀？好啊好啊，我要是开饭店，肯定要赚得你走不动。"在劳教的时候参加创业培训，教员就说过，面对机会，一定不要怀疑自己，一定要说"我能"，不能说"我怕"，如果你自己都怀疑自己，别人哪敢相信你。

"我拿十万年薪，我干些什么活呢？"魏桃索性画饼充饥，也认真和黄老板攀谈起来。黄老板说："当经理好吧，我不会白浪费人才。"经理？魏桃窃喜，谦虚道："我是人才吗？"黄老板说："你有鄂东人的精明脑子，有冀南人的身胚。你身材高，皮肤白，脸面端庄，搁在城隍庙浪费了。"旁边常满琴不说话，黄老板斜一眼常满琴，说："总之人各有所长，像你这样的人就合适来酒店。"

魏桃说："你说的是真的？"旁边常满琴说："应该是真的吧。"黄老板一举杯，碰魏桃的杯子，"喝干，待会去隔壁唱歌。今晚不是谈这话的时候，改天我约你。"

魏桃也会逢场作戏，端起杯和黄老板挽手胳膊，说："老大，我就认定你了，我姊妹俩喝下这杯交杯酒，不能同年同月生，但愿同年同月发。"黄老板嘴喷粗气，脖子都红了，说："老妹呀，哥相信你的闯劲。"魏桃说："那是必

须的，此时不闯何时闯，闯要闯到刀刃上。""砰"一声碰响，两人仰脖喝了交杯酒。

后来黄东俊带两个女人出了学府酒店，到隔壁阿里巴巴歌厅订了大包厢唱歌。黄东俊又喊来两个四五十岁的男人，脖颈和手腕都套了佛珠和粗玉镯。他们像牛一样嗷嗷嗷唱了不少老歌。魏桃和常满琴也唱了。大家玩得意犹未尽。红酒的后劲很大，魏桃有些醉醺醺的，但心里还是清楚的。黄老板性格豪爽大方，不像江湖骗子。对了，她还发现黄老板和常满琴在黑暗里有亲昵的手脚动作。常满琴不仅请客不需要买单，而且还有人送她回家，这天又是黄老板酒后开车送她的。魏桃骑着电瓶车独走在回来的路上，风淡淡的，吹散了她的酒性，她预感黄东俊说的都是真的，她要当酒店经理了，她突然觉得眼前这城市马上就要属于她了。

回到城隍庙附近和魏建合租的那套老宅里，已经是深夜一点钟了。隔壁魏建和驰伢早睡了。魏桃也没梳洗，蹑手蹑脚，进了自己的房，连衣倒到床上就呼呼睡了。第二天魏建还是知道了她昨晚是一点多回来的。魏建一脸不高兴。

姐弟俩坐在店里，早上没什么顾客，他俩也就干巴巴地坐着。这气氛魏桃就晓得魏建要数落她。魏桃就先说了："昨晚碰见一个老朋友，先喝酒后又去唱歌，弄得抽不了身。"魏建说："店里生意不好。每晚忙完店里，还要陪驰伢做作业。我的文化水平教不了他了，姐夫又没有心思教他，应该给他请一个家教，你还有心思唱歌。"

魏桃说："这事不急，慢慢来。"魏桃就说那个学府酒店的老板可能想聘她当经理，年薪十万。

魏建嗤了个冷鼻，"除非那老板脑子进水了。"又说，"你不要又被那些老男人的口沫迷惑了，那些老男人都不是好东西，你还不吸取教训吗？以后不要跟他们往来了。"

魏桃觉得魏建说的也在理，"我是有分寸的。"又说，"我也认真考虑过，我们两个人起早摸黑，一年纯利也赚不到十万啊。卖水货无论如何也卖不过淘宝。实体店没前景，这一两年，城隍庙的门面盈利都在缩水了，再不想办法，就要缩干了。"

魏建说："你是吃了螃蟹惦着王八，我觉得城隍庙旱涝都撑着，也挺好的呀，我的店里都是回头客。实体店有什么不好？货品质地看得见摸得着。"魏桃没有吱声，心想你占了地盘你当然不急。这一日说些杂话，姐弟俩也没往

心里去，似乎这样的话经常说，从开店的时候就说过，说了好些年，店门还是这么开着。

不想，过了几天，魏桃果然接到那个黄东俊打来的电话，叫魏桃抽时间去一趟，他要与她谈正事。魏桃挂了手机心里激奋又紧张，她对魏建说："黄老板是真的，叫我过去谈事。"魏建半信半疑，"是真的？那你赶紧去啊！"他又叮嘱她，叫姐夫一道去签合同，"你文化低，得让姐夫旁边做参谋，不要被人套了。"魏桃说自己先去探探情况，待要签合同时，再喊上陈夏去把关。魏建说："也行，那你赶紧回去换一套好衣裳，见面谈大事，得穿体面点。"魏桃笑了，转身搁了店里的事，跑回住处，梳洗打扮了一番，涂了口红，穿了质地不算好却花色艳丽的旗袍，挎了小包。然后出门，不是骑电瓶车，是花钱坐出租车，一副春风满面的样子，来到学府酒店会见黄东俊。

黄东俊是真的决定要魏桃来酒店工作。黄东俊说："你可能不太了解我，但我是比较了解你的。"魏桃一听这话吓坏了，她猜测常满琴背地里对黄老板说了她在亚洲大学那段与周诏然的罪恶的历史。

魏桃只得笑笑，"你若是真正了解我，那就更好。黄老板是大侠，相信判断是非有自己的标准。"黄老板是什么人，一听魏桃的话音就明白她多想了。黄老板哈哈一笑，说："你也别太用心，我不是外人。"然后他开始和魏桃谈这个饭店目前的情况。

这个叙事中还透露了他的创业经历。黄东俊20世纪90年代从机关"下海"，去过南方，赚过几年大钱，后来又赔了几回。当年在魏桃老家那个县开歌厅也是他的一个产业，但他在东亚做的项目很多，后来就放弃了歌厅，全身投入东亚的信息服务公司。这个黄东俊也是个人精，他居然也认识周诏然。是因为世界太小？还是因为魏桃和黄东俊都在风尘里飘？陈夏说过，相同性质的物理粒子，最终都会发生摩擦关系。而且这个黄东俊在投标校企合作的设备采购项目时，还得到过周诏然教授的鼎力相助。这个酒店只是他的企业之一，他现在的主要精力是做机关采购和招标代理。听明白了，他受过周诏然的恩。现在拿出这一碗"米汤"给魏桃喝。

魏桃感到不是滋味，她说不好是该向他说声谢谢还是保持沉默。酒店的工作她是很想要的，从长远考虑，比卖鞋好。空手赚钱，这样的机会千载难逢，就凭自己这把年龄，这种文化水平，把这个城市翻遍估计也找不到这么好的工作。可是一想到黄是看在周老头的面子，看着自己与周老头的那段不光彩的情史，才给了她这份恩赐，魏桃心里确实不舒服。那本来就是一个错

误，荒唐愚昧，怎么还要活在错误的历史阴影里。

所以魏桃在沉默了很久之后，说了一句话："您的情意我领了。店里要是用得着我，我真是感激不尽。可是我与别的什么事已经没有关系了。"

黄老板哈哈一笑，"我刚才只是说了些我想说的话，现在我还要说一些你想听的话。那就是，我的店的确需要一位你这样的勤劳忠实又精明能干的内当家。"魏桃也心急，说："那该签个合同吧。"她提出这个要求是怕被骗。黄东俊说，"当然要签合同。"魏桃知道这不像订皮鞋可以数数，这合同上的字、条款她识不全。她犹豫是不是该叫陈夏来？没想黄老板先说了："你可以叫陈夏来，他是当记者的，签合同，有他在场更好些。"

黄东俊真是个老江湖。

四

陈夏去帮魏桃签订了年薪十万的合同后，内心非常复杂。一方面他为魏桃感到高兴，另一方面他内心竟然有些莫名的嫉妒。他突然觉得这些年来，魏桃和魏建一直拖累着他，而实际上他并不比那姐弟俩富裕。看上去他们好像是很吃苦的底层人，而自己好像是拿大钱的国家干部。事实上，他的工资除去五险，并没有多少，他的钱断断续续都贴给这姐弟俩做生意了。

那天下午签完合同，黄老板开了一桌酒菜，很霸道地要留他和魏桃两人吃晚饭。黄老板和陈夏喝了不少白酒。酒桌上黄老板哗啦哗啦，话像扭过了螺旋的水龙头，放了一夜，"老弟老妹"叫得不歇。因在那县城待过半年，现在仿佛是半个老乡一般亲切。他们说那县城里的人和事；说着现在国家政策；说着做生意的红利期如何难遇；说着东亚当前的餐饮行情。话题都是由黄老板牵着转，他说到哪，陈夏和魏桃就附和到哪。黄老板说了些国家大事，又夸魏桃这么能干，相信魏桃能把他的酒店干得更好。他又夸陈夏前途无量，将来是否进政府当个什么官？只有陈夏自己心里清楚，进政府是个泡影，他自然不会在这样的人面前谈及自己举步维艰的前程。酒后的陈夏内心翻江倒海，五味杂陈。他带着酒气跌跌撞撞回到南方花园。

李嫱正在洗漱间对着化妆镜，举着吹风机嗡嗡吹头发，见到陈夏回来，也没有什么特别的反应，习惯了他说话不算数，又喝酒了。这一年多来，在李嫱的父母及姐姐过于"关爱"的压力下，李嫱对陈夏的态度略有些缓和，那个梁扣扣搅乱他们正常的生活，就像打湿了的一张纸，烘干了，还是完整的，但需要小心，烘干的纸特别脆弱。每周他们必须双双装模作样去父母家

吃饭，一日不行一个月，一个月不行半年，慢慢地那点隔阂就被琐碎的时光抚平了。后来他们还是同床共枕，特别是去年冬天，天气好冷，南方花园的阁楼上，没有配置暖气管道。李嫱只得卷床被回到楼下的卧室睡。这本来就是她的房子，凭什么陈夏睡主卧她睡阁楼？陈夏内心自然是感谢上帝，甚至希望地球转一下，把东亚转到南极。

现在不再担心李嫱睡阁楼了，因为李嫱也在想要孩子的事，毕竟都是三十过半的人了，都是吃米饭的俗世人，条件允许的情况下，谁不想要孩子？生命之后仍有生命，基因的延续，是人来一世的终极目的。陈夏和李嫱都不需要谁给谁洗脑，他们在生孩子这一问题上，有着相同的观念。好了，这事就不要解释了，他们目标一致，要生孩子。但是当他们好不容易把时间和目标都调到一个点的时候，李嫱始终怀不上。也不算始终，是确定了以后，七八个月了，都没有怀上。陈夏安慰李嫱说不急。李嫱警告陈夏说："只要你戒酒，光明就在前头。"陈夏就保证不再喝酒了。

今夜又是酩酊大醉，李嫱一脸不高兴。"你要保证多少回？"陈夏说："碰到魏桃的喜事，不好推，就又喝了。"

魏桃的喜事？李嫱觉得新鲜。陈夏说："是的，魏桃现在拿年薪十万，今天签订合同了。"陈夏说，魏桃将剩货低价转卖给了魏建，现在腾空而起去酒店当老板了，"比我两个人的工资都高啊，你一年能拿十万吗？"李嫱说，那是不错啊，开鞋店又累又操心还赚不了多少钱。拿个干净的年薪而且旱涝保收，真不错。陈夏却说："我觉得从现在开始我俩应该存钱，我不想再给俊驰抚养费了。"李嫱终于弄明白了陈夏的意思，说："他们挣钱也不容易啊。况且我们收入只在消费，没有生存风险，他们还要买房，那酒店也不是魏桃自己的。"

陈夏手一摇，微闭醉眼，"NO，NO"，似乎鄙视李嫱的说法。李嫱说："抚养孩子是你的责任。"陈夏"嗵"地一下站起来，"什么我的责任？这些年，我给他姐弟俩的钱还少吗？我上辈子欠了他们的吗？你怎么胳膊肘往外拐，我觉得你莫名其妙。"

这情形把李嫱吓了一跳，"你怎么这么激动？魏桃就是拿一百万年薪，你也该支付孩子抚养费呀。到底是谁莫名其妙？"

陈夏摆摆手，气愤道："和你说不清，你少管闲事，小孩的抚养费我早付过了十八岁了。"

李嫱怔怔地看着他，陈夏又觉得自己的表现有些过分，也觉得自己说漏

嘴了，无形中暴露了自己给了多少钱给魏桃。他就又坐下来，心平气和地说，魏建总喜欢在他面前哭穷，说生意如何差，钱如何难赚，去年春节前竟然还买了新轿车回农村炫耀。买的不是那种拉货的面包车，是生意人毫不实用的别克英朗，花了十五六万。魏建骗他说是按揭的，魏桃说魏建买车没有按揭。陈夏在省城读了硕士当了记者，这么多年逢年过节回农村依然是坐火车。那个村庄攀比、奢靡之风盛行，在城里做泥工的瓦匠，回村过春节都买了小轿车，魏建也那样无知地跟风。为此陈夏对魏建的做法很是不悦，因为要哄他带孩子，所以没有摆到脸面上罢了。

李嫱说："这是你的不对，魏建从浙江做生意做到东亚，这么多年，没有结婚，没有买房，买辆车，也是正常。"

陈夏说："没有我，他能买车？没有我，魏桃出狱后就能开皮鞋店？我的血都被他俩吸干了。"陈夏想，既然说漏嘴了，干脆就全说了吧。

李嫱却不认为陈夏给了多少钱给那姐弟俩。李嫱甚至比陈夏算得更清楚，说："你不就是到《时报》以后才有收入的吗？《时报》一年有多少钱？你不要总以为魏家姐弟吸了你多少血，大钱还是他们自己挣的。"

李嫱竟然说了一句："你真小心眼，一个大男人居然嫉妒魏桃拿年薪。"陈夏偏着头，考究式地看看李嫱，说："你真奇怪，为什么我说话，你总跟我唱反调？我不都是为了这个家吗，像我们这个年龄，你看看你们单位同事，哪家不都有两三套房了。我希望我俩存点钱，将来过上更好的日子，我们还要生孩子。你总跟我搞对头，幸灾乐祸似的，从来不理解我的苦心，以前那个梁扣扣，我不理她了，你反而说我没责任。你真是莫名其妙的一个女人。"

又提梁扣扣，李嫱生气了，她一转身进了卧室，睡觉去了。又是陈夏自己主动提到这个名字，这时候他也醒酒了，他突然觉得今夜的失态，暴露了他的狭隘，他心里懊丧极了。

天气渐渐转凉，城市的报纸上，在报道酷暑来临的时候，头版印上醒目的标题"七月流火"，来形容高温的势态。在天气转凉的时候，又有标题"九月授衣"。乱打乱撞，正好紧扣了市民的情绪，市民说的没错，早晚出门是要添件长袖衫了。报纸本来就是办给市民看的，报纸既要表现得有文化，又要让市民看得懂，所以弄些古诗词做标题，双面契合。

陈夏在这家报社已经是有资历的人了。刚进报社时，他兢兢业业小心翼翼，工作与处世都谨慎得不得了，时间一长，他摸清了报社水的深浅，紧张的心态也开始松懈了。他这一松懈反而能表现出他的个性，他经常指正这个

标题用的不对、那篇报道不该采用，其实他还没有指手画脚的资格，只是挂了个不当权的部门副主任头衔，但他可以大胆地说话，同事都会迁就他，还会奉承他几句，毕竟是西方哲学硕士，理论水准高啊。其实也有人心里不服，硕士算什么？满街都是，对于办报纸来说，硕士和中专生没区别，跑新闻、勤写稿才是硬道理，你陈夏一个月上不了几篇稿子，而且尽是拍领导马屁的会议稿。你有什么资格眼高手低？东亚纸媒界，五六十岁以上的老记者，当年都是从拖拉机厂、化工厂的通讯员调进来的，他们没学历不也办了几十年的报纸吗？而且那一代人的新闻职业精神比今天年轻人不知要强多少倍。你有什么了不起？不就是因为你老丈人是市常委吗，你老丈人已经退了，人走茶凉，你还能逞强几天？

是的，陈夏内心也有数，李嬙的父亲去年已经退休了，以此影响的隐形社会关系，比以前差多了。但目前对他的工作并没有直接影响，这家报社的总编宁某是他的靠背柱。当初进报社是宁总亲自验证的，宁总把他视为人才。

陈夏算了一下，宁总退休还有四年时间，在此时间内抓紧爬，能升到部门主任或副总编的话他根基就稳定了，他甚至希望能接替宁总的总编职务。按用人的老规矩，副总编就会晋升为总编。上面早有文件精神，现在选拔干部，要打破传统论资排辈的老套框框，要任人唯贤。结合当前干部年轻化的趋势，宁总退休，位置很可能就是陈夏的了。本来陈夏没有这种大胆想法，毕竟报社资历老的人太多，可是宁总似有似无给了陈夏暗示："你要好好干，你要有点进取心啊！"陈夏知道机关报社，即便有一天只为办报而办报，也会存在下去，网络和电媒击不垮我们。意识形态是根基，即使为办报而办报，纸媒仍然是舆论的核心阵地。陈夏心中有数了。所以，陈夏在报社可以冷淡任何人，唯独在宁总面前不马虎。逢年过节自然要揣几张消费卡啊，几条名烟几箱名酒啊，悄悄地去宁总家里与他寒暄一番。师傅领进门，修行靠个人，陈夏的地位得靠自己争取。陈夏丝毫不怀疑自己的心机会白费。回望这家报社，原来规模很大，20 世纪 90 年代纸媒最辉煌的时候为一周 7 刊 4 开 40 版。就是陈夏进来的时候，也有十来个部门、上百名采编。近年来广告业务越来越萧条，按上级指示，减员增效，深化体制改革，报社连续两次大裁员大缩版，现在缩成了一周 5 刊 4 开 12 版的报纸。陈夏进报社的时候，其实已经开始裁员了，但那与陈夏没有关系，即使报社人员裁光了也不会裁陈夏。先是市常委老丈人的光环照着，现在有宁总对他的青睐，所以别人担心饭碗会掉，陈夏却想着何时能晋升。

　　人的欲望源自视野，只要看到一丝光亮就能幻想一片天空。从政府机关报进政府入仕途，是有过先例的。陈夏似乎有了这个方向，按他的年龄，将来发展到李嫱父亲那个地位，也是完全有可能的。事业前景广阔，家庭更不能耽搁，所以他催李嫱快快生孩子。"再不生，以后我就更没心思和精力照顾家了。你生了孩子，可以不上班，我将来可以供养你，你就安心做全职太太。"

　　李嫱说："看样子你就要飞黄腾达似的，生了孩子，我俩明确分工，你在家做饭，我接送他上学。"陈夏说："你就希望你丈夫混到那个地步，在家做饭？"李嫱说："不喜欢男人沉迷于权位，希望三口之家过一种和谐安详的小日子。"

　　李嫱这话传到她父母那里去了，李家父母拍手赞成，和谐安详的小日子才是人生的最终理想，什么名啊利啊，满则溢，没有意义。陈夏觉得李父现在可能是因为退休了，给儿女们灌输的那些人生哲学有些消极，什么与世无争，与人为善？那是因为你们都得到了。

　　陈夏越来越听不惯李家人在一起谈话的内容。他们整天研究的是吃什么菜保养血管，吃什么减少胆固醇，晚上九点必睡，早上六点必起，中午不要深睡，深睡会影响大脑，易患老人痴呆。即使只有两个老人在家吃饭，也是红烧的清蒸的荤素搭配七八个菜盘，整整齐齐摆满餐桌，日子过得好精致。不像他们农村人，一大家人吃一钵菜。对于抽烟喝酒的女婿陈夏，丈母娘不知唠叨过多少回。他们对农村人那种拼搏精神夹着嘲讽与不解，说留守儿童是毁灭的一代，父母挣那么多钱，有什么用？等孩子大了，钱也花光了，而且孩子没有体会过温情母爱，长大以后人格有缺陷。他们还认为诸如某地出现高考工厂，是中国教育的大灾难。父母没文化只顾打工，为求孩子考上本科，不惜花重金把孩子送进那种学校复读，接受残酷的制度训化。现在本科有什么意义？毕业出来还不是挣扎在人堆里排队求生存？

　　也不知道李家父母当年是如何把三个儿女送进大学的，他们对孙辈的学习十分宽容。李嫱的侄子，今年中考，李家父母拿出家法呵斥大家，不允许给孩子施加任何压力，考不上重点中学，就送进免试入学的国际班，以后出国去读书。什么文凭现在都没有意义了，关键要让孩子度过快乐的少年时光。

　　对于事业上有想法的女婿，李父并不特别垂爱。有几次陈夏表露过，希望李父能在市委分管宣传的领导面前帮他美言几句，最好能安排他们见见面、吃吃饭什么的。因为李父退休了，将来就靠那帮人关照陈夏了。但是李父没

有满足陈夏的愿望，他不是怕丢面子，宣传部的那些人曾是他的部下，他是没把女婿这么重的心思放在他心上。他只关心女儿女婿的夫妻感情，以及他们什么时候生孩子。

尤其是大女儿李施，从英国打电话回来，总要探问一下，李嬗和陈夏最近感情怎么样？李家父母在惊奇的同时开始紧张了，难道他俩的感情还怎么样过？

果然经过一系列印象搜寻和这之后的细心观察，李家父母发现了李嬗和陈夏之间是有隔膜。他们开始从李嬗下手，警告她婚姻不是儿戏，不是小孩子过家家；将来日子还长着呢，有什么小绊小磕的事，彼此要谦让包容。这一点李家父母真开明，他们不骂外人，只训诫自家女儿。他们认为凡是他们夫妻之间的不愉快，肯定是李嬗的不对，他们太了解自己女儿了，任性、要强又无所顾忌。"你现在是做妻子的人，凡是要从头学，否则婆家人会骂我们没教养好。"当然他们也不知道李嬗和陈夏究竟怎么过，李施没有挑明，李嬗也不会说。但李父作为过来人，非常清楚夫妻感情隔阂的关键所在。李父也要劝诫女婿几句，非常委婉，说："男人在外免不了被乱象诱惑，这是人之常情。但任何情境下，自己都要头脑清醒，你是有家室的人。家庭的责任感，比任何东西都重要。"陈夏心想，只要去了特殊情境，清醒也没用，我就是太清醒，反而惹来一身骚，里外不讨好，太亏了。当然陈夏嘴巴不作任何辩解，他不想和他说废话，多说反而露馅。他只是点头"嗯嗯嗯"，说李嬗挺好的，他们没有发生过不愉快。

陈夏并不喜欢和李父这样坐下来面对面说话，他讨厌那种状态，李父语调匀称，装腔作势，都是说男人如何要肩负家庭，貌似在炫耀他的家庭很成功，现在儿孙成群，老夫妇颐养天年了。陈夏记恨李父没有在退休前，把他的事安排好，否则他会省很多力，也不必去巴结报社一个小总编，他甚至可以直接调进市政府，但是老丈人没有这个意思，陈夏只能心里不痛快。

李父退了休，没有了职务和权势，外人的反应不知怎么样，反正女婿对他差多了。往年一逢假期必陪两位老人过，或出门观光或在家打牌。今年国庆节，陈夏装病，说自己身体不舒服，好不容易有个假，想静静待几天。他就躲在南方花园睡觉。李嬗一个人去陪父母。

五

这一年国庆节，陈夏在魏建那边说，自己要加班。他的确想自己安静地待几天，报社里的琐事其实也压了一堆，他也懒得做，即使到书房，也只是

上网看看新闻电影什么的。他生病也罢加班也罢，别人对他无所谓，难得一个假期似乎都想给自己留点空间，他知道没人打扰他，他好快活地睡了六天。第六天晚上，他突然觉得应该带儿子出去玩玩，魏建一刻也不能离开皮鞋店，魏桃又是新任的酒店经理，正烧"三把火"。孩子喜欢凑热闹，这样的长假，他的同学都坐飞机外出旅游，他只能独自待在租居的旧屋里。陈夏心里愧疚，于是连夜打了魏建的手机，和儿子通了电话，说明天开车带他去市外玩。

第二天一早，陈夏开了李嬬的车，去城隍庙接了儿子。陈夏是去年冬天拿到驾照的，因为没钱也就暂时没考虑买车，所以魏建买车买在他前面，陈夏有醋意。

在东亚这么多年，周边的一些景区，儿子小时候差不多都去过。其实也不是看风景，就想假日父子俩出去逛逛吧。得找个一天能往返的地方，想来想去，季风山虽也去过，但还是有些看头的，久居市区总想看看山水。季风山距市区二十几公里，是西南一片层峦叠嶂的山，近年配合旅游开发，复修了寺院，建了罗汉雕塑，规划了森林公园、名人胜迹什么的，而且是不要门票的，很合适孩子们去玩。

父子俩一路上说了许多话，儿子陈俊驰长大了些，似乎什么都懂什么都知道，和父亲讨论起什么季节适合去什么名景，说春季去南迦巴瓦，夏季去珠穆朗玛，冬季去西双版纳，不过他们班同学目前还没有去过这些地方的，他们年龄太小不适宜那里的气候，他决定以后在大学期间去西部走走。陈夏说："我要说的，你都先说了，是的，都必须是你大学或工作以后自己挣了钱，自己去。"儿子还说东部沿海的景区合适家庭游玩，西部是青春闯天涯的时候一个人去的地方。陈夏发现和孩子说话自己变得嘴笨了。

季风山境内，游人挤挤挨挨，携家带口推着婴儿车的，三五成群的学生，手牵手的情侣。马路两侧是商贩，小吃摊点三步一个、五步一排，年轻人几乎都不空手，不是吃冰棒就是吃烧烤。仿佛来景区不是看山水，是来吃东西。陈俊驰也喜欢吃，各类风味小吃都想尝一点。他买吃的时候，还很懂事地问："老爸你要不要？"陈夏说："我不要。"陈夏一则不喜欢吃那些鬼东西，二则舍不得花钱，但他对孩子不吝啬，孩子想吃什么就让孩子去买。难得带孩子出来一次，相比坐飞机坐动车出门旅游，这小地方能花掉多少钱？做父亲的算了这个账觉得自己赚大了。

毕竟是苦槽喂长的猪，这孩子也舍不得乱花钱。比如过山车啊、摩天轮啊、激流冲浪啊，看了门票价他就不玩了。他就玩了一个射击打靶游戏，后

来就是登山。他们攀上那座山顶的季风寺，和游人一样，也进寺去敬了香磕了头。陈夏吸取了陪李施登九华山的教训，觉得进了寺院要诚意烧香，这回他不仅自己在门口买了香，进寺还往功德箱里塞了钱。他带着儿子诚心地跪拜了。他在跪拜时心里竟然想到和李嬬生个胖小子、想到自己的职务晋升，他就把头磕得好实诚。

出了季风寺，无意识地跟了几个游人往寺院后面走，这边有一条羊肠青砖路，弯弯曲曲绕向古木参天的森林，他们以为这里能下山。结果在森林间盘旋绕了二三里，还是找不到下山的路，他们都迷路了。父子俩估摸着方向，边走边说些闲话，拣石子打打树叶，摘摘野果，走着走着离了人群。过了一条涧水桥，土路分叉了，儿子说往左边走，陈夏说该往右边走吧。

正犹豫，看见右侧林间小路隐出几个女孩来。陈夏问："美女，请问往哪走能下山？"一个女孩说："翻过这山顶。"陈夏说："哎哟，那还得走回头路，是从季风寺南门下山吧？"三个女孩依次擦身从陈夏身边经过，最后一个走过来，补充说："是呀，寺院大门前有汽车路，汽车能开上山，肯定能下山的。"陈夏心里一惊，不是因为她说的内容，而是听到她的声音。

陈夏眼睛直了，又惊又喜："是你。"

梁扣扣笑说："这么巧？你不接我电话，原来躲到季风山修行来了？"

陈夏笑说："可惜寺庙不要我，否则我真愿意来。"又急切地问："你还好吧，你什么时候出院的？"

梁扣扣粲然一笑，没有正面回答他的话，却问："为什么你手机打不通？又换手机号了？"

陈夏眼睛回避，"嗯"了一声。然后又忍不住把梁扣扣从脚到头细瞅一番，牛仔裤，白色条纹 T 恤，马尾辫翘翘的，背挂双肩小包，好精神的样子，陈夏说："你现在找工作了吗，那几个是你同学？"

梁扣扣说："什么同学，我闺蜜。"陈夏偏头望望，那几个女孩也是正常开朗的样子，觉得梁扣扣真的变好了。陈夏情不自禁，由衷地说："见到你真高兴。"

梁扣扣俏皮地一努嘴："骗人。"

彼时前面几个同伴知道梁扣扣碰到熟人了，就大声对她喊："我们往仙人洞去，快跟上，别弄丢了自己。"梁扣扣说："我就来了。"

梁扣扣擦过陈夏的身子，扬手做了个拜拜手势，"我得走了。"扭头就往那山路上跑去。陈夏目光痴痴追随她，很快梁扣扣青春健朗的背影就隐没在树林间了。

似乎还没来得及体味，惊鸿一瞥。陈夏意犹未尽时，儿子钻到了面前，"老爸，那人是谁呀？"陈夏说："一个熟人。"

到了季风寺，终于看到景区路标指示。日头还在西山上，他们没有坐景区车，而是徒步行走，沿公路下山。走到山下出了景区山门，太阳就落了。陈夏还不急，他特意到山门大厅观看了一下景区沙盘模拟图。他发现，他刚才与梁扣扣相遇的那个地方，是季风寺西南边的一片山凹，叠叠浓绿，约莫铺了方圆十来里，就在那片叠叠浓绿的林间小径上，他遇到了梁扣扣。

他一直有些魂不守舍，就像一个被兔子撞了脚的农夫，睁着希冀的目光四处搜寻。在停车场启动了车子，他还在伸头向窗外，前后张望。儿子发现父子的异常，说："老爸，要带刚才那个阿姨？她说了要坐你的车回城吗？"陈夏说："没有。"对了，刚才为什么没问她坐什么车回市区？一路上开车有些注意力不集中，还是儿子间隔提醒："你看前面车都亮了刹车灯，你还开那么快？"陈夏说："放心，你爸技术好。"儿子说："要是舅舅在，你俩又要吵嘴，舅舅说坐你的车他会吓出一身汗。"陈夏笑说："两个刚拿驾照的人，谁也看不惯谁开车，没拿驾照的人，坐任何人开的车都舒适。"儿子说："我现在就不舒适，你脑子想什么？"陈夏吼道："别废话，你把眼睛闭上。"

从季风山回来好长一段时间，陈夏的脑海里盘旋着梁扣扣的形象，她的笑，她说的话以及她说话时的样子。盘旋了一个月，陈夏终于想通了。那些都是过去的美好，把它留在记忆里，不要再想了。他不会再去找梁扣扣，梁扣扣也不会来找他。他的生活好不容易恢复平静，他不允许自己再惹是生非。曾经他为了躲避梁扣扣母亲的电话骚扰，换了手机号，他把住宅电话也销户了。他知道虽然自己对梁扣扣有一点感情，但比起自己远大的前程，那只是沿途打湿鞋子的草叶上的露水。他相信梁扣扣会过得越来越好，她那么年轻，也许她现在已经遇到了心爱的人。看她对他那么无所谓的样子，陈夏觉得这是应该的，而且是好的现象。他不希望梁扣扣还记着他。

六

魏桃进学府酒店工作后，为黄东俊减轻不少压力。黄东俊可以把主要精力放在自己的公司。黄东俊给魏桃戴了营运经理的高帽子，实际上就是大管家，除了不管钱，什么都要管。财务方面，黄东俊比较谨慎，这么小的店，却配了两名会计，一个管现金，一个管账。黄东俊还叫魏桃下厨亮几手招牌

菜。但是那个厨师怕魏桃抢了他的饭碗，说："开饭店就是开口味，固定的口味锁定固定的客源。魏总做的菜肯定好吃，但是老客人未必喜欢。我们这酒店十来年的根基，还是老土菜做主打最好。"于是魏桃只下了几次厨，就被厨师以美丽的借口给挡住了。

学府酒店的消费水平兼顾中等阶层，楼下大厅主要是高校学生，包厢里教师来得多，当然附近社会单位的工作餐和流动客源也不少。毕竟地理位置优越，即使暑寒假，客源仍然顺畅，没有摆荒的季节。

魏桃新官上任，觉得自己该燃烧起来，要把生意做得火红些，否则对不起十万年薪。她暗自激励自己最好一年给黄老板赚过翻倍回来，那才不辜负他的期望。

魏桃开始盯住陈夏，叫他帮她拉客源，陈夏嘴上是答应了，可是陈夏自己平时极少掏钱请客，报社在市内，而且报社的公务饭局也有固定的地点。陈夏也琢磨过，下次有老同学请客，或者认识的企业家有大饭局，就拉到学府酒店来。魏桃说："不急，只要你心里面记着这事就行了。"

魏桃到酒店上班后，每天把自己打扮得很时尚。以前都是穿简便利索好干活的衣裳，穿平底鞋。现在她每天穿高跟鞋，身上的衣服要么是长裙，要么是旗袍。她到高级理发店焗了最时尚的发型。每天下班回到住的地方，她就试衣裳，琢磨着怎么搭配。她也没有心思照顾孩子，没有时间收拾自己的屋子。晚上回来就要把第二天的衣服试好。床上地上散乱一片好邋遢，她也不管。她上班第一个月花了好几千块钱买衣服和鞋子，她想，现在是靠脸吃饭，那也要舍得投入啊。所以即使买一支口红，她也要跑到市区大商场的专柜买品牌。

魏桃这么一打扮还真是好漂亮，虽然新衣服裹在身上让她极度不适，甚至弯腰坐凳吃饭都困难，但她还是很自恋现在的样子，她突然觉得把这张脸搁在巷角的皮鞋店，真是白浪费那么多年的时光。她的身材又高又挺，前凸后翘，穿旗袍最好看。她的脸盘大，皮肤又白，鼻子是鼻子，眼睛是眼睛，五官生得端端正正。她往酒店大堂里一站，俨然一个干练又不失个性的"熟女"形象。谁也看不出，她只读过扫盲班。

魏桃站在大厅吧台里面，听着店内小姑娘们唤她魏总，她脸有些红，后来那种羞涩的红，慢慢变成了好看的气色，成了红润。是的，酒店里的活儿轻，吃得营养均衡，对于魏桃来说，她确实需要适度调节和滋养了。比起她原来吃的粗茶淡饭，现在就是久旱逢甘霖了。女人的容颜，若保养得好，看

133

上去与实际年龄悬殊一个辈分都不稀奇。本来魏桃年纪就不大，一个月下来，魏桃看上去就是个三十不到的南方佳人。

附近有几所高校的教师，都是老顾客，经常来酒店吃饭打牌。他们初见魏桃，只觉得来了个年轻漂亮的女经理。是很漂亮，没有细究她的来历。有一天，亚大一群人在此吃饭，居然有人认出了魏桃，"是原来哲学系那个学生陈夏的老婆。"然后有人要魏桃来陪两杯，又有人要魏桃给他们包厢的单打折。魏桃笑着，一一都应了。

担心总是难免的，魏桃很害怕碰到亚大人，怕她与周诏然那桩丑事暴露。不能让过去的阴霾遮蔽了现在的阳光，要让现在阳光驱散过去的阴霾。这样想想，魏桃内心的紧张弹簧一般怦然松懈。果然在学府酒店工作几个月，认识她的人没有任何异样眼光。只有黄东俊知道。亚大人真的不知道吗？亚大人应该知道，周诏然是怎么死的。魏桃为了这事还多次去探问过陈夏，陈夏说："应该不知道，赵越老师说她先生是心脏病突发死的。那件事虽然当时也上网了，但那时网络影响力小，而且网络文章中没有指名道姓。除非身边像我这样了解情况的人，否则没有人会想到与你对号。反正，我的亚大同学中没有一个人知道。"

魏桃心想，这倒也好，赵越那老不死的，怕丢了自己的老脸，竟把那丑事裹得密不透风，时间一长就会烂掉。那就大胆地开饭店吧，洗心革面，我又是朵出水的芙蓉，不要拖泥带水，不留一丝瑕疵，要笑声朗朗面对新生活。这以后碰到亚大的老师来吃饭，魏桃无拘无束，热情招呼他们楼上请。为了招揽生意，她学会了喝白酒，她还要多笑笑，见人一脸笑。亚大的教师都喜欢上了这个魏总。

喜欢魏总的亚大教师中，有一个姓乔，他是学府酒店的财神，经常吆三喝五地带一帮人来喝酒打牌。乔吆喝来的人，不仅有亚大教师，还有工大、科大、建大的教师，甚至大学城那边新校区的教师，也不辞路远的辛劳来欢聚。魏桃每次都要散名片，希望他们下次再来。只要乔订饭，魏桃总给他最好的包厢。乔的酒帮，待在包厢里，喝酒打牌，一餐饭要吃几个小时。即便打烊了，魏桃也不敢去催。在买单方面，乔的酒帮多是大家轮流买。今天你买了，下次，另一个就抢着买。诚然，乔的酒帮是自娱自乐，不是那种有事求人的官商饭局。

乔老师叫乔什么，魏桃好长时间以后才知道，叫乔洪涛，是个有过短暂婚史的单身男人。乔嗜好酗酒，又加上现在高校收入好，十个人高考八个人

能上大学，水涨船高，大学教师的工资自然高。乔月入七八千，有一半花在外面吃酒水。他们不吃不玩干什么呢，他们也只是喝点白酒而已，还没染上其他习性，要像商人那样有泡妞的嗜好，学府酒店还接待不了。

对于学府酒店来说，乔老师这样的财神不能怠慢。他自己的伙食费也全在这，没有酒帮的时候，乔一个人的饭，也在学府酒店打发，单身乔在家应该是不开伙的。魏桃对吧台的姑娘说："乔老师自己吃的那份，记个账就行了，到时一起算。"意思是，这份饭可以不收钱，或者一起打个折。

后来，乔独自来吃饭，都不要付现金，在账单上签字就行了。乔也没怎么多谢，吃罢饭，嘴一抹，在自己那份饭菜下，潇洒地划一个"乔"字。这个男人写字很洒脱，为人也不拘小节。他喊魏桃是"姨妹"，他经常有意无意地对魏桃说些黄色笑话，弄得魏桃心里七上八下的，不知道他是什么意思。

魏桃站在前台，眼睛总在默默地关注他。哪一餐他没有来，魏桃心里就有些不安。知道他和朋友们那天有聚餐，她总要提前躲进后房补个妆。他的朋友来吃饭，魏桃要抽时间到包厢去陪一会酒，轮流敬一番，表示敬意，也表示她与乔老师不一般的情分。

有一天晚上九点多，乔老师的朋友都散了，乔老师却坐在包间不走。魏桃进来，问："喝多了吗？"乔老师说："没有，我想和你单独再喝一点。"魏桃就重新拿了一瓶干红。坐下来正要撬酒瓶盖子，她的手，突然被乔老师的一只手按住了。乔表情严肃，眼里却充满炽热浓情，"我今晚不走了吧。"魏桃心里一热，怔了怔，说："下次吧，店里不方便。"乔就拉过魏桃的手，紧紧捏着，说："我带你去我那，走。"魏桃心慌意乱，犹豫说："不好吧，我俩还不太了解，我没心理准备。"

乔老师自尊心极强，魏桃一拒绝，他马上表情镇定，"那好，对不起，我走了。"说着挺胸阔步出了门。魏桃有些不知所措，跟着上来想说些什么，乔老师的脚却快得要命，"咚咚咚"就下了楼梯，大步出门而去。

此后的两天，乔老师没有来吃饭。魏桃心里很失落，是不是就此不来了？她知道，她没有给他面子，凡女人说"下次"，男人就会放弃，乔是什么男人你还吊他胃口？魏桃那天晚上的拒绝其实就是矫情，乔没有耐心欣赏她的矫情。

一个星期后的晚上，天空下着沥沥的雨，店门外的街灯十分繁华地闪耀，乔居然奇迹般出现了。乔撑着雨淋淋的伞，到门前把伞一收，魏桃的眼睛就一亮，心里激动得在跳。乔又带两个朋友来喝酒，那两个男人是新面孔。乔从吧台经过的时候，脸挂着淡淡的笑，没有给魏桃特别表情，魏桃心里沮丧得想哭。

乔老师的包间酒席进行到一半的时候，魏桃大大方方捧着杯子进来，说感谢光临，敬新客人一杯。

乔也很高兴，向朋友介绍说："这是酒店魏总，是我姨妹。"那两人也立即响应，说："你究竟有几个姨妹？"魏桃知道现在酒帮里流行叫"姐夫""姨妹"。别人叫她"姨妹"她当耳边风，乔叫就不一样，魏桃是用了心的。这会子又是"姨妹"，说明乔还没有心死，反倒是他在吊她的胃口了。魏桃内心的羞涩和幸福表现到了脸上。有说有笑吃了几杯酒，那两个人似乎看出来了，乔和这"姨妹"关系不寻常。那两个人酒罢借故要提前走，乔也起身披衣要走，说要早点回去休息。但这天乔走的时候，捏捏魏桃的手，说："好一阵子没来看你，带学生在外实习呢，明天还得去实验基地。"

原来是这样啊！魏桃一颗悬着的心放下了，踏实了。

又过了一个星期，乔果然又来学府酒店吃饭了。现在乔一个人点菜，魏桃就亲自下厨，专门给乔做。厨师知道她是特客专供，不是抢他的手艺，也就让出灶具，让魏桃做菜。

乔老师吃着魏总亲自为他做的特色专供菜，非常满意，非常高兴。乔应该觉得吃得不好意思了，这一天乔吃罢饭，一推碗，招手叫魏桃过来。魏桃从台内走出来，来到乔餐桌边。乔说："你太辛苦了，对我太好了，真不好意思。字我还要签，这五百块钱，算我给你的小费。"说罢乔往魏桃手里塞钱。旁人没注意，但是魏桃是经理，这店里事她说了算，她不必在乎旁人。魏桃说："这样吧，这钱我收了，明晚你来，我请你好好喝一次。"

乔老师也就答应了。

魏桃觉得她与这位乔老师，平日见面就是手脚亲密，言辞发黄。但现在他俩实质的关系仍是模棱两可。旁人看着模糊，她自己也不清楚。她觉得该加把劲，探个彻底的结果。

是夜。魏桃提前做了几道菜，又配了火锅材料，叮嘱厨师稍后做好。她要请乔老师在楼上包厢吃饭。厨师应了，魏桃就上楼陪乔老师。

二楼的一个小包厢里，灯光暧昧，室内十分宁静。魏桃说："我们喝点干红葡萄酒吧，我不习惯喝白酒。"乔老师笑说："哈，我不习惯喝红酒。为了你，我今天就喝红酒吧。"二人都斟满了高脚玻璃杯。乔老师像喝饮料一样感到不带劲，说纯粹为了享受两个人在一起的快乐，平时在大厅吃饭，说话都

很谨慎，怕店里其他人听到。

魏桃说："听到又怎样？我都不怕你怕？"乔说："我为人师表，还是收敛些好。"魏桃说："我没见过你收敛啊，你很散漫。"乔说："那要看什么事。"魏桃节奏很快，直接说："我俩交往几个月了吧。你有些什么想法？你觉得我这人怎么样？"

乔十分清醒，说："魏桃，你挺好的。"

魏桃感到心里一股暖意。乔老师连忙说："你不觉得一个人过日子很不正常吗？你现在正值性能力旺盛的年龄。"魏桃定睛看着乔老师，一时不知说什么。这会儿，乔老师眼里充满了火焰，他站了起来，靠到魏桃座椅后面，手搭在她肩膀上，郑重地说："我是真心喜欢你的。我从来不嫌弃你的历史。这一点，你应该看得出来。"说着话，他的手就顺藤摸瓜伸进魏桃的胸部。

魏桃心里"怦"的一下，像被石头击中，痛得发颤。不是因为乔摸她的胸，是乔说的"历史"二字。魏桃挥手别开乔，问："历史？我有什么历史？"乔嬉皮笑脸，手在魏桃身上乱摸："不要紧，我就喜欢有绯闻的女人，带劲。"魏桃挣脱着站起身："你说清楚，我有什么历史？听谁乱说的？"

乔醉眼看魏桃，瞪了一会，说："你以前做周诏然的情妇，他那么老。今天你试试我就知道了。"

魏桃吼声道："你不要这样。你坐下。你在哪听到的谣言？"乔急不可耐的样子，"好好好，谣言，谣言，不说了。"说罢搂过魏桃，嘴里乱唧，手在扒魏桃的裤带。魏桃越推，男人就越急。最后他终于把她按在了沙发上。魏桃眼都红了，抓起桌上的玻璃杯，连同酒往他头上猛磕。乔"哎哟"两声，终于放了她。他整了整衣服，抹抹脸上的酒水，重新坐在魏桃的对面。还好，他并没像发疯的动物一样怒吼。

魏桃说："你怎么能这样对我？非礼！"她用了电视剧里一个词；又说："我希望你是真心爱我。我希望你能娶我，我们俩正大光明做夫妻。"

乔瞪大眼睛看着女人，"那你对我的要求太高了。"这男人振振有词，"我只愿我们能发展性关系，我俩年龄相仿，性生活肯定和谐。再说，我俩现在孤男寡女，很自由，没有人干涉。男人和女人，首先是性生活和谐，才可谈其他的事。性生活和谐了才算有缘分。"

魏桃感到自己刚才磕他脑袋，做得太绝了，就缓和着说："这些其实也是水到渠成的事，结婚的条件具备了就可以在一起住。"魏桃又问："你难道，对我的想法，只是性，没有考虑其他，你难道不想成个家？你说我'要求太

137

高'，我就是有这个要求才对你好的。"

乔突然腾地站起来："结婚，那是不可能的。我对婚姻厌恶极了。再说，我就是要结婚，我也不会娶你的。别痴心妄想。"乔拉开门要走，接着又补一句，"你是哪个朝代的古董，摸你两下就要结婚？"说罢出门，屋门"砰"的一声就被反带上了。

魏桃看着惨白的灯光下一桌子酒菜，脑子里像有一千只鸟啄一样阵痛而昏晕。魏桃一个人呆坐了很久才愣过神来，然后自己斟了一杯酒，慢慢地喝着。

魏桃又一次感到自己落伍了，又一次怀疑是不是两年的劳改生活僵化了自己。可是，冷静地想一想，她仍然认为自己没错，是男人德行太差，还"为人师表"？都是流氓。魏桃越想越气，耻辱，痛恨，悔悟，很多复杂的感觉聚涌心头，让她不禁捂脸抽泣起来。

亚洲大学那个叫乔洪涛的单身汉，此后再也没有来过学府酒店。魏桃一段不可告人的羞辱，也被流水的日子隐没了。次年春上，有人在亚大北门的一家饭店看见乔老师，乔老师又有了新"点"。

七

好长时间，魏桃内心都不能平静，那乔洪涛如同一条泥鳅搅浑了魏桃心里的一塘水。她觉得自己的"历史"可能潜流在那些无聊的男人之间，或许会腐烂，以至于提起来都不成形了。那又能怎样呢，总不能跟在乔后面去封他的嘴。她认为从今后要对那些高校教师敬而远之，尤其是亚大的教师，不奉承，也不回避。魏桃其实有性格，这性格仿佛是跟自己较的劲。

对于学府酒店这么大的规模，这么好的位置，少了乔洪涛，酒店生意也没多大影响。没有乔老师，还有奚老师范老师彭老师郎老师。即使是寒假，客源也不少。学校放假，停了食堂，一些住校的老师还是要吃饭，到学府酒店来打发划算又方便。到了腊月，流动客源也渐渐多起来，尤其是晚上，大厅的桌子全满，二楼的各个包间都是热火朝天。魏桃觉得该好好把握旺季，她不能让黄老板失望，更不能招惹男人，免得人家以为她是借着酒店平台抓男人。女人有过遭遇，再年轻内心也打皱了。如果不是乔洪涛挑衅她，她也没那个想法，现在她彻底心如止水了，她觉得只要有儿子，要不要婚姻无所谓。她只想多挣一些钱，在东亚买一套房子，把儿子户口迁来，让儿子正常上中学。将来把儿子送进大学，自己就安心过幸福的后半生。这样想想，她

就把全部精力投入到酒店生意。到了腊月，她做了各种打折促销的活动，把酒店订餐都上了同城网，还到处发广告、散传单、招揽顾客、承订年夜饭、承接单位职工年终酒席。她还花钱派服务员到附近几家饭店做间谍，以饭客身份了解同行的菜味和菜价。魏桃整天琢磨运营的新策略，如何稳固老客源、拓展新客源，争取把学府酒店做成附近一带最好的酒店。

学府酒店有这么一位脑筋活络拼劲强的女经理整天张罗着生意，半年下来盈利比原来好多了。以前黄老板对酒店三天打鱼两天晒网，带管带不管，酒店几乎停滞不前。现在黄老板翻翻每月的毛利账本，喜笑颜开。除去魏桃的年薪，他还是划算的。更重要的是他的酒店门面旺盛地撑下来了，这点对于门面生意来说很重要。一转眼魏桃掌管这个酒店一年半了，她对餐饮行业的运营头脑似乎比黄老板更活。黄老板自然想长久留住她。两人又重新签订了一份无固定期合同，魏桃的年薪还是十万。虽然没有涨价，但黄老板在合同里明确了，从实际用工之日开始，为她补缴社会保险，并且今后一直持续缴。这已经足够好了，有了医疗和养老保险金，魏桃感觉自己也像一个体制内的人。

这一年秋天，雨水少，出门办事清爽爽的。魏建开车带着魏桃一连看了几天的楼盘。魏桃决定把老家县城的房子卖掉，加上自己的存款，再在魏建那借一些凑凑，就可以在东亚买一套现房了。魏桃看上了渤海路与西三环交口的一处现房。然后她回了趟老家县城，准备回来卖二中那套房子。

魏桃回到县城，发现几年没走过的马路变宽了，轿车变多了。两边的高楼大厦亮晶晶的，华丽清雅的住宅区，一片连一片，俨然一个现代城市。人们快乐而忙碌地操持着自己的生活，似乎没有什么熟人对她在省城生活而心生羡慕。当年在人民路开小饭店的那个拐弯的表姐，她现在的生活和魏桃想象的大不相同，在魏桃的感觉中，这些人该还停留在原处。可是见了一回表姐，魏桃才知道，人家那才叫创业。表姐现在有自己的餐饮公司，经营范围从酒店、餐饮到娱乐场所，形成了产业链，新县城老县城都有她的门面。两个孩子都大学毕业了，一个在北京买了房，一个在杭州成了家。表姐在县城开宝马，魏桃在省城骑电瓶车。和表姐的一番闲叙中，魏桃有一种难以掩饰的自卑。表姐说："不急，慢慢来，你的潜质比我好，就怪我当年树枝小，没能留住你，否则……"魏桃心想，否则现在自己也该是这县城富婆的一员了。

不过，魏桃一出门，内心却又倔强地想：没必要羡慕县城人，我有我的活法。好马不吃回头草，县城生活再好，我也不会再回到这里来的。魏桃更

139

加坚不可摧，要卖掉二中的房子。这一日，魏桃把自己二中的旧房挂到了喜洋洋房产中介。喜洋洋房产的女老板姓孔，模样中年憨态，但生意上也是一个精明人。魏桃在县城的时候就知道这个女人了不起，一边写诗歌一边卖房子，文商兼备。县城那么多家中介她不找，她找到孔老板。和文化人打交道废话少，文化人明事理、守信用，打交道没什么纠葛。"孔姐，你帮我想想办法，我知道县城的二手房子难卖，我现在急需要现钱，若一时不能套现，我东亚好不容易看上的那套房，估计就要'黄'了。"孔姐也知道魏桃的意思，就说："你先把房产证压在我这里，按市价略低我把七十万现款转给你。下次碰到买家，你再回来办过户手续，到那时这房卖多少价与你没关系。"

魏桃一拍大腿："哎哟，孔姐是个聪明人，我就是这个想法。"

魏桃也清楚，县城的房价浮动很小，无论如何，孔姐帮她解了燃眉之急，就是人家以后赚一点辛苦钱也是理应该当啊。就这样魏桃回到了东亚，两天以后，孔姐将房款分了两笔，打到了魏桃账上。魏桃没有什么波折的，就在东亚西三环路边，买了一套七十多平方米的新房。有了房子，她就成了真正的城市人了。

魏桃现在全力以赴忙酒店里的事。她恨不得把全东亚人都招来吃饭。她不仅叫陈夏拉客，还死不要脸，盯上了李嫱，多次打电话叫李嫱带客人来。李嫱也带了几回客人来，消费了好几千块。魏建的狐群狗党自然在这里消费，刘浩在深圳，但他在东亚的同学朋友混熟了一大帮，而且那些年轻人特别爱泡排档和特色小餐馆。魏桃通过进入刘浩的同学QQ群，拉了一帮刘浩的哥们。先招呼他们来免费吃一顿，然后就死死拴住了他们。每次来吃饭都打折。做生意就要"宰熟"啊。但是熟人却认为到学府酒店也不吃亏。市价都差不多，味道各有特色，关键是学府酒店吃饭，还可以打欠条。刘浩那帮哥们就是这么想的，所以他们动不动吆喝一帮来。一般是周末，到学府酒店来吃吃又玩牌要耍半天。有一次，那帮年轻饭客中有个女孩竟然还要找魏桃单独谈谈。

那时魏桃正在厨房和厨师商议配菜，那个女孩站在厨房门口，问："魏总吗？你现在有时间吗？我想跟你聊聊。"客人要找她谈事自然不能怠慢，魏桃洗了手就出来了。

这女孩子却问哪里说话方便？魏桃以为是吃饭想打折，"今天是你买单吗？你放心，该打折就打折，没钱就记账。"女孩说："不是我买单，我有一点私人的事，想跟你聊聊。"女孩很诡异的情形，挑挑手指，叫魏桃跟她来。

然后她把魏桃引到楼上的一个空包厢。不知这客人有什么机密，魏桃也不慌，先给她倒杯水，女孩却抢着上来拿水瓶，说："谢谢，你别客气，我不喝水。我想问你，你是陈夏的前妻？"

魏桃心里一愣，立即装出高雅的神情，生怕她不配陈夏，她笑笑，"是的，你认识陈夏？"女孩说："其实你真不丑。"这样的话魏桃听过很多次，她心想，丑或漂亮与离婚都没关系。此刻的魏桃只是羞涩地笑笑。女孩紧接着问："他什么时候到你酒店来？他现在过得还好吗？"魏桃说："说不定，他偶尔带朋友来吃饭。你找他有事吗？"

"当然有事啊。我给你留个手机号，陈老师来吃饭，你能给我打个电话吗？"魏桃不禁打量她几眼，凭魏桃的经验判断，她与陈夏关系不一般。"你找他什么事啊，你能先跟我说一下吗？"

女孩说："你别这样看我，其实我只是想见见陈老师，我是他以前的学生。"魏桃说："你不知道他手机号码吗？你不能直接打他手机吗？"女孩说："那样太冒昧吧。毕竟我与陈夏老师好几年没见，我有事找他，还是见面说好些。"这么漂亮的女孩子面带诚意的央求，又看到是刘浩的朋友，而且以前来这吃过饭，魏桃心里也不好拒绝。魏桃也像个大度的老总，说："那行吧，他若来了我就告诉你，你把手机号留下。"

八

大概过了个把礼拜吧，一个飘着细雨的黄昏，是冬天的黄昏。斜斜的细雨里夹小碎的雪屑，雪屑在马路橘黄的灯影中轻盈飞舞，甚是好看，但雪屑刚刚落到伞顶上，就被雨水融解了，所以除了灯光映照的雪景，人们是感觉不到头上在飘雪的。尤其是刚从汽车里出来的人，手指梳理头上的雪屑，只是进酒店整理仪容的习惯，他们头发上根本没有雪，只是点缀几星雨水而已。这一天，陈夏带了一帮朋友来到学府酒店。先一辆车驶到酒店门前，下来陈夏、李嫱和两个陌生面孔，四人进来在酒店大厅站了一会。片刻门口又来一辆车，下来三四个，进得酒店来，全是陌生面孔。那几个与这几个握手说话，陈夏为彼此做了介绍，好像还有北京来的主编、诗人，男的有人留着齐肩长发，有人光头戴棒球帽，也有女的戴眼镜穿了长披风，好阔气的样子。看势头是陈夏李嫱夫妇的远客贵客。七八个人谦让着，有说有笑上了楼上预订的大包厢。

陈夏或者李嫱带来的客人，魏桃一般不去包厢招呼，一则他们不叫，二

则魏桃自己也尴尬，仿佛他俩的客人都比附近高校的教师高贵，那是因为他俩在魏桃心目中高贵。他俩的酒帮会让魏桃放不开，紧张，不知道说些什么好，她没知识，说错了话给他俩丢脸，更怕有人问及他俩与魏总是什么关系。总之，他俩带客来消费，就是看得起魏桃，照顾了她的生意。魏桃内心感激，不仅吩咐厨师，酒菜要色香味美要实惠，还要配备最漂亮的服务员到他们包厢站包。

这一晚，陈夏包厢的饭局差不多进行到一半的时候，魏桃才想起给上次那个女孩打电话。她说她姓王，魏桃拨通了王的手机，一时语塞，叫王小姐怕她介意，叫王姑娘怕嫌土气，魏桃情急之中说："喂，那个王，小王你快来，陈夏老师今晚在这。"

那个王十分激动，连说"谢谢谢谢，马上来"。挂了手机，魏桃上了二楼，她认为有必要事先和陈夏说一声，叫服务员喊出陈夏，魏桃说："一会有个姑娘要来找你，是长江学院的学生。"魏桃是这么理解的，因为陈夏曾在经开区那家叫长江的民办学校做兼职老师，因为那个王普通话极好，不是老家中学的学生。陈夏说："长江的学生？"魏桃说："嗯，是长江的。说找你有事，可能是想找工作什么的，她又不好意思给你打电话，说要与你见面谈。"

陈夏没有多想："哦，那好吧，来了叫她进屋一起吃饭。"陈夏转身进了包厢。

不一会那个王就来了，着装与上次判若两人。上次是简洁的休闲衣，这次穿连帽的白色羽绒服，大冷的天却不扣扣子，敞着胸，里面是黑色低领打底衫，露出一截光脖颈。往上看，画了眉，涂了一层厚厚的粉底霜，嘴唇红成樱桃，灯光照得整个脸都反光，打扮得像个要走红毯的电影明星。那个王进来，也不和魏桃啰唆，只问："哪个包厢？"魏桃说："春红阁，去吧，陈老师叫你一起吃饭呢。"那个王行色匆匆上了楼。

她到了二楼，神情戒备地在春红阁门前来回走了一趟，从半掩的门缝搜一眼，看见里面热气腾腾说笑朗朗。她没有直接进去，里面出来一个女服务员，以为她是晚到的客人。她却说："麻烦叫陈夏出来一下。"女服务员回屋传了话。陈夏带着说笑的余声出来了，看样子群宴使他快乐极了。但根本没想到，门外要见他的人，竟让他一时目瞪口呆，脸色骤变："怎么是你？"他不禁失声地问。

找他的人并不是长江学院的学生，而是让他闻风丧胆的梁扣扣。梁扣扣边应边退："为什么不能是我？"她退到了走廊靠近洗手间的那个隐蔽的角口。

陈夏走近她低声说："我这有客人说话不方便。"她说："那你什么时候说话方便？"陈夏紧张地朝着春红阁那个包厢瞅瞅，生怕此时有朋友出来，如果有人出来上洗手间，就会看到他和这个女孩在说话。陈夏一伸手拉住她，把她拉到二层与一层楼梯的转角处。他神色慌乱又无可奈何地说："你赶快走。你先到外面去，我一会再找你好吗？求求你。""你骗人，你不要再骗我了，今天你走不掉的。"此时楼上突然有人似乎往洗手间这边来寻陈夏，大声叫："陈夏，你没喝多吧？"陈夏扯扯梁扣扣，低压而有力地留一句，"你快走。我这有客人。"说罢转身上了楼。

回到包厢，经过服务员身边，陈夏低声吩咐，把门关上。服务员就把门从里面反推上了，似乎明白主人的意思，那门关得严实而彻底。

再次坐回酒桌的陈夏，情绪骤然变得低落，说笑都很牵强，仿佛心底深埋了一座王陵古墓，一泄气就会毒箭喷发。而那一桌朋友，正喝得汹涌澎湃，大家的手脚也不像饭局开场时那么内敛典雅、那么文质彬彬，而是脱了外套，卷起袖子，站着碰杯。说笑声一浪一浪的，看来一会结束不了。

陈夏也不是想酒局尽快结束，毕竟是自己请客，希望大家喝得尽兴些，他担心时间拖得越长，外面守着的梁扣扣会突然闯进来。对了，她会不会突然闯进来？陈夏不禁起身，去把门的倒闩扭上了。他转身时瞟了一眼李嬗，李嬗警探式的眼光正与他相撞，陈夏仿佛是自语，他其实想说给李嬗听，"菜都上齐了，安心喝酒吧。"

坐下来的陈夏，神情呆滞，思绪却窜游在王陵古墓幽深的回廊——

去年国庆节，在季风山邂逅梁扣扣，那种特殊的情境下，男人的本性会自然流露。但事后经过理性思考，陈夏决定掐断内心死角生长的小苗，甚至还在心角践踏了几脚，覆涂熔胶，要把情种闷死。万万没有想到啊，几个月后，梁扣扣居然接二连三往陈夏报社打电话。季风山遇见她时，貌似她已死心，对陈夏毫无眷恋的样子，弄得陈夏灰溜溜的怅然若失。现在怎么又打电话来找他呢？女孩子真是奇怪啊，可陈夏的感觉不仅是奇怪，隐隐的还有些可怕。第一次接到电话，陈夏惊愕又激动，他平声静气，问梁扣扣："你现在还好吧？"梁扣扣说："我现在很好，我想见你。"陈夏眼搜搜两旁的同事，提起勇气，压低声音："你有什么事，就在电话里说，我没有时间。"梁扣扣说："那就算了吧。""啪啦"一声挂了电话。

大概过了十来天，一个下午，办公室恰好只有他一人。他又接到梁扣扣打来的电话。他很庆幸，原来她只知道他的办公座机号码。他不客气地问：

143

"你到底有什么事?"

梁扣扣那头杂音很乱,该是在马路边,边走边打电话。梁扣扣直接说她想见他,她要去他报社找他。陈夏说:"这样不好,会使你更加走不出来的。你要好好安排自己的生活。"任凭陈夏怎么苦口婆心,梁扣扣执意要见他,"你出来,你不出来,我现在就去你报社。"仿佛三只小鹿在心里乱撞,陈夏好紧张,"别,我马上出去开会,你不要过来。"说罢他把电话挂了,抓起桌上的包就跑。跑出报社大楼,陈夏突然想起,这是潮湿的五月,广玉兰开在梅雨里,颜色很清爽,天气却沉闷得让人无端地压抑。正常人都难受,梁扣扣情绪反常也在情理之中,过了这梅雨天或许会好一些。

无论如何陈夏还是提心吊胆。陈夏甚至想好了,假如梁扣扣找到报社,闹到他们领导都知道,他要跟他们领导怎么解释啊?他会说,梁扣扣只是他曾经救助过的一个精神病,是个有着精神病史的女孩子。对,就这么说。出乎意料的是,梁扣扣并没有亲自登门,只是偶尔来电话,有时候,电话刚接,陈夏一声"喂,你找谁,请说话。"对方一声不吭,过了好一会,是"嘟嘟嘟"挂断的忙音。原来她只想听听他的声音?陈夏翻翻过往的来电显示,并不是所有不说话的来电都是梁扣扣的手机号,这可以说明,她会利用不同电话骚扰陈夏,她骚扰他,或许真的只想听听他的声音。

梁扣扣不会去他们报社找他的,报社那么多的人,那么严肃的场所。她去找陈夏,陈夏若不依她,后果就会像电视剧里出现的场景一样,鸡飞蛋打。梁扣扣也是成年人,她懂得打蛇打七寸,捕猎男人要捕猎他的心。梁扣扣没去陈夏报社,也没有去陈夏的家。初心不改,伊人安在,她终于在学府酒店兜到了陈夏。

酒席终于结束了,一桌客人成功撤离酒店。出包厢的时候,陈夏措辞是酒喝多了叫李嫱开车送他们。李嫱非常利索地把客人送出了酒店,没有开车送,而是把一车坐不下的剩余人招了出租车,当然她提前付了车费。李嫱在来回经过酒店大堂的时候,看见熟悉而久违的情敌,正坐在堂边龟背竹遮掩的一张空桌边。李嫱回店时偷瞥了她一眼,又假装镇定,直接上楼。包厢内陈夏依旧趴在桌上,手撑额头,掩了半边脸。李嫱进来就披上大衣,说:"喝的很多吗?走吧。"陈夏一松胳臂,说"走",然后慢慢站起来,拿起单肩包卷夹在腋下。这屋里两个人似乎是同时看到,门口站着的梁扣扣。三个人的神情各有不同,但都带有惊恐、不安与蓄势待发的仇恨目光。

陈夏问李嫱:"是谁叫她来的?"李嫱问门口的梁扣扣:"你找他有事

吗?"梁扣扣仿佛在对任何人也仿佛是对自己说:"你用一生的时间躲,我就用一生的时间找,反正地球就这么大。"说着话,她两只胳膊交叉在胸前,上身斜靠,一脚抵住门框,仿佛要拦着使谁也不能进谁也不能出,仿佛逮到了两只淘气又可恶的羚羊,现在她要慢慢享乐,在享乐中释放她追赶的疲劳和忧伤。

门外正忙着收拾包厢的服务员,见这屋有人在交涉什么似的,也不敢贸然进来收餐桌,只得在隔壁和走廊重复扫扫。

这屋里沉静了一会,突然"砰"的一声闷响,陈夏把皮包扔到了那边棋牌桌上,他点着手指质问堵在门口的梁扣扣,"你到底想怎么样?"梁扣扣对李嬙说:"对不起,你能回避一下吗?我有话跟他说。"李嬙心里怒火中烧,脸上火辣辣像被人扇了一个耳光,但她还是克制了自己,"我是他妻子,不需要回避。你说,他到底欠了你什么?"梁扣扣没有回答,只是紧咬嘴唇,又松懈一下,她的牙齿和嘴唇反复纠葛,仿佛在排解内心的怨气,又仿佛在酝酿合适的措辞,但她嘴唇咬了好久,还是没有说出一句话。她一直那样拗气站在门框里,最后的她神情是不卑不亢,而陈夏是紧张,李嬙是耻辱。陈夏坐着不动,李嬙站站转转。沉默僵持、闷声不响的气氛,终于被楼下闻讯赶来的魏桃打破。

魏桃惊讶地问:"什么情况?"拦截在门口的梁扣扣收了一条腿,魏桃进了屋。魏桃看着屋里这势态,猜出了八九分。"王姑娘,你是来找陈老师闹事的?"

陈夏气急败坏道:"什么王姑娘,她是梁扣扣。"

梁扣扣这名字魏桃听了好多年,"原来你就是那个阴魂不散的QQ?唉,你到底想干什么?你为什么要老缠着我家陈夏,他为了你这些年吃了多少苦,受了多少冤枉气。马路上两条腿的男人一抓一大把,你干吗总揪着我家陈夏不放?"

梁扣扣可不像那天求她通风报信时那么谦虚礼貌了,对魏桃她同样目光凶煞,"什么'你家陈夏',陈夏是你家的吗?"

"不是我家的,难道是你家的?"魏桃瞟一眼李嬙,又改了口道,"你说你到底想怎么勒索?"

梁扣扣说:"我要他跟我走。"魏桃说:"做梦。"魏桃又转头向陈夏解释如何被这小妖精骗了,"真不知是来找你麻烦的,否则我怎么做这种傻事,引狼入室,都怪我少了个心眼。"又问陈夏:"你怎么还与她有往来?你不是都

拿儿子发过誓了吗？你呀，你也活该。"

陈夏浑身像爬了蚂蚁一样难受，他真是沮丧极了、难堪极了，他起身在屋里转来转去，他不在乎魏桃怎么想，他就害怕李嬙伤了心，他必须做出一个男人坐怀不乱的果敢，他手指门外，冲着梁扣扣大声吼："你滚，滚出去！"

梁扣扣一声冷笑："地球是圆的，我滚到哪都在你脚下。你别想走。"魏桃说："我以为世界上我最不要脸，没想到你比我还不要脸。"梁扣扣回魏桃："你少管闲事，这是我俩的事。"

陈夏说："你别乱扯，我们俩有什么事？我对你已经仁至义尽了。"梁扣扣又一声冷笑，"仁至义尽？这个词真好笑。"又道，"你以为用仁至义尽就能掩盖你流氓的罪恶？"陈夏也不示弱，"我是流氓，我睡了你？"

梁扣扣说，"比睡了还严重，你毁了我一生。"

陈夏兴奋地一拍巴掌，看着李嬙说："你听听你听听，我是清白的吧。"

李嬙冷着脸，没有理睬陈夏。她羞辱、愤懑的眼神喷射过来——梁扣扣也揣摩到李嬙失败的懊恼和尴尬，她就火上加油，骂陈夏："你个伪君子，你还清白吗？你扒了我的衣服，吻了我的下身，死皮赖脸玷污我，你该去死。"

这下陈夏慌了，"你再乱说，我打你——"说着真上来要打梁扣扣，李嬙急忙拦住陈夏，厉声道："别闹了，你还要不要脸啊？"

魏桃嘴里直打"啧啧"，说梁扣扣，"真不要脸，简直精神病，对了，你不是在精神病院吗，怎么又出来了？"

梁扣扣也不好惹，"你不是在牢房吗，你怎么也出来啦？"

这一句揭了魏桃的底，刺了魏桃的心，痛得她浑身颤抖，她上去揪着梁扣扣要打她，"你敢在我这撒野。"那梁扣扣躲闪着，虽没有还手，嘴巴却不干净，"你们都不是好东西。一群骗子，一群流氓。"李嬙赶忙上来拉开魏桃，"不要闹了，叫她走。"

梁扣扣在纠葛中已经站到了房内，她拉过一把椅子一屁股坐下。她说她不走，今天陈夏不把话说清楚，她就不走。

他们在春红阁包厢，纠缠了个把小时，翻坛打罐似的把丑事全抖了出来，越吵越难听，越吵越没有逻辑，声音一会高一会低，一会骂一会吼，混乱不堪。陈夏气到无话可说时，就要上前去打梁扣扣，不管他是假打还是真想打，但每次都没有打成。要不被李嬙给拉住了，要不就是梁扣扣躲闪开了。

后来陈夏拨打了110报警，叫警察来把梁扣扣带走。陈夏或许想用这种方式向李嬙显示自己的魄力，表明他对梁扣扣多么决绝、多么憎恶。

不一会果然来了两个警察，问：什么情况？陈夏说梁扣扣是精神病，在这无理取闹。梁扣扣说陈夏是流氓，强奸了她。这个死不要脸的，刚才说的意思是"强奸未遂"，现在在警察面前又说"强奸"，省略两个字，事情肯定麻烦。魏桃和李嫱吓得心里都扑腾跳。魏桃热脸凑冷脸，上来与警察寒暄，说闹点小矛盾，不必小题大做，请两位警察到隔壁喝茶。魏桃想大事化小，警察却不睬她那一套，指指陈夏和梁扣扣："你们两个，都跟我们走，去派出所说。"陈夏和李嫱面面相觑，梁扣扣却耸肩一声笑。魏桃先是一愣，继而急得手忙脚乱，"怎么他也要去？那不行啊，不行啊。"魏桃记得当年她也是配合警察被带到派出所，问问，问问，就被戴上手铐了。一朝被蛇咬，十年怕井绳。魏桃拦在门口，又嬉皮笑脸，求警察不要带陈夏，说那女孩是捏造谎言，根本就是些小感情小别扭，没什么大不了啊。警察问："你是什么人？"魏桃说："我是这酒店经理。"警察说："你不要妨碍执法啊，你们酒店还敢藏污纳垢？"魏桃一听这话，吓得连忙闪开了道。

九

陈夏没有想到，自己报的警，最后却让自己戴上了手铐。他是做给李嫱看的，也真正希望梁扣扣不要再骚扰他，他希望在他的生活中把梁扣扣抹去。但事情并不是他想象的那么简单。这天晚了，陈夏和梁扣扣被带到辖区派出所。然后警察把他俩分别关进两间屋，分开询问。陈夏虽是本市的记者，也算见过些世面，但进派出所还是头一回，在审讯室那么严肃的气氛中，被警察一审一问，他如实招供了自己和梁扣扣相识的全部过程，包括那个夏日在梁扣扣家与梁扣扣的隐秘细节。幸好审讯室的两个警察也是男人，但陈夏还是感到羞得要钻地缝了。两个警察审完他又出去，出去一会，又来审问。最后给他戴上手铐，关进一间只有桌椅沙发的简陋屋子，陈夏侧卧在沙发里，一夜待到天亮。这一夜未曾合眼，头脑嗡嗡，仿佛耳鸣，他望着窗外昏光里，好像在飘雪，室内没有空调，寒气很重，他的一双脚都感到僵硬和麻痹了，但脑子却转得一刻没停，他把认识梁扣扣，和李嫱结婚，魏桃犯案，父亲去世，考研吃的苦，种种往事，颠覆交叉，想了过无数遍，他想出去以后，一定要好好做人，再也不理梁扣扣了。他以为第二天警察一上班，他就可以回家，可是等到中午，还没有人来放他。

他饿得头晕脑花，正犯疑，屋门有人转钥匙。陈夏立即坐起身，举起戴铐的手，一手迁就另一手，理理蓬乱的头发，揉了揉眼睛。警察进来不是给

他解手铐，而是叫他在一张拘留证上签字。拘留证上写明，他因涉嫌猥亵女性而被拘留。陈夏十分惊讶，他拒绝签字，辩驳说梁扣扣是成年人，他俩亲密，是彼此愿意的。他并没有与她发生性关系，更没强奸她。警察摇摇头，说："没有说你强奸她，快签字吧，你不签并不影响法律程序哟。"陈夏无奈地拿过了笔，签了字。陈夏万念俱灰中，不忘求助警察，千万不要把这个送到单位，警察说："我们会按程序办事。"

就这样，陈夏被拘留的通知单送到了南方花园，李嫱作为家属签了字。那一刻，李嫱简直要跳楼了。这个冬天的第一场雪，在天空的阴霾中盘旋了好几天，现在终于大片大片的飘落下来。李嫱站在阳台上，望着满天飞舞的雪，突然捂嘴大哭起来。她是想好好哭一场，羞耻、抱怨、孤独和压抑积蓄了太多的悲伤，她哭得好汹涌，泪水浸透了一地的纸巾，她的身子抖动得如雪中脆弱的香樟树枝，摇摇欲坠，说不定在某个时刻会"咔嚓"一下，连腰折断。是的，她就是父亲种下的一棵香樟树，看似四季茂密，实际只适合热带气候生长，稍入冰凌，枝丫就不堪一击，如果再压上沉重的积雪，折断的树干还会带落一层皮。她已经被削扯了几层皮了，每次愈合都需要漫长的复苏。她莫名地恐怖未来的生活，生命之皮，削了又愈，她将在这样颠覆无常恶性循环中，过完皱巴巴的人生？李嫱不知道明天或者明年，她的生活会是什么样子？她在苍凉无助的悲鸣中，思绪穿越与陈夏相识的每一个场景。她嘴里反复地自语："我为什么要结婚？这就是婚姻？"她似乎找不到原因。她也找不出理由令她不爱陈夏，可跟着他生活，似乎没有过上几天滋润的日子。她实在受不了这种生活，想着想着，她又嘤嘤泣泣哭得更厉害了。在阳台上站站坐坐，一直从中午哭到天黑，哭得她头晕目眩，看不清窗外昏黄的雪景中是城市还是飘忽的梦。

七天以后，雪停了，天空依然阴阳怪气，城市重重叠叠，到处堆满了灰色的积雪。这天下午，看守所那扇冰冷的大门被打开了，里面走出狼狈不堪的陈夏。疲惫，消瘦，羞愧，怨恨，还有浓密的胡茬，重重叠叠黏在嘴巴周围，除此之外看不到他任何表情。

他钻进一辆出租车，回到了南方花园，李嫱正好在家。陈夏进来反手把门"哐"一声关上。他突然两只眼睛像刺猬一样转动，他问李嫱："《时报》的人知道这事吗？"李嫱说："我不知道。"陈夏说："你当时为什么不去派出所解释？如果你出面，事情不会是这样的。"李嫱非常生气，但又不想伤他的心，说："我怎么能出面？我就是去找了他们，也没有用的。"陈夏说："你根

本就不像一个妻子，丈夫背了这个黑锅，你却见死不救。你让我以后怎么在东亚新闻界混下去？"李嬙说："得了吧，你还有完没完？"说罢李嬙气得跑进书房把房门反关上了。

陈夏在家洗了澡刮了胡茬，又去理发店修剪了头发，然后休息一天，调整了精神状态，再去报社上班。他到报社后发现一切如旧，没有人嘀咕或用异样眼光打量他。他知道因为李嬙电话向宁总代他请了长假，说家中有事。这会子，宁总也平常得很，只说，报社和那个企业搞的大学生征文比赛，结束了，现在报社准备腾出大量的版面来陆续刊发那些获奖作品。陈夏说我们报纸有必要发那么多学生的烂文章吗？我们又不是少年文艺类报刊。宁总说因为那个企业的赞助款很大，除了颁发奖金及全部活动经费，报社还可以得到一笔相当可观的数目，等同于那个企业的变相广告。陈夏看看那摞资料和评委名单，全是远在北京的挂名评委，所谓评奖，大概就是由个别两个套了作协头衔的人筛选出的作品。陈夏支吾着说："变相广告这么做？他们真正评出了好作品吗？"宁总说："你管那么多干吗，我们有什么使命评出好作品？报社的职能就是宣扬文化氛围。"陈夏意识到宁总不高兴，就附和着说："那好吧，近一段时间把社会新闻稿压一压。"每次只要宁总决定的事，任何人不能改变，这是自然的，否则怎么叫"一把手"。压了陈夏部门的新闻稿，其实对陈夏的效绩工资影响也不大，他的收入不减，工作量反而可以缓解一些。正好这冰封路冻的，他也可以往外少跑一些，只天天待在暖融融的大楼里，开开会，聊聊天。

过了七八天，市政府有一个外资重大项目投资签约仪式，陈夏必须去。跑官方活动都是陈夏抢着干的活，因为基本上在活动上都能见到出席的重要政界人物。至少他可以借机和领导混个脸熟。陈夏兴冲冲地去了，活动结束，当晚回家写了预备发头版一个整版的图片及文稿。第二天到报社向宁总交稿。宁总却说，这个可以发头版，但只需发个大图加三百字的配文就行了，占个四分之一版面即可。宁总说年终企业宣传稿太多，市政府类似签约新闻月月都有，没必要累赘。陈夏很纳闷，很不快活，却又不敢抱怨。类似的迹象还有，他也不爱去参加市里的一些重要会议，总安排部门主任去，那几个部门主任自然是求之不得，逢到这种机会就跑得屁颠颠的。至少参加市政会议，可以上电视新闻，可以和领导同框合影什么的，这都是荣誉和资本。反正跑社会一线新闻只有刚来的实习生或者在报社没有官位的也不想捞荣誉的老实人。

陈夏并不老实，他在报社机灵多变，看领导脸色行事，懂得溜须拍马，左右逢源，但他做出来的事，却总阴错阳差不能让自己满意。比如这一年年终评出的全省年度新闻奖他又没有捞到，他很怀疑宁总没有把他的稿子往上报送。宁总却在内部会议上公布了选送的十篇优秀稿，其中包括陈夏的作品。陈夏又怀疑是自己在业内根基太薄，上面没人。那几个部门主任隔三岔五就获奖，省级部级的奖都有，个别人几乎成了获奖专业户了。陈夏似乎感到在媒体混下去，如果没有人背后助力，终老至死，就是一个跑马路的传声筒，毫无意义。陈夏曾经听过一个故事，说外省某报有一个摄影记者，胶片年代呕心沥血，他的报道几乎占据几十年的每一张报纸，但他沉静一生，没有荣誉没有升迁；由于长期单眼取景和暗室冲印，最后落下脑动脉损伤。这就是一个职业的全部意义么？

由于今年又没获得省级新闻奖，陈夏极度灰心，他对宁总似乎失去了信心，因为宁总自己都不积极，阿谀他的人还有什么希望？

陈夏又莫名地憎恨他的老丈人，他似乎没把自己当女婿看，对女婿的事业前景毫不关心。拘留七日，在亲人这里是瞒也瞒不住的，李嫱的父母知道这件事，对于李家来说是塌了天的，李嫱一个弱女子有什么能力托住这个天，她一悲伤，一哭闹，就被父母逼了供。李父气得手发颤脸发青，家族是土生土长的东亚人，自己又在政界混了一辈子。世上没有不透风的墙，只要你活着，几十年的隐匿说不定某一天还会窜出来。窜出来的隐匿会成为别人嘲笑你的把柄，数落你的资本，对你品头论足的理由。李家人捶胸顿足哀叹一番，哀叹了好几天，却又自我圆场，事情既然发生了也抹不掉，以后少出风头，安心过日子，叮嘱李嫱，陈夏出来后，不要再伤害他，人生总有失足时，回头是岸。这种事说大也大，说小也小，只要自己不纠葛，别人也不在意。陈夏出来时，李家就叫了好几次，过去吃饭。丈母娘还亲自打了电话，陈夏总是以工作忙为借口，大家都明白，他是不好意思，那就缓和一阵子吧。

缓和了个把月，丈母娘又打电话，叫去吃饭。陈夏不好再推托了，何况岁末了，该抽些时间陪陪家人。城市里雪上加雪阴雨连绵，沉湎了一个冬天。现在难化的雪也化了，除了林荫道下的路齿狭缝，城市天气晴朗，基本看不到雪的残余。隔了一个漫长的雪季，陈夏终于来到丈母娘家。他和李嫱在商场买了大包小包的食物。当然买东西只是他们的心意，李家的冰箱冰柜，堆得满满的，只得长期向外甩过了保质期或接近保质期的东西。李父虽然退了休，但造访的故友亲朋却不断，来者总是拎着大包小包。这些东西有一些送

给亲戚有一些让保姆带走，总之像李家这样的家庭，丰衣足食，家底殷实，和陈夏那个农村家庭比，简直是天上和地下的区别。陈夏应该知足，何以他对李家还是愤懑地抵触？

李家父母丝毫没有觉察女婿的心怀鬼胎，他们像对待自己儿子一样，亲近和善，说话毫无生疏和戒备。这一天李家父母只字不提他拘留的事，生怕伤害了他的自尊心。只说些家常琐碎，也说说国际局势和时政新闻，说钓鱼岛及其附属岛屿领海基线发布的意义；说全国最大医疗保障网建成对农民享受新型医疗合作的好处；说国家成就和社会主义制度的优越性。

他们聊着遥远的国际大事，却像自家里从未发生过什么事。陈夏还盘算好了，如果他们问，他会说他是无辜的，他想自证清白，但现在李家人不提，他的污点反而被他们捂盖了似的，陈夏倒是有一肚子冤屈，他觉得不摆出来说清楚，他的污点反而变成了真的。话题绕来绕去，陈夏还是没有机会自诉洗冤。他想也未必今天就要洗，下次还有机会的。他就放开心身与李父从书房呱到饭厅，从太平洋呱到印度洋，仿佛都坐上了时空火箭，围着地球转圈。火箭飞得太远，李父又开始减速，然后话题落到了东亚，他谈起了媒体趋势与东亚报业。在这个话题里陈夏窥探到了致命信息。李父说，市委直属的报刊明年还要重改和组建，时报要兼并到晚报。陈夏十分惊讶，那时候正在餐桌上吃饭，陈夏一把筷子夹的几片竹笋，因手抖不慎掉落在桌面，他惊慌地调转筷子把竹笋夹进了垃圾盘。他说："兼并到晚报然后呢？"李父说："报名不留，职能不变，这有什么不好？减员增效，优化资源。纸媒散杂，不利于发挥职能。"李父还说："你们可以双向选择，并入晚报继续干也可以，对于裁减的人员，政府会有稳妥的实施方案，会按工龄给予补偿。"陈夏突然想到宁总这几个月的变化，原来他早有准备，看情形宁总是不打算继续干了，并入晚报，级别不减，但按他的年龄顶多戴个配角的帽子，没有实权了。怪不得那家伙现在干事心不在焉。陈夏试问道："并入晚报后，我们有什么发展？"李父说："也挺好啊，继续为人民服务，新闻即是你挚爱的事业，在哪都一样啊。"

陈夏心想，不一样，城头换了大王旗，晚报人才济济，我一小卒算个屁。本来在时报，还能拍到宁总，总算拉到上层关系，到了晚报万事从头来，人际关系绝非一朝一夕能黏得上的。这一餐饭，陈夏刚吃就听到这个坏消息，后面他就吃不下了，嚼了几口，他就丢了碗筷跑到客厅，假装看电视。李父虽然退了休，他毕竟是那个位置上的人，他的同事或下属依然常来与他聊些

151

政策规划什么的，没有悬念，李父的信息绝对可靠。

现在该怎么办呢，据李父说改制可能就在元月份，时间这么紧，也不早告诉我一声。想想怪自己，拘留出来，拖了一个多月才来李家，否则早知道、早准备，他会去晚报那边活动活动。他想问丈人晚报社那边哪些领导与你私交不错？但他欲言又止，他了解李父的性格，从来不睬这一套。做了这么多年的女婿，陈夏太了解这老家伙了，他对亲朋找关系托熟人之类的事十分反感。包括李嫱的哥哥，他的亲儿子，他都不怎么过问。他老生常谈，说他自己十八岁参加工作，二十多岁入党，一辈子为人民服务，挺好的。说他对儿女的事业婚姻不干涉，什么都要靠自己奋斗和创造，才能体会幸福。在陈夏看来这些话简直虚伪至极，当官不为家人谋幸福，生怕树叶掉下来砸了自己的头，是自私的表现。按理说，退了休可以卖点老面子，反倒是他退休了更爱面子。关于工作，他还拿一套理论训导儿女，不要抱怨，这个社会什么时候真正亏欠过人才？是金子在哪都发光，前提是你必须是颗金子。

废话一箩筐。自己官运亨通，一辈子盆盈钵满，却拿"金子"理论来训诫子女。时代不同了，今天体制变化快，各领域竞争都激烈，稍不留神就掉了队。也就是说李父根本无法体会陈夏的处境，毕竟不是自己的父亲，陈夏也从不敢在他面前抱怨和忧虑。偏偏陈夏又是个有想法、有进取心的人，所以他的痛苦也是咎由自取的。

既然李父不会替他的工作去找人，那么陈夏还可以扛着李父的旗号去找人。在位是火光，退休有余热，至少现在李父还没死，晚报的人肯定会看重他家这个背景的。其实当初进时报，宁总就是在乎陈夏这个背景，李父不会理睬宁总那种人，甚至李父根本不知道陈夏是怎么进时报社的。好了，就这么办，春节前，找些理由，拎些礼品，去晚报社几个当权者家里审审。

现在陈夏到报社上班，就显得有些不卑不亢。他见到宁总依然平静如故，装作什么都不知道。稿件编排方面，他不再计较，发头版还是发五版，他也无所谓，即使发了头版头条的稿件也未必能参加下一年的新闻评选，报纸都没了，还能送作品参赛？他在最近的一周，分别选择了合适的时候和合适的理由，去了晚报的社长和总编家。他本来想在"世纪金源"或者"最高台"那样的酒店订一餐宴席，却又觉得那样太张扬。于是就提着不薄的烟酒一家一家单独去了。同行拜访，拎些东西来坐坐，说些废话，也在情理之中，晚报的领导不觉得大惊小怪。听那语气，晚报的总编好像对改制情况还不清楚，陈夏也没有说，说了就丑啊。不必说，日后水到渠成，至少晚报的领导对陈

夏是有良好印象的，而且知道他是前某某常委的女婿。这就足够了。

诸事办妥，就等报社下通知。果然，过了几天，报社开始有风声，说又要改制，具体怎么改，不清楚。有信息灵通的人说，这次是彻底拆牌了，收摊都回家，另谋出路吧。也有人说好像不是，好像说要并入晚报，只留主任级的精兵干将，其他的都一刀切了。各种说法都有，陈夏并不怕。他对宁总说："听说要改制?"宁总说："你该比我早知道啊?"陈夏说："我真不知道。"宁总说："上级的方案下周出来，情况大致如此。"陈夏故意问："兼并晚报后，总编职务不变吧?"宁总笑笑："我巴不得早一点退，正好这是个机会。"陈夏说："不会吧，凭您的业绩和资历，上面领导不会放您的。"宁总哈哈笑："我要退，还有谁能拦得住。"宁总似乎通透了陈夏的意思，说："你还很年轻，继续干，总是有希望的。"他甚至很直接说："晚报那边我会鼎力举荐你。"陈夏连忙说："谢谢。是的，宁总是最了解我的人，还望您多多关照。"宁总这么一说，陈夏真的觉得宁总是个关键人物，他麾下的将，留谁不留谁，当然他说了算。看来陈夏还得赶紧对宁总孝顺孝顺，只有里应外合，才能使他不被裁掉，并且能让他顺利过渡到晚报占据重要位置。

第二天，陈夏装了一个信封，厚厚的现金（小说里也必须保密的数字），借着送稿审阅的机会，直接把信封放到宁总办公桌上。宁总在发稿签上签了字，然后捏捏那厚信封，说："我不缺这东西，你带走吧。"陈夏说："共事一场，多谢您这些年来的关爱，算是一点心意。"宁总说："你不带走，就在上面写上你的名字，我回头交给组织。"陈夏一听吓坏了，"这是干什么?"宁总说："不干什么，我想退了以后干净地过日子。"陈夏笑笑，"那好吧，冒昧了。"宁总大方地说："没关系。"陈夏收拣信封和稿件，转身准备出屋。宁总突然说："你读研以前怎么没在家乡那个中学申请入党?"陈夏回转身来，"没有。我对这事没有考虑过，很重要吗?"宁总说："如果入了，当然好些，现在再申请，政审很严格。"陈夏笑说："我父母是农民，根正苗红。"宁总抿抿嘴唇，看看陈夏，说："你在司法部门还有拘留记录，这可能会影响政审。"陈夏只感到胸腔往上涌着一口血要喷出来。他镇了镇，也算反应灵敏，"是被诬陷的，那个女孩有精神病史。"宁总摆摆手，"我知道，我是说你以后进晚报可能会惹麻烦。"陈夏笑笑，"那就不入呗。"宁总"嗯嗯"着，抬手抚抚麻白的头发，很无奈的样子，说，"你先去吧，有时间我们再谈。"

信封没有送出去，还被宁总丢了一个悬念，陈夏内心十分沮丧。这天晚上回到家里，情绪烦躁。李嫱回来时，他还一个人瘫在沙发里，也没有做饭，

也没有买菜。李嫱进厨房看看，说："没买菜也不和我说一声，否则我从外面带菜回来。"陈夏没好气地说："你以后还是去你妈那吃吧，我没有精力伺候你了。"李嫱说："我要你伺候了？家务分工明确，你烧饭，我洗衣拖地。"陈夏瞟瞟她没有说话，只瘫在那无精打采的样子。李嫱知道他在外面碰到了不顺心的事，但是放心，再也不会是梁扣扣。

李嫱说："《时报》改制怎么改？有眉目了吗？"就因为李嫱挑起了这个话题，结果陈夏把一股脑的怨气，全撒给她了。他数落李嫱父亲虚伪自私，不把他当女婿看，弄得他寄人篱下，现在面临改制，他到处求人，送钱给宁总，宁总不要，反倒拿他派出所拘留过的案底做借口，做挡箭牌。看情形，他是要被裁掉了。读过硕士也会下岗，早知如此，当初考公务员进机关，也不遭遇这种中年改行的尴尬。当初就是听了李嫱的话，进了媒体，哪知纸媒每况愈下，一会裁员，一会改制，捧个纸媒的饭碗却是提心吊胆。李嫱说："当初也是为你好呀，你毕业找不到合适工作。你凭什么说我爸虚伪自私？他为你忍受多少痛苦，你这些年给他们带来的麻烦还少吗？"陈夏说："我给他带来麻烦？哈哈。"陈夏冷笑，嘴里不停地"啧啧"，鼻腔发出一声嗤笑，又一声嗤笑。他简直要疯似的，走来走去，李嫱最后一句话严重地刺激了他，让他变得快要发神经了。

他突然停下来，手指着李嫱："你就是一头笨猪，根本没长脑子，每次我遇到困难，你不但不帮忙想办法，还站在一边说风凉话，你简直要把我活活气死。"又补一句，"你根本不像一个妻子。"

李嫱也很委屈，坐在沙发上发愣。李嫱说，"真不明白你为什么要去送钱，改制是政策，符合政策的自然会留下，你送钱你找人有什么用？"

陈夏吼道："你别装单纯，你爸是符合政策发迹的吗？"

李嫱说："我爸没有发迹，他只是一个普通国家干部，他一生勤勤恳恳任劳任怨。"李嫱对陈夏句句不离他父亲十分恼火，她说："我爸对你那么好，你怎么老是怨恨他？你被拘留了，他伤心得几夜没睡好。你怎么这么没良心？要不是我爸妈劝阻我，我早就不想跟你过了。"

陈夏冷笑伴着一声"哟嗬"，十分鄙夷，"难道我想跟你过？"然后他为了表示自己果敢还补了一句，"要离就趁早，我们俩的事，我们俩去办，免得那两个老东西知道了，又婆婆妈妈的阻拦。我简直受够了，看到他们就烦。"

李嫱"腾"地站起来，气得嘴唇直哆嗦，指着陈夏说："陈夏，你就是个缺德小人。"说着话，她开始去房间拾拣东西，很明显，一吵架她就要走。她

现在也不住阁楼了，而是直接出门。李嬙果然背包要出门，临开门时，她果断清晰地对陈夏说："下次如果再骂我爸妈，我就跟你拼了。"

陈夏不动声色，道："没有下次。明天就去民政局办了。"

李嬙似乎想对答一句，但她欲言又止，出门"哐"的一声，一脚踢来，门被反关上了。

客厅里，陈夏的气还不能消，他坐在那，窗外的光溢进来，昏暗里映着他凶恶的脸。

这个时候，陈夏文件包里的手机突然响了，他以为是李嬙打回来的，她还有话与他说？说明她没有伤透心。他要故意不接，他摸手机看，让他有些失望，来电显示是魏桃。陈夏接了没好气地问："什么事？"魏桃说："你很忙啊？"陈夏说："别废话有事就说。"魏桃说她年末正在各处催账，清算欠条，有一个叫范士本的人，记得是陈夏朋友，陈夏带去吃过饭，后来那人自己又带朋友去订过两次包厢。这人后一次是签字，总计八百三十元，却没有留手机号。魏桃向陈夏索他手机号。陈夏很不耐烦，"我换了几次手机，我哪记得他号码，我又不是帮你管号码的，你不能自己去科学岛吗，他是中科院的。"说罢没等魏桃说话直接切断通话。

十

陈夏脾气那么暴躁，是不是进过看守所的人脾气都暴躁？魏桃想，不对呀，他出来好长时间了，而且这期间也到学府酒店吃过饭，言行儒雅，仿佛有意表示他对那七天完全不放在心上似的。一定是遇到别的不顺心的事了。魏桃又不好意思再打过去，这会子估计李嬙也在家，老打电话，人家嫌烦。魏桃冷静思忖着，她想，那个二愣范士本，居然是中科院的，中科院都是那种愣头愣脑的人？好奇的同时，她又想到，那种愣货，估计电话催款，不一定有效，不会及时送来，既然陈夏已经告诉他单位和地址，她打算还是自己去一趟。

更重要的是，科学岛这个地方，是她多年来向往的神秘之地。她从来东亚的那天起，就想去科学岛看看。然而生活像一只魔手，让她似乎永远也翻不出生存之壁，哪有闲心去郊外游山看水。再说那科学岛，在耳熟能详中，也渐渐抹平了她的初衷与激情。后来又听隔壁卖粮油的小女人说，科学岛根本不好玩，就是一个天然大水库。城市的上流人，都是坐飞机去看外国的岛，至少是坐动车去看沿海的岛。坐公交车去看科学岛的，多是两类人，一类是

155

拖家带口的民工，一类是农村刚来东亚读大学的学生。见识的狭隘，使他们迫不及待，来到东亚就要去逛科学岛，仿佛打个卡，证明他们是东亚人。

这么说来，倒让魏桃心里有些抵触。

不过，这一回，魏桃决定去科学岛，绝不是打卡证明自己的身份，是因为工作需要，她心里自然也是坦荡的。

第二天下午，有些阳光，照在楼房的玻璃上，明晃晃的，看上去很暖，实际上往站牌下一站，风里透着凉嗖嗖的杀气。魏桃坐上公交车，亲自前往科学岛收账。开个饭店不容易啊，为了拉生意，总得欠些账，欠了账这年终又难收，那些文化人也没有自知之明，非要人家催才去付钱。学府酒店周边单位的人，倒是常常能遇到，即便上门收，也方便。这个人居然住这么远，魏桃真不知道，否则当时就该要他付现款。她还以为他是旁边科大的老师，原来他还是很远的科学岛的科学家。魏桃想，以后拐弯抹角的关系，都得付现款。她甚至担心那姓范的是骗子或者无赖，今天来要账还不知道能不能要到，如果要不到或找不到人，她回去还得找陈夏。

魏桃在来时的公交车上，一路看着窗外的郊野，觉得心情舒畅极了。怪不得城里人没事就往郊外跑，还有陈夏，经常跟着作家画家什么的外出采风。在农村长大的人对泥巴和草埂该是多么熟悉，但在城市的瓮里禁闭久了，再来看这郊野，确实有久别重逢的亲切，就像小时候放牛放到邻村的路口，遇到从亲戚家送月子礼刚回来的母亲。那时候母亲穿戴洁净，拎着红绸缎包慢慢走来，简直不相信那么漂亮的女人是自己的母亲。

对了，望见大片农田里，白白肥壮的卷心菜，魏桃还想到，这岛上饭店该也生意不错，至少土菜可以就地购买，有机会得来问问这里的菜农怎么出货。

目光抚过一片波澜壮阔的湖，公交车进了一片陆地。停靠一个站牌，又跑一段，又停下。这该是科学岛吧？好大的一片岛，公交车窜了几条沥青的马路，仍不见终点站。这岛上也没什么特别神秘之处，树木湖泊和家乡的差不多。路边也有摆地摊卖廉价小货的，也有摇拨浪鼓收废品的。但是人流稀少，环境好安静，因为不是周末和节假日，没见民工和学生模样的游人如织的景象。这里也有各式各样的房子，带院落的老房子，墙壁上爬满了藤，这个季节藤没有叶子，光秃秃的，那房子就有点像被一个大藤筐兜着似的。也有新型高楼房，玻璃墙光擦擦的，是什么实验楼、研究所之类。门口种着铁树。马路边还有像公园一样宽敞的草坪，有造型各异的雕塑。有的是人像，

有的是动物。

魏桃问公交司机："中科院在哪一站下？"司机说，哪一站下都是中科院。魏桃明白了，中科院的房子覆盖在这岛上每一处林间角落，她要找叫范士本的人。那只得下车，去那些类似公家的楼房前，问这个名字。

魏桃从南面一幢楼，跑到西北一幢楼，又转又拐，走了一段又一段的林荫道，来回转了一二里。凡是挂单位牌子的大门前都问了，没人认识范士本。而且穿制服的安保人员在门前警戒线处就阻拦她了，说这里是科研重地，不能进。

眼看日头偏西，魏桃急得没办法，战战兢兢还是给陈夏打了电话。陈夏在那头依然气呼呼的极不耐烦的样子，但他急速的语气中说了一个确定的单位"固体物理研究所"。"固体物理研究所"，魏桃生怕自己记错，嘴里不断重复念着这几个字。然后还是在刚下公交站的那一片，在一处楼前，问到了"固体物理研究所"的范士本。教授模样的男人手指马路斜对面几幢红砖旧楼，告诉了魏桃，范士本住某幢某号。

功夫不负有心人，魏桃终于找到了路人告诉的门号。原以为教授科学家住的都是洋房，这岛上的科学家怎么住这种旧楼？红砖老房，落叶的巴璧虎从墙脚爬上楼顶，铁框玻璃窗，家家的窗榄都脱漆生锈，看上去乌七八糟。这房子和当年魏桃在亚大租住的筒子楼差不多老。

魏桃磕响屋门的那一刻还是在想，这么穷的科学家，会不会赖账？这家伙在学府酒店吃过三四回饭，魏桃对他是有印象的，中年木讷，袖口沾污渍，戴副黑框眼镜，好像还是看不清扑克牌的字。他说话声音洪亮，但口吃，他和朋友吃饭打牌，都是埋头闷脑的，魏桃没见他利索地说过几句话。看上去老实巴交，却也玩起了躲账的猫腻。"嘭嘭，嘭嘭，"魏桃带劲拍了几下门，里面果然传来应声，由远而近，"谁，谁呀。"

门开了，一脸络腮胡的范士本，又添了一脸的惊讶。魏桃礼貌笑笑，"范老师在家呀，我是学府酒店的。"范士本像费了很大劲才记起她，让到屋里，也不给客人倒水；自己进里屋不知磨蹭些什么。魏桃扫视这屋子，乱七八糟，尽是不同年代、不同款式的家具，像是租居人从邻里凑来的。两室一厅的老式结构，所有房间的地上、椅子上都堆满了书，还夹杂有乱糟糟的衣服；桌上的书和碗筷重重叠加，看剩菜盘该是几天都没洗碗。经验判断，这家伙是一个人过日子。

这会子，范士本又磨蹭到客厅。魏桃拿出账簿撕下的一页纸，说明来意。

范士本接过纸片，手托眼镜凑近看了看，说，"哎呀，对不起，我——我忘记了。"说罢连忙到墙角衣架上掀衣掏袋找钱了。魏桃一颗悬着的心总算踏实了，她为自己对他的怀疑还有些自责。像这种读书人不会赖账的，这么大的数目他居然是"忘记了"。别看这家伙家里邋遢，他该是不缺钱的。果然范士本摸了好几件衣服口袋，最后从一件皮夹克内层，摸出一沓钞票。范士本拿出九张百元钞票叫魏桃不要找。魏桃说："那怎么行呢。"可是魏桃身上却没有那么多零钱，也是整百的。魏桃就拿了钱，说："你等一下，我去换了就来。"然后跑到楼下，走了好大一截路，到背后集贸市场买了两斤苹果才破开钱。回到范士本的家，她把苹果和零钱搁在桌上的书堆里。她觉得不好意思，刚才没买苹果，人家给了钱又买苹果。范士本似乎不关心这些，他说："你还——有事吗？"魏桃笑笑，"没事。"范士本"呵"了一声，又进里屋去了。

魏桃刚才已经斜睄过，那屋里有桌子，他该是继续去写什么东西了。魏桃该走了，主人似乎已经催了客。魏桃也觉得该走，可她心里却隐约感觉到被什么扯住了似的。就像小时候拣三九菇，经过退水的河沟，看到鼓泡的泥沼，就能觉察沟里会有价值不薄的王八。对地理环境的识别是一种天性，不需要文化。

魏桃站起身来，把刚才挪到地上的那摞书又原样放回椅子上。她伸头望望房间里的范士本，说："范老师你平时在哪吃饭啊？自己做吗？我刚才去换钱，感觉你们这集市小吃挺多的，我晚上请你吃个便饭吧。"出乎意料的是，范士本连个客套都没有就很响地答应了"好的"，却又不见他出来。

魏桃又把那摞书搬到地下，在椅子上坐了一会。然后又搬回原处，她开始在客厅走动，伸头朝那几间屋子看看。枕头和被子好几年没洗过，床上还有夏天的凉席，凉席上再铺一层冬天的棉絮。各种鞋子不成双的从床脚散到门边。凉拖鞋和皮靴都有，灰尘积得厚厚的。厨房黑油烟模糊了玻璃窗，餐台上堆满污渍，油瓶醋瓶，烟渍把瓶颈落了一个圈，经常手捏的瓶腰那一圈稍光滑一些。

"你平时在家做饭吧？"两个人坐到集贸市场一家小餐馆里，魏桃开始这样问。范士本说他也在家做饭，忙了就到这边来吃。魏桃说："你们单位没有食堂？"范士本说："以前有，以后也有，现在没有。"诚然像这样两个人，面对面慢慢说话的时候，范士本的口吃不是很明显，不像很多人喝酒打牌那情境，或许那种时候他是激动的，现在他比较平静。魏桃问："你一个人过？"范士本说："嗯。"魏桃明知故问："你爱人和孩子呢？"范士本果然说了：

"我没——没结婚。"好了，就此打住，免得像查户口，问得太多，范士本虽木讷，人家毕竟是科学家，不知道你有想法，但会觉得你很俗气。

他不怀疑魏桃有想法，因为他根本不了解魏桃的情况。他也不觉得魏桃俗气，因为平时几乎没有女人这样问过他。他居然主动说："你是不是觉得，觉得——我家里——很脏。"魏桃说："男人嘛，无所谓，事业有成就行了。"范士本点头笑笑，夹一大口菜往嘴里塞，吃得呼呼响。天气很冷，他俩点了一个大份牛肉火锅，冷天吃火锅是东亚人最喜欢的方式，吃火锅喝啤酒也是东亚男人常见的嗜好，范士本和魏桃都不是东亚人，但入了这个城市，生活方式都贴这个城市来。与周边的南京、安庆、武汉等大不相同的是，东亚是一个特别爱吃的城市，大排档、小吃铺、土菜馆、私房菜馆，都形成了类似龙虾街、烧烤街、香饼街等夜市商业街。遍布城市各街各巷各角落的吃，简直火爆极了。就是科学岛这样的科学基地，夜市也是灯火辉煌，人头攒动。仿佛一到夜晚这城市就猛增了几倍人。

范士本也特别能吃，一个牛肉火锅，魏桃只象征性地夹了几片牛肉吃了，全被范士本吃光，后来火锅只剩浮着的几片料底。两盘炒菜也见底了，还喝了三瓶啤酒，还要了一小碗米饭。他好像中午没吃饭？他自己说："我一天没吃饭，所以——有些，多了。"他大意是说他天冷懒得下楼，他平日的习惯，是早上睡得很晚，吃些饼干面包之类，晚餐才来饭店炒两盘菜，正规吃一顿。没有女人的男人基本都是这样寝食无规律。

这个晚上，范士本酒足饭饱，情绪很好，魏桃问什么，他答什么，魏桃对他们科学岛的工作感到神秘，问："你们做的是什么科学？"范士本兴奋地唠开来，说他们做国际重大科学项目，又说全超导、核聚变、稳态强磁场实验；魏桃似懂非懂，不懂装懂，但随时伴着一个含蓄文雅的笑，一个嘘唏的"哟"，一个赞赏的"呵"。范士本见风转舵，虽然有些口吃，但口吃不要紧，有人愿意慢慢听。范士本说"嫦娥号"登月也是他们科学岛造的探测着陆器。国家已进入创新时代，科学岛的研究是中国科技创新的重要力量。魏桃是打心眼里崇拜和羡慕，相比较陈夏，扎在人堆里求荣，范士本做的才是正经事，为人民谋幸福的事，为地球人飞上天的造福子孙的事。魏桃知道这家伙前途无量，魏桃心里有了些复杂的感受，他是一个随和能调的老实人，但他的精神世界却是她这个层次的人难懂的。她似乎有些自卑，她这种粗俗的人是难以融入他们那个科学境界的，科技创新这个词对她来说，是一头雾水，她在雾蒙蒙的边缘踟蹰……

159

突然，范士本抬腕看看手表，说："哟，不早了，我得回去看邮件。"他说八点钟有国外同行发邮件过来，现在八点半了。

魏桃立即去买了单。范士本也不说"谢谢"，也不问魏桃怎么回市内。他愣头愣脑地出了门，魏桃跟在后，说："范老师，你没喝多吧，我不送你了，我从这去马路边打车。"范士本东倒西歪的，回头向魏桃做了个再见的手势，然后一堆背影就拐过了屋角。

耗了半天时间，把范士本的欠账收回来了。魏桃心里也比较充实，她觉得她没有做错什么，虽然窥见范士本是个寡汉的时候，有那么一点不可告人的邪念，但回城的出租车上，风很快把她的念头吹散了。她再也不会主动去招惹男人，凭她的年龄和姿色，她更不必去勾引范士本。她请他吃饭，也在情理之中，毕竟他怪可怜的，一个做学问的人独自生活，不会料理家务，不会照顾自己，她作为女性，就算帮他烧一餐饭，也不为过呀。这么想着魏桃没有为自己的行为害臊和懊丧。

她因为疲乏而沉沉地熟睡了，一觉睡到天麻麻亮。第二天又得盘算酒店还有多少欠账。黄老板年终要来查账，她得赶在这之前，把账路理清楚。

<h2 style="text-align:center">十一</h2>

对于酒店的经营模式，魏桃也学着业内流行的做法，比如会员卡，她几乎把附近单位和消费多的个人都打通了。八千元一张的卡，我给你一万的消费额度，相当于打八折；年消费达到五万，给你分红。订过五次包厢，无论消费多少，再按总额平均数，送你一次"霸王餐"。诸如此类，酒店既赢利也稳定了客源，消费者也觉得实惠。这个活动陆续在推广，但并不是所有顾客都接受办卡，有些是消费累加到一定数额，一起结账打折。于是到了年终就有拖着不来结账的，他们也不来吃饭，怕泛了头，要找他结账。绝不是都像范士本那样"忘记了"。魏桃清楚记得亚大采购科的仇科长是个精明鬼，每次吃饭话多，还嫌这嫌那说服务不周到，吃完一抹嘴就签字。她也不知道他们是公务还是私人饭局，现在累加到三千多元，还不来结账，电话打了好几次，仇科长总说自己在外面出差。学校虽然放假了但行政人员还在上班，这个信息魏桃已经搞清楚了。她决定今天带着账本亲自去他们单位找他。

亚大会勾起魏桃很多往日情感，她在校园内住了两年半，那旧红楼下的一丛蔷薇，台阶下一块踩歪了的青砖，都让她记忆犹新，苦难的岁月历历在目，几多惆怅难以释怀。可是亚大又是一个让她惧怕让她耻辱的地方，与周

诏然的一段丑剧，仿佛就是恶魔之手有意把她的青春用烈焰烧烤成的一层烂皮。她无法掀开这层烂皮去嗅闻与陈夏共患难的温馨时光。

亚大与学府酒店，就隔着校东面一堵围墙和墙外一条马路。这么近，魏桃在渤海路学府酒店上班这些年也没有进来过，只是偶尔站在酒店的二楼望望亚大校园里的树林和楼房。

现在再次走进亚大，她的心情多么复杂，她有激动也有屈辱。无所适从的内心活动带来了她形象上的极度不适，她在没有下雨的冬日暖阳下，却撑起了一把碎花伞。伞下她的眼睛不断地搜罗四方，唯恐遇到熟悉的人影。她经过那片安装健身器材的空地时，会把伞挡住那个方向，她经过这排商业门面时又把伞侧过来，挡方向，健身的老人和小店卖主，都没有看清她的脸。她是从南门进来的，她知道从南门往行政楼去，能避开北门的教授生活区。当然此条路线也看不到自己曾经住过的那幢红砖老楼，那就不看老楼呗，反正只要不遇到熟人，拐多远都行的。还有怕碰到那个乔洪涛，怕他一条泥鳅搅浑一塘水，到处撒播她的"历史"谣言。

魏桃心悬悬的，倒也顺利到了行政楼，途中没有人认出她，倒是她从伞底睃到了两个熟眼的人，但那两个人根本不认识她。亚大这么大，谁把你放眼里？到了行政楼问采购科，又指她往左侧一幢去，她就撑着一把伞在几幢楼间，走来走去，终于找到采购科仇科长了。仇科长说，他们处有这笔开销，一直等学校年终审批，正好这几天批了，问魏桃有没有发票，魏桃办事利索，知道公家单位要发票，她来时就把发票带上了。仇科长又带她去了行政楼，找到总务处批条子，又到财务处取钱。总之东楼西楼上层下层，跑了几趟，钱就领到了。

现在魏桃心情有些放松，她还是想拐到东北面去看看自己曾经住过的旧楼。她想撑着伞也安全，即便碰到熟人，她可装作不认识他，谁还贴到你脸上去拉你说话不成？

亚大这几幢旧楼还在，而且上面还住着人，窗台上都挂满了晾晒的衣服被子，还有腊肉火腿肠什么的。魏桃站到自己住过的那幢楼下，隔着楼边生锈的栅栏，她只是站着看看，不敢贸然进去，二楼那个她曾经的"家"，从窗口伸出来晾晒的衣服判断，现在住的该是一对年轻人。她的思绪盘旋开来，这种黑屋里的爱情是否长久？熬过这种黑屋里的时光或许就天开云淡，能一起飞了，可惜她和陈夏都没有耐力，没有熬过人生艰难时期的那道坎。

突然间魏桃感到毛发竖立，她眼角的余光测到了一个黑影站在她身旁。

她想拔腿就跑，但那样未免太失态了。不祥的预感终于兑现，她不得不扭过头来，保持平静的表情迎接黑影递过来的目光——"赵老师！"魏桃叫了一声她，同时收拢了伞。

赵越打量着魏桃，点点头，和蔼得像见到久违的老照片，"饭店生意怎么样？"魏桃脸上溢着笑，"马马虎虎。"

城市很小，凡是冤家迟早都能碰到。四五年不见，赵越老了许多，皱褶的下巴拖下来了，脸色蜡黄憔悴，气色很差。衣着却穿得洁净精神，这样晴朗却寒气嗖嗖的冰凌天，她却没有穿棉袄，只穿着黑色皮夹克，脖子系着一条青碎花的丝巾，看上去非常素雅。她的眼镜仿佛也换了一种新款式，与她的服装、气质，搭配协调。她拎着一瓶色拉油和几个沉甸甸鼓囊囊的购物袋，看物品像刚从超市采购回来。这会子她把那些东西放在了地上，她目光凝聚，十分有力地打量着魏桃，说："出来后，也不和我打个照面，因为不需要我发工资了是吧。听人说你在学府酒店当经理？你还真能折腾啊。"

魏桃不知所措："也是混口饭吃，孩子还小没办法。"她觉得赵越脸色温和，语气里却有点火药味。事情过去这么多年，这老东西心里还不平衡，或许她到死也化不了怨恨的心结。魏桃心里颤微微的一时找不到合适的话，只得笑笑，笑得很苦涩。

楼前这条路，直通东门，此时行人稀少，也没有个混场的，经过的一个路人和赵越做了招呼的手势就远去了。魏桃在尴尬中终于坚强地说："您现在身体还好吧，买东西叫人送上门就行了，这么冷的天，别自己跑。"赵越松缩几下手指，像是拎了好长时间手指麻痹了，她说："好什么好，天天跑医院。"估计是从医院回程，顺带在超市购的物，魏桃说："这么重，我帮您拎上去。"

赵越也明白魏桃没有脸和她说话，她摇摇手："你走吧。我歇歇手。"魏桃连忙说："那好，您慢些。我走了。"

魏桃没有回头，一手捏着伞，一手朝后把绸袄往下拽拽，似乎想盖住屁股，其实这动作只是心理作用，绸袄不会因下拽而变长。她感觉赵越仇恨而唾弃的目光，正追随她狼狈而可怜的背影，她怕她看她下贱的屁股。多么下贱无耻的乡下女人，居然还跑到亚大来怀旧，你有什么资格怀念亚大？亚大是读书人的天下，你一个乡村的人渣，连个亚大墙脚的蚯蚓都不如，你不该从亚大大门出去，你该像蚯蚓一样从墙脚缝隙里钻出去。

回来后的魏桃懊悔得直跺脚，正面想想，反面想想，还是觉得自己下贱，怎么偏偏遇上赵越？在赵越眼里，你魏桃是何等的下贱、骚包！把文人那里

形容下贱的词都找来，也写不完你的贱和骚。"我的天啊，你让我来生投胎到好人家，让我读书识字当教授，我不想再做下贱女人。"哇哇，嘤嘤，魏桃竟躲在后房的更衣室里悲怆地哭起来。魏桃不是怕赵越，她是恨自己命不好。其实魏桃也觉得自己是没理由恨赵越的，她必须承认赵越对她不薄。可是魏桃日常提到赵越总用"那老不死的"来取代。她是说的嘴上快活，还是内心真有抵触？她也不清楚。要知道在这个城市，只有赵越知道她底细，看着她怎样从一个擦地板的女人变成叱咤风云的酒店经理的。她莫名地厌恶她，其实她是厌恶当年的那个自己。

这一天魏桃回到酒店，躲在更衣室嘤嘤抽咽的声音，被员工误认为是账没收到或收账受了人家的气。没几天隐约传到黄东俊耳朵里去了，那天黄东俊来店里了。他关切地问魏桃："你最近心情不好？欠账的若有难缠户，搁到年外再收也不迟，你把账目理清楚就行了。"魏桃说："心情不好，为些家庭小事，孩子和老家父母的事。账都收齐了，明年不再赊账。"黄老板佩服魏桃真下功夫，他自己掌柜时，多少年的烂账都有，甚至有些不了了之。黄老板就说："你歇几天吧，这边我来照看。"魏桃说："那哪行，你既在这，我也不能走远，许多事你不清楚。"诚然这店里的事，里里外外，离开魏桃是不行的。进货要及时保证需求，蔬菜、水产类、肉类、酒水类，来源渠道都是魏桃疏通和把关，菜谱每天要根据进货清单调换。水产品保鲜是个问题，有时候魏桃即使晚上在家里睡觉，也有值班员工打电话来，问明早进货死鱼是否返给对方？魏桃和她的手机一样，二十四小时待命。这不是魏桃自己的酒店，若是魏桃自己的，魏桃反而不会这么卖命。

黄东俊非常清楚，魏桃是个极负责的人，他能为她分担什么？除了老哥老妹的，说些动感情的，好听的关爱话，实质上的东西，没有多给。魏桃的年薪，还限制在那一纸无固定期的合同里。黄东俊很精，如果薪酬年年涨，魏桃反而留不长，人性的弱点就是贪。对于酒店的营业额，魏桃也清楚，随着进货食材和房租的看涨，黄俊东这两年也没有变成暴发户。两个心里都有数，彼此都是聪明人。于是在一起，就不谈钱了，只谈感情。的确像兄妹一样的感情。

魏桃心情不好，黄东俊很揪心。他说人生尝尽酸甜苦辣，唯独没有"如意"这道菜。凡事想开些。魏桃深深叹一声，摇摇头。这黄也是高情商的混世男人，知道魏桃犯情绪并非她所说的家庭琐事。他又说："现在孩子大了，也没负担，店里业务你也熟悉了，反正就这么做呗。你还年轻，该考虑考虑

163

自己的事了。"魏桃明白黄说的意思，就苦笑一下，"爱情可遇不可求。"她又为自己脱口说出"爱情"二字感到可笑，于是就真笑了。黄东俊也笑了，"要不要老哥为你做个'槐荫树'？"（黄梅戏《天仙配》里槐荫树开口讲话为董永与七仙女婚配做媒）魏桃有些害臊，推脱说："不要不要，我还没想好呢。"然后两个人都笑了，呵呵哈哈地笑。柜台外的员工，不知道他俩说些什么，见魏总好几天愁眉苦脸，现在居然笑了，于是他们也笑笑。

　　这黄东俊聘了魏桃做经理之后，包括魏建都很担心，黄东俊是不是想沾魏桃的便宜，毕竟天下没有无缘无故的经理。陈夏语言里也有些嘲讽，说跟着黄东俊混也不错，商界的男人心怀开阔，能容下好几个。魏桃浑身长嘴也辩不清，只气得在他俩面前跳脚，认为他们的想法玷污了她，说黄东俊不是那种人，她自己更不是那种人，她还说，如果真是男女关系，反而不能合作。陈夏说这个也有道理，男人有钱只想干净养个情人，不会放到自己的业务里来。魏桃就说黄东俊是干净地养了个常满琴，魏桃是通过常满琴认识黄东俊的，黄东俊看上了自己能干，就招她去做饭店掌柜。陈夏和魏建就说："常满琴真是你的大贵人。"

　　陈夏打趣说："你的幸福建立在别人的身体之上，你要好好感谢常满琴。"魏桃一听这话十分崩溃，拿起拖把要去打陈夏，说："你这个下等硕士就是狗嘴里吐不出象牙，我的幸福是靠我的能力，大街上那么多有文凭的女人，黄东俊能看上我，说明我能干。你不服气是吧，你妒忌我一年拿十万，就有意污蔑我。"陈夏见魏桃真的生了气，发了疯，急忙躲闪着边笑边求饶，"对不起对不起，我是开玩笑的，你好，我们高兴还来不及呢，你一年挣百万我也不妒忌。我是下等硕士，你以后上嫁个上等博士不就行了吗。"这一次打闹是在城隍庙魏建的鞋店里，一年前的事。从这以后，陈夏和魏建再也不敢对魏桃与黄东俊的关系疑神疑鬼，事实证明他们的怀疑和担心是狭隘和龌龊的，事情过去好几年，谁也不记得闲暇时唠过的那些废话。但魏桃记得，并且她清晰地把陈夏那句话翻来覆去在心里洗刷，"上嫁个上等博士"。这不是不可能的，魏桃这些年接触的博士还真不少，只是一个个框着大眼镜，嘴巴性感，眼神凶恶，买单打了八折，付款时那两块三块的零头，还嫌不该收，即便为一块钱，那性感的嘴巴也要嘟囔半天。虽然是单身，但一个个的德行不咋样，或许就是德行不咋样，所以才单身。魏桃像拣火腿肠一样，一个个把那些认识的博士，在心里捏捏翻翻，有经验的厨师，可通过火腿肠的皮质推测到配料和味觉，火腿肠炒荷兰豆是什么味、炒圆椒是什么味、炒葱丝是什么味、

炒黄瓜是什么味，火腿肠白菜汤是什么味，魏桃了如指掌。

魏桃自小就想嫁个文化人，仿佛要和命运较劲，弥补自己文化浅的缺陷，潜伏期的驱动力，让她使出吃奶的力气，套住了陈夏。后来在城市的风浪里，她发现陈夏并不理想。她现在要重新吐丝结网，最好能遇到一只海鸥或者一只能驮着她在风浪里遨游的海龟，总之一定要水性好，她抓着他，她的飘摇人生就有了方向。

和亚大那个乔洪涛不欢而散，魏桃就像一个翻船的水手，懊恼被腥风吹散之后，仍然在苍茫一片的水面上，屏气凝神，竖起耳朵聆听各种声音，睁大双眼，不断搜寻，她渴望看到新的帆影。虽然某些时刻，因为工作的忙碌，使她的念头短暂休眠，但稍一放松，她内心的情欲之火，又烧得烈焰如梦，让她都不相信，她现在居然还是一个人。一个人睡在新居的宽大的双人床上，她十分空虚。房子当初装修设计，就把主卧一步到位地安放了双人床。也不是为了找男人，仅仅是认为主卧必须配双人床。现在自己睡着，怎么越来越觉得孤单。人生一晃就过半，她抚摸着自身结实而光滑的肌肤，觉得自己辜负了年轻时光，辜负了这一躯硕壮的身体。除了弱小的陈夏和那个老得皱褶的死鬼周诏然，她还没有遇到过别的男人。她看到电视剧里某些场景把性爱渲染得呼天喊地，她想象得出，那种感觉是上帝的房间里也没有的极乐境界。

她经常在尿醒的凌晨，去了一趟卫生间，再回来就睡不着。她在床上辗转反侧，居然令自己难堪地想到了科学岛的那个二愣博士，那个膀宽腰圆、庞大而结实的范士本，他也是一个人睡觉吗？他倒是有学问可做，他忘记自己是男人？魏桃对范士本印象极好，极好的印象中，打动魏桃的莫过于，他在衣架上摸钱的动作。他随手摸出一叠齐扎扎的百元钞票，递给魏桃，他那一个姿势，用吃大厅饭的学生们常说的一句话就是，帅爆了。

她由范士本一个帅爆了的掏钱动作，想到范士本的经济实力和事业前景。魏桃也是见了大世面的人，她想范士本做科学研究的，有自己的技术，该比乔洪涛那种教书匠强一百倍，比陈夏那种无特长只靠拍马屁的混饭吃的人强万万倍。

她在这个寒冷的、雾气锁窗的凌晨想了许多许多，关于她的后半生，关于范士本，关于城市社会将来的变化，关于家乡农村对她的鄙视。她不禁披衣起来，推开窗子，透过浓雾，她依稀望到西北面科学岛方向的那片天空，纵然家住二十层的高楼，其实也望不到科学岛的，只望到那片天空上，挂着几颗明亮的星。天上的星仿佛一本正经，静静地亮着，眼底下方，楼群的缝隙里，从迷雾中泛出灰白的马路，马路上汽车的灯光，划过一道又一道，这世界毫不因她的情绪浮躁而有任何变动。魏桃突然觉得自己好无聊，那范士本应该像猪一样正睡得鼻鼾嘴带痰，她怎么会想起他呢？魏桃急忙穿衣梳头洗脸，然后去厨房做自己的早餐，吃了早餐要去酒店上班。新的一天都是这样开始，很快她就忘记了凌晨凭窗的胡思乱想。

第五卷　隐形的翅膀

一

《时报》果然在这一年的十二月底停刊了，最后一天的报纸通版都是回顾与展望："未来虽然没有这个报名，但我们还在，信念不改，我们将在晚报与大家见面。"报社邀请了省内文艺界名流写了各类怀念文章，那些作家如同参加一个能证明自己高等身份的葬礼一样，肃然起敬又惺惺作态。陈夏在丧钟的余音里依稀感到寒战。他感到自己的前途，像一条幽暗的没有阳光的长廊，长廊的尽头是一扇冰冷的铁门，还上了一把带锈的锁。是的，他没有被裁，他和《时报》的十几位同事一样，打包转到晚报。他以后就是晚报一名普通记者，他的那个部门副主任的头衔被删了。因为晚报不会设重复的部门。《时报》转过来的部门主任也有继续当主任的，但陈夏按资历和业绩，都不够晚报社主任职务的要求。陈夏能顺利转过来，还是"背后有人"。宁总鼎力推荐，说："你爱岗敬业，我想也是的，但凡在今天还想继续干报纸的人，都是拳拳之心要与报长存。"

"你的奉献精神要用到刀刃上，以后就你跑一线新闻吧。"晚报社，那个比陈夏年龄还小一岁的新闻部主任对陈夏说了上面的话。陈夏心里十二分的扭曲，他笑笑说："一线我跑得少，你可能对我不太了解，我是学哲学的，我一直是负责理论版。"新闻部主任说："我们这有'理论与实践'版。"陈夏也没有说话，他只是"嗯嗯哦哦"，单位的水有多深，他还得摸摸。他不能直接与这家伙较劲，同时他也觉得攻陷这家伙要比攻陷宁总难一万倍。

说是两报兼并，其实就是大报吸了小报，从《时报》转过来的人都插进了晚报的各个部门。他们大部分都很年轻，他们之所以继续干报纸，不外乎两个原因：一是工龄短买断补偿太少，不划算。二是一时找不到合适地方去，那将面临失业。其实所谓裁员，都是双向选择，根本不需要找人。那两个原因实质上可以统一，陈夏是复合体。陈夏如果下岗，按工龄一年补一月工资的标准，他只能拿到不腥不臭的三万多块钱，而像宁总那样工龄长的老人可以拿到二十来万的补偿。就是宁总说的"机会难得"，他如果拖到退休，哪能拿到那么多？宁总离开报社，瞬间就去了与他多次合作办活动的那家企业。每个人心里都有一把算盘。陈夏也机关算尽，却没有得到好报应。他想希望总是有的，上帝在考验他的耐心。他在晚报社上班，很快习惯了憋尿，或者由频繁跑厕所导致膀胱松弛而尿频。因为借上厕所的机会，能遇到晚报的总编或社长，他希望抓住这点可怜的机会，与他或他套套近乎。可是，他或他只是朝陈夏友善地笑笑，抖抖那东西，然后塞进裤裆，一边拉拉链一边就出了门。

依据晚报的人事制度与发展形势，陈夏认为他在晚报做普通记者没有任何前途，未来的路一眼就能望穿，如果命大就能终老至退休，命短说不定下一轮裁员，还会被裁掉。

就在这两年间，手机上开始出现一种新软件，叫"微信"。这东西从内测到普及，来势凶猛，很快就覆盖了城市的每个角落，甚至连魏桃那种人都会写字拍图发朋友圈。自媒体时代来临，人人都是记者，每一个手机号都是一个媒介平台。电视台的新闻是网络上抄的，抄的不仅仅是娱乐八卦，还有微博和微信上的热点资讯。报社的编辑记者们，只要坐在办公室，几乎都在长时间扒手机，喜欢猜测网络上的热点，似乎忘记了自己也是媒体人。其实今天的新闻从业已经不算个职业了，大量的资源与人力的重复是一种真正意义上的浪费，所有的新闻都发生在一个时间——北京时间；所有的记者，都只有一个记者——第一个把图文上传到网络上的人。某些记者，报道会议新闻直接把会议材料拿回来删繁就简，加个导语或本报讯就行了。所谓一手新闻，可能是哪个小区的业主打了物业门卫；哪个小区的狗尿污染了绿化草坪；至于市民打电话来反映的拆迁补偿政策不透明问题，公共厕所排污得不到解决的问题，报社记者一般不直接去，先联系相关管理部门，确认虚实，询问原委，征求管理部门意见，发不发稿，似乎不能由记者说了算。所幸婆媳吵架，只要吵得够格，吵架的方式奇特，亦可上报纸，算本周一篇采稿任务。这样说来，只求数量，记者们真的没有什么大压力。

所以，李嫱非常不理解丈夫为什么对自己的工作不满意。她说："做个普

通记者多好，当领导还得天天开会，大会小会做报告，千篇一律喊口号，即使周末也落不得休息。我爸就是那样积劳成疾的，你到了那一天就知道，开会是多么累人的事。"

陈夏说："这些废话要你说？如果我也像你那样，整天看言情小说，天塌下来也不管，我们很快就会掉落到社会底层，我们一辈子都是打工的。"

李嬬说："我看的都是有品位的经典，你怎么说我看的是言情小说啊？"又说："有那么严重吗？你即使想当老板也得从打工开始呀。"陈夏说："我都奔四了，还在打工，我耗不起。"李嬬说："不想当主编的记者不是好记者，那你就去努力吧。天高任鸟飞，谁也没绊着你。"陈夏斜瞟瞟李嬬，心里悲怆得无话可说。

陈夏报社工作有了变动，这么关乎前程与命运的大事，对于李嬬和李氏家族来说，似乎什么也没有发生过。李嬬对陈夏的抱怨，也无关痛痒。或者是听多了，有些麻木了。

李嬬所供职的那家报社是省级的，报社也多次改制和改版，但李嬬的职务始终没有多大变化，收入也相对稳定，那家报社属财政拨款，虽然现在报纸都变成了集团公司，像企业一样的运营性质，但省级报刊比市级相对来说就好多了。再说李嬬是个女人，也没有出人头地的想法，不会干了三天记者就想当主任、干了三天主任就想当主编。李嬬本来就是一个没有太多想法的女人。她的生活充斥着购买服装，设计发型，看外国小说和时尚影视。她最关心的是金马奖，她研究历届奖项推出的演员，哪个是实力派，哪个属于偶像派。至于好莱坞电影，她以前喜欢看爱情片和战争片，她把汤姆·克鲁斯、布拉德·皮特、尼古拉斯·凯奇和马特·达蒙的从艺背景都搞得清清楚楚。对了，近两年她几乎把能找到的灾难片和科幻片都看遍了。小说方面，能找的书都看了，那部《尤利西斯》很多伪书迷都没有看完，她却从头看到尾一字不漏，可见她看书的耐心。

陈夏在晚报社的感受，如同遗落在茫茫沙漠的威尼斯商人，望穿双眼，也盼不到能带他走出困境的骆驼，他的眼前黄沙漫漫。这期间，陈夏过得极其烦躁，再说晚报社部门的人多，工作也不像以前那么忙，这就给他更多时间烦躁。陈夏从跨过来的时候，心态就没有调整好，此后一直就是歪歪扭扭的。如果不是因为买断的钱太少，他真的和那些前同事一样，丢了媒体的饭碗另谋职业了。干记者这一行可以说二十四小时都在上班，也可以说二十四小时都不用上班，没有时间和空间限制人身自由。春节以后，或因长假的余

169

温未散，报社诸事也不那么井然。陈夏每天只到报社浮个头，然后就在城市的各处去打漂。他待得最多的地方，是咖啡厅或者带棋牌室的私人餐馆。当然学府酒店也是陈夏的一个驻点。他带朋友来酒店，从来不需要向朋友解释他与老板是什么关系，实在有人问，他就说魏桃是他老乡。他把这里作为一个窝点，是因为这里可以任意说笑，打牌可以通宵达旦。酒店不会因为打烊而催他，甚至会安排值夜人员为他的包厢供开水。陈夏在这酒店的顶头一间隔音较好的隐蔽包厢，吃茶摸牌，感觉比与李嬬共居的那个家，比地球上任何一个地方都放松和安全。

他的牌友和酒帮是一拨一拨的，人以群分。老乡一拨，多是省直机关工作的；同学一拨，多是混得油头粉面的；企业界一拨，多是资产千万或实权在握的；文艺界闲杂人员一拨，多是有作协副主席或主编头衔的。而且这些人聚集的时候，不能混合，一则防止他们互相认识后窜了自己的隐私，二则各类人交情不一样。除了现任报社的同事不邀，其他对他不需要避讳的社交界，他都在这段时间，猛烈接触。他需要亲近对他事业和前途有利的人、有利用价值的人，他需要探测各种生命转型的机会。他需要在生命的沙漠里找到一只求生的骆驼。

至于科学岛那个范士本，是没有什么利用价值的，范士本搞理科专业，他又不是上级宣传部门的，又不是什么厅局的，陈夏早掂量过，范士本没有任何利用价值。但是他和范士本却是他来东亚读研时认识最早的人。一个理科博士，一个社科硕士，专业不同，他是怎么结识范士本的，他似乎记不清了，或者是科大老乡一起打牌认识的，总之他接触范士本之后，发现这个人很好使唤，打牌三缺一的时候，一喊就来，而且碰到宴请高层人吃饭时，喊上范士本，中科院博士，还可抬高自己的身价。还有一个原因，范士本喜欢买单。范士本的钱，好像不是上班挣来的，而像上厕所的手纸，谁上厕所没带纸或纸不够，他就主动说："我这有，我这有。"这个细节被陈夏盯上之后，范士本就责无旁贷地成了陈夏的"老大"。混成烂酒友之后，陈夏一般的酒局，都叫"老大"买单。

这个范士本也特别好打牌，他在那个岛上大概也闷得慌，恰逢陈夏这段时间也闷得慌，于是隔三岔五范士本就冒着绵绵春雨，跑到学府酒店来与陈夏厮混。

学府酒店去年以前的制度，菜单签字即可，今年全部要求付现金或刷会员卡。陈夏提议老大办会员卡，说他自己也办了。范士本就掏出银行卡让服

务员去给他办。服务员也老实，问办多少的。范士本说，随便。范士本办的是价值多少的会员卡，范士本可能不知道，财务会计知道，但财务会计不知道"范士本"是谁。这事只有魏桃最清楚，魏桃盯着陈夏包厢的每一次买单，事后她到台前查账单发现，只要哪天范士本来了，刷的都是范士本的卡。魏桃有些心疼那家伙，同时也觉得陈夏不仅抠门还欺负老实人。酒店财务很严谨，入账都有电脑记录，魏桃有什么理由消除范士本那份，除非她自己掏钱，当然这也是没有必要的。

魏桃只觉得范士本太老实。她得找机会吼吼陈夏，有一天她趁没人的时候，把陈夏堵在楼梯上，说："你好意思吗？你有朋友聚会，让范士本刷卡？"陈夏说："也有他认识的呀，再说我们都是老哥们，不分彼此，无所谓。"魏桃训斥："你真抠，就晓得沾别人便宜。"陈夏说："碍你什么事？又没沾你的。"

这一次对话以后，魏桃发现陈夏开始用异样的眼光打量她。只要她和范士本出现在同一处时，陈夏那小奸眼就在她与范士本之间睃来睃去。以前他们包厢打牌，人一时还没到齐，就喊魏桃去凑数。魏桃牌技差，陈夏会安排魏桃与范士本坐对家。陈夏有些嘲讽和凌辱的意思，把牌技差的人往范士本那边推。范士本牌技也不差，可他与陈夏打对家的时候，总是被陈夏左右，情商不高的范士本，牌桌上悟性却特好，陈夏暗示"继续"，范士本即便拆牌也要按陈夏提示的出，结果一牌打输了，陈夏会把范士本骂得狗血喷头。范士本也不赖，会拍着桌子与陈夏对质，因为他口吃，表达吃力，说不过就"啪啪"拍桌子，也拍自己的大腿。两人会为出错了哪一张牌，争得面红耳赤口沫横飞。那场景，真看不出他们是博士和硕士，是科学家和记者。简直不如乡下的村民。

后来范士本就不喜欢和陈夏打对家了。范士本和魏桃打对家，那是乌龟驮棉花，永世不得翻身。陈夏那家从2跑到A，跳级跑，甚至翻了一轮还是超过了他们家，陈夏喜得心潮澎湃，却不知这两个人有些醉翁之意不在酒，只在牌桌上的温情对视或言语间的体贴入微，他们真像是一家，范士本还安慰魏桃："没事，你不要顾及我，你能上你先上。"成人游戏更能看出一个人的品性，一看范士本就不是那种刁钻刻薄的男人，但他也是人若犯我、我必犯人的，所以他对陈夏的骂会非常生气地回应。

现在陈夏包厢里牌桌三缺一的时候，不再喊魏桃凑数了。魏桃心疼范士本买单这事让陈夏脑洞大开，他把之前种种迹象拼凑起来细思一番，他不是

171

怀疑而是肯定，魏桃对范士本有想法。他这么个精明人，无形中成了魏桃和范士本的"电灯泡"。陈夏心里十分懊恼，他以为魏桃只会被男人玩，即使能嫁也顶多嫁个二手的卖皮鞋的或者运垃圾的。没想到处男科学家范士本竟然对她十分有好感。很明显，后来陈夏尝试叫范士本去中南路或者半岛路的饭店打牌，范士本这么一个二愣居然也会找借口，说那边太远不方便，还是学府酒店习惯，而且他下午正在科大有事，如果在学府酒店打牌，他返程正好顺道，可以到场。真是"如果有心天南地北都顺路，如果爱你一天到晚都不忙"。就这么的，有范士本买单的饭局，陈夏也在学府酒店吃了两次，但他坚决不让魏桃参与他们的牌局，甚至魏桃有个什么理由进包厢说话，陈夏就催她走："没你事，有服务员在，你掺和什么。"

<h2 style="text-align:center">二</h2>

陈夏突然不再来学府酒店了，以前每周五晚确定要来，其他时间不确定地来，周六也会来，而且是从午饭开始一直闹到晚上十二点。现在隔了半个月了，这半个月，范士本也没有来。这可把魏桃急坏了，一日不见如隔三秋。魏桃按捺不住，她怀疑是陈夏挑拨离间，范士本没脑子，陈夏不叫，他是不会自己主动来的。魏桃自信，她和范士本已经心有灵犀，就差一点。陈夏即使在范士本面前说了她什么坏话，她也不怕，相反陈夏越嫉妒，魏桃越勇敢。她决定主动找个理由，给范士本打电话，魏桃拨通了范士本手机，说："范老师我们这三缺一。"范士本说，他正好在隔壁，科大西区。

挂断电话，魏桃急得团团转，哪一时找到打牌人，找酒店服务员是断不可以的，服务员陪魏总和一个男人打牌，那些精明的女孩一眼就能识破。这样不好。她想喊常满琴来，一则自魏桃当了学府酒店的掌柜，常满琴就不怎么来了，黄东俊朋友酒帮都搁在这，唯独与常满琴厮混拣了郊区的私通方便的新点。二则魏桃也不愿常满琴充当灯泡，常满琴晓得她的"历史"，她怕常满琴那箩筛嘴，说话不注意，露了她的劣迹。魏桃打了家居附近的几个姐妹的电话，都说这会没时间。

魏桃正焦虑，范士本居然就来了。这范士本果然不撒谎，他在科大西区有实验室，他经常来科大，恰好今天下午也在科大。来得这么快，魏桃措手不及，于是只得装作忙碌的样子，把范士本迎到他们的老根据地——那个叫"春红"的包厢。魏桃说："有两个朋友约了下午来打牌，他们一会就到，你先喝水。"范士本说："不急。"说着他自己倒了杯水，就坐在牌桌上。魏桃看

他这架势真是来打牌的，不是来和她谈情说爱的，她若这样与他坐下来聊聊天也行，但这样范士本会觉得她太直接了，把他喊来就是为了与他亲近？魏桃心想还是得找"灯泡"，如同两块半生不熟的葵花饼，再来一些温润的阳光就恰到好处地绽放了，花开籽熟，到那时就是来风来雨也不怕。

这节骨眼上魏桃终于使出吃奶的力气，把当初城北那个开粮油店的小女人哄来了，又连哄带骗喊来了一个开夜班的出租车司机。那姓丁的司机白天在家睡觉，晚上开车，午夜经常把车停在学府酒店门口，守候散客。他和魏桃混得比较熟。这会歇了睡觉的黄金时间，来陪魏总的客人，也是非常给她面子的。魏桃社交也广，什么教授老板经理科长也有一帮烂朋友，但是那些人她今天不会喊的，因为他们太刁，怕他们洞悉她的计谋。

这范士本牌瘾很大，只要是会打牌的人，他都能与他们投入地打起来。不像陈夏，连个同桌打牌的也要挑剔人家身份地位。

窗外下着沥沥细雨，几个人围坐在暖气温热的包厢里打扑克，说点笑话，那种情致就温和得不得了。范博士也不接腔，他就是认真打扑克，口吃使他变得缄默，未婚使他变得害臊。这三个都是结过婚的，说笑有些放荡，那小女人抓到不好的牌，就出淫语骂牌。那丁司机放一个炸，语言更淫秽。范士本就像一面墙壁，对他说什么都会从那墙上滑落下来，不留一丝痕迹。不像那些机灵的男人，总爱在女人的交谈中捕捉她的弱点，以便实施自己隐蔽的计划。

尽管范士本是这么个不擅打情骂俏眉来眼去的男人，但那两个还是看出来了他们今天充当的是"电灯泡"，他们似乎很愿意，他们与魏桃都是老朋友，为朋友两肋插刀，今天这"灯泡"就是亮到爆炸他们也在所不惜。魏桃也不亏待他俩，晚上留下一起喝酒吃饭。由于司机有夜班，不喝酒，魏桃和卖粮油的小女人就陪范士本喝得有些过了头。卖粮油的小女人微醉之下，对范士本说了下面的话："大哥，我看你和魏桃姐两个人搁在一起，就像一个洋鸡一个土鸡，天生一对夫妻相。人说吃亏是福，你若娶了魏桃姐，这么能干，又这么重感情的人，真是你家祖坟冒了青烟。来，姐夫，我喝干，你随意。"说着捧起一杯白酒，咕嘟喝干，还反杯给范士本看。

我的天哪，魏桃心想，这小樱桃口，以前只见能嗑瓜子，什么时候学了这么会说话？魏桃觉得她说得好，说得及时，一层窗户纸终于被她挑破了，省了魏桃不少事。现在魏桃只需要害害臊就行了，她臊红着脸说："莫乱说，莫乱说。"小女人胳膊肘顶了一下魏桃，瞟眼看她："我乱说了吗？你看我姐

夫这酒都喝了呢。"范士本果然站起身早把那杯酒喝干了。

那范士本，似乎还没弄清事情的原委，但他对自己喝干的酒不后悔，他懵懵懂懂，挑挑眼镜，然后睁大眼睛看看敬酒的小女人，又看看魏桃。他说，"结婚——是需要房——房子的，还需要责任。"魏桃连忙红着脸说："我只要人，不要房子。""啪啪啪"，丁司机连忙在一旁鼓掌，赞成魏姐这话说得对，有这种想法的女人，现在翻开金鱼肚子也找不到啊。小女人也鼓掌。小女人和司机继续鼓掌，要求范士本和魏桃喝一杯。魏桃连忙把两人杯子斟满，两人对饮而尽。范士本在这个风头之下，也结结巴巴地夸奖起魏桃，他说魏桃是个勤劳聪慧的女子，有西班牙骑士的风范，侠骨柔情，心怀他人，去岛上要账，还请他吃饭。酒店再忙也不冷落每位客人。她就是天使化身，女骑士的典范。管他恰当不恰当，管他什么东班牙西班牙，反正这三位不懂也懂了，范士本情绪很好，就没命地夸魏桃好，或者他觉得魏桃好，所以情绪就很好。确切地说，范士本对魏桃印象就不坏，她和他打对家牌的时候，她是那么听话，那么温顺，即便敌家打了个翻身，他们仍然默契配合，共同奋战，尽管资源有限，总是抓不到好牌，但他们谁也不抱怨谁。

魏桃吸取了当初与那个乔洪涛交往的教训，所以对范士本一直比较被动，但人和人不一样，对范士本如果太被动了，事情也不好。所以魏桃也觉得自己要随时掌握分寸。今天这一下午牌，还加晚上一餐饭，没有陈夏在，没有其他知她底细的人带着嫉妒的眼光在干预。

这晚上喝罢酒，没有继续打牌，一则司机要赶晚班，二则那两个"灯泡"都觉得要把时间留给两个主角。"灯泡"各自去了。范士本也说要出门去。魏桃不放心："你喝多了，我送你。"

魏桃对几个当班的店员交代了店里的事，就出门去送范士本。这些店员，多少窥出些名堂，都心知肚明，也不话多，似乎这是迟早该有的事。连大老板黄东俊都把魏总找对象的事当工程项目讨论过，他们自然会挤出时间来配合。他们都说："放心，魏总你去吧，晚上不要再回来了。"

范士本重一脚轻一脚，走到酒店门外的十字路口边，睁着高度近视的眼睛，观望路上是否有"空座"的出租车。魏桃此时已经跑到他身边，她抱住他一只粗壮的胳臂，说："你喝多了，我不放心你一个人，这路口哪有车。走，我们往前走一截再找。"范士本一只胳膊也挽住了魏桃的肩膀，两人就这样似抱非抱，歪歪扭扭，沿着绿化带里非机动车道往前走。魏桃说："天要下雨了。"范士本说："不要紧。"路灯下，魏桃媚眼如波瞟着范士本，她故作软

语娇哝，道："你真要回去吗？你回家还要烧热水洗脚，你不嫌麻烦？"范士本说："不——要紧，我不洗也——行。"魏桃嘴唇一翘："那怎么行，天冷一定要洗脚。要不，我送你回家吧。我帮你烧水。"

范士本说："随便。"魏桃说："随便？什么叫随便啊？"范士本说："那好——吧。"

这话刚落，魏桃居然就招到了出租车。

二人在后座，迷糊糊的似搂非抱，车子的颠簸也恰到好处，偶尔让他俩脸贴一下脸，头撞一下怀。

到了科学岛，司机问："在哪下？"魏桃说："随便。"

司机就把他俩扔到一个路口。长长的路灯下，弥漫着温煦浓郁的雾，天地间一片朦胧。

夜风轻拂，他俩的酒气弥散到擦肩而过的骑车人，使得好几个骑车的都不顾安全而冒险地回头看他俩几眼。路人的眼光没有坏意，都是新奇和羡慕。路人羡慕的眼光给了魏桃很大的胆量，她居然像个纯情的大学生，在马路边公然的双臂扣住范士本的脖子，凑上嘴吻了一下他的脸腮。他那生硬的胡茬挑起了她的情欲，她浑身血液涌动，但她却只能这么投石问路。

范士本对魏桃的那个吻，十分开心，他用力收了一下胳膊把魏桃搂得更紧。

接下来，他们没有回范士本那旧楼的家，而是沿小岔路慢慢往湖畔走来。

橘黄的灯光倒映在湖水之上，那光变成了初升的朝霞，他们在朝霞流溢的爱情之畔，似乎忘记了自己的身体，眼睛载着灵魂，贪婪地抚摸对方的脸。似乎不论转了多少路，不论往哪个方向走，他们前面都是朝霞辉映的东方。

在那夜色迷人的湖边草坪上，魏桃突然推倒了范士本，他们躺在草坪上，望着星点稀疏的夜空，沉醉得许久说不出话来。

在醉后的晕厥中，魏桃依然清晰地记得当年乘绿皮火车来东亚出站口的那一刻，她望着城市的楼群，遥想未来的图景，遥想传说中神秘浪漫的科学岛……而这一刻的良辰美景，却远远超出了她十来年的幻想。她抱住了范士本，就相当于占领了这座岛屿。

这一夜，不是读者想象的那么庸俗。在子夜时分的寒气里，二人裹着热乎乎的心，回到了范士本的黑楼。

魏桃帮范士本烧水洗脸，又用热水给他细细洗了一次脚。他的脚大概好久没洗过，臭味在热水升起雾气中缭绕，使二人都异常新鲜，那正是凡尘中家的气味。从湖畔罗曼蒂克的馨风到老楼里脚盆的臭气，他们的体味，仿佛省略了别人几十年的时间，而在短短的时辰，领略了人生最切实的意义。

洗漱之后，范士本问魏桃："你——睡哪？"魏桃说："随便。"范士本也知道谦让一下，叫魏桃睡大床，他搬被子打地铺，因为隔壁那个小床上，是堆积如山的书。

魏桃意识到她说的"随便"并未得到范士本的反应，她自知真不能"随便"了。她就让范士本睡他自己的床，她打地铺。

范士本的习惯，脱得像刚从娘肚子出来的一样，舒适地睡进了魏桃打理好的温暖的床上。而魏桃却卷一床毛毯和衣睡在客厅的地上。

喜欢裸睡的范士本，早晨醒来吓了自己一跳，他穿了衣服到客厅，发现魏桃蜷伏在地上，身上堆着毛毯和棉袄，乱七八糟盖了一身。范士本非常愧疚地说："真不好意思，该我睡地上。"魏桃笑笑："你是主人。"说着披衣起来，忙着收拾地上的衣被。

范士本惊讶地问："我，我昨晚——没把你怎么样吧？"魏桃抿嘴一笑，"我也没把你怎么样。"范士本拍拍脑门，"呵，那就好——那就好。"

此后，范士本每周都来魏桃的酒店吃饭，即便不是因为工作，不去科大西区实验室，也会专程来。晚上等到魏桃下班，他们不再去科学岛，太远了。而是来魏桃渤海路与三环路交口的住宅。依然是范士本睡床，魏桃睡地板，这样睡了几次，三月一个有雨的夜晚，范士本半夜从床上爬起来，依然是裸着身子，就睡到客厅地板上了，和魏桃挤在了一起。这对孤男寡女，进度非常慢，但魏桃知道，只要吻了他腮旁，就是盖了印章，就是她的了。魏桃的长线放得并不长，鱼就自动上了钩。

按理说，这范士本，就是让陈夏羡慕不已的那种身价，虽然口吃，并且脑子有点愣，但人家毕竟是专业上有造诣的科学家。城市中那些到处猎物的老姑娘们，为什么没逮住这个单身男呢？怎么说也轮不到魏桃啊，这是陈夏连想象都不曾抵达的。世界之大无奇不有，存在的就是合理的。上帝的安排，人力不可为。踏破铁鞋无觅处，得来全不费工夫。这类富有哲学含义的词句都可用上，换成一句更直接的，魏桃就是命好。

这范士本遇上魏桃，如同生锈的石磨轴碰上了带油的菜籽，现在上下两片磨，磨得溜溜转，磨盘下润滑的油水，让人无端地想到丰收的年成。在这种润滑的油水的滋养下，两个人愈发地肤色红润，到哪都是春风满面。

大概两个月以后，陈夏在学府酒店吃饭，不经意碰到范士本和魏桃在隔

壁包厢与两个粗俗的人在打牌，他看到范士本与魏桃坐在一起，那么默契，身体、语言和眼神的互相接触，都明显告诉他，他们已经在一起了。

他的脸色一阵白一阵青，回到自己包厢里，同客人吃酒，如同被人重重打了几个耳光，一副倦怠颓靡的模样。魏桃如果嫁给范士本，对陈夏也毫无影响，至少他儿子还多一个人爱。但陈夏却莫名其妙地不舒服，莫名地对范士本恨之入骨。那么个傻乎乎的脏兮兮的老寡汉，那个糊不上墙的烂泥巴，被魏桃拣到，洗洗修修，他就服服帖帖；现在竟然西装革履、仪表堂堂。陈夏与他站到一起，无端地自卑起来。这世道真是反了，魏桃竟然能找一个比他帅、比他有身份地位的男人。陈夏突然觉得当年魏桃攀上他，他把她带到省城，他其实这一辈子都做的是魏桃的跳板。

怀揣嫉妒的陈夏，从此再也不去学府酒店订包厢了。眼不见为净。

陈夏这么小心眼，内心似乎越来越阴暗，越来越愤世嫉俗，这好像与当年有着清纯心态和辉煌理想的陈夏判若两人。他看不惯魏桃过得越来越好，也看不惯李家人洋洋得意。仿佛自己的倒霉运气，都是这些人压的，他变得心虚和身单力薄，他似乎希望自己瞬时能膨胀起来，名利和权势都能在一夜之间来到，然后他能压倒身边这些人。他内心似乎很着急，不知为什么，莫名的焦急和忧虑，莫名的恐惧。更可笑的是，他害怕魏桃和范士本相好的消息，传到李嫱耳朵里，那样他会更加被贬值，李家人会更加瞧不起他。

所有这些复杂的心绪纠结，该源自陈夏这一二年在报社的处境。刚进报社的时候，他谦逊礼貌，加上有宁总的洗脑和吹嘘，他预感自己发展空间无限。而今路越窄越清晰，他一辈子都只是个跑小巷的市民记者。其他别无指望。他又突然恨起那个梁扣扣，如果不是她死揪着他不放，他不会在报社落下如此被动的境地。猥亵女性的拘留记录，就像一只抓不着的跳蚤，总在他气宇轩昂时，在他的身体上跳来跳去，一会在脖颈里，一会在腋下，弄得他瘙痒难受而且极不自信。这只"跳蚤"自然会影响他在报界的形象，还会影响他伟大的仕途，如果他有仕途的话。虽然自己工作是保住了，鬼知道晚报的领导层究竟他对身上的"跳蚤"知道多少？以后会对他怎么样？陈夏真的只能听天由命了。

三

说来也奇怪，陈夏心里经常想着那只该死的"跳蚤"，那"跳蚤"果然在他后来的生活中发生反应了。在陈夏转到晚报新闻部工作不到半年的时候，报社突然来了一次部门工作调整，很多人根据业绩或工作需要挪了岗位。陈夏在这次调整中，从新闻部被调到了广告部。以后他的工作就是拉广告，为报社搞创收。陈夏感到非常惊讶，他的理想是整天出入政界会议、住星级宾馆、采访高层领导和商企精英、引领时代风潮的新闻记者，他希望他的名字每天出现在报纸的头版头条。现在他要去广告部，说白了，广告部就和没有文化的跑保险的人干的活差不多。他不擅人际，没有经营头脑，他怎么能拉广告？陈夏觉得这一次真的不能听之任之了，他鼓足勇气，要去找总编谈一谈。他们有什么理由这样安排？从业多年来，他对新闻事业兢兢业业，有丰富的采、写、编经验，从时报到晚报累计写过七八百篇稿子。他勤奋又听话，有哪一点不合乎新闻职业要求？陈夏憋了一肚子委屈跑到总编室，语言虽然温和可眼睛却盛满了血丝。他问总编为什么要把他安排到广告部？总编安抚式地叫他在沙发坐下说。很明显陈夏即使竭力克制也难以掩饰自己激动的情绪。总编伸手拿过桌上漂亮的双层玻璃杯，那杯底沉淀几片上好的绿茶，色香诱人。总编扭开杯盖，喝了一小口，又扭紧盖子；接着又扭开盖子，喝一小口。总编仿佛在打混场，但紧接他的话却是自然得毫无酝酿的迹象。他说："什么？你对去广告部有异议？你要知道这是报社目前最好的部门。"接着总编说了广告部一大堆的好，年收入最好，工作松弛有度，最自由，仿佛一般人想进都进不去。"你也看到了，现在报社哪个部门买私家车的最多？哪些人买的车最好，都是广告部的人。"例如谁谁谁一年签一两笔广告合同，大把的时间都在周游世界。底薪加提成，灵活选择，如果不拿底薪，提成最高可达百分之五十。接着总编又帮陈夏算了账，如果单份合同超过五十万，除提成还有高额的奖金。如此等等。"以我们报社地位和影响，不愁你谈不到广告，你一年就是躺在家睡觉也比新闻部工资多几倍，何况你又是一个非常勤奋的人。"

总编和颜悦色地这么一洗脑，又加上这办公室就两个人贴膝倾谈的气氛，陈夏心里有些动摇。但陈夏还是不忘初心，他说："我干新闻不是为了赚钱，我是热爱这个职业。"总编说："你还是记者啊，社会有好新闻，你照样可以写稿，而且也应该写稿。"陈夏狡黠地看看总编，语气果断地问："总编，你能告诉我实情吗，为什么要把我调进广告部？我可以服从组织，但我想知道原因。"

总编眼里闪过一丝惊愕，立即说："没有什么原因，部门调动属正常动态，报业工作人员，也需要在不同岗位历练。"

　　话说到这份上，任何拖泥带水只会越说越糊汤。陈夏也知趣，连忙起身说："谢谢总编，我知道了。"然后干脆利落地出了总编室。

　　陈夏到新闻部把自己办公桌、抽屉的杂物收拣了两个纸箱，然后用胶带把纸箱捆得严严实实，这些用品他没有搬到广告部，而是直接搬到了楼下自己的小车后备厢。在广告部上班，只要赤手空拳就行了，他想这些办公用品搬回家，会像一摞被人砸了台幕的戏装，总会勾起痛苦的回忆。于是他就开车把这两个纸箱带到了环城河坝，车停在一处垃圾桶旁。他打开车厢，搬纸箱，朝那垃圾桶猛砸过去。一只纸箱被砸裂半边角，绽裂的缝隙里滑出一叠纸版名片，那是他"时报新闻部副主任"的名片。他心里一阵难过，脚却上去践踏几下，惨遭蹂躏的名片很快融入泥垢。

　　这一天他去了炮兵学院游泳馆。他的水性并不好，但他却一头扎进泳池折腾了个把小时。他要在浓绿的氯水中洗净他身体上的"跳蚤"，也洗净他内心的自卑。"跳蚤"的潜在影响无处不在，他一步步被报社排斥被边缘化，都是那段拘留记录惹的祸。他恨死那个梁扣扣了，咬牙切齿地恨，有时他真想拿一把刀去找她，然后一刀把她捅死。她还在这个城市，他的天空永远有一片黑云，挥之不去地悬浮在某个方向，时常引发他不好的情绪。他的脑海只要浮现她的模样，便不存在半丝瓜葛的爱怜，他希望她死。

　　晚报社的广告员，凭业绩定职务，初来乍到，陈夏连个头衔都没有。广告部并不是总编说的那么好，陈夏在报界混了这么些年，非常清楚。现在看到广告部的内部制度，比他原来在外看到的更严峻。一年有上百万的任务，完成不了没钱也罢，连续多长时间没签订合同就会被停职。每个广告员都感到压力很大。虽然有些人一年收入不少，但是多么辛苦啊，低三下四厚颜无耻去拉企业的关系。经常传出女孩子去企业谈广告，酒桌上一杯白酒一万元的笑话。陪企业负责人喝一斤白酒有可能签订一笔十万的合同。这还算女性有优势，男性广告员，就得靠朋友介绍、感情拉拢与客户建立关系。在纸媒越来越萧条的时代，纸媒的广告，有一半是靠老客户和硬关系。

　　言归陈夏，凭他在媒体工作这么多年，赤手空拳去开辟一批广告客源，也不是没有可能。万事开头难，建立了一批稳固的客源，再过几年他就只吃固定客户就够了。可是陈夏不愿去做。好丢脸啊。拉广告就是求人的事。若有人把广告主动送到报社，除非是证件挂失的中缝版。企业宣传都是有脑子的，电媒时代，广告就是发在微信公众号都比报纸强。

　　时局已经看得很清，不愿嬉皮笑脸去找企业，陈夏就只能躺在家里坐吃

179

山空。

酷热的夏天，城市像被盐酸刷过了一样，到处都是亮晶晶的，炽烈的阳光跳跃在树叶上，看着都让人浑身被盐腌过了一般难受。暑气在太阳落下楼群之后，从水泥地面冒起，走到哪都像热锅上的蚂蚁，热得无处落脚。

陈夏穿着两层短裤躲在空调二十小时不歇机的室内，一会坐，一会转，一会躺，意懒心慵。到了晚上，他偶尔会穿衣出门，去和朋友吃夜宵或打牌，他实质上变成了无业游民。李嫱每天早出晚归，回家总是汗流浃背。天气太热，她回家洗了澡再到厨房做饭，又是一身汗。李嫱看看陈夏，只穿条裤衩，正躺在沙发里扒手机。她说："你在家，也不把饭提前烧好，我每天热得要死，回来还要烧饭。"

陈夏说："这么热的天，烧饭不划算，你不能在外吃了再回来吗？"李嫱说："天天在外面吃饭，不卫生。再说我在外面吃了，你晚上吃什么？"陈夏说："你不要拿我做借口，我什么时候叫你回来烧饭了？你要么请个保姆，要不去父母家蹭饭，反正我是没有心思服侍你了。"

记得刚结婚那两年，陈夏是喜欢做饭的，上菜市买菜也是陈夏的事。现在变了，可能是因为工作原因。李嫱也理解，就不想与他多理论。而且因为工作不如意，陈夏心态和脾性也变得越来越怪。两人说话稍有不顺，就会擦出火花。李嫱理性地宽容着，但毕竟也是有血肉的人啊，谦让和忍耐也是有限度的。李嫱其实巴不得陈夏每晚出去与狐群狗党鬼混。她也累，想安静。这两人结婚这么多年还没有孩子，不是不想要，而是莫名其妙要不了。于是寡寡地两个人过日子，晚上睡到一起，也像左手摸右手，没有感觉了。并不是单身们想象的那样，同床不共枕的夫妻，其实也没有性生活，倒不如军人探亲假，两地分居，民间偷情，那类情况却是来得实惠而有质量。夫妻的性爱，犹如做肉包子的人从来只想吃饭或者隔壁的牛肉粉丝，因为包子搁在家里，随时想吃都能吃，不会有失去或吃不着的紧张和担忧。关键是自家做的肉包子气味熏腻了，没有吃的冲动。已婚的人都清楚同床的夫妇一个月没性生活也正常，因为手机的趣味超越了夫妻性爱不知多少万倍。现代人难怀孕，未必要去妇科医院排队问医求药，如果像农耕年代那样，吃罢晚饭就黑灯瞎火地上床，夜夜玩性生活，怀孕率肯定要比现代概率高。再说性激素刺激也会调节人体的某些障碍，怀孕可能会自然而然，而不像现在的李嫱和陈夏这样，想要小孩才觉得这个月该睡一次。

李嫱和陈夏在前两年，也尝试过，每到李嫱例假过后排卵就例行公事的

睡那么一两晚，然后坐等动向。到了下月，李嬙例假来了，又失望一回。这种方式，间歇性的维持了一年多，如果碰上每月的那几天两人正在争吵，那就罢了吧。这半年来，陈夏因为工作不顺心根本没有提过想要孩子的事。李嬙也搁下了这个念头。

现在南方花园这套房子几乎只有偶尔的晚上李嬙看好莱坞电影发出的电视声。夫妇俩除了"晚上吃什么""马桶抽水管坏了"这些必要的交流，然后就生活在别处，看手机电脑电视或躺着身子看书，各自都有无限精彩的精神世界。

一个炎热的周六上午，李嬙撑一把太阳伞，到小区门卫那里找来一个收垃圾的人，给了他一百元钱，把楼台上那些被太阳炙烤得快要干裂的陶瓷花盆，全部搬走了。新婚那两年，陈夏吟风弄月，在楼台养了十几个盆景，细心浇水，绿了几个春夏。后来陈夏也没心思浇水了，盆栽植物枯死，一到刮风下雨，就弄得沙土乱飞，泥浆流满楼台。

楼台打扫干净了，李嬙提一把小椅坐在楼台上，沐浴黄昏的热风，有一种久别的新鲜，抬头看天空，似乎还能望见星星。李嬙胡思乱想，夜幕降临，光的污染浑浊了城市，但天空星云依然是明朗的。风吹得人昏迷而沉醉，感觉这状态比待在制冷的咖啡厅舒适多了。更重要的是，她可以安静，可以思考和遐想。浩瀚的星空总能诱发人思绪飞飘，宇宙多么博大无穷，那一颗星发出的光来自遥远的一百多万光年，当它的光抵达地球时，它是否还在老地方？追索远古，此刻她仿佛在鸟瞰地球，人类多么渺小！人类其实是趴在一粒尘埃上自生自灭的细菌。由此想来，一个人的欲望挣扎多么可笑。

如此这般，李嬙这一季的孤单变得尤为珍贵。

到了秋天，陈夏的工作开始忙碌起来，他每天一大早就出门，晚上很晚才回家。很晚回家并非在外喝酒打牌，而是忙着有意义的创业。

陈夏已辞去了晚报社的工作，承包了北京一家杂志的下半月刊。那家杂志叫《时代格局》，是一份人文社科类月刊。经北京工作的同学牵线，陈夏与这家杂志社商榷多次，最终北京正式下了红头文件，决定在东亚设立下半月刊社，发了红红的聘任书，任命陈夏为《时代格局》下半月刊杂志社社长。下半月刊不是工作站，不需要兼顾总社的组稿发行和广告任务，只负责下半月刊分内的工作。那家杂志为什么要在东亚设立下半月刊，办刊宗旨写了上千字，全是紧扣形势与政策的套话，可以忽略不说。仅说总社与陈夏签订的协议，即每年十二期，杂志与总社刊号相同，可随总刊在邮局发行。每年收取管理费十二万元，第一年免收，旨在抵销杂志启动经费。其他方面总社概不干预，陈夏自负盈亏。

陈夏得到这个千载难逢的机会，自然要好好发挥自己的聪明才智。他拿着总社刻印的公章，公章套公章，去街上刻了一大包公章，有总编室、编辑部、发行部、通联部、财务部、人事部等等。显得这个机构很庞大。他写了一份商调函，盖上人事部公章，到晚报社把自己档案拿回来了。他在市中心的豪华商务楼租了上百平方米的办公室，又在网上招来两个刚毕业的廉价的年轻人。明确分工，让他俩在网上发帖组稿，他自己亲自去拉广告。在晚报广告部，他出去谈广告觉得丢脸，有失文人的尊严，所以他在晚报广告部一笔业务也没做，只拿了三个月的底薪就炒了晚报的鱿鱼。现在自己干，那完全不一样，他不觉得丢脸，他是在开启伟大的创业历程。他把以前当记者时结识的那些企业老板一个个联系起来，搞了一个杂志理事会，每个理事一年赞助杂志两万元，大头户还有常年的封底广告。现在即便是出去找企业要钱，他也要得冠冕堂皇。凡是北京的杂志给人感觉都是中央级的，他是中央级杂志社社长加总编，这个头衔让他与人谈话无端地有了底气。社长出面请企业支持个三五万，企业一般都给面子。何况也是双赢，那亮锃的杂志上印着企业的宣传照和经理的巨幅特写，即便不看内容，摆在办公室透明的书橱内，也是一份荣耀。

有了一个头衔，男人的形象就完美了，大小都算一方诸侯。省里那些乱七八糟的协会，搞活动，搞讲座，搞研讨会，组织采风，游山玩水，把陈夏社长邀上，添了他们的面子，陈夏也有面子。有些单位在印发到会领导名单时，陈夏名字后面直接写"《时代格局》杂志社社长"，把"下半月刊"省略了，就像当年以《时报》身份参加活动时，人家直接写他"新闻部主任"而把"副"字给省略了。圈子里搭草台唱戏，都互相给面子。这是一个靠面子和头衔混饭吃的时代，实践检验真理，陈夏深有体会。这头衔不仅仅满足虚荣，更有实惠，有公章，有权力，权力即上帝。陈夏现在就是自己的上帝，诸事不求人，自己说了算。

《时代格局》下半月刊边筹办边出刊，第一期稿源多是陈夏的同学和约来的质量较好的理论稿。杂志印刷精美，品位不错。寄到北京总社，那边的领导都说好。第二期杂志就开始针对自然来稿适当收取版面费，这也是总社默许的，两方心照不宣，对于总社来说，开设下半月刊有何意义，其实就为了开辟财源。再说时下非财政拨款的杂志有偿发稿也属正常，这个几乎不需要

费口舌，主动寄来的稿子，也不是有钱就能发，还看你稿件的质量。在有特色的职称唯论文的时代，陈夏这一桩生意，真是做对了。《时代格局》的征稿函在网上到处发帖后，邮箱每天来稿爆满。

杂志每月一期，要选稿编稿还有三次校对，杂志社一共就三个人，陈夏大部分时间还需出差，跑企业或参加各种文化活动，陈夏这半年颠簸得又累又快乐。他根本没时间过问家庭。他的儿子现在上了初中，以前一直跟魏建过，后来，魏桃在西三环外买了房子，落了孩子的户口，孩子又转学到西三环的中学。他几乎个把月都看不到一回儿子。生活费自从魏桃拿年薪十万的时候他就停供了。他有时想想也心生愧疚，但他有清晰的理由，做父亲的快奔四十了，在这个城市还没有立足。他需要有自己的房、自己的车、自己的事业和地位，待功成名就时，他自然会为儿子铺一条通往罗马的大路。他觉得应当有自己的房子，这是他接办杂志后突然的想法。他想按杂志出刊的收入，保底的预期一年就可以支付购房的首付。他想买大一点的房子，最好是西郊依山傍水的别墅。别墅可以公私两用，他就可以坐在家里办杂志。

住在南方花园，他一直不舒服，有点吃软饭的感觉，但那时候，贫穷限制了他的想象，他没有想过要独自买房子。当他的杂志出了四期的时候，他的想法越来越坚定，他开始关注东亚各个区位的房价。

李嫱不明白陈夏为什么突然有这种想法，南方花园复式，上下一百多平方米，两个人若隔着房间说话都听不见，空间那么大，还要买房子干吗？

陈夏说："这房子毕竟是你的，婚前财产。"李嫱很惊讶："我们是夫妻，夫妻只有离婚的时候，才有'婚前财产'这个说法。"陈夏没有想到随口一句，竟然被李嫱拣出来重复一遍，于是他改口说："房子是目前最合适的投资，你一套嫌多？看郊区那些拆迁户几十套都有，村乡干部还有上百套的。"李嫱明白了，说："你那杂志才办了几期，你就想买房？像你那种杂志，将来还不知道是个什么情况。"陈夏呵斥道："你哪来那么多废话？"然后一骨碌下床，在房里踱步，气呼呼的样子，"你以后少管我的闲事，我办杂志，你不但不支持还跟在后面说风凉话。你还有没有良心？"

李嫱静静看着他，"你现在工作如意了，怎么还那么大脾气？我管你什么闲事？自始至终，你辞了晚报办刊物，我阻拦你了吗，家里的钱全拿给你做本了，我说过一句多话吗？"陈夏说："我这个月就还给你。还有，你以后不要像你父母那样杞人忧天，我办这个杂志是北京总社授权的，手续合法，刊物合法，管你李家什么事？你爸爸整天要个官僚腔，不助人长处，专揭人短处，我在报社工作那么多年，他从不关心，怎么我办个杂志，他就唠叨个没完没了？"

李嫱一见陈夏又在指责她父亲，非常气愤。她说："爸爸是担心你那杂志靠卖版面发职称论文。"她顿了顿，又说："这是非常危险的。"

陈夏怒吼道，"危险与你李家有什么关系？我进了看守所，你李家人都不救，用不着再假惺惺担心我办杂志。我看你们明显是看我好不服气，巴不得我一辈子困在晚报做一只哈巴狗。再说我的杂志我清楚，样样合法，版面费是双方自愿，否则我凭什么发那些烂论文，我又不是慈善家。有偿论文是学术职称化产物，又不是我一个人搞的产业链，那些院士、博士、教授有几个不是有偿版跳上去的？教育部都承认了，怎么我就做不得？"陈夏用手指着李嫱，"以后再说这些废话，我真不客气你。"说罢就卷了被子去客厅沙发睡觉了。

以前好像吵架都是李嫱卷被走人，这是第一回，陈夏卷被离开卧室。

陈夏现在忙杂志正在火头上，李嫱及她父母却时不时泼冷水，陈夏十分恼火。九月初陈夏辞职开始筹划办杂志社，消息很快传到李父那里，李父为这事专门召见陈夏面谈了一次，问他为什么要辞去晚报工作？陈夏明确表态，自己想出来做点有意义的事。李父说："当局者迷，那种杂志我清楚，只能在国家政策的灰色地带谋求生存，你最好歇了它。"陈夏越来越讨厌见到李父了，陈夏在农村长大，他觉得农民父亲虽然无知，无知更显他们的忠厚，农民父亲对世界始终抱有敬畏和膜拜之情，他们对闯荡江湖的儿女始终是祈福和叮咛，他们不会指手画脚，品头论足；不像李父那样伪善和虚荣。陈夏似乎洞察到，诸如李父那种注重声誉和形象的官场人，往往是挂着厚德载物的面目，掩饰鲜廉寡耻的一生。他开始恶心他了。

由于恶心李父，他也开始恶心李嫱。他觉得与她说话十分吃力，他们的人生价值观存在巨大分歧。一般来说，男人有自己的想法，干自己的事业，妻子应该不遗余力地支持，而李嫱对他辉煌的选择却视如敝屣。他开始审视这桩婚姻——温情和爱？物质的变化或事业的台阶？除了名分，他没有得到任何实质性的东西。他虽然住在这套宽敞的房子里，但他却像一个寄居的男人。陈夏突然想到，他作为一个正常男人，居然好几个月没有性生活了。一方面，因为忙着杂志，他每晚上床都精疲力竭；另一方面，即便某些时候他也想要，但李嫱那种冷漠自私的态度，也给不了他想睡她的气氛。归根结底，还是这女人的薄情。

这个冬夜，陈夏裹一床羽绒被蜷缩在客厅的沙发上，想了许多，情绪愤懑，似乎和以前很多的夜晚一样，最后他是在愤懑中进入梦乡。

第二天晚上，没有争吵，因为两人根本没有说话。陈夏回家已是十一点了，卧室的门没有关严，逆着缝隙映射的光，看到李嫱正躺在床上玩手机。陈夏觉得若再去卧室睡觉，他昨晚的表现就是矫揉造作。他洗了把热水脸，也懒得洗脚，就掀开沙发上的被子，缩进去睡。这被子一天都没人动，依然是他早上起来时的样子，仿佛就是等着他晚上回来继续睡似的。昏暗中，墙壁上的钟映着亮晶晶的一圈圆点，因为电池耗尽，指针错乱地指在四点二十分。客厅的挂钟象征一个家庭的生机，迟一秒都要准时更换电池和调整，但他们家的钟，竟然几个月没人换电池，此时钟的秒针还在举步维艰地咔咔跳动，仿佛饱含对这个家庭的叹息。

陈夏想，如果他和卧室里的那个人，真的散了，他会不会有遗憾？但这个念头一闪，又被他马上扑灭了。这么多年，虽然争吵和分床睡觉时常发生，但他从未想过与她分手，他只希望她能好好爱他，顺从他，体贴他，支持他，不要那么温开水似的，令他疲软和厌烦。他睡客厅，就是想激发她反省，扪心自问一下你像不像个妻子？他甚至还想给她制造一些悬念和危机，让她抛弃对父母的顾及，全身心地爱丈夫，而不是站在父母的角度爱丈夫。

这么想好了，陈夏就不怎么回家了。他在办公室里配置了折叠床和棉絮，晚上就睡在办公室。睡了几个晚上，李嫱也不打电话给他，也不询问他晚上住在哪。陈夏偶尔回家睡一晚沙发，他想试探李嫱的态度和反应。没想到，回来两次，都没有碰到李嫱，她居然也不在家睡觉。这一个晚上十二点多了，陈夏终于按捺不住，找个理由给李嫱打了电话，他想证明他在家，也想探探她多日不见他，有什么反应。他说他有一个 u 盘，上次她拿去拷资料，现在搁哪了，书房找不到。李嫱在电话那头干着嗓音，像是即睡的状态，"我不知道，你再在抽屉找找吧。"然后就挂了电话。对他几夜不归，她毫不生气，也不牵挂。这样还像夫妻吗？落寞、愤懑和自怜的悲伤，比夜色更重地笼罩了陈夏。

冬景苍凉而沉闷，天空总是灰蒙蒙的，像一层冰冷的铝缸扣在城市的上空。风吹过来，结了凌的树枝笨拙得晃不动，城市像幅油料堆得涂糊了的画，没有层次和肌理，没有令人遐想的空间。陈夏穿过僵硬的城市背景，来到他南海路的办公大厦，相反，室内的人们却精神抖擞，候在电梯口的人，个个衣着鲜亮，头发梳得油光水滑，有说有笑，每一个清晨从装腔作势开始，只

185

要一装腔瞬时就能驱散夜梦留在脸上的残迹。

三十层的电梯，即便逢双停，也是很耗时的。陈夏的杂志社租在二十二层，他每天在电梯会碰到各色面孔，老面孔虽不知其名，也会互相略表友善地笑一下。

这一天，正当陈夏跟着人群踏入电梯时，门外突然有人边追边叫等一下等一下，接着又进来三个人，其中一个让陈夏惊厥起来，是梁扣扣。阴魂不散，怎么又是她？连读者都烦了。梁扣扣也是满脸惊愕，紧接着她对陈夏微微一笑："你好。"陈夏立即把厌恶和恼怒挂到脸上，他偏过身对着电梯按键，不理她。梁扣扣也没有说话，只站他身后，应该在静静看着他。电梯很慢，好像每层都停顿，陈夏屏住呼吸，心里急得慌，如果有可能他想变成隐形粒子，瞬间飞离。人们进进去去的，越往上升，里面的空间越大，后来电梯内只剩三个人。梁扣扣果然在背后说话了："好巧啊，你怎么也在这？你在这上班？还是来办事？"陈夏头也不回，装作没听见。梁扣扣又说："对不起，我到二十六层，帮我按一下。"陈夏堵在按键位置，旁边有人说，帮她按一下。陈夏就按了二十六层。梁扣扣站到门前来，她斜看陈夏，陈夏正好要出门，两人目光在这一刻打了照面。电梯停在二十二层，陈夏又在门中央，能看出他是要在这一层下的。双门缓缓拉开那一刻，梁扣扣急切地补一句，"你还好吧？我一直想找机会向你道歉，希望你能原谅我。"后一句是尾随陈夏出电梯的背影的，陈夏做得真漂亮，始终没有没搭理她，毫不留情，漠视。他甚至后悔按了那个二十六层的键，否则他就彻底完美了。

这一天之后，陈夏很担心再在电梯里碰到那个该死的不要脸的女人。陈夏就会有意避开上下班高峰。他晚上住在办公室，但他每天两餐必须下楼吃饭。所以他偶尔会走几层楼梯，然后估计电梯没人，他就再乘一截电梯。这么疑神疑鬼，偷鸡摸狗似的，上下了几天，他很累很不方便，他开始思考梁扣扣那天可能是来这幢大厦办事，未必在这上班。她是一个精神病，她哪会在这幢楼上班？这里全是高档商务单位，甚至有外商。梁扣扣绝对找不了这里的工作。他的思绪在翻弄梁扣扣，由此想到她那天的模样，她胖了许多，准确地说，像个发福的哺乳期女人，脸盘大了，眼睛也更亮了，头发也剪短了，装束似乎也改了，好像穿的不是韩版休闲装而是中年女人那种长款臃肿的毛呢外套。

嗯，他不允许自己再纠结那样女人的模样了，只求上帝开恩，让他不再看到她。后来，陈夏照样乘电梯上下，他想好了，如果再遇到，他仍然把她

当狗一样漠视。

　　他的杂志社，虽然公章刻得很多，但一共只有三个人。便宜无好货，那两个廉价的年轻人，虽然从早忙到晚，甚至每天还带一摞稿件回家晚上看，但他们的文字能力相当差，样样事情都得陈夏亲自把关，修改稿件如同老鼠啃糍粑，一塌糊涂。

　　陈夏思考着，还得招聘两个有编辑经验的人来，但考虑到办公室租金和印刷成本都太高，目前许多企业赞助款也未到账，资金周转困难，招人的事，只得暂时放下。一个下手出主意说，高校正放寒假，可以招实习学生，不必付工资的那种，期满只需写实习证明。陈夏采纳了他的意见，叫他在网上发招聘广告。世界之大无奇不有，果然这几天就有学生来应聘义务劳动。陆续来了好几个，询问工作内容，简单面试后陈夏打算确定两个，多了他也不要，良莠不齐的孩子进来，业务不熟还难管理。

　　这天上午，廊外又有人敲门，陈夏说如果是应聘实习，就说满了。一个年轻人去开门，却见不是学生，是个有些岁数的女子，她问："陈夏老师在这里吗？"陈夏一听那声音，心里好紧张，来不及拒绝和回避了。她已经被让进了办公室，走到了他的工作间。距上次电梯相遇十来天了，陈夏的警惕刚刚松懈，怎么这回竟找上门来了。碍于有两个下手在场，陈夏没有轰她出门，他的态度极其冷漠，眼睛盯着电脑屏，他说："你好，你有什么事吗？"梁扣扣却不介意他的冷漠，她大方地坐到一旁的圆凳上："没事，我到楼上新广传媒给单位送材料，顺道过来玩玩。不打扰你们吧？"她炽热含情的目光开始扫视他。

　　一个年轻人已经取纸杯给梁扣扣倒来一杯热水。梁扣扣欠身接过说："谢谢。"有了这杯水，她就坐得安定了。环视室内，堆积如山的书和纸箱，也有两盆龟背蕉，茎粗叶肥。那边两个人正把头埋在电脑前，隔离屏风上，只看到他们头顶发梢。她看到陈夏这隔离间上镶着"社长"二字，就说："你现在管这个杂志社？"陈夏假装很忙的样子，滚动鼠标看电脑屏，"是的，也才刚刚开始。"

　　"真了不起。"梁扣扣情绪很稳定，态度很谦卑，她似乎想够上他的层次说一些与他专业相关的话，但她又不太懂，又怕说错，她就说："陈老师，这杂志能送我一本吗？我现在没事也喜欢看看书，手机最伤眼睛了。"

　　"没事，你拿吧。"他的语气变得平和了些。梁扣扣就从旁边解捆的杂志包里，拿出一本。她装模作样翻翻，突然发现这是第三期，她问陈夏还有第

187

二期、第一期吗？陈夏说，有。然后陈夏叫那边一个年轻人把前两期杂志找来。那年轻人连忙应了。印刷厂运来的整捆杂志，除了赠送一些给客户，现在都堆在编辑部，它们最终的去向该是废纸收购站，连农村人的土豆都不如。有人要杂志，自然是好事，那年轻人真当一回事，把一捆捆杂志，拎到一边，又从里面翻前两期的，需要一些时间，却不知这一位，要的就是时间，而不是杂志。

这边她又说话了："陈老师，你们杂志怎么订？"陈夏说："邮政也有，从元月开始，最好直接从我们编辑部订，快递保险些。"陈夏终于调转目光，打量着梁扣扣："你在哪上班？你们单位要订杂志吗？"

梁扣扣说："我在交广台上班，我可以推荐我们单位订啊，我还可以叫我老公单位也订。"

陈夏高大上的形象像一尊雪堆的人儿，一步步地被梁扣扣攻塌了。就是听到"老公"这两个字的时候，陈夏感到心里一阵瘫软，久抑的恨和厌烦，散沙一样结不成块了。接下来梁扣扣闲散的语言，彻底颠覆了陈夏的想象。

梁扣扣已结婚了，而且生了一个女儿。她现在也不发神经了，她在交广台做播音主持，她老公是做金融的，收入不错，她的工作家庭安好。

因为惊奇和迷惑，陈夏在假装忙工作时，开始间歇性看她一下。一箭双雕，即表示他在与她交谈，又获得了他眼睛的满足。一会看到她发型，的确是短发，自然齐颈，很清爽；一会看到她的衣服，呢绒双扣的大衣，胸脯变丰满了；一会看到她的眼睛，饱含谦逊和温情，还有深情的感染力和扩张力，像是想扑上来拥抱他似的。其实她早已用目光把他从头到脚抚摸得热乎乎的。

梁扣扣的言行和思想，俨然一个成熟女人，质朴而端庄，不像当初那么执拗、浮肿和虚荣。她在闲聊时多次表露她以前不懂事，太任性，犯了不少错误。她生病期间，感谢陈夏给她的关爱。因为有旁人在场，陈夏几次把她这些话压回去，梁扣扣也知道说话的方式，但她没有机会单独与他说话，她只能这样半露半掩表示对他的亏欠和感谢。

这一天梁扣扣冒昧造访，和陈夏说了半个小时的话，礼貌拘谨，自然得体，与当初发神经的样子，判若两人。并不是陈夏催客的，是她自己觉得打扰他工作，而主动起身告辞的。她走的时候拿到了想要读的三本杂志，还拿了几份杂志订阅单。陈夏不指望她订杂志，他知道她对他还有感情，可能不是爱，而是想征服他，得不到的永远是不死心的，女人比男人更有征服欲。陈夏当然不会被动摇的，但他觉得她现在好像不再危险了。

陈夏心里说不清什么滋味，虚弱、慌乱、自惭形秽，还有快速闪过的自卑。这一天之后，陈夏陷入了漫长的检索，检索与梁扣扣的过往时光。这也引发了他和她对生命与爱情的换位思考，他把梁扣扣嫌成一坨烂脓，以为被梁扣扣爱上，就是世界上最倒霉的男人，现在居然有人娶了她，和她结婚生女了。这种好奇的心理驱使他开始在网上搜索，他先查了市交通广播电台，果然有梁扣扣的名字，主持的专栏虽然是什么出租车司机猜谜中奖的节目，但毕竟也是一份工作。他又在百度键入关键词"精神病复发吗""精神病与遗传""精神病的日常表现"，结果他获得的信息是精神病治愈率高达90%，其中10%愈后终生不会复发，可以正常进入社会。非遗传性的青春期其他原因引起的短暂精神状态，不是真正意义上的精神病，一般情况下，只要医治及时完全不影响婚姻和生育。梁扣扣究竟属于哪一类呢？陈夏也不知道。

大概过了一个星期，梁扣扣果然送来三十份杂志的全年订单和现款。收刊地址都是本市，有私人也有单位。陈夏内心有些感动，一个女子挨门去推销杂志，厚脸求人，也不容易，说明梁扣扣是诚心诚意想帮他。这一天，陈夏语重心长地对梁扣扣说了一声："谢谢，非常感谢。"梁扣扣抿嘴一笑："谢什么啊，绵薄之力，不用那么客气。"

但是陈夏头脑一直清醒，内心对她设置一道警戒线，他怀疑她居心不良。她到底有没有结婚生女，还有待验证。记得季风山相遇，她也表现得光滑如铁，结果没多长时间就露了狐狸尾巴。他再不能与这女人有半丝瓜葛，他已经遭殃透顶了，甚至他的美好前程都栽在了这女人身上。他这样想着，言行还是冷若冰霜，他要给梁扣扣无懈可击的感觉。梁扣扣也知趣，那天送完订款，也干脆得像普通朋友一样，客套几句就走了。

四

这一年元月，陈夏办的《时代格局》下半月刊经过四期赠送后，正式发行了，他还在封底印了邮发代号。每期印数一千册，当然这个数字不能印在杂志上。邮发代号也是毫无意义的，因为根本没人通过邮政订阅这份杂志。发行主要靠他自己跑企业，跑市县，带卖带送。每期可以运走四百多册，剩下的打发那些发表论文的作者。发行四百册，对于那些纯文学杂志是望尘莫及的，办杂志的人都清楚，现在一些文学期刊，虽然在邮政还能找到代号，但发行的数字简直少得难以启齿。陈夏的杂志是人文综合性刊物，除了卖版面，他还要支付稿费，寻找最好的压刊稿。优劣混合，雅俗共赏，加之印刷精美，总的来说这份杂志是拿得出手的。收入方面，目前已经有八家企业作为理事单位，广告除封面，其他三个页面，期期满。

如果没有李家人嗤之以鼻，他这个社长就当得洋洋得意了。所以他讨厌见到李家人，甚至他现在连李嫱也不想见了。他在办公室睡到春节临近，被商务大厦物业发现了，物业人员责令他下不为例，因为大厦明文规定不许住宿，于是他就在大厦附近某小区里租了一个小套房。

冬天很冷很漫长，雾霾罩在玻璃窗上，孕育了一季的雪到了年终依然没有降临，人们在分不清早晨和黄昏的阴沉中，按照日历，贴红挂喜，迎接新春。

整个春节期间，陈夏没有迈进李家的门槛，这是结婚以来不曾有的事。李父似乎明白了，这个貌似温顺的女婿一身傲骨铿锵作响，傲骨中却裹着玻璃心，碰不得。因为对他的职业选择说了几句多话，他就以这种漠然的方式报复。李父对李嫱解释说，如果是自己的儿子，他可能会说得很重。晚报毕竟是正规的机关报，他居然辞了机关报去干个体户，对此他实在不赞成。李嫱说："爸，你不要再管他了，我们都不要管，随他去。"李父说："可他毕竟是我女婿啊，总希望你们日子过得和谐安稳。"李嫱看着父亲一脸的愁容，眼袋胀肿，麻白的发丝染透了双鬓，李嫱一阵心痛，觉得父亲老了，无辜的老父，还经常被陈夏在背后责骂。愧疚和忏悔使她鼻子酸酸的，当着父亲的面，她竟然控制不住流下泪来。李嫱一流泪，一些暗藏的悬念，就在李家人心头游离开来，因为恐怖，他们谁也不敢吱声。

城市在春节是一座空城，马路两侧的门面，虽然挂着灯笼贴着巨幅红联，却是关门闭户，行人极少。马路上往来的车辆稀疏如零星，仿佛城市就是农村人的，农村人撤离，城市的空间陡然变得无限大，留在这城里的人，内心反而无比充实，无比畅快。似乎都想跑到大街上去狂喊，宣泄平日拥挤和嘈杂带来的压抑。三五天美好的空城时光，陈夏除了编辑稿件，就是开着他新买的SUV汽车到处兜风，横七竖八地穿越东南西北的高架和几圈环城马路。奇怪的是，农村人一走，城市的阳光也出来了。风里不再有寒气，奔驰在宽阔的高架道上，依稀感到风里夹着苏醒的树木的馨香，那种透明、畅快、自由的呼吸，是他多年来不曾有过的时光。

元宵节上午，陈夏提着礼品，到魏桃西三环的家里做客。第一次来魏桃在东亚买的新房，乘电梯升空的那时刻，陈夏想着自己要买别墅的信念，仿佛又打了一层箍，更加牢固了。

　　身份高贵的陈夏亲自来魏桃的家，也不是为魏桃锦上添花，他是为了来看自己的母亲。需要补充的是，元宵前夕，魏桃派魏建回家乡接来了两个老奶奶，一个是魏桃的母亲，一个是陈夏的母亲。魏桃在东亚买了新房，现在又谈定了中科院教授，她自然要亲人来分享她的幸福时光。这份荣耀在家乡也早就传开了。魏桃母亲在村里走路仰首挺胸，仿佛在做驼背矫正，有了博士女婿，邻里乡党无人不敬慕她。荣耀使她变得无比大度和善，她对陈夏的母亲也是百般的好。魏家母系的遗传，都是精明人。当年魏家母女费尽心机套上全村唯一的大学生，前丈母娘功不可没。相比之下，陈夏的母亲就老实本分多了，像一垛泡菜，任人摆弄。这次魏桃母亲邀她一道到东亚过元宵节，她本不想来，不习惯城里的生活，但她哪架得住魏家母子的盛邀，她只得以拘束来成全魏桃的孝心。她现在的身份有些不明不白，但魏桃是她看着长大的，自家闺女一样，未来女婿范士本，也是个随和马虎的老实人，他似乎分不清哪个是他丈母娘，来了都叫妈妈，他对陈夏母亲也叫妈，陈夏母亲心里就舒坦了些，在魏桃家住着也不着急了。

　　陈夏到时，范士本在，魏建也来了。大家挤在魏桃这小客厅里，有说有笑，其乐融融。陈夏陪两位老人闲聊了一会，就开始参观魏桃的居室设计。看情形，范士本已经成为这家的主人了，通往阳台的小屋已经改成了书房，有一面墙镶着书橱，最潮流的设计格局，架上全是范士本的专业书籍。儿子都没有书房，范士本却有书房。陈夏心里不快活，却又不能表露，毕竟这是魏桃的地盘。陈夏心想，等自己买了别墅，一定要为儿子设计一间漂亮的书房。陈夏刚逛到阳台就见范士本进了书房，他喊他坐着喝茶。范士本为陈夏泡了一杯绿茶，放到自己书桌上了。于是两个人坐在狭窄而精致的书房，聊起来。

　　陈夏客套地问范士本工作忙不忙？范士本说，目前正参加一个与斯坦福大学合作的研究项目，几乎所有的时间都泡在实验室。呵，跨国项目，陈夏打心眼里羡慕范士本，但他不会表露在脸上，他也不想对范士本的专业问得太多，因为问得多，范士本就会说得多，那都是陈夏不愿意听到的。中科院的博士动则几百万上千万的经费项目，哪是一个文化个体户够得着的话题。他们开始把话题绕到《时代格局》下半月刊，范士本说："杂——志办得不——错，就古代文言——研究，这类论文我——看得头晕。"陈夏笑笑，"是的，有些文章是太专业了些，但没办法，作者付版面费的。"范士本就结结巴巴提了建议，不能办成专业教材，毕竟杂志是要面向市场的，即使是人文理

论期刊也要尽量避免艰涩和狭窄。比如某些考古钱币收藏杂志，都通俗化、知识化和趣味化了，至少能找到几篇非专业人士都读得懂的文章。陈夏认为他说的有道理，陈夏谦虚笑笑："刚开始，正在摸索，力争下几期增设新栏目。"他又问范士本能否帮他约到好稿子？范的圈子都是搞理科的，论文是奔着《自然》杂志去的，能写社科人文稿的估计没有，他说他会尽量帮他留心。

交谈中，陈夏端详范士本，发现他还是那么闷头蠢脑，托着高度近视眼镜翻书，但脸上的气色明显比原来白润多了，衣着得体又干净，有女人滋润，这个老寡汉愈发的有一份憨态和福相。当初只因沾他买单的便宜，结果引狼入室，做了这个家的男主人。陈夏心想，这也是命里该他的。

宴席上，陈夏坐主位，魏桃和范士本对他极客气，盘挨盘，缸贴缸，一桌子菜，都是贴着陈夏口味来的，儿子都没老子高贵，老子也没有两位老人好怠慢。魏桃反复赞赏陈夏能干，杂志印得好漂亮，说："翻开就是你社长的名字，比原先在《时报》满纸找你，爽多了。"学府酒店第一个在他的杂志做广告，酒店也订了十份，魏桃还把每期杂志带一本回家，给儿子看。儿子陈俊驰也好崇拜父亲，说："老爸我大学毕业是不是可以去你杂志工作？"陈夏说："你必须出国。"大家听了这话都应声叫好，那两位老奶奶脸笑成了九月的菊花。

陈夏内心对魏桃的嫉妒似乎比原先消解了许多，当时一时接受不了事实，后来时间长了也想通了，再说这半年来，陈夏的杂志办得风生水起，他没有理由容不下范士本。他现在走到哪手机响得都没歇过，日理万机，业务繁忙，生命充满朝气，他也不允许自己心怀狭隘，他是一个干大事的人，不必在无关痛痒的人身上浪费他的精力。这样想想他和大家碰杯说笑的声音就大了些。

这日饭罢，母亲对陈夏说："儿啊，我么会子去你家？我来了几天了，还没见到媳妇呢！"陈夏似有准备，心里正盘算着，前丈母娘补充说："省得你家铺床，我们明天早上去，傍晚就回来。"诚然，前丈母娘也是要跟着一道去的。陈夏嗯叽着答应好，"好，好，明天早上我来接你们。"母亲一听就放心了。

当日下午，陈夏满脸愁容回了南方花园。李嫱正好在家。陈夏对李嫱说："明天有客来，你最好别走，请在家配合一下，好吧？"李嫱惊奇地问："你不是一直在忙杂志嘛，怎么还有客？"陈夏就说："是我母亲，她现在住在魏桃家。"李嫱似乎明白了，说："怎么能让你母亲在别人家过元宵？来了也不提前说一声。"陈夏说："如果在这里过，这有年气吗？"李嫱说："这要问你，

你个把月不回家，还跑到外面租房，这家不仅没年气，连人气也没有了。"陈夏觉得李嫱终于为他离家而生气了，但这仿佛是一种客套或敷衍，这个家有他没他，实际上于李嫱毫无内心的触动。李嫱的假让陈夏也假，他说："租房是为了到杂志社上班方便，你又不是不知道，城市已经堵得不能走路了。"

李嫱没有说话，转身进了书房，收拾什么。陈夏开始整理和打扫房子，因为明天母亲要来，这屋子乱得不像样了，不能让母亲看出他们分居的迹象。

陈夏叠起沙发上他很久以前睡过的被子；把凌乱的物件归位，端正地摆到博古架上；把墙壁挂钟换电池调好了时间；把卫生间厨房的台子洗洗擦擦，噼里啪啦正忙着，见李嫱穿上风衣，挎了包，拎着两箱礼品酒要出门。陈夏怔怔看着她，李嫱说："我晚上去陪父母过节，明天上午准时回来。"

李嫱没有叫陈夏一道去陪她父母过元宵节，陈夏也没有主动提出自己也去。陈夏点头嗯了一声表示知道了，然后李嫱就出了门。

第二天，正月十六上午，陈夏开车从西三环接来了两位老奶奶，还有儿子陈俊驰。那祖孙三人在南方花园吃了一餐丰盛的午饭。因为老人吃不惯饭店，陈夏只得亲自买菜和下厨，虽然两位老人吃不得重油，但炖的煮的样样备几道，也是做儿子的心意。陈夏在厨房忙前忙后，他心里还不忘惦着客厅里李嫱的动向。他发现她偶尔在客厅陪两位老人吃茶，一会又躲书房上电脑，然后很长时间又出来转一下，帮老人添些茶水什么的。但自始至终，李嫱的表情都是温存和喜悦的，她配合得天衣无缝，连陈夏都看不来，他俩的关系在这之前发生了冷漠和僵硬。两位老人和一个孩子自然不知道，为迎接他们今天的到来，他们夫妇做了精巧的安排。陈夏的母亲来到儿子家，看到房子这么大，儿媳这么贤惠，她自然是高兴的。这过程中，她小心翼翼、支支吾吾，在他夫妇面前表露了抱孙子的想法。但母亲的支吾很快被陈夏板着脸色堵住了。

李嫱的脾气和性格与魏桃大不相同，魏桃的愤怒和喜悦都会难以控制地表现到脸上，表现在她粗俗的言语中，这恰恰是没文化的表现，而李嫱是一个自控力较好的人，为人处世仿佛永远保持她的不失体面，表现出一个大家闺秀的修养和风范。这恰恰是陈夏对她难以把握的方面。今天李嫱内心有多少别扭和压抑，陈夏不知道，陈夏还恬不知耻命令李嫱陪魏桃母亲喝酒。魏桃母亲会喝白酒，也不分场合，见这夫妇盛情，陈夏拿出一瓶茅台，她就毫不客气地说："这么好的酒，几年都尝不到一回，真香啊。"陈夏下午要开车送他们，就叫李嫱："你陪阿姨多喝几杯。"这"阿姨"就是他的前丈母娘，

193

老的不知耻，小的也不知耻，而李嫱却感到莫大的耻辱。她敷衍式地与她碰了杯，小尝一口，就借故说自己嗓子不舒服不能喝。那老奶奶如同魏桃一样，放荡不羁又好哗众取宠，她后来就抱着那瓶茅台自斟自饮了，话多得吓人，这屋里就听她在"啪啪啪"说个不停，乡村奇闻，邻里琐碎，都搬到李嫱家客厅里来说，浓重粗俗的方言，把一桌菜盘都喷溅了口水。

这一顿饭，李嫱还能吃得不无声色，伪装下去，真有耐力。自私而不自明的陈夏果真没有考虑李嫱的感受？反正李嫱内心是十分地鄙视他了。鄙视总是伴着厌恶，日积月累就是仇恨。除非像他一样无赖，稍有自知之明的男人都不会把事情做到这一步。明明夫妇关系处于僵持阶段，还把农民"啦啦队"带到家里来，还要她"配合"表演。

这一天，李嫱"卸妆"后，长嘘了一口压制很久的气。她知道这是最后一次，所以今天的"表演"她也比较卖力，现在这口气，也嘘得特别长，仿佛一场闷雷，从天际划过云层那么悠远。

元宵节过了，陈夏的母亲又被魏建送回老家了，儿子也上学了，年气也散了。陈夏开始潜心投入杂志社的工作，他今年除了编辑出版杂志，还打算策划编纂一套企业家传记。他内心饱含的热情，与窗外僵硬的城市背景完全不同。城市又开始拥挤起来，双向车道，川流不息，马路边泛青的植株，树尖全被染上一层紫灰。接着是一连半月的雨夹雪，晚来的春雪，沁到了人心里，仿佛那经过干冬的裂疮，又在冷水里浸泡。

五

没有不幸的婚姻，只有不合适的夫妻。婚姻不是合脚的鞋子，婚姻是一个赌盘，如果不在合适的位置起步，赌盘永远也转不到正点上，再耗下去，只会更加浪费时间并且让人心力交瘁。沉默是一种怯懦的表现，拖延是因为有利益纷争，如果不怯懦也不想贪图利益，那必定是主动提出分手的一方。于是在这个潮湿的雨季，城市某些老式建筑的院墙头还点缀着一两枝残存的桃花，李嫱就委了律师，把离婚协约送给了陈夏。陈夏似有预感，他觉得他与李嫱可能过不下去了，但他不知道以怎样的方式结束。他万万没想到性格温和的李嫱来得这么快这么直接，似乎一点由头都没有，一点过渡都没有，一点余地都没有。

这位律师很认真，他郑重其事对陈夏说，如果签了协约就不必走法律程序了，就皆大欢喜。陈夏心里骂："欢喜个屁，有你这么说话的吗？"陈夏把

协议往乱纸堆上一扔，对律师说："没你的事了，我会直接跟她谈，你走吧。"

恰好这几天，陈夏要参加省文联组织的送文化下基层活动，他带了一个副手和二百册杂志，去了东亚北方。他在北方几个县乡游历了几天，杂志送完了，也借机把《时代格局》做了一些宣传。疲惫不堪回到东亚，正好是星期五晚上。他本来想回自己租居的房子歇息，但他突然担心，过了这个周末还没回李嫱的音讯，李嫱可能冷不防又会使出什么新花样，附加一些对他不利的离婚条款，他把副手搁在一个方便打车的马路边，自己就驱车到了南方花园。他还有这套房子的钥匙，目前这里还是他的家。

开门进屋里面一片漆黑，他以为李嫱不在家，一按亮客厅的灯，卧室的灯也亮了。因为两人多日没有见面，也因为这屋内寂寥阴森的气氛，陈夏莫名地心里有些害怕——他不知道，即将露面的李嫱是什么态度。

陈夏正在洗浴间梳洗时，李嫱穿上了正装，从卧室出来，她坦然恬静坐在了沙发上。陈夏表现出极平常的样子，问李嫱："还没睡？"李嫱说："没有。"她看到门边陈夏搁下的那些衣物，就说："出差刚回来？"陈夏说："是的。"然后又说北方仿佛天缺了口，天天落雨。宾馆里的水怎么难喝，北方的水泡他的南方茶叶，喝到嘴里是腥草味，最不习惯去北方出差了。这样乱七八糟地说些话，李嫱也应着。然后又绕了一些其他话题，气氛并不是他想象的那么糟糕。

李嫱说："协议看过了吧？"

陈夏正把出差带回来的脏衣服放进洗衣机。他瞟了她一眼，客厅的水晶灯照得她的脸亮堂堂的，没有轮廓，没有表情，他揣摩不透，她是做作，还是痛彻之后的镇定？他说："看过了。为什么这么急？你父母知道吗？"李嫱说："不知道。"陈夏内心一阵窃喜，李嫱紧接着补充："这还急吗？都拖了好几年了，总要用一种形式结束。"

陈夏没有说话，但他已经坐到李嫱斜对面的单座沙发上。屋里沉寂了好一会，李嫱站起身，仿佛想激发一下体温，驱散身上的寒冷，很快她又坐下，仿佛在等他回答。

陈夏说："你说'好几年'，好几年前就想离婚？那你为什么要把我耗到现在？你为什么不早说？"

李嫱说："我们不合适在一起，我也不像妻子，这话你早说过。"然后又冷笑一下，"我是不像妻子，我只适合表演，所以你母亲来了，我演得很像，这个你该满意吧。可是你呢？你连表演都不愿意，你整个春节都不去保利公

195

馆，你太自私了，只有你有母亲？你有没有考虑我和我父母的感受？"

原来是为了这事，陈夏心里有了底。他还做贼心虚地以为，是梁扣扣去了两趟他办公室被李嫱知道了，或者他租房子的事被她知道了。这两件事在收到离婚协议后他想了好几天，都觉得不可能，因为他杂志社两个副手根本不会通风报信，他们也不认识李嫱，他租房至今除了他自己没第二个人知道，两个副手以为他不睡办公室的时候就是住在家，李嫱以为他不睡客厅沙发的时候就是睡在办公室。

如果上述两件事被李嫱知道，那么他就成了过错方，浑身长嘴也说不清，拉到法律上会发生性质变化。仅仅因为没有去陪她父母过春节就闹离婚，说明李嫱心里只在拗一口气，这口气拗得倒让陈夏心里十分平衡和舒适，于是他更加歇斯底里地抱怨起来："我装不出来，我不是那种性格。他（指李父）看到我就烦，我干吗要自讨没趣，去冷脸凑热脸。每一个人都有尊严的底线，即使在长辈面前。"现在抱怨都这么文雅，居然用了"长辈"二字，以前是那"老家伙"。

李嫱说："我爸什么时候烦过你？哪次你去不是客客气气的。就你心里有鬼，你经常在背后指责他，数落他，换位思考一下，你有没有品德？"陈夏说："你现在到底要我怎么样？没去陪他俩过春节，我需要去他们面前赎罪？"

李嫱顿了顿，仿佛又想了到最初的目的："不需要，他们真的已经烦了你了。"然后转身进卧室，把门"啪"一下关上。陈夏正发愣，李嫱猛地又把门拉开，"协议书你已经看过了，没异议就赶紧签字。"说罢门再次关上，而且关门的响声比刚才更大。

陈夏也不示弱，对着房门大叫："离就离，没有人粘着你。"

这天晚上，陈夏又在沙发里睡了一夜。第二天晚上他很想再回南方花园睡沙发，又恐露出退步求饶的迹象。对于离婚这件事，他需要表现出果敢和无所谓，又需要表现自尊心。但他还是拖着不签字，有多种理由，一方面他认为，他没有错，财物分割上他不能吃亏；另一方面他想拖一拖，看李嫱父母那边有什么反应，或许事情会出新的转机。陈夏知道，李家父母死要面子活要脸，岂能让女儿离婚，女人离婚，下场将比男人惨一千倍。他坚信李家不轻易同意女儿离婚，还有英国那个姐姐，知道这事将会何等悲伤？

陈夏思忖半晌，又把思路转向李嫱一年多的种种表现。她是不是有婚外情？没有理由在这个节骨眼上突然要他签字离婚。他的杂志刚刚开始，他正想这两年干出点起色，给李家人看，他还想近一两年买套别墅，开始他们夫

妇温馨的新时光。如果是她见异思迁，那他真要拖一拖，绝不会善罢甘休。陈夏终于找到了缝隙，他认为这个疑点有必要查一查。于是他神经质地开始了捉奸。

他晚上开车回南方花园，车停在一角，坐在车里望着他们家房子什么时候亮灯。如果守到十二点，发现家中还未亮灯，他又开车到她父亲居住的小区，看李嫱的车有没有停在那。有几次白天，乘李嫱上班时间，他回到南方花园，打开李嫱的电脑，查看她的邮箱和QQ聊天记录。李嫱电脑的聊天软件都设置密码保存，可以自动登录。陈夏间隔几天就回来查一次，未发现异常，没有与男人那种隐秘交流。他又搜她的抽屉、衣柜，翻看房间里每一处存在可疑的物件，甚至茶几下面的小盒里，一张餐饮条码小票也要琢磨一下，经过认真分析，都与偷情无关。

有一天中午，陈夏正在书房，蹑手蹑脚翻李嫱的书橱，他发现书背后塞着几个信封袋，不知装些什么东西。突然客厅大门闪扭响，李嫱回来了。李嫱站在门口，斜望书房："你又在找什么？你的东西会在我的书橱吗？"

陈夏借故说找自己的某个证书，又问："哟，你有什么隐私，动不得？"李嫱说："我有没有隐私你还不知道？QQ漫游全被你打开了，连我在办公室的聊天记录，你都能在家看到。"

陈夏没话可说，只得磨蹭着，收手出来。李嫱说："如果协议内容没有异议，你就签字，我明天叫姚律师去你办公室拿。"

陈夏说："有异议。"李嫱惊奇地看看他："哪方面？"陈夏说："房子是你的，你的工资是你的，我的工资是我的，貌似井水与河水，看起来清朗公平，但这么多年，我为这个家所做的一切，我的精神损失呢，怎么交代？"李嫱说："精神损失？"然后冷笑一下："你还要精神损失？那我呢？我还有青春损失。"说到后一句的时候，她的声音大起来。

陈夏根本没有考虑到财产分割那一步，他本想借协议不公平为由，纠缠一些不可名状的感情，但话一出口，事情竟然变得透彻了，仿佛他已经同意离婚而且在争财产。

李嫱语气平静了些："我们谁也不欠谁的，事已此至，还是离了比较好。"

陈夏说："好，离就离。当初也不是我赖上你的，是你愿意与我结婚的。我算什么东西，你想结就结，想离就离？"

李嫱把包往沙发上一丢，转身去洗手，从洗脸间发出很大的声音："不要再说那些话了，没有意义。"

197

陈夏摇摇头，一屁股坐在沙发上，他表现出感慨和痛惜，说："如果你觉得离了，你会过得更好，那么我也愿意。只是我不清楚，我到底错在哪？"这是由衷之言，话闸一开，他一脸无辜地抱憾起来，他说他不贪吃，不贪玩，不追求物质的奢华和享受，就是想兢兢业业干一番属于自己的事业，这个要求也不过分。他又说，这么多年在外面，他从来不敢超越界限地接触女人，这方面他完全可以坐怀不乱，尽管现在他已不再"在怀"了，但说这些仍然不是多余，他要向她证明，他是一个有家庭责任感的男人。正是这种责任感极强极坚定，他才没有陷入那个梁扣扣设的圈套。现在他把那个夏天在梁扣扣家与梁扣扣的一次非常接触说成是梁扣扣设的"圈套"。他说他不后悔进看守所，刑拘反而澄清了他的清白，他与梁扣扣没有肉体的关系。相比较那些偷情嫖娼瞒着妻子在外与女人厮混的男人，他算洁身自好的正人君子。他还说："尽管这一两年来，我们几个月都没有一次性生活，但我并未因此而起异心。你说天底下，还有几个我这样的男人？"

陈夏像卖衣服的，想打动一个要退货的顾客，有些苦口婆心的样子。尤其这后一句质问，让李嫱极为难堪，她说："所以我不像一个妻子，我们不合适在一起了。"她用毛巾擦擦手，又去翻包拿手机充电，她始终不正面看陈夏，她说："我知道你是一个好男人，你不会有异心的，你不会爱上任何女人，你只爱你自己。"

不明白李嫱为什么刻薄到这种地步，语言也变得精确犀利，"你和我结婚没有沾到任何好处，让你失望了，对不起。"

这些挖苦和嘲讽，让陈夏脸上羞得火辣辣，回想当年和魏桃离婚，还没有蒙受这般羞辱。陈夏果断地说："不后悔？你想好了？"

李嫱终于转过脸来，目光冷峻地看着陈夏，"我当然想好了。"

六

几场梅雨之后，城市中的树木变得色泽分明，晴朗的天气，清晨会有一层薄雾飘浮在树梢上，朦朦胧胧的，空气好清爽。魏桃总在早上五点多起床，她做好孩子和范士本的早餐，然后骑着电瓶车，飞驰过长长的渤海路到学府酒店上班。酒店打理得越来越有起色，黄东俊老板对魏桃的工作非常满意，他一满意，他就对魏桃有了更高的想法和期望。这个五月，黄东俊突然改变主意，终止前面无固定期合同，又与魏桃重新签订了一份三年有期合同，年薪涨到十三万，三年期满，再奖励五万，后续根据酒店业务情况再商榷新的合

作方式。这么一来，魏桃简直感觉要膨胀了，意味着未来三年她将获得四十四万元的薪资，她已经是中产阶层、高级白领了。魏桃喜不自胜地把这个消息告诉了她所有的亲朋。她的亲朋都啧啧咋舌，对她的发迹赞个不停；然后就奉承她什么时候办结婚喜酒，他们红包都准备好了。魏桃说这事她还得好好筹划一下。魏桃把酒宴的事与黄老板商量，黄老板考虑得比魏桃还周到。他说不要太急，要办得隆重体面，国庆节办最好。然后黄老板就说了，最近正在商洽隔壁一间门面。他决定把隔壁那间上下两层的门面房也租下来，然后打通一堵墙，与酒店联体。扩大门面以后，酒店要重新设计装潢。为了不影响生意，打算边营业边装修，分批分期进行。这个算来，估计要到国庆节前，才会全部装修完工。黄老板说，等酒店装修一新再办她的婚礼，到时候就是双喜临门了。披红挂彩放花炮，那场面和气势，多有意义！

魏桃一听连忙点头叫好，由此也明白了，黄老板为什么突然给她加年薪，还签订了固定合同，原来是怕她这个高级人才会炒他鱿鱼，酒店还要大发展呢。这么说来魏桃任重而道远了。魏桃按捺不住内心的狂喜，她就把婚期向外播散开来，东亚的朋友、老乡，农村的亲戚和乡亲，都发了信息。她的婚宴将在国庆假期的装潢一新的东亚学府酒店举行，隆重邀请他们来喝她的喜酒。这条信息也发到了老家村庄那个"天下天罗人"的微信群。魏桃婚讯一发，天南海北打工的天罗人都看到了，瞬时群里炸了锅，接踵而来是鲜花和祝福，让魏桃美得发晕。老家那个村庄里的规矩，凡有红白喜事，都是一家两个人去吃酒，除了按市面价出红包，还要拎十个鸡蛋。魏桃和堂兄魏成德商议好了，分散在全国打工的人直接到东亚，村庄里的人，不要他们自己掏路费，她到时候租两辆豪华大巴，把他们接到省城。

接下来，魏桃天天沉湎在浪漫的幻想之中，她的眼前仿佛看到了自己婚礼的隆重场面，锃亮的酒店大堂，灯火辉煌，一对饱经风霜、苦尽甘来的新人，身着光彩的婚服，满面笑容地站在中间，鲜花和微笑把他们围得重重叠叠，彩屑在他们头顶纷纷扬扬。她想着想着，不禁提前就溢出了幸福的泪光。

幸福的时刻，由不得让人感触过往的苦难时光。于是在这个茂密的初夏，魏桃坐在大堂吧台内，望着大门外穿流的街景，思绪会常常飞到遥远的白云洲劳改农场。这是一种精神的满足，一种今昔对比的感恩。农场的房舍，耕作的田地，食堂打饭的场景，那些记忆块片，她都在重新抚摸；甚至曾睡过的那床薄毛毯，她都摸摸那种荒旧的模样。她当然记得那些人，那些打打杀杀的同室姐妹。她屈指算算白妹该在今年春季出狱了，可惜她和她联系不上，否则她要邀白妹来参加她的婚礼。

魏桃经常听范士本说什么量子纠缠和心灵感应，大意是说你突然想到一个人的时候，那个人也正在想你。魏桃琢磨着白妹出狱后会不会与她联系？分手时她留了魏建的地址和手机号码。

范士本说的话，果然在几天后验证了，这令魏桃愈发地崇拜她的男神了。

那一天白妹突然来到学府酒店，当时魏桃还没认出她。正值午餐高峰，来客中有个女人穿着毛裙和长靴，高挑个，很惹眼。自从当了酒店经理，魏桃很注意女人的穿着，她要随时掌握流行的趋势，跟着时尚穿戴，这是她创业的必修课。魏桃思虑，节令入了夏了，还穿那种长靴？气候错搭的女人，说明家里只有那双鞋能穿出门见人。

正思虑，那穿长靴的女人却朝她走来："魏桃姐。"魏桃惊骇起来："白妹！哎哟是你啊。"魏桃绕出吧台，跑出来拥抱白妹。白妹也高兴得不得了，两个人在店堂双手拉双手，彼此打量，两个人都说"若是在大街上还真认不出来。"说明两个人的外表都有了重大变化。

魏桃出狱的时候，告诉白妹，以后去东亚找她。没有想到，白妹刑满释放，果然来到东亚。这个下午，白妹到了城隍庙，挨家打探，终于找到了魏建的皮鞋店。她向魏建介绍了自己，魏建很客气："常听我姐说起你。"然后魏建就开车把白妹带到学府酒店来。

魏桃和白妹，患难之交喜相逢，一会我理理你的头发，一会你拍拍我的肩膀，两人在大堂里的热乎劲，让旁边那些店员都好羡慕，也不知道她俩什么关系，反正感情脆弱的女服务员见此情景，笑得溢出了泪光。

时近傍晚，魏桃专门为白妹设宴接风洗尘。她本来想叫范士本来陪客，她想让白妹看看她的男神，又怕男神来了，她们叙劳改农场的往事会被他知道。魏桃与范士本相爱，除了她与陈夏那段被孩子证明了的短暂婚史，其他"历史"她一概抹得干干净净，仿佛一个贞洁无邪的死了皇帝的后宫妃子。

她没有叫范士本来，但她认为陈夏可以来。陈夏是她前夫，长得也算帅，该让白妹见见。没想到陈夏势利小人，听说喝酒，先一口答应"可以"，又问来的是谁，魏桃说："牢里刚出来的姐妹，"陈夏听了借故推："哦，我想起来了，我晚上有饭局，来不了了。"

限于白妹目前的身份，不仅不能给魏桃带来荣耀，反而会让人知道她更多的老底，所以她也不想找其他朋友，她就和魏建两个人陪白妹喝洗尘酒。

白妹好像成熟了许多，毕竟人需要经过历练才能慢慢长大。白妹现在说

话，显得比较沉稳，想法也比较实际。白妹出了监狱，也不打算回深圳了，她想去上海找工作。上海是国际金融都市，创业的机会多，凭她的硕士学位，她去上海找工作根本没问题。魏桃鼓励说，生活是公平的，上帝在你左边关上了门，还会在右边为你打开一扇窗。魏建说，有想法就有动力，坚持就是胜利。

白妹说："我原以为没读大学的人一定过得很差、很穷。现在我的看法变了，看你姐弟俩，一个做酒店经理，一个经营鞋业，生活过得这么好，你们真了不起。"白妹站起来要敬酒，魏建按按手，坐下坐下，都是自己人，别客气。

互敬了一回，各自喝干，白妹忧虑，去上海求职，用人单位发现了她的前科，会给她的聘用带来麻烦。

魏建说："我从沿海城市做生意做到东亚，混了大半个中国，算是见过世面的人，不是我批评你，你如果有这个顾虑，不是用人单位卡你，是你自己卡了自己。"

魏桃说："是的是的，你的心态一定要调整过来，跟老姐学。"魏建脸红脖子粗，嘴角溢白沫，"去过监狱也不一定都是坏人，没进过监狱的不见得都是好人。那些明星企业家也有进过监狱的，他们卷土重来，一样飞黄腾达啊。"

白妹算是遇到了生活导师，她感叹说："你说得真好，这社会很多坏人都放肆在监狱之外。"说罢她拿果汁敬魏建，魏建一高兴把一杯白酒喝光。

魏桃感觉魏建不是酒多了话多，是话多了所以酒喝得特别多。

接下来又聊到白妹当前的情况，白妹说了一些处境，魏桃马上就明白了。白妹出了监狱以后，逛了几个小城，没有找到好工作，还把哥哥寄给她的钱也花光了。她到东亚，可能想找魏桃借点钱，去上海求职。花费是预计不了的。她不好意思再找亲人要钱，她的父母甚至不知道她这几年在监狱中，她以前的男朋友早就拜拜了。她知道魏桃姐弟在东亚做生意，经济可能要活络一些。她这一来果然不失望，魏桃拿年薪，有房子还有未婚夫。她就开口说了借钱的事。

魏建说："没问题，你要多少？"白妹说："三五千吧。"魏建说三五千在上海能够生活几天？白妹说："我不敢多借，我怕一时还不了。"魏桃慷慨地说："你先带一万，女孩子在外没钱怎么行呢！"白妹连忙捧杯站起来敬魏桃："谢谢姐姐，你这么善良爽快，天使都会偷偷惭愧。"

这天晚上吃罢洗尘酒，魏桃还是不甘心，她觉得必须让白妹见见范士本。于是，离开酒店，他们三人去了魏桃西三环的家中。在小区楼下，有心的白妹特意买了一大束鲜花。

到了魏桃家，刚开门，里面孩子和男人就客气地迎上来打招呼。魏桃富裕温馨的居室，令白妹无比羡慕和感动。想起当年在白云洲农场打架的情景，魏桃麻利的动作、敏捷的思维，出口骂脏话都不需要打草稿，那时她就知道魏桃是个不凡的女人，更不凡的是找了这么个好的姐夫。魏桃介绍说，姐夫是中科院的科学家，博士，教授。

白妹看到这中年男人，身材魁梧，性格却慢悠悠的样子，大鼻子上架黑框眼镜，皮肤有点黑，但黑得更显忠厚和实在。他看上去不像文绉绉的教授，倒像个勤劳朴实的工程师。白妹满怀敬仰而羞涩地伸出手："范老师，您好。"范士本懵懂地握握白妹的手，问："哪——来的?"

魏桃连忙接腔："上海来的小老妹。"

这白妹也灵活，说："是的，听说你们要结婚了，专程来看看，提前为你们送上新婚祝福。"她把鲜花竖靠到电视柜上，又说："魏桃姐好能干哦，管那么一个大酒店，家里还搞得这么整洁漂亮。我好崇拜她。"

魏桃对白妹的夸赞不是很有兴趣，她一个劲地向白妹夸赞范士本，说："你姐夫是研究粒子的，还有量子，反正好深奥的东西，我们听都听不懂，他都研究出来了，美国人还邀他合伙研究。他出差尽是出外国的城市。"

白妹听了又是一阵咋舌："了不起，了不起，魏桃姐你真幸福。"

范士本也"人来疯"，他结结巴巴地撒欢，说去过全球哪些地方，说各地的城市风情。白妹也说自己以前去过日本和新加坡，几个人围着茶几说得正有劲，魏桃考虑白妹话多会露馅，会涉及她们的牢狱生活，就建议白妹早些回酒店休息，明天她和魏建送她去东亚南站乘高铁。

于是由魏建带着白妹去附近找了宾馆，当然是魏建付钱。这地主之谊魏建尽得满心欢喜，直把白妹送到房间，还坐着陪她"呱"了好一会，直到他自己也觉得时间太长不合适，才起身离开。

第二天一大早，魏家姐弟把白妹送到了东亚高铁南站。

在南站广场，魏桃和白妹牵手并肩，魏桃眼里止不住地泪光闪闪，她记得她们一起度过的白云洲的岁月。她们在结冰的泥土里挖坑栽油菜，长满冻疮的手指被土块蹭破了皮。那样的日子有苦也有回味。她们都是不幸的姐妹，又是幸运的姐妹，幸运的是她们在苦难中学会了很多宝贵的东西，勤劳和善

良，真诚和友谊，而今终于都迎来了自由的日子，能叫人不流泪么。

"送妹妹，踏征程，默默无语两眼泪，耳边响起汽笛声。路漫漫，雾茫茫，人生旅途常分手，一样分别两样情。当心夜半北风寒，一路多保重。任重道远多艰辛，山叠嶂，水纵横，待到春风传佳讯，我们再相逢。"此后魏桃在手机上复制了这首歌词，修改后微信发给了白妹，以表达她在车站送别她时的心情。魏桃是一个爱学习的人，她学会借用这样的文字表达感受。她和范士本谈恋爱，常在网上复习爱情鸡汤发给他，弄得不上网的范士本还以为那些大彻大悟的精句是魏桃自己写的，范士本愈发地佩服她了。硕士白妹看到魏桃改的歌词，好感动，即时回了微信，她反而不显文采，她朴实而诚挚地说："魏桃姐，这首歌词改得非常好，这也是我当时的心情。我现在在上海与人合租了一个小单间，明天去一个单位面试。是姐教会了我面对生活的态度，给了我勇气，我会做得更好。谢谢姐姐。"

七

约好了，星期二上午去民政局办离婚手续。陈夏从办公室的乱纸堆里，找出那份离婚协议，再看了一回。无论满意不满意，他只能闷声接受。感情到了这一步，还去争财物没有意义，一则陈夏底气不足，二则没有财物可争。让陈夏吃惊的是，李嫱看似不计较钱财的人，但离婚协议写得丝毫不让步，丝毫不马虎，家庭财政阐述得清楚明白——七年婚姻他们没有孩子，没有添置任何家庭大件，房子是李嫱婚前财产，是李嫱父母帮忙买的，婚后有十万元的债务，在他们共同生活时逐步还清。但李嫱在协议里说这十万不属于房产债，是房子装修欠下的钱。在他们共同生活期间，她父母给了他们极大的补贴，完全可以抵消这笔装修欠款。婚姻期间，陈夏支付给他儿子的养育费，他早年借给魏家姐弟做生意的钱，都被纳入了家庭财政的范畴，这笔钱该陈夏独自承担。陈夏创办杂志和买车，又从家里拿走四十万。收不抵支。家中没有存款，亦不存在平分家产。陈夏收入份额，已被陈夏超支领走了。说到底，现在陈夏只要卷衣服走人就行了，南方花园与他没有任何关系。这份离婚协议之所以需要找律师见证，是希望从此以后，二人不再有经济上的瓜葛。

女人，只要对你死了心，就会什么都干净。

南海路交接南一环，不远处又是高架立交桥，车流涌动，噪音很大，望不穿的高楼像树桩一样排到天际。喧哗、浮躁、拥堵或奔跑，恢宏的城市反衬个人的渺小，除了上帝，没有人意识到你的存在。陈夏来到这个城市已经

十年了，到今天，他似乎觉得自己仍是一无所有。

他自从来到南海路这幢大厦办公，每餐吃的都是盒饭，已经吃腻了。他想买一套炊具回自己租居的屋里，偶尔做几道菜，换换口味，但他又觉得那样太耗时间。而且他租的房子，厨房没有油烟机，会弄得一屋子乌烟瘴气。于是陈夏好几次晚上跑到魏桃家蹭饭。

魏桃把范士本钓上钩，再也不让范士本吃饭店了，她亲自在家下厨。她在傍晚六七点下班，回到家里还要为范士本做菜。魏桃对陈夏说："不见外，你晚上也来这边吃，省得回家让李嫱忙活。"诚然她还不知道陈夏已经和妻子分居。吃魏桃做的家常菜，使陈夏再次体会到家的温馨，可惜这不是他的家，魏桃也不是他的妻子，他只是个吃蹭饭的人。

这一天晚上，陈夏和范士本多喝了几杯酒，陈夏居然拭拭红眼，说出了自己深藏的苦怨。一定是苦得灼心伤肝了，否则陈夏这么爱面子的人，哪会说出丢人现眼的事，"星期二上午去办离婚手续。"魏桃和范士本听了，十分惊讶，以为陈夏是酒后发疯，矫情卖弄。陈夏说："早就分开住了，半年了，我自己在南海路租了房子。"

魏桃听了陈夏述了原委，认为是陈夏不对，认为是梁扣扣一场纠葛伤了李嫱的心。魏桃说陈夏以后再也找不到比李嫱条件更好的女人了。范士本摇摇手，"未必。"魏桃还没与范士本结婚，就把范士本当老夫老妻数落，"你懂什么？别插嘴。"然后她对陈夏说："不行，我得去找李嫱谈谈。"

陈夏拍桌子吼道："你别乱掺和，我的事，用不着你管。"

范士本连忙拦住陈夏，"别，别生气，她也是为你——好。"

陈夏筷子一搁说："反正我一无所有了，一个人过，更开心。你们谁也别管我。"说罢拣起西服和包，夹在腋下出了门。

回到租居的旧房里，陈夏衰颓得没有一丝力气。他也懒得洗脚，脱了皮鞋，倒在床上，臭脚和地板潮湿的霉气，弥漫了整个房间。醍醐陈腐的环境和落魄潦倒的情绪，使他感到自己被浸泡在菜坛里。窗外渗进一些暗光，间歇听到小区行人的咳嗽声。

他开始思索自己两次失败的婚姻。他觉得他真的没有过错，为什么女人都不能容留他？即使不同性格不同阶层不同出身的女人。他细细比较生命中两个半女人，半个指的是梁扣扣。虽然他与梁扣扣并未发生关系，但梁扣扣是真正爱过他的女人。他脑海浮现那个夏日在梁扣扣家的情景——仿佛朦胧迷雾隐蔽一枚冰冷的月亮，他是一只迷途的猎犬，望着月亮兴奋而焦虑地乱

蹿，无边的山峦，雾水打湿了他的眼睛，等他再次睁开眼时，月亮却变成了唤醒理性的太阳。

他终于明白，他用舌头征服了梁扣扣，而另外两个他全力以赴睡过的女人，仿佛探到他身体的秘密，认为他虚弱、卑劣、肮脏，他赤裸裸的毫无人格的魅力。

现在他开始辩证地看待梁扣扣，虽然自己进了看守所，但并不是梁扣扣主观谋害的，是她不恰当的爱的方式误伤了他。梁扣扣居然在已婚后依然对他一往情深，帮她订杂志，细微的小事最能看出一个女人的真情。李嫱那么广的社交圈，连一份杂志也没帮他推销，甚至还觉得他办杂志丢了她李家人的脸。陈夏居然能想象出，梁扣扣在和丈夫做爱时，脑子里想的是他，这令他懊丧、抱憾和悲惜。这样一个可以为自己飞蛾扑火的女孩，为自己进了精神病院的女孩，可惜遇得不是时候，他们没有缘分。

他认为李嫱没有真正爱过他，只把他当配偶。她是迫于年龄和父母的压力与他结婚的。爱情从来不是婚姻的保障。陈夏心里想，婚姻，其实与爱情也没有任何关系。

星期二的天气很晴朗，太阳赤诚无比地出现在天上。区政府新建的民生大厦，在阳光下闪闪发亮。不像市区那么拥挤，这里开阔，行政大院内，车辆依次进来，排在楼前，让人看着很清爽。李嫱停了车，步履铿锵朝门楼走来。她身着粉色风衣，戴墨镜，手拎一只精巧的小包，人显得很精神。早就等候在门楼下的魏桃，看到李嫱，急忙上前招呼："李嫱，早啊。"李嫱神色陡然变得不高兴，但墨镜遮盖了她眼睛的内容，"你怎么也在这？"

魏桃说："我想和你谈谈，你先别上去。"学府酒店离这十来里路，魏桃早早地就骑着电瓶车来了。他俩要离婚，她昨晚一夜没睡好。她想来做李嫱的思想工作。她迎上李嫱就责骂陈夏不懂事，性格怪脾气犟，"其实他心里是舍不得离的，你就也不要和他拗气了。"李嫱没有理睬她，径直进大楼，乘电梯，魏桃却始终尾随在后。

到了十二层民政局大厅，李嫱扫几眼，没有陈夏，她就在旁边长条椅上坐下来。魏桃把来时在路边买的荔枝给李嫱吃，李嫱拒开塑料袋说不吃。这时，李嫱发现魏桃眼角还有泪光。

魏桃是流泪了，陈夏是她的前夫，也是她的兄弟，他们从小在一个村庄长大，又做一场夫妻。两个人到省城来创业，虽然是因为苦难而分道扬镳，可是他们还有儿子，还有三十多年的手足情，血浓于水的情分啊。相比于李

嫱的一段婚姻，前者辗进了陈夏的骨子，后者只是陈夏脚掌磨了一层茧而已。

魏桃想，以前是陈夏和她都很穷，没办法，现在经济都宽裕了，她要结婚了，陈夏又要离婚，霉运仿佛是个织布梭，在她和陈夏这对苦命人的生活中，循环穿梭，而那梭里装着的一卷线，始终把她和陈夏牵连在一起。

魏桃又替陈夏感叹，这高门槛的亲也难做，各有各的难处。李家污蔑了陈夏的尊严，把他不当女婿看，以陈夏的性格，他也是过不好的。

这会子魏桃却把话说得很光滑，"李嫱，你不要要小孩子脾气，夫妻不容易，哪能说离就离？你也三十过半的人了，离了对你没好处。男人老了还能找，女人就不那么容易。"

李嫱的矜持带着一种厌恶，"谢谢，这事不需要你操心。"

魏桃一时无语。这会儿她从李嫱的墨镜片上看到自己被反照的模样，变了形的脸，很大很吓人。她就站了起来，挎着皮包去走廊口来回走动。

不时有年轻男女，手挽手，喜形于色从大厅出来。那些是刚领到结婚证的人，瞬间从情侣变成夫妻，能不开心么！从来只见新人笑，在这电梯口，一眼就能见分晓。

过了好一会，魏桃又转过来说："真要离也行啊，但你不能对陈夏那么心狠，他赤手空拳的，什么也没有，他以后住在哪里？"她说这话的时候，李嫱根本没反应。魏桃内心很气愤，她凑上前，看着李嫱的墨镜，当然就是看着墨镜上反照的自己，"做人要有良心，你就这么一脚踢了他，你心里不愧啊？"

李嫱终于抑不住厌恶，大声说："与你什么事？你走。请你走开。"

魏桃一生气就暴露了粗俗和功利，"我就要管，我问你，陈夏哪错了？我看是你外面有野男人，你错就该你光着身子滚，你凭什么要陈夏走？那房子陈夏也有份，你别想那么干净地抛了他。"

"真是病得不轻。"李嫱漂亮的脸上，气得生硬发青，她忍无可忍，起身出走廊，从楼梯口走下去了。

魏桃一时有些茫然，她本来是来劝和的，没想到她难以控制情绪，竟和这个女人吵起来了，也是这个女人不懂事，不尊重人，说了一稻箩好话，她却始终漠视自己。

大约过了二十多分钟，陈夏和李嫱一道来到民政大厅。陈夏看到魏桃泪眼红红的坐在那，他惊愕道："你来干什么？"魏桃强硬地装作笑，"陪你离婚啊，你快去办吧。士本还等着你中午喝酒呢。"

陈夏迟疑了一下，说："你先出去，这里没有你的事。"魏桃说："好，我

在楼下等你。"然后魏桃转身就走了。

好了，离婚证成功地办理了。虽然窗口人员也例行公事地询问了一些情况，是否要有个冷静期什么的，但那等于是废话。离婚和结婚一样，只要双方当事人愿意就行了，包括法律和上帝都不能干涉。自由万岁！这世上的善从来不比恶真实，爱从来不比恨简单。相比较恨，爱包含的东西更加虚伪和功利，爱比恨更消耗人的精气。爱得不明不白的时候，就是变态。

此后的李嫱，一下班回来，就逛荡在南方花园这套房子里，她觉得房子里的家具摆设和以前没有区别，怎么一下感到心里很空呢？她打开房间所有的窗户，让风吹进来，充一些流动的空气，她觉得自己也充实了许多。

五月的飞絮落满郊外的堤岸，在一些僻静的树下，开始听到蝉鸣。李嫱不怕孤独，她只怕父母觉得她离婚后会孤独。所以她喜欢去郊野走走，给父母制造些错觉，认为周末她很忙，有很多社交很多应酬。

到了晚上，她偶尔去看一场电影，大屏幕的好莱坞场景，能让人胸怀震撼。

她开始不再上班了，离婚之后一个月，她提交了辞职报告，把档案迁到了人才中心。她辞职不是因为报社效益每况愈下，而是要彻底诀别以前的生活。

父母和远在英国的姐姐为她这段婚姻伤透了心。他们美好的祈福蒙不上越来越糟糕的事实，他们只得放弃自欺欺人的、如同欧式贵族舞会派对式的漂亮面具，他们坦诚地接受了李嫱的选择。姐姐说："结婚是希望你幸福，如果不幸福那还要婚姻干吗？"父母是唯物主义者，却找到唯心主义理论支撑自己，是的，夫妻不和，应该离婚，因为气数有时，命格有限，一个家庭长期吵吵闹闹的，会惹邪气，会出事的。

李嫱后来想，在那段婚姻中，她厌恶的不仅仅是陈夏，还有陈夏身后的"农民啦啦队"。她想起陈夏在村庄被魏家兄弟撒泼的狼狈样子；想起魏桃到南方花园来找她借钱时，那种阴阳怪气的样子；想起陈夏从白云洲看魏桃回来，还坐在家里悲伤地哭了；想起情人节皇冠假日那束恶心的蓝玫瑰；想起梁扣扣在学府酒店堵截陈夏的情景。种种往事，莫名其妙地纠结着她的生活，像挥不去的群聚蠓虫，布满了所有黄昏的路口，她终于走穿了路途。

凭良心讲，她对梁扣扣的恨全部被魏桃遮挡了，她碍于情面去学府酒店吃过几次饭，最后一次遇到梁扣扣，魏桃发飙的形态，让她感到厌恶极了。

207

她认为，魏桃与陈夏的关系，不合乎自然法则，离了婚的男女，即便有孩子牵连也该有界限，有廉耻，有尊严。而他俩，不是情人，不是朋友，却黏糊得男女不分，含糊不清。城市那么大，人生那么长，那对农民夫妻怎么走不散？也许在旁人看来那种感情很可贵，但李嫱觉得十分恶心，十分下流。愚昧是一种恶，魏桃和陈夏厚颜无耻地来来往往，还把她也拉扯到其中，使她和她的家庭、她的父母都蒙受莫名的耻辱。

这一年夏天，李嫱开始调整心态，做出国的准备。

姐姐恐她离婚后会带来精神的低迷，夫妇俩早在英国那边帮李嫱想了办法，他们让李嫱去英国。具体方法是让李嫱先申请六个月的探亲权，六个月足够李嫱在英国边学英语、边找工作，有工作单位聘用她，她就可以留在英国，聘用五年后就可以申请永居权。

李嫱赴英探亲计划九月启程。夏天她大部分时候住在父母家，七月底东亚暑气铺天盖地，李嫱和几个老闺蜜，相邀去了北戴河、蓬莱岛，花了一些钱，撒掉了许多的不开心。那几个老闺蜜中有带孩子的，有离异的，也有四十岁还是未嫁的，她们一路嘻嘻哈哈，互相拍了许多照片。她仿佛又回到了婚前那种自由的时光。

陈夏还有南方花园的钥匙，和李嫱说好了，他把东西陆续拣走后，他就把钥匙留在房子里。他的东西搬了好几个月，不是因为东西多，而是他每次拣得少。

他上回提走两捆书，过了一个星期，他又来取两件皮衣，还有一只装得结实的拉杆箱，他预备下次来再带。他想多跑几趟，希望能在这家里碰到李嫱，但每一次都让他失望。

他并没有像魏桃和魏建唆使的那样，要找搬家公司来，要搬床抬沙发，不能搬走房子，但房子里的名贵家具可以搬空。陈夏只拣走了属于自己的东西，或者说自己需要用的东西。他花钱买的精致的瓷器摆件，依然被他擦擦灰尘，端端正正摆在博古架上。客厅和阁楼阶梯边的墙壁上，他和李嫱合影的巨幅相片，还挂着。有雪景，也有在夏日海边拍的，照片中的他们，笑得阳光灿烂。那是新婚后的几次出游，那时候走到哪，人家都说他们郎才女貌。仿佛是定律，越是外表般配的男女，越有不幸的暗流。

如今已是人去楼空，这些照片里的笑，依然定格在墙上。无言的孤独，深切的落寞，让陈夏体会到，人生的悲凉莫过于此。

八

通往科学岛的路，还是一条水泥混凝土路面，早就听说要投资改造，但在范士本往返西三环魏桃家的时候，升级为沥青的工程还没有开始。所幸他的工作并不是早九晚五制，科研人员的工作性质决定了他相对自由。如果要去单位上班，他也舍不得每次都打的，他会骑单车。他在单位下了班，偶尔想回到自己的那个又旧又脏的房子里，安静地躺一会，翻翻书，看看资料。他似乎习惯了那个脏窝，觉得在里面待着，放松自在，进门不需要换鞋，吃东西不需要洗手，生活用品不必那么刻板地每次用完要放回固定的地方。他跟魏桃在一起生活像一个刚进部队的新兵，时间和行动的规范，几乎涉及日常的每一处，比如他一边吃饭一边看书，一边看书一边抠脚趾的不良习惯，硬是被魏桃强行给改掉了。他觉得改掉是好事，他又觉得是累人的事。住在魏桃的新居里，他像住宾馆一样，新鲜而拘谨。地板上掉落一粒饭，他就会自己捡起然后拿餐纸擦净地面余渍，因为他不擦，魏桃也会来擦，他要做给魏桃看，也要做给魏桃的孩子看。以身作则。住在岛上自己的旧屋里，情况就不一样了，污垢满地也不必扫，因为扫了明天还会有。他们单位同事几乎都是早早去市区买房了，他去过几位同事家，装潢得像博物馆，墙上端正地挂着油画，地面掉落一片纸屑都要捡起来。住新房那么累，他想，他的福利分房即使到手了，他也不想装修，最好水泥毛坯住进去，那样自在。

单位房改好几次，按年龄和资质范士本早该轮到福利房了，但是他不争取，机会当然不会粘着他。最近又一次换新房的机会，他终于在好心同事的劝说下，交付了差额房款。但那套有产权的房子估计要到明年才能拿到钥匙。他自己并不激动，却是魏桃很兴奋。

他偶尔也想，魏桃是不是因为知道他即将拿到一套新房而爱上他？怪不得他的同事劝他，有房子才有女人。他若是早十年买房，是否意味着十年前就有女人爱上他。可是那女人应该是谁呢？他不记得，印象中，好像从小到大都没有女人喜欢过他。他也没有真正交往和接近过哪个女人。他也没有真正爱过哪个女人，大学女同学，都是他喜欢的；单位女同事，他也很喜欢，在他看来，女人都差不多。

他的父母在他大学毕业时就过世了，现在还有兄嫂在盐城靠海的乡村。兄嫂早年就问他："为什么不结婚？有女人才算有家，父母过世早，我们路远也不能照顾你，你读了那么多书，还是一个人，我们很伤心。"他每每听到兄

嫂唠叨这些话，他心里也很烦。

范士本并不清楚他为什么没有结婚，也不清楚他到底要不要结婚。

对于做专业尤其是专业让自己挚爱的男人来说，婚姻真是附属品，可有可无。综观中外物理史上，终身未婚的物理学家，掰开手指都数不过来。范士本从来不觉得不结婚对他是个问题，现在要结婚了，他也不觉得是个问题。在魏桃为婚姻狂喜的时候，范士本整天思虑的是自己的研究课题。

这天傍晚，范士本下了班，正躲在自己旧屋里看资料的时候，魏桃打来电话，问他这么晚为什么不回家？范士本说："我在旧家。"（他们现在都这么称，新家和旧家。）魏桃怕他又是待在旧家连衣带鞋睡一夜，不吃饭，不洗澡。因为这样的事以前经常发生，范士本一到科学岛上班，就一连几天都懒得回市区。

魏桃并不怀疑他有异心，就目前状态看，她与范士本的关系是热铁箍了木桶，牢不可破的。魏桃知道他懒散，也担心他一个人住，吃饭不方便，照顾不好自己。范士本独自生活了几十年，现在离开一天，魏桃就觉得他不能生活自理。魏桃叫他打车回市区，家里炖了鳖汤。

奈何魏桃的命令，一屁股坐到哪就不想起来的范士本，此时只得卷了一包资料，拖着笨重懒散的身子，嘴里哼哼叽叽，脚下趺趺撞撞，下了幽暗的楼道。

天擦黑，风里依然夹着热气。范士本骑着破旧的单车出了科学岛。他觉得这么近的路，打车虽然超过起驾费，但还是不划算，一则科学岛空车少难候车；二则他总觉得坐上出租车，仿佛一发呆的工夫就到了；然后就要掏十几块钱给司机。范士本不喜欢为自己花钱，他的钱可以花给同事和朋友，如果不酗酒玩牌，他的钱基本都在银行卡里，花不出去。他三年也买不了两件衣服。和魏桃结识以后，魏桃带着他进商场，把他从头到脚，添了好几回新衣服。他也不心疼，他大把掏钱或者闷头刷卡，都不问数额，仿佛觉得这衣鞋都是为魏桃买的似的。

过了天然湖的桥，前方那一段路，这几天正在伐枝移树，马路两侧，挖得坑坑洼洼，堆在路边的积土，被奔流的车轮辗到了路中间，一路都是碎土。湖面上的风吹过来，弄得一路上都灰蒙蒙的。

范士本回到西三环的家，眼镜片上都是灰，汗水湿了背心。魏桃一边拿干毛巾帮他擦身上的灰，一边心疼地责备他："叫你打车你不打车，省那个小钱做么事？凭我俩的收入，以后还缺吃缺穿吗？"

　　就在范士本去卫生间洗澡的时候，魏桃突然想起什么似的，"你报名去考个驾照，自己开车上下班方便。"她站到卫生间的门框边，把门推开一条缝，"对了，你喜欢什么车？陈夏那种越野型的，还是魏建那种小型的？我家要买，肯定要买比他们价格高的。"

　　范士本挂了毛巾，摸到眼镜戴上，套上裤衩出来了。他边戴眼镜边说，目前不考虑考驾照，他说先吃饭，饿了。魏桃把鳖汤端到餐桌上，先给儿子舀了一碗，又给范士本舀一碗，她叮嘱他俩先喝汤再吃饭，汤寡喝才有味。

　　然后她娘俩又在说买车的事。儿子陈俊驰说："大伯，我建议你还是买我爸那种SUV，越野加旅行都实用，底盘高，在我们老家那种田埂上都能跑。最好买玛莎拉蒂系，可以按揭，我爸就想买玛莎拉蒂，都想疯了。"魏桃说："什么拉的？你爸就是这山望见那山高，才开几天车，就想买拉的！"孩子并没有说车价，但魏桃认为陈夏"想疯了"的一定是高价车。魏桃心想，陈夏"想疯了"的那样档次，想必是踮起脚尖也够不着的，他踮起脚尖也够不着的档次，就是她和范士本伸手可拿的档次。他俩合起来的经济实力，比陈夏高得不知多少倍。但魏桃在儿子和范士本面前，却表现得极本分，她又说："买辆差不多的就行了，车和手机一样，能用就行。"

　　范士本闷头哄哄喝完一碗鳖汤，又拿勺子装了一碗饭，他夹了一夹素菜，搭在饭上，混着扒饭吃。他对魏桃娘俩说买车的事，是没听见还是没兴趣，他扒了个半饱后，速度慢下来，终于说话了，"工作有变——化，不学——驾照。"魏桃以为是他工作忙，就说："你一年到头都忙，工作变化也不能耽搁考驾照啊，以后越来越难考，还是趁早学的好。"

　　范士本停下来筷子，看着魏桃说："不，不买——车了。我要——去，去，去，美国。三年。"

　　魏桃一听，脸色骤变，"什么情况，你说清楚点，慢慢说。"魏桃知道范士本只要结巴得厉害的时候，就是嘴里要放炸弹了，因为情绪激动反而把话说不好。范士本费了很大劲才把事情说清楚，旁人看来非常简单的事，三言两语即可表达清楚。就是他年初申请的中科院公派留学"访问学者"项目，现在审批下来了，他将要赴美国斯坦福大学研修36个月。

　　魏桃从他冒出"去美国"三个字的时候就紧张，弄明白以后，愈发紧张了。很明显，她担心范士本和她分开以后，感情将会发生变化。虽然范士本禁闭在天然湖那块小岛上几十年都没有被女人发现，但缘分这东西说不清楚，机缘到了，走在钢丝上都能遇到。男人一旦睡过女人就离不开女人，生理需要，范士本现在情商也开了窍，随时可能投入另一个女人的怀抱。

魏桃说："你不能不去吗？美国有什么好？人人都有枪，个个都能杀人，美国好乱，你不能去。"

范士本"嘿嘿"笑，还是儿子陈俊驰会说："妈，我看你是电视新闻看多了。美国，那是中国富人去的地方，你想去还去不了呢。"

这话点拨了魏桃，她问范士本："我想去去得了吗？"

范士本说："可——以呀，申请J-2。"

魏桃问："鸡2是什么东西？"儿子说，就是家属签证。

魏桃心里想，只要不陪范士本下火海和地狱，任何地方她都愿意跟他一起去，何况那还是个比天堂矮一点的中国富人所向之处。但魏桃也坏，她暂时把她最想说的话止住了。因为她还不是范士本的家属，她要成为他的家属，必须有过渡，有个正规隆重的仪式。一直是这样考虑，所以拖到现在没办结婚证。她认为仪式是女人的体面和身价，有仪式才让男人婚后瞧得起她。她和陈夏当年就是太潦草，太匆忙，弄得陈夏婚后经常瞧不起她，认为她是拿孩子要挟他，粘着他的。

因为范士本已经说了可以申请J-2，说明他心里没打算丢下她。这魏桃就放心了。这天夜里，她的身子如同蛇缠着长木耳的古树，她嘴里百般娇媚地呻吟，她的脑子里却想着范士本是一棵参天古树，会带着她飞上天的。她想，她把一块冰封的石头，捂在胸口，用真情和爱，把它化开了，现在石头流淌出的是纯金的熔点，魏桃哪能让另一个女人不劳而获！她必须把他紧紧拽在身边，她决定跟他去美国。

幸福来得太突然，而且接踵而来，扑面而来，连连来的好事，魏桃一时不知道怎么办才好。学府酒店给她加年薪，酒店拓宽门面，辉煌的店堂等她坐。她已进入上流社会了。为这事她高兴得大热天的天天炖王八汤，没想到现在又将去美国。

美国到底好不好？她去了美国能过什么样的生活？魏桃开始问店内员工和来吃饭的高校教师，还发微信征求白妹的意见。白妹当然说好："姐，你一定要抓住机会，赶快把结婚证办了，千载难逢，说不定在美国工作几年就能弄上永久居住权。"

此后的几天里，她在兴奋中犹豫不决，她对范士本说："你的福利新房即将拿到，你是否考虑卖掉？我若去美国，我不仅丢失四十万年薪，而且黄东俊的店肯定要请别人，我回来后只能另谋职业。我是否划算？"又问，"去美

国以后可不可以做一个长久地美国人?"范士本很干脆地说,不能长久地做美国人,他的房子也不卖。"你,你还是——不去的好。"范士本极慎重地给出了这个结论。

魏桃一听这话,很失落,她又怀疑范士本是想借机抛弃她。她说,"不行,我要去。钱算什么,钱以后我回来还能挣。我不去,谁给你洗衣做饭?你到哪我就到哪,我们永不分离。"她在嘟嘴撒娇时瞥了瞥范士本,他正坐在书桌前,全神贯注地翻笔记本电脑,他在浏览什么英文网站,满屏的字符,魏桃只认识与扑克牌上相似的"A,J、Q、K"几个字。

范士本浏览网页,偶尔还输入几个英文字符,像在填什么表格。魏桃说"我们永不分离。"他也没有特别的表情,魏桃胳膊肘碰碰他,"我们明天去把结婚证办了。听到了没?你说话呀。"

范士本一边敲键盘,一边说:"嗯,嗯。我随便。"

于是第二天他们就去辖区民政局办理了结婚证。范士本非常配合,他和魏桃头贴头拍了结婚照,红本子一人一个,红本上的合影照,都按摄影师要求的那样笑的,两人都荡漾着微微的幸福的笑。

整个夏天,魏桃都在激奋和行色匆匆中交错,她在奔忙出国准备,妥善处理出国前的遗留问题。那天她兴高采烈向酒店员工发了领结婚证的喜糖,然后约来黄东俊,坐下来面对面谈了自己八月要出国的事。黄东俊失去魏桃就如同失去左膀右臂,他无比抱憾,但是魏桃要去奔自己的前程,他也不能阻拦,也无法挽留。他说:"就知道老妹是留不住的人才。你以后飞黄腾达可别忘了老哥。"看样子,黄东俊也没打算魏桃回国后还续聘她了。果然离开了魏桃,黄东俊的地球照样转,没过几天,一个三十多岁的俊朗的年轻人被黄老板聘来接替魏桃的经理职务。黄老板客气地请魏桃带这个新经理一段时间。魏桃满口答应了。

但魏桃现在上班越来越心不在焉。因为合同解聘和薪酬结算,是定在七月底。她还得在酒店耗一段时间,这段时间,也是她购置出国衣物的时间,与人分享喜悦的时间。她把出国的消息发到微信朋友圈和各个群。一些亲戚和老乡听说她取消了婚宴,还撒娇地遗憾,说她放了他们的"鸽子"。她甚至希望那些瞧不起她、贬低她的人,也知道她这个华丽的飞跃。开饭店这几年结识的各色人等,有些人虽然表面客气,其实骨子里瞧不起她。现在她一口气在微信加上那些人的号码。她还微信搜索了赵越的手机号,赵越有微信,她也添加了她,但是赵越没有接受她发送的请求。

稍有空隙，她就借故离店，去逛商场，她逐次买了出国的衣服、化妆品、皮鞋和三只大行李箱。她还在网上买了语言翻译机。听儿子说，这种机子可以把英语自动翻译成汉语，把汉语自动翻译成英语。她觉得这个对她非常有帮助，与外国人交流她依然可以对答自如，她交流的时候，甚至可以胜过范士本的结巴。她建议范士本也买个翻译机，范士本说不需要，他英文比汉语讲得流利。

魏桃西三环的新房，现在贴满了写着英语单词的字条，房门、桌子、电视机边、厨房里都贴上了，如同阳光从树梢的缝隙射下的白印，斑驳陆离。她虚心地向儿子和范士本学习英语，一边烧饭还一边念单词，那股子热乎劲，真让人感动。

陈夏得知魏桃要出国，非常着急。那一天他跑到学府酒店来找魏桃谈话："你要出国？那孩子怎么办？孩子恰好在明年中考。"魏桃说："我正要找你说呢，孩子你带呀，这三年，孩子就由你管了，你住到我的房子里来，你也别租那黑屋了，还能省下租房钱。"她交代，每天为孩子做一餐午饭就行了，早餐头天晚上炖好稀粥，晚饭孩子自己回家会做。

陈夏没好气地说："不是做饭的问题，孩子要中考，你还有心思出国？"那时候，有酒店员工和往来的饭客，在大堂内稀疏地往来，看见陈夏站在吧台外，冲魏桃发脾气，声音很大。有人不禁多看了几眼。陈夏觉得这场所说话不合适，就气汹汹丢一句："我回头再与你说"。然后出门而去。

魏桃急忙出了吧台，跟他到了酒店门外。陈夏上了车，正要开车走了。魏桃跑过来，手胳膊顶在陈夏车窗上，低声说："你说说，我做什么毕业证合适？"陈夏问做证干吗？魏桃就说了，范士本要给她办签证，她觉得她应当有个毕业证才好，一则让范士本知道她是上过学的，二则到美国去找工作也方便些。陈夏说："你做个博士学位证最好。"魏桃晓得陈夏这话是挖苦她，她骂他不严肃，要他真正出个主意，她很着急的样子。陈夏说："范士本在乎你有证吗？我看你还是不要跟他出去了，你没有文化，又不通语言，你出去反而拖累他，到时候谁也帮不了你。"魏桃认为陈夏是不想带孩子，或者嫉妒她，就故意泼她冷水。"只要跟着士本，我到哪也不怕。"她自信而得意地说。

陈夏轻蔑地乜乜她："你以为范士本很爱你是吧。你终有一天会尝到苦头。他知道什么叫爱情？什么是责任？他爱你吗？他只把你当工具，做饭洗衣的工具，床上的工具。"

魏桃气得朝车门连猛踢两脚，"把你的嘴巴闭上。"说着又扒进车，打陈

夏的头。陈夏推开魏桃，说："好了，好了，我不管你。"有人在驻足观看他俩吵嘴。陈夏匆忙启动车子跑了，魏桃又朝车连连啐了几沫，嘴里乱七八糟骂了一通。

这之后的某一天，魏桃在亚大北门外的一根电线杆上，撕下了一张办证的小纸广告，找到做假证的人。做假证的人业务好精，说你这张三十七八岁的照片，不合适办本科，可以做个硕士或博士。价钱是一样的，一本证二百五。魏桃心里怦怦直跳，又惊喜又害怕，她谦虚地说："做硕士吧，博士太高级了，我不太像。"

过了一天，约定了在没有监控的老地点，离亚大不远的一座立交桥隐蔽的桥墩下，魏桃拿到了办证人送来的两本亚洲大学证书，一本硕士学位证，一本硕士毕业证，魏桃在颤抖中付了两个二百五。在办证人离开之后，魏桃蹲在桥墩下，反复看这两本证件，她惊奇这假证和真证一模一样，甚至亚洲大学那枚公章，比陈夏那两本证上的章，盖得更清楚，色泽更红艳。

到了八月初，万事俱备，学府酒店的业务也移交了，薪金也结算了。该买的衣物也都齐了，现在除了学英语单词，就等着坐飞机。可是这一天傍晚，范士本却回来说，出国要延期。原因是他现在参与的课题还没有完成，单位决定让他延迟一个学期，也就是到明年正月初才出国。

这样一来，意味着魏桃焦躁急盼与兴奋的状态，还将持续半年。魏桃很是懊恼，她抱怨范士本为什么不早说，害得她把酒店的工作都辞了，损失五六万元。然后她想，这下半年歇在家里也着急，该去找点事做。偏偏这时候，魏建因为开淘宝店卖鞋生意越来越好，他放弃了东亚的实体店，去了上海租了门面，专做品牌鞋的折扣生意，否则她可以去魏建店里帮忙，多少魏建能付她一点工资啊。

范士本说："你就在家——学——英语吧。哪也别——去了。"魏桃说："英语要学，钱也要挣，何况还有半年，我在家里憋得慌，我得去找黄老板再去上班。"范士本嗯嗯几声，"随——你吧。"魏桃看着男人憨态乖顺的样子，突然想到一件事，就试探着问："如果我像陈夏那样，有硕士文凭在美国能不能找到好工作？"范士本憨憨急急地说："无所谓，关键看个人的能力。"魏桃认为范士本这话是饱汉不知饿汉饥。

接下来的日子，这急性子魏桃，又跑到学府酒店继续上班了。她现在是给经理当副手，打打杂，月薪五千元。她也不那么累了，甚至可以提前下班。

这一天傍晚，魏桃跟着范士本和儿子去南湖玩水。南湖是城市西南的一

215

片湖泊，周边建有园林树木、人工沙滩、喷泉等景观，供城市人休闲的地方。

范士本和儿子一路上教她，湖的英文怎么说，水的英文怎么说，湖水两个词加起来怎么说。在日常实践中活学活用，魏桃拧着舌头练，发音很准确。

他们踩过火热的湖边沙滩，卷起裤筒下了水。西斜的太阳还晒得人皮肤发烫，尤其是两腿淹没在水里，更觉得阳光的炽热。在南湖北面的浅水湾里，大人小孩上百人穿各色泳衣，堆挤在那么一片水面上，远远望去就是一锅煮沸的水饺。范士本和儿子也融入其中。范士本在"水饺"堆的外沿，笑呵呵地游来游去，水性很好，游几十米都可不停歇。魏桃站在浅水滩上，并不为他喝彩。她在想，据说这是东亚消暑的好地方，原来来消暑的都是打工的和城市底层人，他们互相戏谑时那种粗鄙、愚昧的样子，他们咧着嘴大笑，一看就是卖肾买苹果手机的穷人。魏桃在东亚这么多年，还是第一次来南湖玩水，她觉得太颓废了，跟这些底层市民扎成一堆，她简直受不了。何况年年夏天都有新闻报道南湖淹死了人，这湖里有晦气。

魏桃突然想起当初周诏然说过，穷人都是去集体澡堂洗澡。这酷暑也只有穷人才来到南湖。老城区夜宵街的龙虾和这南湖的"水饺"让魏桃真切地感觉东亚是一座俗气的城市，她毫无眷恋。

范士本和陈俊驰在湖水上游得正起劲，魏桃却扯开嗓门催他俩上岸。

回程的时候，在湖畔马路边等出租车，范士本拎着湿淋淋的衣服，光身只穿条裤衩，厚背勾搭着，站在那愣头愣脑像个民工。魏桃说："不许你以后再来南湖，陪孩子玩玩也罢了，你怎么也下水游，你要游泳该去市区高档的恒温游泳馆。"范士本说，恒温水不干净，南湖的水，自然清澈，湖面宽广，游起来爽快。

"Danger（危险），Fall in price（跌价）。"魏桃愤愤地竟然说出了两个英语单词，把范士本和儿子都逗笑了，魏桃却不觉得好笑，她揪心的也不全是安全问题，毕竟淹死人的概率很小，她在意他一个博士，大学教授，竟然和那一堆穷"水饺"挤在一起，"你得保持你体面的身份。"魏桃严厉地训斥。范士本不说话了。

魏桃训斥范士本像训斥孩子一样，表面凶巴巴，心里却唯恐伤害了他。范士本若真委屈了，闷头不吭声了，她又心悬悬地暗中瞅他，又变着法子，用另外一些形式安慰他、呵护他。总之，魏桃现在像是带着两个孩子生活。

她的生活无比温馨，骂人成为一种可口的调料。星期六下午，范士本有个别要好的同学、同事来家里打牌，魏桃就要把儿子关进书房，把自己打扮

得漂漂亮亮，泡最好的茶叶，迎着牌友。三缺一的时候，她就陪他们打；不缺人，她就帮他们沏茶。然后斯文娇媚地坐在范士本身边，恩爱幸福的样子，让牌友们眼睛里尽是羡慕。

魏桃在外人面前称范士本是"我先生"。她和朋友、老乡、酒店同事聊起生活琐碎、社会趣闻、消费、旅行，即便毫不涉及范士本或范士本的行当，她也三句不离"我先生"。酒店饭客说到今年高考，她说："现在高考简单，200分就能上大学，我先生当年高考的时候，竞争才激烈呢。"饭客就问："你先生哪一年高考的？"魏桃说了先生高考的年份，又补上："我先生678分考到科大。"那些饭客就向魏桃翘起大拇指，真了不起。她又说"我先生"后来如何考了硕士，如何考了博士，如何研究国际项目，现在是高级人才，要出国了。

到处吹范士本，以范士本为荣，若比当年那个"穷鬼"陈夏，范士本真像有个魔盒，彻头彻尾改变了这个女人。因为在范士本眼里，魏桃也是"接近完美"，魏桃每每感叹自己文化少，范士本就说："你文——化不少，至少你——比陈——夏有文——文化。"谢天谢地，魏桃感动得不得了。原来在范士本的观点里，文化不是学历，文化是很多魏桃身上的东西。魏桃这么热爱生活，这么勤劳贤惠，范士本接受她并非"捡到篮里就是菜"，范士本才不傻呢！

彼此恩爱，赶紧结婚。筹备举办婚宴酒的事，再次被提上议事日程。

学府酒店门面改造拖到八月底才动工，由于采取边营业边改造的方式，工程进度自然很慢。看来，国庆前全部竣工，估计不可能。先前，黄老板知道魏桃八月底出国，取消了婚宴。现在魏桃因出国延期，又想举办婚礼。黄老板有些着急，他抱歉地对魏桃说："酒店装修不能如期完工，要么我们就在市区选择其他酒店吧。"魏桃不同意，她知道在其他酒店办婚宴租金加酒水要多花好几万，还有必不可少的主持、摄影、摄像、化妆、会场布置，所以没有十万八万，是办不成一场像样的婚礼的。她现在开始吝惜钱，两个人出国办签加交保险各种费用，要花不少钱，加之她辞了经理职务，工资少了一半，她觉得花销必须数着用。

魏桃拒绝了黄东俊的建议，她说也不急，还有小半年，她得好好考虑一下。她心里想着，要办得又省钱又隆重才好。于是她和老家的魏成福兄弟电话里商量了个把月。

最后魏家兄弟提议，腊月回乡办，又省钱又热闹，腊月民工回巢，乡下也正是办婚礼的最佳时节。魏桃认为堂兄的建议真是太棒了。

217

九

冬天没有发生特别的事情，魏桃进入身心调理期，仿佛也在孕育另一个高潮。进入腊月，她就开始蠢蠢欲动了。

魏桃的母亲，早早地把女儿和范士本的生辰，送到算命先生那里去算了。算命先生掐掐二人的生辰八字，就说腊月十九是良辰吉日。

于是这一天，村庄沸腾起来。魏建开车，带上魏桃和范士本，头一天晚上就赶到了家。

家里也为他俩粉刷装饰了临时的婚房。这是村庄最上档次的喜宴，博士女婿，亘古至今，范士本是第一人；而且他们比翼双飞，即将漂洋过海，赴美留学，这可是双喜临门啊。一家办事儿，全村帮忙，民工都拖家带口回来了，一些在南方遥远城市打工的人原打算干到下旬，为了赶上喝魏桃的喜酒，他们也放弃原计划，提前返乡。筹备喜宴的工作，头两天就开始了。到了这一天更加热闹，四乡八邻的亲戚带着礼品和红包来了。鞭炮噼里啪啦响得没歇过，冲天烟花，在村庄上空形成一片化不开的白雾，阳光从白雾中透射下来，把岁末的村庄映照得好温馨、好祥瑞。

这场景令人激奋又略带幸福的忧伤，人们早淡忘了魏桃两年牢狱的厄运，甚至怀疑那是不怀好意的陈夏制造的一个谎言，实际上根本没那回事。人们也忘记了魏桃童年目不识丁的样子，也不记得田埂上光着脚丫走来走去的野姑娘。在村庄人的心目中，仿佛她一生下来，就是那么的聪明、漂亮、高雅、傲慢。她拉着拉杆箱，出入飞机场的镜头，闪现在村庄人的脑海，"桃伢去美国的生活，就和电视剧里的人一样。"

魏桃这一次策划非常成功，别开生面的婚礼，让她在村庄挽回了丢失的一切，也为当初打陈夏的那几个魏姓兄弟脸上争了光、添了彩。魏姓人无比荣耀，感觉自己像刚撬开瓶盖的啤酒一样暴涨起来。酒宴摆了几十桌，像欢送一个即将出征的部队，吃了一批又一批。村里的干部，镇机关的人，小学老师，还有当年扫盲班已经退休的民师，都来了。东亚来的黄东俊老板和他的女朋友常满琴，坐在上席，搭黄老板顺风车来的卖粮油的女人口口声声说她是红娘。黄老板被村里几个好事的年轻人灌得酩酊大醉，午后小憩一会，晚上又接着喝。喝了酒之后，一堆男女又来闹新房。卖粮油的女人伶俐的樱桃小嘴，说着软酸的东亚腔，一会要魏桃姐说几句英语给大家听，一会又把醉醺醺的范士本吹得更加晕头转向，一屋人"哈哈哈"一浪一浪的，笑得前

合后仰。

　　范士本也和陈夏当年在城市结婚一样，一个人力挺一场婚宴，只不过他来到这乡村结婚，心情比当时的陈夏快乐多了。陈夏是畏惧高攀的鄙视，而此时的范士本，高贵得犹如一只异国护送来的物种稀奇的大熊猫。

　　需要补充一下，这一天陈夏没有回村，陈夏的儿子也没有回来。魏桃觉得这样更好，没有暗中的蔑视和嘲笑，没有孩子的牵绊引发别人的联想。她和范士本就正儿八经地做新人了，她挽着范士本的胳膊，挨桌敬酒，脸上带着谦恭又傲慢的微笑，那种感觉真好。

　　敬酒敬到陈夏母亲这一桌的时候，魏桃生怕范士本叫陈夏母亲"妈"，她胳膊肘碰了一下他，示意他跟她叫，她大声叫陈夏母亲，"陈家阿姨，来，我们敬您。"范士本咕嘟着不知道有没有叫，反正一鞠躬，一仰头，一杯酒就倒进嘴里了。陈夏母亲扶着桌子起身喜迎这二人的酒，笑得很慢，说："好，好，恭喜你们。"

　　陈夏和李嫱离婚的事，家乡的亲人都不知道，陈夏没有说，魏桃这次回乡也不会说，她怕说了，陈夏母亲就会露出苦憋憋的样子，惹得村里人乱猜，破坏她婚宴的喜庆气氛。

　　喜事办完，回到东亚，就听到一个丧讯。

　　那天晚上，魏桃夫妇刚进家门，在她家帮儿子做饭的陈夏告诉她，赵越老师去世了。魏桃听了惊讶又庆幸，"死了？她死了！"她问什么时候死的，陈夏说，二月七号。魏桃觉得晦气，二月七号正是腊月十九。她说："好了，别说了。她死与我们有什么关系。"陈夏说："我晚上还得赶过去帮忙，筹办明天举行追悼会的事。"陈夏还说他们班同学都回东亚了，很多能来的往届学生差不多都要来。赵越老师的葬礼，学校很重视，刚放寒假，又通知很多行政人员回校了。

　　陈夏临出门的时候，随意问了一下魏桃："哦，明天追悼会，你不去吧？"魏桃说："我去干吗？她活着我都厌恶，还去看她死了的样子？"陈夏点点头，觉得魏桃不去也合乎常理。

　　这个晚上，魏桃在精疲力竭的婚宴余温中，又回忆起与赵越家的一段孽缘。那些往事让她羞耻到恨地无缝。她这么年轻漂亮，这么聪明能干，却被命运捉弄，在那一对老夫妻面前栽了跟头。当时也是因为贫穷，因为陈夏要拿那个硕士文凭，否则她怎么可以鞠躬下膝去讨赵越一口饭吃？

　　她又想到陈夏的文凭，其实没有意义，陈夏读了三年硕士反而变得势利

和小气，一点不像当初她在村庄崇拜的那个陈夏。她觉得陈夏的文凭和她在街边做的假证，除了价格上的区别，实际上差不多。只不过一个是国家卖的，一个是私人卖的，国家文凭要花七八万，还要耗上三年时间呢。魏桃认为她这一套硕士文凭到了国外，就和陈夏那种没有区别。国内人稀罕国外的文凭，外国人也自然稀罕中国的文凭。

魏桃的两本假证，一直藏在厨房餐台下的煤气管边，用塑料袋包裹着。她常偷偷地拿出来看看。这夜里，她又跑到厨房拿出她的假证，反复看着抚摸着，眼前出现她在美国拿文凭应聘的场景，她与高鼻梁络腮胡的洋人说着外国话，她一点不怯场，她像外国电影里的女人一样高贵优雅。她一直向范士本鼓吹自己是高考落榜青年，现在这突如其来的硕士证，反而让她不好意思给范士本看。她只能说往事不堪回首，高中毕业证早被她扔了。范士本说没有文凭也一样，不影响办签证。她倒是有些落寞，她想，如果这证是真的，那该多好。她摸摸这两张亮晶晶的文凭，心里感慨万端。

她这一感慨，又想到明天赵越的葬礼。她在千回百转的思绪中，心情又变得复杂和沉重起来。她以前那么恨赵越，恨周诏然，现在他们都死了，都不在这个世界了，她的恨也变成了淡淡的感伤和失落。她突然觉得自己不应该是个无情无义的人，上帝对自己不薄，她不能做一个让上帝失望的劣质物种。再说，做人是要讲良心的，赵越当年对自己那么好，赵越没有伤害她，所有不堪回首的丢脸的往事，都是自取其咎，都是自己做错了，真不能怪赵越。她又想到陈夏出门时丢下的那一句，她突然觉得她是必须去的，去给赵越老师磕个头，送她一程，以表自己是个通情达理的善良女人。

晚上十一点了，范士本已睡得鼻鼾如雷，魏桃开始在卧室翻江倒海，找衣服，试衣服，预备明天上午去参加赵越的葬礼。她试了七八套衣服，又把鞋、纱巾都拿来比一比，对了，她还要戴上一副墨镜，像李嫱离婚那天一样，让别人看不到眼睛。

去参加葬礼为什么要打扮自己呢？因为当年周诏然事发后，周家的亲朋都鄙薄她，尤其是周家一些没有见过她的人，都恶心她，可能以为她是个什么乌七八糟的丑模样。她想借机让周家亲朋看看她现在的样子，她的容貌，她的气质，竟然如此光鲜和不凡。她本来就不是做保姆的，她只是特殊时期照顾过赵越，学生的妻子和女学生的身份差不多。

折腾了个把小时，人也疲乏了。魏桃还是觉得回家办婚宴时穿的那件红色呢子长大衣好看，这衣服花三千多块买的，质料光滑，板型好，穿上身非

常显气质。搭配黑色中跟长靴，黑色细羊毛打底衫，脖颈系白点蓝底纱巾，她又在试衣镜前转转身子看看，又涂上粉底液和口红，找找现场感。她觉得镜中的自己比范冰冰李冰冰之类不知要好看多少倍。

　　第二天早上，魏桃打电话给陈夏，要他拐到西三环来接她，她打扮得这么漂亮是不可能骑电瓶车的。陈夏对她突然改变主意要去参加追悼会，有些意外，但他没觉得奇怪，他就开车来接了她。

　　法医鉴定，赵越老师是突发性脑出血死亡。她死的时候，身边没有人，第二天早上被前来上班的保姆发现，那时她已死了十几个小时，她倒在沙发边，身体都硬了。听到陈夏说这些，魏桃吓得心里"怦怦"跳，她真希望是法医鉴定的时间有误，因为赵越死的时间，正好是她的婚宴时间。

　　殡仪馆大厅门外，站了许多人，仪式还没有开场，早来的都等候在外面说话。

　　三三五五的，有的站在树下，有的在那边廊檐下。多年不见的同学，在老师的葬礼上相遇了，大家互相握握手，絮叨起来。魏桃被撂在一旁，她很生气，她打扮得这么漂亮，陈夏却不向她的同学介绍她。她想如果自己也是亚大毕业的，这会儿也会有同学。她感到有些冷落。毕竟在亚大住了三年，竟然也有陈夏的同学认出了她，那人朝她点点头，省略了称谓，直接说："你好。"魏桃有一种存在感，她嫣然一笑，连忙回应："你好。"

　　仪式开始，大家排队进厅。厅内两侧排满了花圈，一百多人陆续进来分布在厅前及两边，个个表情悲伤，气氛肃然而隆重。赵越的巨幅遗像打在电子屏幕上。那双眼睛智慧、沉静、坚定不移，她在看着魏桃。魏桃心里有些慌乱了。

　　魏桃始终和陈夏站在一起。众人低头默哀三分钟，然后继续低头听念悼词。学校的领导和学生代表分别发表了讲话，讲到悲痛处还嘤泣一阵。人群中也是蟋蟀般哭个不停。魏桃没有打算流眼泪，她怕毁坏自己脸上化的妆。但这一刻她内心也不好受，她发现陈夏哭了，他喉咙一直在哽咽。赵越一生怜爱学生，为人耿直，救残扶弱，有气度，能包容，不是那种刁滑奸诈的女人。看到赵越那么多学生都在哭，此时此刻魏桃打心眼里承认自己，文化少，没胸怀。

　　在这种悲痛严肃的场合，魏桃昨晚在家试衣时的那些想法，开始发生变化，她觉得自己还是低调些好，不该涂口红，来吊孝就要像个吊孝的样子。于是她摸出纸巾，拼命地把唇膏擦干净。再说，这城里死人，也不是乡村那

221

种超度方式。这殡仪馆大厅，哀乐循环，默哀和走动都得听主持人安排。魏桃站在身挨身的拥挤人群中，根本不能动弹，她也没有展示身材和美貌的机会。

她就这样与陈夏并肩站着，低头听前面的人念悼词。时间好长，长得人透不过气来。正在这时，恰有一个人挤到他们这一排来，冲陈夏做了手势，招呼陈夏出去。陈夏就跟着那人出去了。魏桃不知道什么事。一会陈夏又回来了，他的表情痛苦而慌乱，他压低声音对魏桃说："叫你走，他们叫你出去。"魏桃有些迷惑："什么？"她以为是她身上这件红衣服不适合。她正打量自己的衣服，陈夏说："不是。你出去吧。快点。"魏桃摸不着头脑，只得抽身从厅一侧绕着走了出来。

大门右侧的廊下，有几个腰扎孝布的人正嘀咕着商量什么事。魏桃就在左侧廊下站着，她搞不清怎么回事，为什么叫她出来，是谁叫她出来？她正犹豫着，右侧走来个中年男人，看腰上缠的白布该是亲属，他说："你叫魏桃吧，谢谢，你可以走了，这里不需要你。"

魏桃十分尴尬，十分窘迫，但她还是忍不住问了："你是谁？"那人说："我姓周。"然后扭头就过去了，似乎不想和她多说一句，不想再理睬她。

魏桃立即挺起腰身，抬手挑了挑墨镜，迈步走过门边的柱子，长靴在水磨石地面踩出脆响。她还在大厅门头下，稍立一会，面朝大路，她像是自语，其实就想说给那几个人听，她的声音很大："真是给脸不要脸，不识好歹。"那边几个立即惊愕地看着她，姓周的男人气愤地走来："你说谁？"

魏桃凛然不可侵犯的样子："我说你。你有什么权力叫我走？我又不是给你吊孝。"

姓周的男人气得手发抖，他伸指做出指引："你滚，这里不欢迎你。"

魏桃轻蔑打量他："一路货色，都不是好东西。"

那男人抬手做出要打魏桃的样子，气得也不知说什么好。旁边几个赶忙拉开他，并对魏桃说："我妹妹本来就很痛苦，看到你，她会更加不舒服。"

那个姓周的男人开始推搡魏桃："滚，给我滚远点。"

魏桃凶道："你敢碰我？我倒要看看你姓周的还想怎么玷污我。"

又上来一个，对魏桃说："你不要无耻了，求求你，魏女士。"

魏桃说："你才无耻，你们都无耻。一群用金钱包裹的嘴脸，真让人恶心。"

说罢，她弯腰牵起裙子下摆，矫健地走下三级台阶，"唰"的一下，抖开

裙摆，她目不斜视地走上马路。她知道身后有唾弃的目光在望着她，她走得不卑不亢，气势凌云。

魏桃走过长长的殡仪馆的内路，走到殡仪馆大门外，她的腰就直不起来了，她两腿发软。她拦了辆出租车，钻进去，一关车门，立即摘下墨镜。那一刻，羞辱、懊恼、沮丧、消沉、气馁一股脑扑来，重重叠叠压扁了她。

意料之外，她居然被周家人给轰出来了。由此可以想象周家人对她何止恨之入骨？魏桃失败地回到家里，懵懵地想了好几天。

那天陈夏给孩子买了辅导教材，送过来。范士本不在家。陈夏就说了赵越葬礼上的事。赵越在国外的两个女儿，有一个回来了，除了发丧，她还为了清点遗产。追悼会上周家的亲友中，不知谁，认出了魏桃。周家年近不惑的女儿，认为父亲一生高风亮节，被魏桃毁了英名，所以她自然不允许魏桃参加她母亲的葬礼。周诏然的几个侄子都是大学教授，但他们却表现得那么骄横跋扈，痛斥陈夏不该带他的前妻来。

当然陈夏并不知道那天追悼大厅门外发生的事，他只是后悔地说："我当时也没想那么多，事情都过去这么多年了，他们还怀恨在心。我真不该带你去。"

魏桃一阵冷笑，又一阵破口大骂，她骂周家仗着有钱有势，好炫耀，灵堂上都不忘撒野。留洋的女人没有涵养，那几个侄子还是大学教授？简直一群流氓。"老娘若是有精力，真想和他们干到底。不过，我已经没有兴趣跟他们干了，我要忙我的事。"她想着自己即将出国，还有更加美好的前程在等着她，她也不跟那一帮流氓纠缠了。她又说起当年那个案子，若换到现在，她有钱有底气，找律师上诉，绝对不会是她败。白白蒙受了两年牢狱的冤屈，也是命上该有一劫。现在都一笔勾销了，苦尽甘来，上帝总是对她不薄。

陈夏佩服地看看魏桃，觉得她愈发开明了，愈发强势和大度。她雷厉风行，干脆利落，应该是能锁住范士本的，他说："你真的决定去美国？"

魏桃说："签证都已经办好了。"

陈夏态度突然变了，他欣慰地叹息一声："从小到大，你也没有机会出去玩过，去美国见见世面也好。"

魏桃说："我可不是为了玩，我要去美国找工作。"

陈夏笑笑："当然，能找到工作更好。"

范士本在临行前两周忙着办理手续，包括领取机票、生活费、缴纳保证金、办理报到证、提交出国协议书等事宜。所有人都知道，这种形式去出国，

只是一次短期学习，三年后，范士本必须回到原单位执行他的服务期。而对于魏桃来说，仿佛是一次不归的远行，整个春节期间，她过得兴奋又忧伤。

多年不回村庄，她连连地跑了几趟，举办婚宴在村庄待了四天，之后她又带孩子和丈夫回去祭祖，给已故的父亲烧香。她把家里的祖坟，生来不曾谋面的，摸不清关系的八代偏房祖宗，都全部托祭品烧纸祭拜了一遍。之后她就在父亲已经长满荆棘的坟头，做了一次悠长的哭喊。父亲死于她出狱那一年的腊月二十七，也就是今天。那一年的今天，魏桃正是经济拮据时期，刚在东亚盘下店卖鞋，负债累累。又加上她坐了两年牢，她觉得脸皮堆上五层粉底霜，也没有颜面回家乡。她在愧疚和不安的煎熬中，度过好几个长夜，后来她终于找到了不回家吊孝的理由。她对魏建说，父母没有给她念书，他们重男轻女，唯独不喜欢老三，她小时候吃过的苦，是黄连拌蛇胆，旁人无法想象。

那些年，魏桃在亲人面前，又刻薄又要脸，只因她生活过得不好。现在情况就完全不一样了，她的人生如此辉煌，她若不回父亲坟头哭一场，她的幸福光芒仿佛无处泼洒。这一天，她仿着江北农妇歌谣式的哭丧的音腔，跪在父亲坟前，做了一次悲怆而欣慰悠长的衷情倾诉。她说："大大啊，我苦命的老子，你一生吃不饱穿不暖，你要是能活到今天，桃伢餐餐能让你喝上老鳖汤。你为么事这么短命呢？你为么事享不到桃伢的福呢？你若在天有灵，你睁眼看看，桃伢没有给你丢脸，桃伢现在出息啦……"哭罢一时，大姐二姐还有房族的女人都来劝慰。如今坟头都长了小树了，大姐二姐眼泪已风干，哭不出来了，没有魏桃这么大的冲力和激情。

恰逢春节，烧完父亲的忌日，魏桃还得应付好几家盛情邀请的饭局。有当年扫盲班的同学，还有县里那位开饭店的拐弯表姐。表姐家大业大，算县城一富婆，但如今魏桃见她，也不自卑了。魏桃虽没她钱多，但魏桃现在身价不一样啊，嫁了个留洋的科学家，表姐反而巴结她了。表姐在酒桌打开窗户说亮话，请妹婿在美国给留个心，说她在北京上大学的儿子明年想出国读博士，希望范士本牵牵线。范士本还没听清楚，因为他对方言的理解需要魏桃翻译，魏桃没有翻译，直接答应了表姐，说："姐你放心，这么点事没什么大不了的。"

表姐一辈子待在县城，虽然富得流油，但想把钱花出去，还得求她魏桃。魏桃心里很满足，她想人生就得经常这样回头对照，才晓得自己飞得有多高。

订的是二月二十六的机票。航线是东亚飞上海，上海再飞美国旧金山，

旧金山再转计程车到斯坦福大学。魏桃看着机票上的时间和城市名字，心里焦急又紧张，准备了大半年就为这一天的到来，惊心动魄的时候越来越近，她又有些不安。她在不安中等待，又有些无聊。她反复叮嘱孩子，要好好学习，要照顾好自己；又反复交代陈夏，不要整天在外喝酒打牌忙工作，"财来不是多时候，挖宝只要一锄头。你得注意自己的身体，不能再贪酒了，把孩子和自己生活料理好，比什么都重要。"

范士本有空的时候，她就帮他比试一下衣服。突然觉得搭配的领带，颜色单调，她又骑电瓶车，跑市内逛了几家商场，给范士本买回一条领带。

她每天都要把行李箱打开好几次，检查一下还缺什么，她发现自己那件长呢裙太旧了，是不是再去买件裙子？又觉得钱要省着点用。回乡办婚宴也花得超出了她的预算。到了美国，开销还很大呢。她打消了买新衣的念头，又把几件旧衣叠进行李箱。

魏桃在整理行李箱的时候，又碰触到了早塞进箱底的那两本假文凭，她顺手拿出来，摸了又看，反复思量。这一次，她的想法发生了一些变化。她开始质疑这东西带到美国，到底有没有用呢？继而她又想到，家乡父老那么夸赞她，那么以她为荣，正因她没学历才凸显了她的聪明与不凡，正因她只读过扫盲班才有了她在家乡的楷模形象。她这一做假文凭，她的楷模形象不就成了稻草人么？人家会误以为你是靠假文凭混出来的。更令魏桃不安的是，周诏然那几个教授侄子，竟有一个是亚洲大学的，从陈夏的言语间获悉，那周家流氓教授，恰好是魏桃这假文凭所在专业的教授。这么说来，魏桃就是流氓教授的学生？这个巧合，让魏桃很是恼火。她在屋里转了两圈，然后拿起两本证书，把它们撕得稀烂，把烂碎片扔进了垃圾桶。

说慢也慢，说快也快，起飞的日子到了，这一天恰好也是正月初八。下午，陈夏开车和儿子一道，把魏桃夫妇送到东亚新国际机场。一路上大家话不多，因为魏桃悲喜交集，她好像有些伤感，还流了眼泪。

在机场入口，魏桃笑里带泪，把儿子抱了又亲。陈夏向他俩交过了三四个行李箱，然后两个男人亲热地紧握双手诚挚道别，陈夏说："一路顺风，希望你能带她一道回来。"范士本点点头说："好——的，当然一道回——来。"

魏桃夫妇分别拖着笨重的行李箱，挤进甬道长长的队伍里。东亚新国际机场，也不是电视剧里放的那样的，短暂拥抱，然后潇洒地甩着动人的背影而去。新国际机场绕来绕去的甬道让人走了半天，仿佛又回到原来的地方。这似乎给短暂而美好的作别带来了气氛的破坏，使离别变得冗长而疲惫。范士本拖着箱子愣愣地张望。魏桃笑笑又拿纸巾擦拭眼睛，隔着甬道栏杆，她又絮絮叨叨交代陈夏如何照顾好孩子，陈夏"嗯嗯嗯"都答应了。

母行千里儿担忧，陈俊驰说："老妈你放心吧，我早已长大了。我倒是很担心你，你到那边人生地不熟，你的英文要加快学。"

魏桃说："别人不了解，你还不了解？你老妈到哪都能走出一片天下。"陈俊驰升起大拇指赞叹："我老妈才是哲学家。"四个人都笑了。

那一刻陈夏又想到李嫱也是从这甬道乘飞机飞走的。她没有给他送她的机会。人生没有送别，似乎没有成长，仿佛彼此都还停留在过去的时光。可是这个错觉，并没有让陈夏愉快，他清晰地认识到，东亚这个城市似乎与他没有关系了。他突然有一种强烈的孤独感，一种从未有过的沮丧。

魏桃夫妇慢慢隐没在那边的入口，隔着巨大的空间，目送母亲最后一刻的背影，陈俊驰终究控制不住流下泪来。

陈夏摸摸儿子的头，"说好了，你已经长大了呢。"陈俊驰转身拭着泪笑，"妈妈也长大了。"然后他把手里两张残损的照片，递给父亲。是魏桃的二寸照片，上面还有半边亚洲大学的钢印痕迹。陈夏懵过之后立即明白，父子二人相视一笑。

十

魏桃的人生开启了新纪元，在这个城市再也没有她奔波的身影和憔悴的梦想。因为从此魏桃和影视明星一样，搔首弄姿、娇媚百态的模样，只出现在微信朋友圈。她在微信上晒旅游照、健身照、家居照，她就餐是用碟子和刀叉，胸前还围上白巾。她身着盛装参加各种宴会，细长的手指捧着高脚红酒杯。她参加愚人节派对晚会还戴滑稽的帽子做游戏，她风光无限的美国生活，令人眼馋得够不着，她已超越了文盲既定的轨道而进入了令人眩晕的四维时空。

那一年陈俊驰已经读中学，陈夏为了照顾儿子，又搬到陈俊驰的中学附近租了个两室一厅。他的杂志也在稳步进行，大批的高校教师都在他的杂志上发表论文，继而评上了高级职称。

但陈夏不想苟且于穷教师的版面费，他联络文化界的朋友，想把生意做宽一些，只要能赚钱，他什么项目都做。有一天陈夏正在办公室和一个机关负责人商洽如何策划一场申论写作培训班的事，梁扣扣来了。

又是两三年不见，梁扣扣两腮消瘦，眼角出现浅纹，原来女人这么容易

老！她这回不是一个人来的，她还牵着个四五岁的女孩。陈夏的慌乱神情让那个谈话人窥视出来者的异样身份，那人马上起身告退了。这个时候，办公室也没别人，陈夏问："你，你有事吗？"梁扣扣推上孩子，"快叫'叔叔'。"小女孩甜甜地叫了声："叔叔好。"陈夏"嗯嗯嗯"地答应了。他细揣那小女孩的模样，几乎是梁扣扣的缩版复印。他心里想，即便精神病遗传，也要到十几年后才发作，他突然为这个美丽的小女孩不幸的将来而默默哀叹。

他们在屋子倒倒水，翻翻杂志，聊了一些闲话，小孩子也玩得比较尽兴。然后梁扣扣就牵着孩子出门。真好，梁扣扣什么事也没有，纯粹是带孩子出来玩玩，闲妇，大概在家里闷得慌。

范士本三年访学期满，不知道什么原因，又延期，没有回国，好像进了一个什么中欧科研合作机构。魏桃自然还在继续发她迷人的微信朋友圈，据说她又换了新签证。

那一年陈俊驰考取了北京一所二本大学。《时代格局》杂志社因为整改而取缔了"下半月刊"，陈夏的买房计划因东亚房价不稳定而迟迟没有行动，陈夏干脆也决定带着钱去北京发展了。

节令已经立了秋，酷热的太阳依然在玻璃窗上打烫。陈夏把大厦办公室的东西收拾干净，该当废品卖的全卖了，该带走的，装箱提前快递运往北京。

那一天，风暴又来了，天上乌云沉沉，大堆黑云朵遮蔽了高楼的楼顶。陈夏去附近银行办理了杂志销户手续，回办公大厦时，正好堵上一场阵雨，硕大的雨点淋得他像一只落汤鸡。陈夏把公文包举在头上遮雨，跑进大厦，他想在一层大厅那边沙发上坐一会，晾晾身上的水。

突然，他看到梁扣扣坐在那里，他们彼此友好地笑了一下。陈夏也坐下来，"你今天在这？"梁扣扣说："我天天在这，你没看到？"陈夏有些惊讶，"你坐这干吗？"

梁扣扣说："我离婚了。"

那一刻陈夏简直惊恐得想冲出门去撞车。但陈夏还是非常绅士地克制了自己，他没有发疯，没有急怒叫跳，像打雷一样猛烈。都没有。

他抹抹脸上的水，平和而有力地说："我们不可能。"然后起身走了。

227

后　序

唐先田

孔阳是我所熟悉的作家，一是因为我们同在一个单位共过事，常找机会在一起交流对文学的一些看法，她也曾生动地向我讲述她的创作近况与设想，我们的共同语言较多；二是因为我们的老家在皖西南相邻的两个县，现代汉语专家说属一个方言小区，乡音方言，听起来顺耳，也倍感亲切，人与人之间的距离很自然地就拉得近了。

前些年，她将出版的长篇小说《烟雨黄梅》送给我。我认真地读了，那是一部描写黄梅戏的书，人物、故事都艰难曲折。黄梅戏成为观众喜爱的名扬海内外的地方戏剧种，就是在艰难曲折中成长起来的。孔阳的老家乃黄梅戏之乡，她对黄梅戏是很熟悉的，所以字里行间充满着浓郁的情感。描写黄梅戏的艺术作品不少，但长篇小说，除《烟雨黄梅》之外，并不多见。

《科学岛边的爱情》这部长篇小说写得很扎实，我读了孔阳送来的打印稿，读后很高兴。总体感觉孔阳的小说创作比以前更成熟了：一是她热情地拥抱当代现实，也可以说是当代现实的巨大变化深深地触动了她，于是她悉心地观察当代社会从城市到乡村的许多事物。她的小说不仅有对时代变革的叙述，更有对人性的审视，她将乡村和城市的新变化作为她的小说人物流动的背景与舞台，这就使这部小说有了热气扑面的时代气息。二是小说所写的人物都为当代人所熟悉，他们在现实中的生命存在与生活状态、农村与城市改革进程中的个体经验与记忆，使读者有了同呼吸、共命运之感，所以小说的可读性也就比较强。

　　小说里的魏桃，是作家塑造得较为成功的人物形象。这个乡村女青年承认自己的命运现实，又不屈从于自己的命运现实，更可贵的是她一直在努力地去改变自己的命运现实。现实中像魏桃那样的年轻人还有很多，他们来自乡村或小镇，却对一二线城市的生活充满向往，在时代的洪流中努力地寻找自己的人生坐标。魏桃应该是他们的一面镜子。魏桃的聪慧之处是她能通过切身对比，来认清时代的发展，时时自觉地鞭策自己，要使自己成为与时代同步的人。作家笔下的魏桃也有人性的弱点，她也因为经不起诱惑而付出了代价，但魏桃能切实面对，最终认识了弱点，并从内心深处与之决绝，勇敢地丢掉那些不属于自己的虚幻的东西，去创造自己的未来。这就够了，因为读者并不需要完美无缺的魏桃。

　　科学岛上那个物理学博士范士本写得很生动。他身上具有当代科研人员的敬业精神和那些朴素美好的品质，给人印象深刻，也很可爱。读者会真诚地相信，科学的自强自立与创新，会来自"范士本"们的智慧与努力；读者还会真诚地相信，范士本与魏桃的结合，一定会创造一个美好的春天。

　　陈夏是小说塑造的一个典型而鲜明的人物，在他身上体现了小知识分子的欲望与复杂。陈夏是学哲学的，西方哲学专业硕士。哲学被称为"聪明学"，可是在人生这个大课题面前，陈夏并不是很聪明。陈夏形象的意义，在于显示了青年知识分子较为普通的另一面，自视清高却又偏执自卑。真的希望众多的"陈夏"们，能从孔阳笔下的陈夏的人生经历中吸取一些有益于自己的教训，多付出一点，脚踏实地，使自己的道路更广宽一些。

　　小说的魅力在于无限延伸的内涵，对于不同读者，自有不同的理解。读了孔阳的小说和其他一些小说，收益是有的，但也不是很满足，这使我想到创作小说是多么的不容易。但我又想到，世界之大，无奇不有，归根到底就是要变。以我们的祖国为例，五千年历史，时时在变，且越变越好，世界瞩目；如果不变，古老陈旧，谁还拿你当回事呢？小说也有一两千年的历史了，也在不断地变，最近的一次是在1985年前后，小说评论家称之为"小说革命"，并说成果是"先锋小说"和"寻根小说"。但小说作家们总是不满足，仍在求变。不久前读到老作家蒋子龙的一组"笔记小说"，共九篇，总题目为《寻常百姓》（见《清明》杂志2020年第6期），觉得短而有趣，那就是在

变，是在寻求新的"小说革命"。当然，我不能说，蒋子龙先生所写的那些笔记小说就完全是成功的，但蒋子龙先生那样做，并订了三个标准：真实、传奇、精短，的确有新的"小说革命"的精神。蒋子龙先生表示要朝着这个方向努力做下去，期盼蒋子龙先生有更多的精美的笔记小说奉献给读者；也期盼青年作家孔阳能以前辈作家蒋子龙为榜样，在自己的小说创作中，有变革的活力，给读者奉献出新的更优质的小说作品。

　　孔阳嘱我在读过这部小说稿后，写几句话，于是有了上面的感想，作为读后感吧。

2021 年 1 月